WHK

CB057249

O CINEMA DE WALTER HUGO KHOURI

Donny Correia

COSAC

Titulo / Title / Titre	*"Na Garganta do Diabo" Iguassú!*
Metragem / Footage / Métrage	2.481 mts. - 7270 pés
Duração de projeção / Time of projection / Durée de projection	93 minutos (1 h. 33 mts.)
Elenco / Cast / Actuers principaux	Luigi Picchi, Odete Lara, Milton Ribeiro, Edla van Steen, Fernando Baleroni, José Mauro Vasconcellos, Sergio Hingst, André Dobroy.
Diretor / Director / Meteur-en-scene	Walter Hugo Khoury
Diretor de fotografia / Director of photography / Directeur de la photographie	Rodolfo Icsey

STUDIO VERA CRUZ
LABORATORIO: REX FILME

★

PRODUZIDO POR

À memória de Alfredo Sternheim.

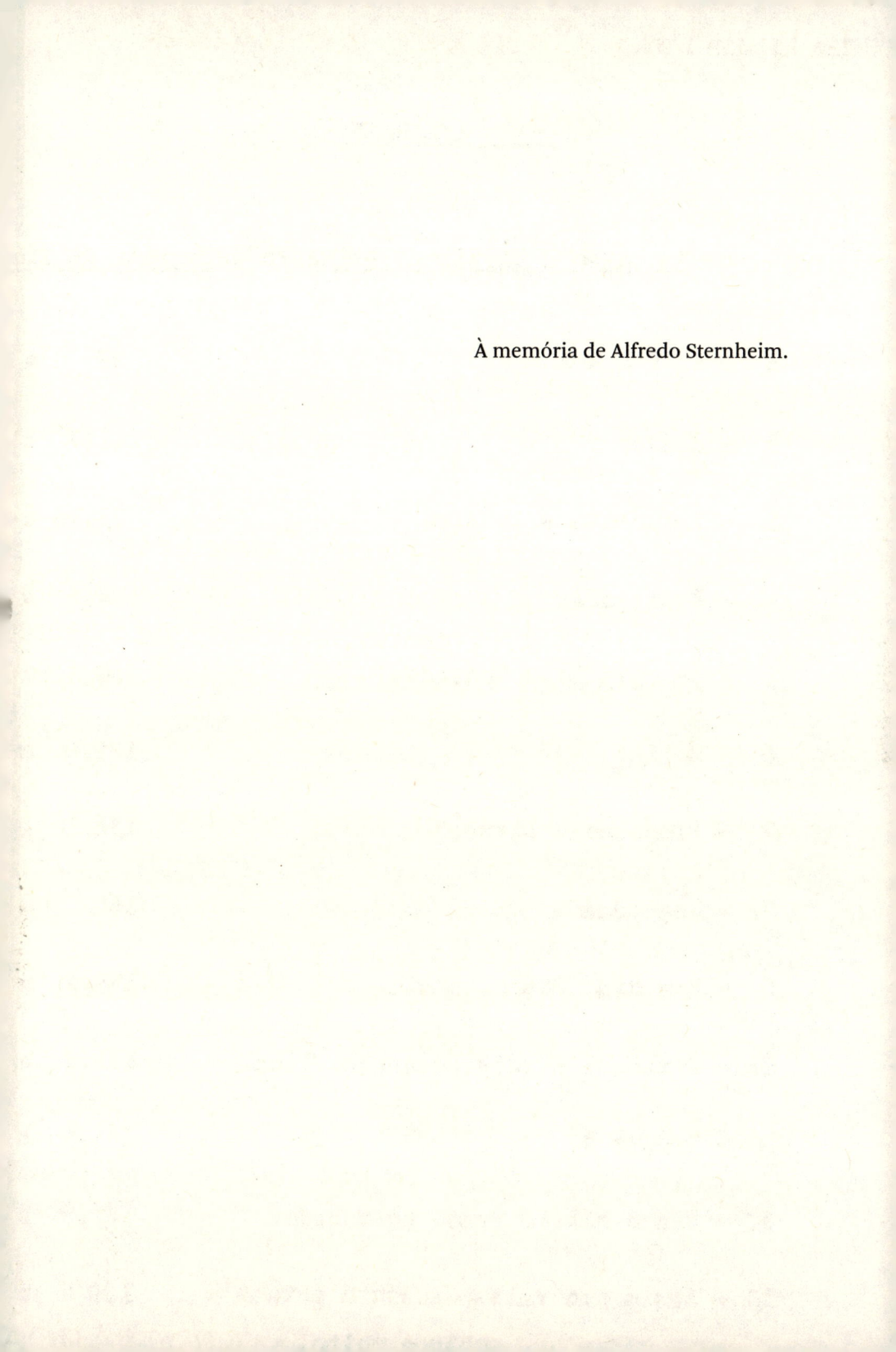

KAMERA FILMES LTDA.

"A ILHA"

Contagem a partir do primeiro fotograma de ima

1 - A I L H A	27	a
2 - Elenco	41,7	a
3 - Argumento e roteiro	73,14	a
4 - Fotografia	82,5	a
5 - Cenografia - Montagem	90	a
6 - Música	129,6	a
7 - Produção - Direção	136,10	a
7A - Legendas	144	a
8 - Bom dia, Simão. Fala.	179,4	a
8A - O tanque e duas reservas, Zéca.	181,8	a
9 - Trouxe ?	184,9	a
10 - Cinco mil. O resto no Sabado.	186,9	a
11 - Assim não vale. A conta está subindo muito.	189	a

A realização deste livro não seria possível sem o apoio, a interlocução e o acesso ao acervo pessoal de Walter Hugo Khouri fornecidos por seu neto, Wagner Khouri.

Agradeço especialmente a Charles Cosac e Alvaro Machado, por acreditarem nesta obra e viabilizarem sua vinda ao lume.

A Nicole Puzzi, Monique Lafond e Marcelo Ribeiro, pelas generosas contribuições ao conteúdo deste trabalho.

A Cesar Turim, Daniel Salomão Roque, Fernando Brito, Gabriela Queiroz, Humberto Silva, Joyce Pais, Laura Loguercio Cánepa, Luciano Ramos, Maria Dora Mourão e Tobias Nunnes, pelos debates, contribuições e sugestões durante a redação deste volume.

E a Luciana Brito, minha esposa, parceira nas incontáveis "maratonas cinematográficas khourianas" demandadas por este livro.

KAMERA FILMES / COLUMBIA PICTURES / VERA CRUZ

presentent

BARBARA LAAGE

dans un film de WALTER HUGO KHO[URI]

CORPS ARDENTS

avec   MARIO   BENVENUTI
          PEDRO   HATHAYER

et
- SERGIO HINGST   LILIAN LEMMERTZ
- MARISA WOODWARD   DINA SFAT
- SONIA CLARA   WILFRED KHOURI
- CELIA WATANABE   LINNEU DIAS
- DAVID CARDOSO   FRANCISCO DE SOUZ[A]

CORPO ARDENTE
LISTA DE DIALOGOS
3 EM PORTUGUÊS
2 EM FRANCÊS

Scénario de   WALTER HUGO KHOURI
Photographie   RUDOLF ICSEY
Decórs   (PIERINO MASSENZI
         (RALPH CAMARGO
Montage de   MAURO ALICE
Musique de   ROGERIO DUPRAT

et aussi extraits du Concerto em ré mineur op. V[I]
de TORELLI, de "Mariposa" de OREJON Y APARICIO (
1750), de AUTEUR ANONYME DE BAHIA (1759) et du C[oncerto]
op. VII, nº3 de ALBINONI, executés par L'ORCHEST[RE DE]
CHAMBRE DE SÃO PAULO, sous la direction de OLIV[IER]

Production executive................ William K[houri]
Assistants Réalisateur............. Silvio de
                                            Mauricio

O homem que roubou para nunca mais ter de roubar novamente continua sendo um ladrão. Ninguém que traiu seus princípios alguma vez pode voltar a manter uma relação pura com a vida. Portanto, quando um cineasta diz que vai fazer um filme comercial para juntar meios que lhe permitam fazer o filme de seus sonhos – isso é trapaça, ou, pior ainda, uma trapaça para consigo mesmo. Ele nunca fará o seu filme.

Andrei Tarkovski, *Esculpir o tempo*, 1985.

Não posso conceber alguém, cineasta ou qualquer outro tipo de criador, dizendo a si próprio: "Acho que devo fazer um filme sobre tal assunto ou proposição porque é mais importante, mais participante, mais oportuno ou mais útil do que o que vem de dentro de mim e do que estou sentindo". Isso não existe. É autotraição e, com raras exceções, não resultará em nada a longo prazo.

Walter Hugo Khouri, entrevista a Orlando Fassoni, 1980.

13	**PREFÁCIO: INÁCIO ARAÚJO**
	Khouri, o individualista

19	**INTRODUÇÃO**
21	Rever Khouri
31	Entre a crítica, a TV e o cinema: um início promissor

37	**PARTE 1: DO NOIR AO ÉPICO**
39	*Estranho encontro*
45	*Fronteiras do inferno*
47	*Na garganta do diabo*
49	*A ilha*, aventura a qualquer custo

57	**PARTE 2: TRILOGIA CINZA**
59	As melancolias de uma metrópole: *Noite vazia*
86	Fenomenologia e poesia em *O corpo ardente*
101	Marcelo, o Sísifo (a)político

120 PARTE 3: TRANSIÇÕES

- 123 Khouri, o produtor, fala
- 128 *Le Palais des anges érotiques et des plaisirs secrets*: um filme de transição

143 PARTE 4: TRILOGIA DO ABISMO

- 145 O incontornável divã das deusas
- 173 Marcelo e o inexorável tempo perdido
- 190 O desejo e o abismo

202 PARTE 5: MATURIDADE POLÊMICA

- 205 *Paixão e sombras*: a descida aos infernos da arte
- 218 Autoparódia picante em *O convite ao prazer*
- 227 Falando em Khouri
- 231 Eros e Cronos: esculpir o tempo e o vácuo
- 251 O drama histórico-erótico-político: *Amor, estranho amor*
- 272 A redução filosófica no universo khouriano
- 278 *Eu, o prisioneiro*, para sempre
- 295 "Khouri solta as feras": réquiem
- 302 *As feras* ou *As primas*?
- 311 *Paixão perdida*, ou a vida de uma pedra

- 317 FILMOGRAFIA DE WALTER HUGO KHOURI
- 343 REFERÊNCIAS BIBLIOGRÁFICAS
- 347 SOBRE O AUTOR
- 349 CRÉDITO DAS IMAGENS

W. H. KHOURI — EROS — LIST OF DIALOGUES — ENGLISH

1ª parte   EROS   62'11"

	FIRST REEL	START 000	PI 14.9
1	76.8	87	EROS 4 THE GOD OF LOVE
2	273	282.8	EPIGRAPH → 20 "Would you agree that sex is where philosophy begins?" (Norman Mailer)

GRIFO

3	286.12	290	São Paulo ... Brasil 19
4	290.8	292.12*	South America ... 16
5	293.4	300.4*	Southern Hemisphere ... Earth 28 / Solar system ... Universe 24
6	300.12	303	One of them ... 14
7	303.12	305.12*	I was born here. 16
8	306.4	310.8*	I live here most of the time, 29 / More so everyday ... 19
9	312	316.4*	But I still don't understand 28 / what kind of place I'm in. 26
10	317.8	320.8*	Sometimes I wonder 18
11	321	324.8	which continent this city 25 / belongs to ... 13
12	325	327	I think to none ... 18
13	327.8	331	What is this agglomeration? 27
14	331.8	336	The other day I felt it was 27 / like a mushroom, 16
15	336.8	342.8	An unfinished explosion, 24 / a gigantic placenta. 20
16	344	346.12*	Almost nobody likes it ... 25
17	347.4	349.12*	The rest of the country doesn't 31 / like it ... 10
18	350.4	352.8	The tourists don't like it ... 29
19	353	358	Even those who live here 25 / don't seem to like it. 22
20	359	362	There seems to be more 22 / anxiety here ... 15

MEDIDAS EM PÉS

33 3 9

Pequenos cortes foram no video e, portanto, pode

PREFÁCIO: INÁCIO ARAÚJO

KHOURI, O INDIVIDUALISTA

Walter Hugo Khouri por vezes era bem inquieto. Por acaso, uma vez sentei atrás dele no Cine Arte da avenida Paulista, a grande sala transformada, em 2021, no Cine Marquise. O filme era O amor à tarde (1972), em que uma mulher atraente paquera o cara com quem tivera um namoro, ou algo assim, no passado. Mas o rapaz agora é casado e resiste bravamente ao assédio da amiga. E, quanto mais ele resistia, mais aumentava a inquietação de Khouri.

Ao final da sessão nos encontramos, e Walter estava perfeitamente revoltado: "É bem filme francês: não acontece nada". Eu sorri com a observação, mas a verdade é que ele tinha adorado a obra. Só que Walter Khouri era o oposto de Éric Rohmer.

Naquele tempo, uma parte da crítica oscilava entre achar o seu cinema "sub-Antonioni" ou "sub-Bergman". Entende-se. Em um célebre artigo sobre Noites de circo (1953), Khouri chamara atenção para o cinema de Ingmar Bergman, então pouco conhecido no Brasil. Mas não sub, nem imitador. Walter acreditava que o cinema era uma arte universal, atemporal. Nesse sentido, estava no lado oposto do ideário do Cinema Novo, que, justamente, internacionalizou o cinema brasileiro, tendo à frente Glauber Rocha, que, aliás, alguns anos antes de Deus e o diabo na terra do sol consagrá-lo no Festival de Cannes (1964), chamava Khouri de "o melhor cineasta brasileiro".

Uma coisa não impede a outra. Glauber era filho da grande cultura baiana dos anos 1950, e Walter era, no fundo, um homem da Vera Cruz. Glauber acreditava na ruptura com o cinema tradicional e para lá arrastou seus colegas de movimento. Khouri nem de longe sentia essa necessidade.

O Cinema Novo acreditava em mostrar um Brasil que não aparecia no cinema. Walter acreditava em mostrar um "homem essencial". O Cinema Novo pensava em algo como uma revolução nacional, ou terceiro-mundista. Walter não acreditava em nada disso: vide *As amorosas* (1968), afirmação de descrença na luta política. E olha que tínhamos uma ditadura em nossas costas.

Talvez tudo isso tenha criado a imagem do Khouri reacionário, o que ele não era. Donny Correia, que frequentou sua obra e seu acervo apaixonadamente, sustenta que o cinema de Khouri – longe de ser alienado, como quiseram alguns críticos – implodia, na verdade, a burguesia a partir de suas próprias bases.

Pessoalmente, sempre vi em Walter um individualista, quer dizer: cinematograficamente. Importava-lhe a sua obra. Seguiria solitário, se necessário, mas não se desviava do que lhe parecia essencial. Como brincava Rogério Duprat, o compositor de seus filmes: "O problema do meu primo é que ele é um artista".

Observação aguda: naqueles dias, a arte estava em questão, e Walter não estava nem aí. Eram, aliás, os dias de *As deusas* (1972). Sylvio Renoldi montava o filme. Ele era um montador soberbo, mas não curtia nada o modo de ser de Walter. Gostava de trabalhar rápido, de imprimir um ritmo mais veloz do que o diretor desejaria. E não sentia a menor falta de ficar pondo e tirando fotogramas, indo e voltando, experimentando, como Walter gostava (e Mauro Alice, seu montador frequente e também notável).

Feliz acaso que me pôs em contato mais próximo com Khouri (eu era assistente de Sylvio na época). Juntos, fizemos as dezenas de ajustes que desinteressavam a Sylvio profundamente e montamos a trilha de música. Íamos e voltávamos, várias vezes, rolo por rolo.

À parte o que aprendi sobre montar um filme, aprendi outra coisa importante: você pode gostar ou não de um filme do Khouri, mas o filme é exatamente o que ele queria que fosse. Não digo isso do ponto de vista da autoria, o que é meio evidente – ele escreveu todos os roteiros de suas obras, além de fazer a câmera e outras funções, nem sempre sob pseudônimos. Mas o artesanato era uma questão que Khouri nunca deixou ao acaso e que, de certa forma, me aproximou dele, para além de nossos gostos particulares em matéria de filmes.

Como chegava a isso? Lembro-me de uma história contada por Mário Benvenutti, seu ator frequente e, sobretudo, amigo. Um dia ele entrou no *set* de *As deusas* e Walter lhe disse: "Mário, hoje vamos filmar a cena da evocação da avó." "Evocação da avó? Que cena é essa?". Walter lhe explicou a ação. E Mário atalhou: "Ah, a cena da suruba?".

Ou seja: não importa o que a cena fosse. Para que ela saísse como ele queria, era preciso trazer à mente (à sua, pelo menos) algo substancial: uma evocação, um pensamento, qualquer coisa. Isso fazia seu cinema, além da paixão. Paixão pelas atrizes que filmava, de que buscava os ângulos que as tornassem mais belas, como Von Sternberg, uma de suas grandes admirações.

Nessa época Walter também estava um pouco angustiado. Tinha comprado a Companhia Cinematográfica Vera Cruz, os antigos estúdios de São Bernardo do Campo. Produziu lá *O palácio dos anjos* (1970), que dirigiu, depois *Pindorama* (1970), de Arnaldo Jabor, e *Um anjo mau* (1971), de Roberto Santos. *O palácio dos anjos* foi um sucesso, infelizmente "compensado" pelo fracasso retumbante dos outros dois.

Isso o deixava angustiado e, em alguns momentos, abatido. Lembro-me dele dizendo que melhor seria se ele mesmo tivesse feito mais filmes, em lugar de chamar outros cineastas para a Vera Cruz. Na época dizia-se que Jabor queimara muito dinheiro em *Pindorama* e, assim, programara seu fracasso. Seria, dizia-se também, de seu desejo enterrar de vez o modo de produção da Vera Cruz. Mas digo aqui o que se ouvia na época. A. P. Galante, o famoso produtor da Servicine, afirmava que, por conta de *Pindorama*, nunca produziria um filme de Jabor. Ledo engano. O filme seguinte do cineasta carioca foi *Toda nudez será castigada*, um sucesso de crítica e bilheteria... Nunca soube que Walter tenha comentado algo a respeito.

A frustração com a compra do estúdio foi grande. Da Vera Cruz sobraram algumas poucas coisas. A câmera Mitchell, que ele muito apreciava (era o seu próprio *cameraman*), o equipamento de som, o projetor portátil que ajudava Rogério Duprat a gravar a música do filme exatamente nos lugares em que Walter desejava que ela estivesse. Sem falar do acervo, claro, que carregava uma ideia de cinema que os anos 1970 já não comportavam.

Mas Khouri não era um cineasta que lembrasse a velha Vera Cruz. Assim como Anselmo Duarte, diga-se. Os dois, parece-me, fizeram o cinema que a Vera Cruz gostaria de ter feito: clássico, mas não acadêmico.

Evidentemente, estou entre aqueles que admiram uma parte da obra de Walter Hugo Khouri e têm pouca afinidade com a outra. Dos primeiros filmes, interessaram-me *Estranho encontro* (1957, com uma ambientação muito influenciada pelos filmes produzidos por Val Lewton para a RKO), *Noite vazia* (1964), que me parece sua obra-prima (em que aborda a crueldade da burguesia em toda a sua extensão), e o surpreendente *As amorosas*, no qual retratou de frente a questão política e pôde manifestar sua ausência de ilusão com a ação nesse campo. Ao mesmo tempo, me interesso muito pouco por *O corpo ardente* (1966), que muitos colegas, a começar por Jairo Ferreira, tiveram sempre em alta conta.

De todo modo, esses filmes da década de 1960 me parecem o núcleo central de sua obra. Não significa que em outros momentos não tenha produzido coisas bem impressionantes. Durante uma retrospectiva produzida por Eugênio Puppo, lembro que a grande novidade foi a apresentação de um ou dois rolos até então dados como perdidos de um de seus primeiros filmes, *O gigante de pedra* (1953). Eu estava sentado na plateia ao lado de Rogério Sganzerla e me lembro de ambos ficarmos admirados de como, ainda iniciante, Khouri já enquadrava as cenas com desenvoltura de mestre. E Rogério sabia do que estava falando: não por acaso, seu primeiro filme é *O bandido da luz vermelha* (1968).

Desde os anos 1950, Walter trabalhara com Rudolf Icsey como diretor de fotografia, e foi com ele até que o húngaro se aposentasse após *As deusas*. Dizia que teve muita sorte, pois quando foi fazer *Estranho encontro* pensou em "Chick" Fowle, mas o britânico estava ocupado e então recorreu a Icsey: "O Icsey era luminoso, o 'Chick' Fowle tinha uma luz encarvoada", comentou certa vez.

"Luz encarvoada": definição rápida, precisa, de quem conhece profundamente a sua arte e, mais, o que pretende dela.

Uma das paixões de Walter Khouri era o cinema japonês, no qual uma boa parte é dedicada às mulheres, e, portanto, às atrizes (era um fã em particular do diretor Mikio Naruse). Quem primeiro cultivou os cineastas nipônicos em São Paulo (com exceção dos japoneses e seus descendentes, claro) foi José Fioroni Rodrigues. Ele transmitiu essa paixão ao crítico e cineasta Rubem Biáfora, que, por sua vez, a transmitiu a Khouri. Em suma, as referências cinematográficas de WHK iam muito além de Bergman e Antonioni.

O gosto por aquele cinema levou Walter, com o tempo, a manter uma relação bastante próxima com a Fundação Japão. Mais tarde, já nos 1990, usou sua influência para que um grupo de cineastas, professores, críticos e cinéfilos visitasse o país asiático.

No dia da viagem, duas preocupações cruzavam sua mente: o destino de *Amor, estranho amor* (1982), o projeto que realizou com Xuxa Meneghel antes que ela fosse famosa (ou tão famosa). Xuxa embargou o filme na Justiça, do qual não se podia fazer VHS, nem DVD, nem passar em TV, nem nada. Walter parecia fora de si. Para ele, tudo era culpa de um contrato mal feito por Aníbal Massaini. Estava mesmo mal com Aníbal, que, segundo dizia, se meteu na montagem de um filme seu e mexeu no que ele, Walter, havia feito. Não sei se tinha razão na sua queixa, mas a soma da interferência com o veto a *Amor, estranho amor* significava, para ele, uma importante violação de sua obra.

Transformar isso em raiva contra o produtor não foi difícil. Na época, Aníbal Massaini comprara os direitos de refilmagem de *O cangaceiro* e mudara bastante o roteiro. Procurava um bom diretor para o filme. Walter estava no aeroporto, quase embarcando para Tóquio, mas não saía do telefone. Queria a todo custo falar com Walter Lima Jr., a quem Aníbal agora procurava, para que não fizesse a obra, pois Aníbal iria interferir e tal e coisa.

A ligação não se completava. O embarque começou, o avião estava quase saindo, mas Khouri não conseguia falar com Lima Jr. Então teve de fechar o telefone, conformado: "Deixa, cineasta do Rio não é bobo que nem eu. Ele não vai fazer o filme". Dito e feito: Aníbal Massaini acabou dirigindo o novo *O cangaceiro* em pessoa. Ainda assim, o tema continuou a obcecá-lo. Quase toda manhã, no Japão, tocava no assunto.

Isso doía mais nele, muito mais, do que receber críticas ruins de seus filmes: "A gente vai ficando com a pele resistente", dizia. Nos últimos anos de sua vida ainda dirigiu *Paixão perdida* (1998), e talvez tenha tido ocasião de notar que a importante revista eletrônica *Contracampo*, que, na virada do século, fazia uma revisão crítica do cinema brasileiro, colocou-o em relevo como um de nossos grandes diretores.

Sim, Khouri estava na primeira linha, ensinou-me muita coisa, mas nunca se deu ao trabalho de escutar a sugestão que lhe fiz algumas poucas vezes: "Walter, eu queria um dia ver um personagem seu puxar a descarga". No fim, quem fez isso por mim foi Kubrick, que pôs Nicole Kidman sentada numa privada em *De olhos bem fechados* (1999). Às vezes, penso no que Walter acharia dessa cena.

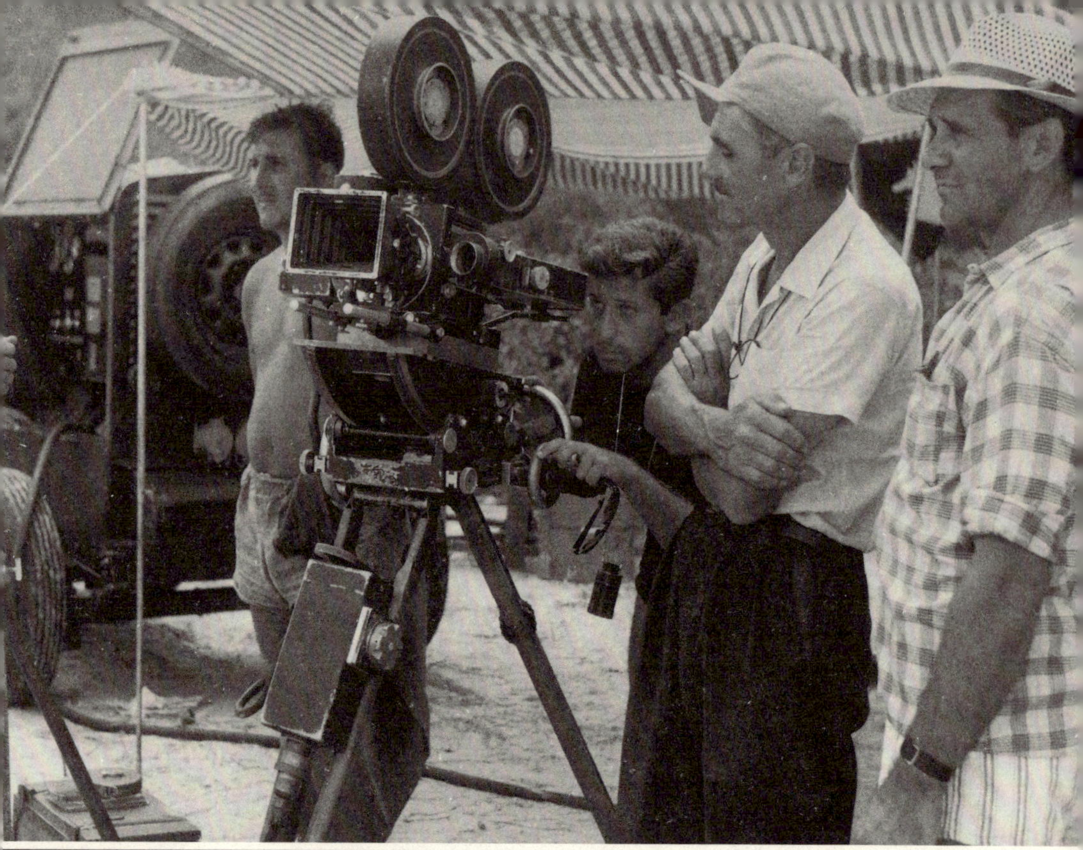

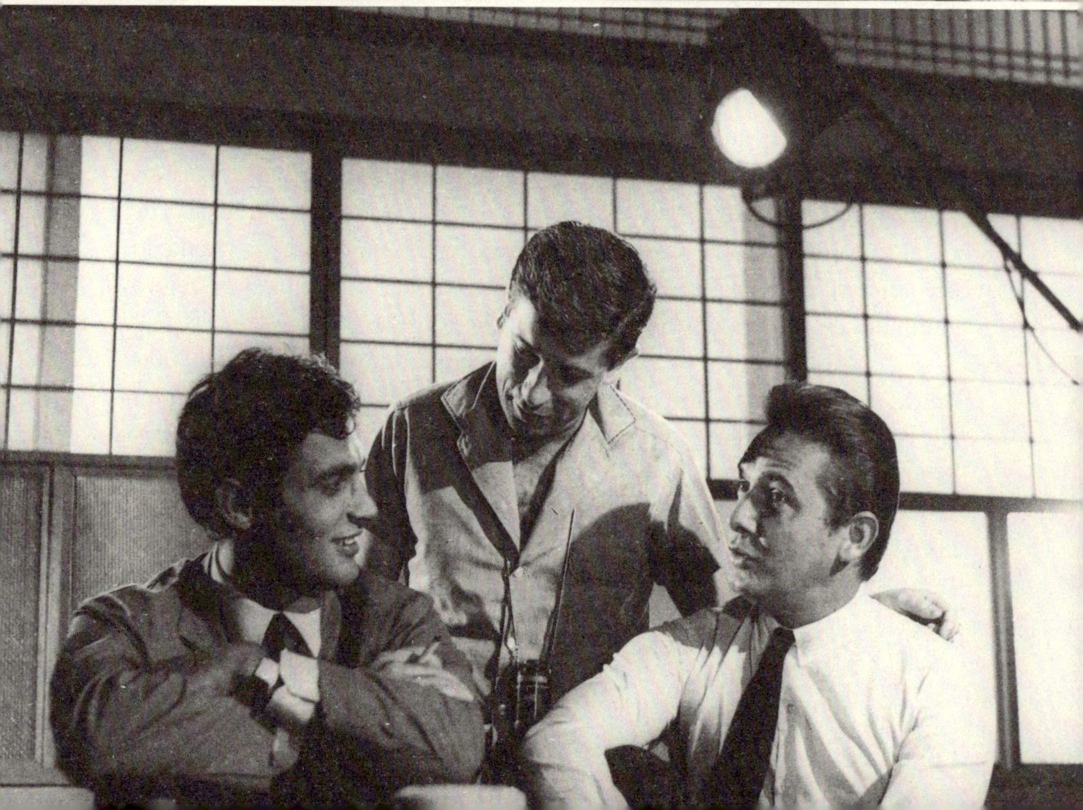

INTRODUÇÃO

- CENA INICIAL -(Irene - Fernando - Dalia) } Além de defronta antes do começ incidente. A conversa é da pela explosão

- ENCONTRO ENTRE MIGUEL E VICENTE -(Fernando - Paulo)

- ENCONTRO BELINHA VICENTE NA HORA DO DESASTRE - (Irene - Fernando)

- ~~FOURGON~~ -(Irene - Paulo)

- HOSPITAL -(Paulo - Irane)

- FERNANDO ANTES DA PARTIDA -(Fernando)

- SAÍDA DO MÉDICO -(Paulo - Arnaud)

- ENCONTROS ENTE MIGUEL E BELINHA (Fusões, antes do casamento)

- CONVERSA ENTRE MIGUEL E O MÉDICO (Paulo - Arnaud)

- VICENTE NA CIDADE (Fernando)

- VOLTA DE VICENTE (Fernando) { Desce do caminhão Conversa com alguém Vae para casa. Vicente à noite

- CÊNA C/ IRENE E PAULO JUNTO À (RIO)

- VICENTE E MIGUEL (Fernando - Paulo) (Conversa junto ao buraco)
  (PAULO VOLTA P/CASA)

- CENA DO MORRINHO - Fernando passa pelo menino.
                    Menino espiando.
                    Fernando espiando Irene antes de aproximar-se.
                    Tomada de panorama.

MIGUEL APÓS A LUTA - Chegando junto ao buraco simultaneamente com
                     ~~XXXXXXXXXXX~~ Olhando para baixo.
                     Afastando se do local

REVER KHOURI

Walter Hugo Khouri. Quem, entre jovens estudantes de cursos de audiovisual, reconheceria hoje esse nome? Talvez um ou outro aluno mais aplicado, ou uma aluna mais dedicada à pesquisa histórica do cinema brasileiro, possa ter vaga ideia de quem foi o cineasta e de sua importância para o cinema brasileiro entre as décadas de 1950 e 1990. Para a minha geração – a tal *millenial* –, mesmo com Khouri ainda vivo e produtivo, o nome já era obscuro. Olhando retrospectivamente, esse apagamento fazia sentido.

Conheci a obra de Khouri em 14 de fevereiro de 1994. Foi em uma exibição especial, comum nas programações da TV aberta, que aproveitava o feriado de Carnaval para reprisar velhos clássicos. Para nós, jovens que dependiam da TV ou da videolocadora para chegar aos tesouros do cinema, era uma oportunidade para atualizar o repertório. Naquele ano, a TV Cultura de São Paulo exibiu uma série de filmes brasileiros mais densos, às 23 horas, no *Cine Brasil Especial*. Já o *Cine Brasil* era um programa dos domingos à tarde, com comédias carnavalescas dos anos 1950 e 1960, dramas da Companhia Vera Cruz e, no máximo, um ou outro filme da década de 1970. Foi a partir da "edição especial" de Carnaval que conheci *Macunaíma* (1969), *O assalto ao trem pagador* (1962), *Boca de Ouro* (1963) e outras obras que me impactaram pelo discurso mais elaborado do que o das velhas chanchadas de que tanto gostava.

É possível que numa daquelas tardes de domingo eu tenha assistido a *Estranho encontro*, dirigido por Walter Hugo, mas lembro-me de ver no filme algo muito semelhante à estética que vinha da Vera Cruz. Por isso, já me parecia familiar e não havia me emocionado tanto, a não ser pela fotografia de Rudolf Icsey e pela trilha sonora de Gabriel Migliori. Porém, a sessão da noite de 14 de fevereiro causou-me o segundo grande choque estético que guiaria toda a minha trajetória de pesquisador. O primeiro foi também numa mostra da TV Cultura, em outubro do ano anterior, quando assisti a *O gabinete do dr. Caligari* (1920), de Robert Wiene. Já o destaque daquele feriado de Carnaval era *Noite vazia*, de Khouri.

Assim que o filme começou, a primeira reação que lembro foi um estranho sentimento de espanto e medo, conforme os primeiros acordes dissonantes do piano de Rogério Duprat embalavam aquelas imagens grotescas e lindas de máscaras de gesso quebradas e corroídas, enquanto os créditos desfilavam. Logo, as cenas de uma São Paulo noturna, sessentista, fizeram-me recordar dos relatos de meus pais sobre como era a cidade num tempo em que eles contavam apenas 16 ou 17 anos de idade. O rumor da metrópole, as buzinas, os pneus rasgando o asfalto, o centro velho na penumbra cinza e melancólica, as luzes dos letreiros em neon. Cada cena me arrastava mais e mais para um universo que me assustava e seduzia. Os diálogos escassos e sempre secos, irônicos, acintosos. As relações humanas trôpegas e cruéis, o final aberto.

Posso dizer com toda a segurança que, passados os cerca de noventa minutos de *Noite vazia*, eu não era mais o mesmo. Eu não era mais um adolescente que devorava comédias carnavalescas e dramas estilizados como quem lia os quadrinhos de Disney ou de Mauricio de Sousa. Aquele filme atropelou minha ingenuidade e nunca mais permitiu que eu enxergasse da mesma maneira nem o cinema brasileiro nem a cidade onde nasci. Khouri me deu medo. Deve ter sido por isso que nunca tentei fazer contato com ele ao longo dos anos 1990, diferente de Anselmo Duarte, Rubens Ewald Filho, José Mojica Marins e outras figuras com as quais tive o prazer de travar algum contato de fã enquanto ainda estava terminando o ensino fundamental. Quanto a Khouri, dava-me a impressão de que o homem por trás daquele golpe dolorido que recebi da tela da televisão era alguém tão frio e inacessível quanto os humores que desfilavam em seu filme. Naquele mesmo ano ainda, vi *O corpo ardente,* igualmente numa programação especial da TV Cultura, e tive a certeza de que eu, Khouri ou ambos éramos alienígenas. Logo, descobri que, para o cinema brasileiro, o alienígena era ele. Eu era só um adolescente metido a intelectual que, na falta de uma vida social para além da escola, trancava-se no quarto para estudar a história do cinema brasileiro em livros e revistas garimpadas em sebos e bancas de jornal.

———

Em 1990, o cinema brasileiro havia morrido junto com a estatal Empresa Brasileira de Filmes, desmantelada pelo presidente Fernando Collor de Mello.

Como o "caçador de marajás" não vingou à frente do Executivo, já em 1993 o governo de Itamar Franco incentivou timidamente a retomada da produção nacional, e a moda dos jovens que sonhavam ser cineastas voltou à baila. Naquele momento, o parâmetro de cinema "com estofo" que tínhamos ainda era o Cinema Novo, porque de lá haviam saído as obras que definiam o conceito de bom cinema nas escolas superiores de audiovisual. O que se fazia, para além de falar sobre aquele movimento, eram críticas ferozes ao que era considerado brega nas comédias da Atlântida e nos dramas da Vera Cruz. Esse estado de coisas já era algo observado e problematizado até mesmo pela crítica da época:

> Pouca surpresa trouxe a lista dos principais filmes brasileiros, segundo 25 críticos, publicada no encarte "100 anos de Cinema", da *Folha*. A excessiva, diria até obsessiva, monopolização das atenções pela geração do Cinema Novo ofuscou nas últimas décadas as contribuições ao filme nacional simultâneas, mas externas ao movimento. [...] Tampouco se examinou detidamente a obra de Anselmo Duarte [...] ou a época aura de Walter Hugo Khouri, cujo *Noite vazia* lá bem poderia estar.[1]

A constatação de Amir Labaki reflete bem a condição histórica do cinema brasileiro e evidencia uma anuência da mídia engajada a um folclore que buscou redimir a sina de um país que nunca teve uma indústria de filmes minimamente sólida. Endossar o Cinema Novo acima de todas as coisas já serviu a muitas ações institucionais que continuam a favorecer seus precursores e seguidores diretos até os dias de hoje. A noção de grupo e o compromisso coletivo – ao menos nas duas primeiras fases do movimento – construíram seus alicerces dentro da crítica cinematográfica e reforçaram seus contatos dentro dos órgãos oficiais, que preparavam as indicações nacionais para os festivais europeus, por exemplo. Dificilmente aqueles que trilhavam as margens conseguiriam fazer frente a tal sistema.

Quanto a São Paulo, toda a literatura que se debruçava sobre o cinema nacional concordava que, mesmo nos complicados anos 1960, os cineastas optaram por obras personalistas, herméticas ou, aparentemente, alienadas. Li mais de uma vez em críticas cinematográficas que o maior representante desse pernosticismo alijado da realidade social era, justamente, o paulistano Walter Hugo Khouri. Conste que, para minha geração, de fato o Cinema Novo

---

1 Amir Labaki, "Cinema brasileiro é terra desconhecida". *Folha de S.Paulo*, Ilustrada, p. 4, 4/12/1995.

instigava a mergulhar num cinema politicamente contestador. Havia razão para isso: para nascidos a partir de 1975 que pretendiam trabalhar com o cinema, o movimento do eixo Rio-Bahia era o que havia acontecido de mais potente.

Conste, também, que Khouri foi dos poucos cineastas paulistas respeitado de alguma maneira pela crítica cinemanovista. Glauber Rocha admirava o colega e, para desfazer qualquer celeuma, o próprio Khouri chamou o cineasta baiano de "amigo" em mais de uma ocasião à imprensa, lembrando que a última vez em que almoçaram juntos, em São Paulo, Glauber estava para levar *A idade da Terra* (1980) ao Festival de Cinema de Veneza. Portanto, algo ocorrido em algum momento antes de setembro de 1980.

Além disso, a abertura política, em 1985, teve suas consequências. Tentando manter viva a chama da consciência social, os jovens miravam-se nos espetáculos iconoclastas que o Cinema Novo deixara como legado. Ainda, muitos cineastas do movimento estavam vivos e ativos, como Nelson Pereira dos Santos, que retornava às telas com *A terceira margem do rio* (1993), ou Carlos Diegues, com *Veja esta canção* (1993). Além disso, Glauber havia morrido fazia menos de quinze anos e sua postura de rolo compressor ainda era fascinante para a minha geração. Era de bom-tom falar, à boca pequena, que Anselmo Duarte provavelmente havia conspirado para ganhar sua Palma de Ouro, que Person era um cineasta irregular e que Khouri era um burguês sem consciência de classe. Mas, para mim, aquilo não fazia muito sentido, porque eu me deixava tocar pela profundidade da obra, fosse qual fosse seu discurso subtextual. As explosões sonoras e a câmera nervosa do Cinema Novo às vezes me soavam repetitivas.

Por fim, havia a pornochanchada e o "udigrudi", frutos da Boca do Lixo – área central paulistana a sediar pequenos produtores cinematográficos. Só por isso, os doutos adoradores do Cinema Novo já condenavam São Paulo ao cúmulo do cinema capenga. Quando muito, Sganzerla era trazido à baila para problematização de seu *O bandido da luz vermelha* (1968). Quanto a mim, assimilei o cinema dito revolucionário como repertório de meus estudos, mas queria mesmo era maratonar a obra completa de Walter Hugo Khouri, de difícil acesso naquele momento. Algumas emissoras reprisavam seus filmes posteriores a *Noite vazia*, mas sempre dentro de programações que reuniam as comédias eróticas produzidas na Boca. Demorou um pouco para que eu compreendesse que os filmes dirigidos por Khouri entre 1970 e o início da década de 1980 passavam ao largo do mero erotismo utilitário. Entretanto, uma coisa era certa: em qualquer fonte o cineasta era citado como antípoda do Cinema Novo, um realizador egoísta e centrado em sua própria classe social (presumindo-se, falsamente, que Khouri era tão aristocrático ou burguês quanto seus personagens). Também era comum encontrar autores que insistiam num Khouri que pasteurizava Bergman e Antonioni, que monopolizara o cinema feito em São Paulo depois de adquirir a Vera Cruz junto com seu irmão, o produtor William Khouri, e – talvez a maledicência que marcou de forma indelével a minha geração – que, em 1982, havia feito um filme "pornográfico" com uma então quase figurante Xuxa Meneghel, no qual ela seduz uma criança. Esse era o Khouri de 1994, quando conheci sua obra.

―

Apesar dos pesares, ao longo da década de 1990, o diretor continuava figura recorrente na mídia especializada. Não raro lia-se nos jornais matérias cujo foco era seu constante esforço para viabilizar novos projetos em tempos de Retomada. Também costumava dar entrevistas abrindo seu acervo de clássicos em VHS para as páginas dos cadernos culturais, como em matéria de 25 de janeiro de 1995, publicada na *Folha de S.Paulo*, que mostrava uma bela coleção adquirida quando esteve em Cuba para ministrar *workshops* na renomada Escuela Internacional de Cine y Televisión. Quando publicadas as listas de novos filmes em produção no início do resgate do cinema brasileiro, dizia-se que Khouri estava realizando *As feras* (1995) e *Paixão perdida*, que acabaram se tornando os últimos dois filmes que dirigiu, lançados a duras penas. Chegou até mesmo a dar entrevista para o caderno de assuntos imobiliários de um grande jornal, na qual explicava o fenômeno da gentrificação da área da baixa rua Augusta, os arredores em que vivia desde os anos 1960.

Para além de realizador, Khouri era uma espécie de celebridade paulistana. Porém, nos bastidores, seu ofício continuava alvo fácil para a crítica mais superficial. Fui, aos poucos, constatando que as pechas que o diretor recebia eram tão mutáveis quanto as próprias opiniões desenvolvidas por certas figuras da mídia sobre o cineasta. Na década de 1960, ele foi o "burguês alienado", já nos anos 1970, tornou-se o "diretor de pornochanchadas *chics*" ou de filmes herméticos que "só os seus amigos e a sua família entendiam" (e olhe lá!). No decênio de 1980, Khouri dividia opiniões que iam do "pervertido" diretor de *Amor, estranho amor* (1982) ao realizador já "anacrônico", que deveria dar passagem às novas gerações. Finalmente, na década de 1990, com a entusiasmada Retomada do cinema brasileiro, Khouri passou a ser o dinossauro totalmente ultrapassado. Quando faleceu, em 2003, quase ninguém mais se importava com seu legado, embora tenha sido homenageado por críticos e outros diretores seus contemporâneos.

Dos últimos 25 anos para cá, houve, claro, esforços para manter vivo o cinema de Walter Hugo Khouri pelo que ele realmente sempre foi. No mercado editorial, em 2001, contando com acesso ao diretor e seu acervo, o professor e pesquisador Renato Pucci Jr. publicou o valioso *O equilíbrio das estrelas: filosofia e imagem no cinema de Walter Hugo Khouri* (Editora Annablume). Foi o primeiro livro dedicado exclusivamente ao cineasta. Em 2023, a crítica Andrea Ormond lançou seu *Walter Hugo Khouri: o ensaio singular* (Editora Casa Rex), uma abordagem impressionista a partir de pesquisas sobre o cinema brasileiro e latino-americano. Também surgiram artigos em revistas especializadas, programas esporádicos em emissoras públicas de TV e eventuais reprises de seus filmes.

Igualmente, Khouri foi objeto de estudo de algumas teses acadêmicas ainda não publicadas, com destaque para *Marcelo, o imaginário burguês de Walter Hugo Khouri: comunicação e psicanálise no cinema*, defendida pela professora Helena Stigger na PUC-RS em 2007.

Quanto a mim, passei vários anos longe do tema, mesmo voltando ao *Noite vazia* vez ou outra, como admirador. Somente a partir da segunda metade da década de 2000, quando já me encontrava ativo no meio da produção e da difusão cultural, ocorreu-me mergulhar nos meandros da internet e buscar a qualquer preço a obra completa do cineasta. Por volta de 2010, pude ter uma noção melhor de quão diversa e sofisticada era a filmografia de 25 longas e um curta-metragem produzida por Khouri. Mesmo assim, construir um estudo em torno do diretor não era simples. Até mesmo chegar a seus herdeiros parecia algo impossível. Eu já planejava, à época, aprofundar-me no cinema khouriano, mas não tinha a menor ideia de como iniciar. Não me interessava apenas militar em favor de que as pessoas revissem seus filmes, mas pretendia reunir arsenal para algo que fizesse jus a seu nome e somasse à historiografia do cinema nacional.

Chegamos, então, a 2019, quando eu era articulista ocasional do caderno Aliás, do jornal *O Estado de S. Paulo*. Lá, publicava majoritariamente textos a respeito dos lançamentos em *home video* de grandes clássicos e discutia relações entre arte e cinema. Propus, ainda em 2018, um artigo para homenagear os 15 anos da morte de Khouri, no qual chamava a atenção para o perigo de seu completo esquecimento, uma vez que seus filmes se encontravam, havia muito, fora de catálogo. Por uma questão de programação dos editores do caderno, o artigo só foi publicado em janeiro do ano seguinte. Ressentindo-me pela perda da efeméride de morte do cineasta, não percebi que a publicação abriria a homenagem dos 90 anos de seu nascimento.

Cerca de dois meses depois, recebi por e-mail uma mensagem do neto do cineasta, Wagner Khouri. Imediatamente, temi que pudesse estar sendo cobrado por algo que havia escrito. Cabe dizer que, ao longo de minha atuação em gestão cultural, conheci diversas famílias de nomes importantes da arte, e o contato travado não raramente se tornava traumático. Por isso, meu primeiro pensamento foi "vou tomar um processo". Ao contrário, a mensagem salientava meu empenho no resgate da obra do diretor. O neto de Khouri me convidava a uma reunião para conhecer o acervo deixado por Walter, com vistas a promover ações que assegurassem uma reavaliação e a preservação da memória do cinema brasileiro por meio de um de seus mais icônicos representantes.

A partir de então, durante 2019 e parte de 2020, quando a pandemia de covid-19 alterou os paradigmas da vida social, passei a visitar com recorrência o acervo mantido exemplarmente pela família de Walter Hugo Khouri. Na verdade, obtive um privilégio, já que o cuidado para que tal material seguisse acondicionado de forma segura era extremo. O zelo envolvido na salvaguarda do acervo permitiu que lá estivessem preservados, com rara qualidade, muitos manuscritos, fotos, roteiros originais, anotações, documentos de produção e tudo o mais que faz brilhar os olhos de um pesquisador obsessivo. Somente ali, tive noção do que eu realmente almejava com relação à figura de Walter. Era necessária a imersão em seu mundo criativo, preservado pelos herdeiros, para uma compreensão da real dimensão histórica não só do cinema brasileiro como um todo, mas da trajetória do cineasta, desde seus tempos de crítico e diretor de tv até os seus últimos dias.

———

Este livro não é uma biografia do cineasta Walter Hugo Khouri, embora forneça dados importantes de sua vida para que se compreenda o contexto de sua poética. Não é minha intenção perscrutar a "alma" dos filmes de Khouri por meio de sua vida pessoal. Sua obra está mais ligada a uma visão sofisticada e metafísica de mundo, sempre além do que podia atingir a problematização social nos "anos de chumbo" no Brasil. Suas metáforas concentravam-se na dissolução da identidade, no homem da multidão – conforme Poe, Baudelaire e Benjamin –, nos desejos incompletos e torturantes, na certeza de que o cinema é profissão de fé.

Ainda ao longo de 2019, empenhei-me em publicar artigos sobre Khouri em periódicos de relevância nacional e internacional, como uma espécie de ensaio geral para este trabalho. Os textos exploraram vários aspectos, que vão da tentativa de um "cinema total", considerando a recorrência de situações e temas, até os diálogos que as obras do diretor estabelecem com as artes visuais, a literatura e a música. Isso me ajudou a elaborar melhor as intenções de um trabalho mais extenso e a compreender elementos para os quais nunca tinha atinado em constantes revisitas aos filmes.

Assim, a intenção deste livro é, primordialmente, trazer de volta ao palco de discussões e debates a figura de Walter Hugo Khouri e o seu cinema, a partir da atualização historiográfica. Creio ser possível a recolocação em perspectiva de sua obra; a análise dos filmes menos conhecidos e que, vistos hoje, muitas vezes mostram-se à frente do tempo em que foram produzidos, como *Eros, o deus do amor* (1981) ou *O desejo* (1975); o estudo da independência, que lhe custou reprovações, mas que se mostrou indispensável na construção de uma verdadeira obra autoral; a incompatibilidade das críticas impingidas pela "patrulha ideológica" (termo cunhado por Carlos Diegues, em entrevista histórica a Pola Vartuck para *O Estado de S. Paulo*, em 1978), que via Khouri como um diletante dispensável à "revolução".

Mais que isso, concebi este volume com vistas a desfazer impressões, repetidas *ad nauseam*, que transformaram Khouri num cineasta alienado, hermético e pouco interessante, afirmações que corroboram seu retrato da burguesia paulistana como um cinema alijado em tempos de resistência. Ao contrário, o cinema de Khouri é composto de uma obra que implode a classe dita dominante a partir de seu próprio alicerce – leia-se, o excesso, combinado ao narcisismo e ao hedonismo. Khouri foi preciso ao se valer da mesma classe dominante que monopolizou a política, a economia e a cultura, pelo menos em São Paulo, para construir não o elogio, mas a crítica ácida e cínica daqueles que estiveram por muito tempo, eles sim, alheios, em diversos aspectos, ao país que habitavam por morarem em "castelos de marfim", demolidos pelo cineasta filme após filme.

Enquanto o Corisco de Glauber hipnotizava o europeu que sofria de remorso histórico, Khouri mostrava que a burguesia é um câncer que se manifesta em qualquer parte do mundo, guardadas as devidas proporções locais. Enquanto a turma do Cinema Novo procurava compatibilizar a liberdade de expressão com as verbas do Estado, Walter mantinha-se independente e produtivo, a despeito das limitações impostas pelo sistema: "Me deem um cantinho, uma câmera e três pessoas, e eu faço um filme", disse ele mais de uma vez.

Ao longo deste livro, pretendo demonstrar como, ainda que à margem dos ditames da arte em seu tempo, Khouri foi um autor ao mesmo tempo fiel a um estilo e sempre crítico. Superou percalços, operou com verbas risíveis (que, no entanto, resultaram em grandes filmes fruto de inventividade e vontade), construiu uma obra contínua e sólida (poucas vezes verificada em currículos de cineastas brasileiros), criou um universo original e peculiar (no qual as vontades são quase sempre destrutivas), explorou as possibilidades de um cinema filosófico e legou uma das filmografias mais importantes para a história do cinema mundial.

É importante frisar que não constam neste estudo abordagens da obra de gênero do cineasta, a saber, *O anjo da noite* (1974) e *As filhas do fogo* (1978), por serem trabalhos de um tipo específico, que merecem um estudo à parte, sob o prisma do cinema fantástico. São filmes que Khouri realizou para produtores que lhe deram liberdade de experimentar tramas de horror sobrenatural, mas com grande carga metafísica. Quanto a *Amor voraz* (1984), ficção científica de cunho transcendental, trago-o aqui para comentar os conceitos filosóficos que seu diretor empregou na concepção. Sua diegese é, também, calcada no cinema de gênero e, em certa medida, enquadra-se no mesmo caso dos outros dois títulos citados.

Por fim, a título de introito a este trabalho, mesmo não se tratando de uma biografia, cabe conhecermos o início de tudo, porque a partir dos anos de formação do jovem Walter Hugo Khouri podemos olhar de forma sistêmica para sua obra. Conhecendo suas influências, compreenderemos melhor suas opções. Tomaremos conhecimento, ainda, do próprio pensamento do diretor em correspondências com colegas de profissão, entrevistas inéditas coletadas de seu acervo e tratamentos iniciais de obras que se tornariam clássicas, de forma a nos permitir enxergar a gênese de seus artifícios. Notaremos as reais influências e o caminho juvenil que o levou à profissão de cineasta.

FILME: O Gigante de Pedra

PRODUÇÃO "CAST" CINEMATOGRÁFICO BRASILEIRO LTDA

DATA 27-3-1952 **LOCAL** Pedreira

HORÁRIO - **QUADROS A FILMAR:** 5 a 21 - 119

ATORES E PERSONAGENS	VESTUARIO	HORA E
Paulo Monte		7 Hs Av. J
Pereira		7 Hs "
Irene		7 Hs "

OUTRAS: Mulheres - 8 Hs - Av. Ipinar

NOMES DOS EMPREGADOS	FUNÇÃO	HORA E L
Walter		7 Hs Av. J
Allegri		7 Hs " "
Tabli		7 Hs " "
Moro		7 Hs " "
Gigi		7 Hs " "
Angelo		7 Hs " "
Dias		7 Hs " "
Pigaglia		7.10 - R. Dr.
Torres		7 Hs Av. J
Tito		7 Hs " "

ACESSORIOS E OBSERVAÇÕES: Material para Fuma
1 Fourgon - 1 Caminhão - Carruv

ENTRE A CRÍTICA, A TV E O CINEMA: UM INÍCIO PROMISSOR

> *Ao contrário de muitos diretores, sou um cineasta que adora filmar, seja em exteriores, seja em estúdios.*
> Walter Hugo Khouri

Walter Hugo Khouri nasceu em 21 de outubro de 1929, filho de pai libanês e mãe descendente de italianos, numa São Paulo que mesclava certo ar interiorano com as primeiras manifestações que a levariam a se tornar uma imensa e intimidadora metrópole. O jovem Khouri cresceu no bairro do Paraíso, na rua Cubatão. Teve uma infância calma, mas marcada pela precoce morte do pai que, aos 40 anos, sofrendo de angina, infartou repentinamente. Vendo-se viúva ainda jovem e com dois filhos para criar, a mãe de Walter precisou da ajuda do avô materno do futuro cineasta. O senhor Ronchi, um "italiano típico", segundo palavras de Khouri, morava no Rio de Janeiro e era um matemático obcecado por descobrir a representação decimal exata do número Pi, astrônomo, positivista, contumaz leitor de clássicos da literatura e da filosofia, bem como amante do cinema e das artes. Em meados dos anos 1940, o adolescente Walter foi passar uma temporada com o homem erudito que lhe influenciaria irremediavelmente. Segundo suas próprias palavras, embora ele não fosse um garoto totalmente recluso na cidade onde a vida era mais solar, a biblioteca de seu avô era um refúgio no qual ele encontrou, primeiro, livros de aventuras, dramas e romances, e, depois, os filósofos que marcariam seu estilo. Também era comum que o jovem acompanhasse seu avô ao cinema, numa época de programas duplos. Em duas ou três idas semanais, Khouri assistia a uma média de seis a oito filmes.

A imersão intelectual fez do rapaz uma pessoa inquieta por entender meandros da constituição humana. De volta a São Paulo, em fins daquela década, ingressou na Faculdade de Filosofia da Universidade de São Paulo, menos por interesse no diploma do que pela possibilidade de encontrar respostas a perguntas que o atormentavam. A experiência foi um desastre: "No segundo ano, tomei bomba, simplesmente porque eu não frequentava as aulas e não fiz nenhuma das provas".[1] Além de não encontrar o sentido que buscava nas aulas dos renomados professores, ainda era mal visto pelos colegas de grêmio acadêmico por não compactuar com ideias revolucionárias demasiadamente utópicas e, para ele, ingênuas. Aquela vivência seria cristalizada em seu personagem mais conhecido, Marcelo, duas décadas depois, em *As amorosas*.

Se a faculdade não lhe parecia um ambiente interessante, por outro lado o Museu de Arte Moderna (MAM), à época na rua Sete de Abril, muito lhe interessava. Lá, as sessões do cineclube da instituição apresentavam os clássicos formadores, obrigatórios para qualquer cinéfilo que pretendesse saltar para a realização cinematográfica. Assim como quase todos os diretores de sua geração, Khouri começou estudando o expressionismo alemão, o cinema soviético e os filmes estadunidenses de arte por meio do cineclubismo. O empenho frutificou, já que, naquele ambiente, o rapaz conheceu figuras que transitavam na indústria cinematográfica local, ou seja, nos estúdios da Companhia Cinematográfica Vera Cruz, em São Bernardo do Campo, fundada em 1949 pelo ítalo-brasileiro Franco Zampari.

Embora o começo não tenha representado exatamente um arroubo de protagonismo, o jovem aspirante já dava claros sinais de que desejava tornar-se um diretor. Logo em sua chegada ao estúdio, submeteu ao cineasta Alberto Cavalcanti, então diretor-executivo da empresa, um projeto que ia muito além de uma ideia rabiscada no papel.

Khouri escreveu um roteiro personalista sobre um rapaz de 19 anos, de classe média, que se sentia deslocado em seu meio por buscar um regozijo imaterial que nunca encontrava. Era uma clara exposição dos próprios sentimentos, que já apontava muito do que veríamos anos depois. Além do argumento para o tal filme, Khouri ainda escreveu um tratamento detalhado do roteiro técnico e, ainda, uma dissertação a respeito das escolhas estéticas que pretendia empregar na produção. Mas o projeto não vingou, em parte porque Cavalcanti demitiu-se de suas funções em 1951, gerando grandes mudanças estratégicas no cerne da Vera Cruz.

---

1 Entrevista ao Museu da Imagem e do Som, em São Paulo, 1989.

Mesmo tendo de adiar as ambições, Khouri teve suas primeiras experiências naquele estúdio, na assistência de produção de *O cangaceiro* (1953), de Lima Barreto. Enquanto o assistente principal, Galileu Garcia, ia a campo com a equipe de filmagem, Khouri permanecia no escritório da produtora, articulando a logística. Assim, tomou contato com profissionais que, ao entenderem que a Vera Cruz tomava um caminho cada vez mais curto para o fracasso, cogitavam partir para a produção independente.

Seduzido pela possibilidade de concretizar seu roteiro, Khouri embarcou numa empreitada junto aos produtores Emílio Cantini e Fernando Negreiros. No entanto, o que era para ser um filme existencialista acabou se tornando um drama passado numa pedreira, que levou dois anos para ficar pronto: *O gigante de pedra*, escrito em companhia dos iniciantes Hilda Muniz de Oliveira e Orlando Maia.

Hoje, apenas os rolos 1 e 5 desse filme sobrevivem, além de um *trailer*. Esse material pôde ser revisto – depois de décadas, quando o próprio diretor acreditava tratar-se de um filme perdido – numa mostra da Cinemateca Brasileira em 1º de abril de 1987. Graças às retrospectivas de Walter Hugo Khouri no Centro Cultural Banco do Brasil de São Paulo e na própria Cinemateca, em 2001 e 2023, respectivamente, os fragmentos foram novamente mostrados ao público. Participei desta última na curadoria e fui organizador de seu catálogo.

O acervo de Khouri guarda uma cópia de um dos tratamentos do roteiro do filme. Por ela, nota-se a semelhança da estrutura narrativa e dos motivos abordados com a produção fílmica típica de São Paulo nos anos 1950. Uma história de drama e aventura num local isolado e hostil, em que as ambições e os amores se chocam, criando o conflito central, que descamba para a violência, palavra que dava título ao argumento original.

Menos existencialista e mais alinhado às produções da Cinematográfica Maristela e de estúdios afins, que passaram a orbitar em torno da megalomaníaca Vera Cruz, *O gigante de pedra* tornou-se mais que um exercício. Foi como uma prova final sem tempo para muitos estudos. O intervalo decorrido entre o primeiro dia de filmagem e sua exibição serviu para que Khouri compreendesse todas as dificuldades de se fazer cinema no Brasil e acostumar-se a elas – assim, a flexibilidade se tornaria elemento crucial em sua poética. O filme foi agraciado com o Prêmio Governador do Estado por sua montagem, e o jovem Walter Hugo Khouri, aos 23 anos,

Khouri (dir.) monta *O gigante de pedra*. Acervo Walter Hugo Khouri.

entrava para o *hall* dos novos talentos, num momento em que a indústria cinematográfica nacional começava a se tornar motivo de discussões entre intelectuais, jornalistas e investidores.

Ao longo dessa primeira experiência, o diretor desistiu de vez da graduação em Filosofia e resolveu viver profissionalmente do cinema, para desespero de sua família. Enquanto finalizava seu filme e começava a negociar a realização de um segundo trabalho, passou a escrever críticas para o jornal *O Estado de S. Paulo* e conseguiu uma confortável vaga nos estúdios da TV Record, adaptando e dirigindo clássicos para o teleteatro da emissora. Entre 1953 e 1954, apresentou ao espectador brasileiro o cinema de Ingmar Bergman, que ainda não era conhecido totalmente nem mesmo na Europa. Com a consagração mundial de *Noites de circo* e *Mônica e o desejo*, ambos de 1953, o cineasta sueco passou a ser gradativamente cultuado por aqui, mas também graças à série de artigos que Khouri lhe dedicou, inclusive em publicações mais detalhadas, por ocasião do I Festival Internacional de Cinema do Brasil, no âmbito dos festejos do IV Centenário de São Paulo (1954), quando alguns sucessos internacionais foram exibidos no país pela primeira vez.

Entre a crítica, a TV e o cinema, Khouri começava a urdir uma teia inédita de referências, estilo e entendimento de cinema como forma de arte e originalidade. Em 1955, após ser contemplado com um prêmio em dinheiro ofertado pelo Banco do Estado de São Paulo (Banespa) para a produção de um roteiro inédito, cogitou associar-se à Cinematográfica Maristela para produzir o seu próximo filme. Em verdade, concorreu com duas propostas. Uma delas era uma versão primitiva de *A ilha* (1963), que mudaria drasticamente quando de fato produzida. Ao mesmo tempo, a Vera Cruz acabara de decretar recuperação judicial e mudara de nome para Brasil Filmes, sob a direção do dramaturgo Abílio Pereira de Almeida, de forma que pudesse continuar a produzir a partir da infraestrutura já existente em São Bernardo do Campo e a contar com ampla distribuição da Columbia Pictures. Foi pela Brasil Filmes que o diretor optou por produzir *Estranho encontro,* o outro roteiro com o qual tinha concorrido ao prêmio. Nasceria, com esse título, o Walter Hugo Khouri autor.

PARTE 1
DO *NOIR* AO ÉPICO

CINEDISTRI apresenta

"A ILHA"

Um filme de WALTER HUGO KHOURI produzido pela
<u>KAMERA FILMES LTDA.</u>

LUIGI PICCHI	—	EVA WILMA
LYRIS CASTELLANI	—	JOSÉ MAURO VASCONCELLOS
MARIO BENVENUTI	— RUY AFFONSO —	MAURICIO NABUC

e
FRANCISCO NEGRÃO

apresentando

ELIZABETH HARTMANN — LAURA VERNEY

Diretores de Fotografia.........	RUDOLF ICSEY
	GEORGE PFISTER
Cenografia......................	PIERINO MASSENZI
Música..........................	ROGÉRIO DUPRAT
Edição e Montagem...............	MÁXIMO BARRO
ENgenheiro de Som...............	ERNST HACK
Estúdios........................	CIA. VERA CRUZ
Laboratórios....................	LIDER CINEMATOGR
Assistentes de direção..........	Alfredo Sternhej
	Schubert Magalha
Cameraman.......................	George Pfister
Fotografia de 2a. Unidade.......	Eliseo Fernande
Foquista........................	Marcial Alfonso
Assistente de Câmera............	Eugênio Owitsche
Maquilador......................	Jean Laffront
Criações Femininas..............	Modas Tomaso
Sistema Sonóro..................	R.C.A. Victor
Película Sensivel...............	Eastman Kodak
Tecnico de som adjunto..........	Antonio Vitale
Assistente de edição............	Ebba Picchi

ESTRANHO ENCONTRO

Estranho encontro é essencialmente um filme *noir*. Entenda-se por *noir* as películas estadunidenses que escrutinavam o lado decadente da sociedade no país da promissão. Os personagens *noir* são amorais, frios, sem qualquer empatia. Querem dinheiro, cigarros e *bourbon* a qualquer preço e, via de regra, agem para tal no submundo. É uma distopia demolidora do "sonho americano" que tomou de assalto os cultores de literatura *pulp* e os desiludidos com a Segunda Guerra Mundial e com as políticas públicas. O típico personagem *noir* entende que o mundo é uma arena cercada de leões e que ele vive por si mesmo, não importa quão sedutora seja uma vida ao lado da loira fria que cruza seu caminho apenas para o colocar numa sinuca de bico. Ser *noir* é estar no lugar errado, na hora errada. É enfrentar a cidade como quem tenta sair de um labirinto sem portas, habitado pelo minotauro da Modernidade.

De outro lado, há mais um tipo de cultura *noir*. A nórdica.

Na estética *noir* dos filmes e da literatura nórdicos, além do desalento e do ceticismo, ainda há outro elemento para antagonizar. Diferente das grandes cidades como Nova York, Chicago e Los Angeles, no *noir* nórdico a tensão se estabelece a partir da relação entre os personagens e a natureza. Os campos abertos, as florestas, os bosques e, acima de tudo, o frio e a escuridão regem a angústia dos seres que povoam esse tipo de narrativa.

Essa relação de reverência e temor já era observada desde o Iluminismo, em escritos canônicos sobre as artes visuais. Autores como Lessing, e depois Worringer e Argan, ratificam a ideia de que o artista nórdico, diferentemente do clássico, prefere transmitir a profundidade emocional em vez da perfeição formal e inclina-se menos à exaltação de um ideal e mais à exploração do próprio eu, uma tendência que influencia fortemente o seu estilo e a sua abordagem estética.

Em ambos os casos, estadunidense ou nórdico, o arquétipo de anti-herói *noir* choca-se com o sistema fechado de uma elite detentora da bula moral, mas que se desintegra por dentro, dando ao personagem central a possibilidade de conhecer outros lados de certas pessoas. Isso pode significar sua redenção, ou sua derradeira danação.

Em 1954, o bastião da influência cultural cinematográfica da elite paulistana ruiu. Com o fim da Companhia Vera Cruz, o Banespa recebeu com deleite o pedido de falência das mãos de representantes de Francisco Matarazzo Sobrinho e Franco Zampari. Porém, impedida de executar a dívida e confiscar os bens da "Hollywood brasileira", a instituição teve de aceitar que as atividades continuassem, usando-se o selo "Brasil Filmes", agora sob administração de Abílio Pereira de Almeida, pioneiro dos primeiros dias da Vera Cruz. Nessa fase, Almeida continuou incentivando a produção de filmes com apelo popular, fossem comédias, dramas ou épicos.

Em 1958, com verba conseguida com concurso do mesmo banco, Khouri decidiu rodar *Estranho encontro* e arquivar *A ilha*, para que este decantasse melhor. De acordo com a primeira intenção de seu diretor, *Estranho encontro* seria filmado nos estúdios da Maristela, mas o projeto acabou migrando para a Brasil Filmes. Afinal, ele já conhecia os espaços e a equipe técnica remanescente. Pela primeira vez, o cineasta trabalharia com um tema que era seu, num filme seu. Além disso, fervilhava em suas ideias a estética de um tal Ingmar Bergman, cuja obra havia conhecido quatro anos antes e que fizera questão de divulgar largamente. A luz densa, os temas áridos, os personagens frios, quase autômatos, e a simbologia das cenas respingavam sobre a concepção de *Estranho encontro*.

A obra surgiu num momento de transição estilística e conceitual do cinema nacional. O filme brasileiro começava a sofrer as consequências do fim da era dos estúdios e do nascimento da produção independente na Bahia e no Rio de Janeiro. Quase todas as obras resvalavam em momentos de amadorismo, mas, vista hoje, a coragem dos realizadores é louvável, considerando que não havia meio de consolidar uma plateia fiel, mas apenas alguns episódios de bons filmes populares, como *Absolutamente certo!* (1957), *Rio, 40 Graus* (1955) e *O grande momento* (1958). Porém, nada que fizesse o brasileiro atentar para o seu cinema. Problema crônico.

Por outro lado, não faltavam bancos empenhados em falir os parcos estúdios que ainda restavam. Em *Estranho encontro*, Khouri trabalharia com velhos conhecidos, como o ator Mario Sérgio, a atriz Lola Brah, o músico Gabriel Migliori e o diretor de fotografia Rudolf Icsey. Para Khouri, ter Icsey à frente da fotografia era essencial. Diferente dos fotógrafos pragmáticos ingleses, que faziam dos filmes da Vera Cruz uma tábula quase insípida, de tons uniformes e professorais, Icsey era húngaro, mais afinado com a fotografia recortada, metafísica, simbólica; era muito mais receptivo ao desenho de luz que Khouri desejava usar.

A crítica canônica a *Estranho encontro* é, sem dúvida, o artigo "Rascunhos e exercícios" (1958), de Paulo Emílio Salles Gomes. O texto comenta *Rio, Zona Norte* (1957) e o filme de Khouri, evidenciando os contrastes entre cada um, já sugerindo alguns problemas que seriam o cerne do embate entre o Cinema Novo e os cineastas de São Paulo. O crítico, ao mesmo tempo, exalta a perícia de Khouri e aponta problemas nesse "exercício" inicial, que ele acredita ser um indicativo do que seria o cinema brasileiro dali por diante. Reproduzimos um trecho:

> Walter Hugo Khouri situa-se, artisticamente, nas antípodas de Nelson Pereira dos Santos. [...] Nelson partiu do Rio de Janeiro e de suas favelas. Para colocar alguns personagens em situação dramática nos arredores de São Paulo, Khouri partiu do próprio cinema. [...] A formação do diretor de *Estranho encontro* é essencialmente cinematográfica. Nisso reside ao mesmo tempo a sua força e sua fraqueza. O rascunho populista de Nelson Pereira dos Santos empalidece ao lado do exercício brilhante de Walter Hugo Khouri, mas se em *Rio, Zona Norte* e mesmo em *Rio, 40 Graus* temos um autor que se revela inábil na manipulação do tipo de expressão estética que escolheu, *Estranho encontro* nos dá às vezes a impressão curiosa de um estilo à procura de um autor e uma história.
>
> A presença desse estilo desgarrado é tão forte que leva o espectador por caminhos e sensações alheios às intenções do realizador. [...] Na realidade, o tom que domina é o de mistério, particularmente nas admiráveis sequências de *flashbacks* que se iniciam na relojoaria e nas quais se visualiza a narração da heroína. A longa introdução enigmática foi tão poderosa que, enquanto pode, o espectador conserva-se fiel ao seu espírito, até que se desvanece a hipótese [...] da loucura da moça. A partir daí o realizador domina essa espécie de rebelião do estilo contra a sua vontade, porém o espectador se sente um pouco perplexo.

Há uma evidente ruptura de tom, o mistério desapareceu, tudo é claro, mas como a fita ainda dura bastante tempo o espectador procura adaptar-se à nova situação, interessando-se mais detidamente pela psicologia dos personagens, pela situação e pelo rumo dos acontecimentos.

[...] Os brilhantes exercícios de estilo de Khouri o situam imediatamente entre os poucos bons realizadores que possuímos e como uma grande esperança para o cinema brasileiro. A experiência de *Estranho encontro* faz-nos, entretanto, perguntar se como argumentista, roteirista e dialoguista ele está em terreno que lhe é adequado. A análise feita neste artigo contém julgamento implícito sobre o argumento e o roteiro. Quanto aos diálogos, o tom nos é dado pelas primeiras palavras de Marcos, quando na estrada se dirige à moça: "Vamos, acorda, está melhor?". Através da fita continua: "Vamos parar com esse jogo de adivinhação" ou "Vamos, continue". Mesmo que o realizador não tivesse sido traído pelo estilo, sua intenção de fazer do encontro entre os dois jovens um episódio lírico ficaria irremediavelmente comprometida pela mediocridade dos diálogos.[1]

Estranho encontro é uma tentativa de conjuminar o mistério e o horror do *noir* nórdico à crítica de um sistema estabelecido que trai seus circuitos operantes. Desde seu primeiro movimento genuinamente autoral, Khouri investiu na marginalidade do anti-herói, encarnado pelo personagem Marcos, que vive como um *playboy* bancado por Vanda, a qual, por desejos íntimos, quer pertencer à determinada esfera da sociedade paulistana. A presença de Júlia, moça misteriosa, desorganiza as relações espúrias entre os personagens – mesmo aqueles que ainda surgirão na porção final do filme – e expõe um universo de interesses e manipulações em função de vaidade e ânsia de posse.

Sobre tudo isso, ainda há o mistério e o suspense do ambiente afastado onde tudo acontece. A natureza, ao isolar os seres de seus espaços populosos e polifônicos, torna-se um fantasma que sussurra medo nos ouvidos dos personagens o tempo inteiro. Pela primeira vez, Khouri cria seu recinto claustrofóbico em meio ao campo aberto da propriedade de Vanda, rodeada de florestas hostis. Sobre seu filme, o diretor diria anos depois:

---

1   Paulo Emílio Salles Gomes, "Rascunhos e exercícios". *O Estado de S. Paulo*, Suplemento Literário, p. 5, 21/6/1958.

> Revi *Estranho encontro* há relativamente pouco tempo e pela primeira vez com o distanciamento necessário. A experiência me ensinou que são necessários alguns anos (às vezes muitos) para que se possa ver um filme nosso com os olhos de um espectador não envolvido. Gosto desse filme não pelo que é, mas pelo que representou para mim: uma espécie de descoberta, a emoção de toda a filmagem, a atmosfera intensa e excitante do trabalho, "algo" mágico que acompanhou toda a feitura do filme. [...] Ao contrário de muitos diretores, sou um cineasta que adora filmar, seja em exteriores, seja em estúdios. [...] Voltando a *Estranho encontro* não me lembro de ter tido "consciência" de qualquer influência. O fenômeno Bergman estava no ar. Acredito que fui um dos primeiros no Brasil a levantar a lebre sobre ele, ainda no Festival Internacional de São Paulo, em 1954. Já confessei muitas vezes que *Noites de circo* foi um dos maiores impactos artísticos que já experimentei.[2]

Estranho encontro passa ao largo da excelência, mas é um filme diferente. Um filme de estúdio diferente dos filmes de estúdio. Um exemplo que resiste mais como marca temporal de um momento peculiar na redistribuição das cartas do cinema brasileiro que como uma obra clássica no sentido estrito. Sua exuberância visual marca o canto do cisne da política babélica da Vera Cruz e dos rumos que tomaram seus aprendizes em direção ao cinema independente e aos futuros escritórios prolíficos da região da Boca. Tanto quanto *Absolutamente certo!* (1957) para Anselmo Duarte, o filme existe como registro vivo da transição, do ensaio geral para movimentos mais ambiciosos.

Khouri havia deixado a TV Record quando estava no auge do seu prestígio e credibilidade. Seus arquivos conservam os roteiros que ele mesmo escrevia para dirigir em transmissões ao vivo, como era na época. De clássicos da literatura universal a histórias mundanas, o novato diretor chegou a adaptar e dirigir o texto de Cornell Woolrich *Janela indiscreta*, numa versão brasileira para o clássico de Alfred Hitchcock de 1954. Mas a vida na TV não parecia suficiente, mesmo que a Record fosse equivalente à rede Globo em nossos dias. Khouri estava mais para o programa *TV de Vanguarda*, da Tupi, que era o outro lado da moeda: adaptações de obras mais profundas, densas e ambíguas. Mesmo assim, ainda seria televisão, en-

---

2   Ely Azeredo, "Dossiê Khouri". *Filme Cultura*, n. 12, p. 19, maio/jun. 1969.

tão Khouri decidiu se desligar desse meio para se dedicar integralmente ao cinema. Pela segunda vez, foi chamado de louco pela família. Agora, também Nadir, sua esposa, juntava-se ao coro que o acusava de inconsequente, porque, àquela altura, não só Khouri já era casado, como acabara de ser pai.

FRONTEIRAS DO INFERNO

"Fiz este filme para pagar as contas sem ter de voltar para a TV", diria Khouri diversas vezes. O filme *Fronteiras do inferno* (1959) foi um trabalho desinteressante e até incômodo para seu diretor, embora providencial e necessário.

O contrato previa um filme obrigatoriamente passado num garimpo, com roteiro já pronto: eram 32 latas de negativo para 40 dias de filmagem em locações difíceis. Uma vez que o projeto foi realizado em duas línguas, português e inglês, tudo tinha de ser feito duas vezes, o que reduzia ainda mais o tempo disponível e a metragem de negativo virgem. Além disso, sendo um filme colorido, os cuidados com a revelação no laboratório não foram adequados, o que resultou numa fita com tonalidades incongruentes. As cenas apresentam um colorido *à la* Eastmancolor tropicalizado, muita saturação e tonalidades brancas estouradas. Por vezes tem-se a impressão de que se trata de um filme da estadunidense Republic Pictures.

Não é um filme plasticamente perfeito, mas encerra diversas pistas deixadas pelo diretor para o tipo de cinema que perseguia, sobretudo na exploração da paisagem incomum e da beleza das atrizes. Além disso, já estão lá os longos planos próximos das expressões dos personagens, planos gerais contemplativos da paisagem inóspita contra a pequenez dos indivíduos e os arquétipos que seriam desenvolvidos anos depois. O tema da ganância e da violência gerada por ausência de escrúpulos ganha mais força considerado o cenário, que denota uma "terra de ninguém" gerida por um explorador tirano, vivido por Luigi Picchi, uma *persona* que ele encarnaria mais duas vezes para Khouri.

O filme traz, ainda, em sua ficha técnica nomes importantes que deixariam marca no cinema nacional. O coautor do roteiro, Carlos Alberto de Souza Barros, é responsável por clássicos como *Chofer de praça* (1958), estrelado por Mazzaropi; *Moral em concordata* (1959), de Fernando de Barros; e *Amor e desamor* (1966), de Gerson Tavares, obra-prima pouco lembrada de um cineasta tão denso quanto o próprio Khouri. A música de *Fronteiras do inferno* é assinada por Enrico Simonetti, que compusera muitas tri-

Khouri e a atriz Bárbara Fazio, no set de *Fronteiras do inferno*. Acervo Walter Hugo Khouri.

lhas para a Vera Cruz. A montagem era assinada por um iniciante, Carlos Coimbra, que inscreveria seu nome como um dos melhores de sua área no Brasil, além de dirigir *Independência ou morte* (1972), um clássico em vários sentidos.

Finalmente, o elenco do filme é um catálogo dos melhores nomes do cinema brasileiro em sua época, que deixaram legado nas páginas do cinema, do teatro e da TV: além de Picchi, estão Hélio Souto, Aurora Duarte, Ruth de Souza, Lola Brah e José Mauro de Vasconcelos, para citar somente alguns.

Curiosamente, o filme foi lançado nos Estados Unidos, em VHS, pela Something Weird em algum momento dos anos 1990, sob o título *"sassy"* (atrevido) *Lonesome Women* [Mulheres solitárias]. Essa distribuidora constitui uma lenda no universo cinéfilo por ter disponibilizado mundialmente alguns dos filmes mais estranhos, polêmicos, provocantes, raros, ofensivos e curiosos já produzidos na história do cinema. Graças à Something Weird, José Mojica Marins tomou de assalto o mercado estadunidense – e daí, mundial – a partir de 1992. Hoje, existem cópias "alternativas" de *Lonesome Women* em plataformas gratuitas.

NA GARGANTA DO DIABO

O épico *Na garganta do diabo* (1960) é uma coprodução vistosa, rodada em inglês nas cataratas do Iguaçu e que tem por pano de fundo a guerra do Paraguai (1864-1870). Por mais inusitada que pareça a premissa, é de Khouri o roteiro, por ele trabalhado com sua equipe de confiança à época: Icsey na fotografia, Gabriel Migliori na trilha sonora e um elenco de velhos conhecidos (Luigi Picchi, Odete Lara, Sérgio Hingst etc.). Trata-se de um filme rebuscado, feito ao gosto do espectador, em consonância com os filmes de grande porte que surgem na produção nacional vez ou outra, como *Arara vermelha* (1955) ou mesmo *O cangaceiro*. Porém, ao contrário desses, *Na garganta do diabo* investe nos intervalos visuais entre um clímax e outro, na contemplação da paisagem e na fauna local. Também retoma o tema da ganância, da fortuna escondida que se torna objeto de desejo de alguns mercenários, além da constante ameaça que homens de poucos modos representam a jovens mulheres isoladas numa casa vulnerável.

Os movimentos de câmera, embora acadêmicos, servem a algo mais que tão somente o apelo estético dos filmes *à la* Vera Cruz e congêneres. Khouri construiu um *Kammerspiel* nos últimos suspiros do cinema de estúdio no Brasil. Isso não é pouco se pensarmos na argúcia com que conduziria seu filme em meio ao estado de coisas que rondava a realização cinematográfica e a crítica, já rotulando os trabalhos lançados no circuito como "socialmente engajados" ou "alienados" (os dos estúdios paulistas).

Ao filmar um drama histórico, no entanto, Khouri exercitaria a aventura do filme de gênero combinada com os longos planos no interior da casa onde alguns desertores se refugiam. Eles nos fazem mergulhar na psicologia da relação entre os personagens e esquecer que se trata de um registro de História. De alguma forma, e a exemplo de *Estranho encontro*, a atmosfera criada pela interação das criaturas em cena é sempre maior que qualquer muleta narrativa que ampara este ou aquele momento da cronologia. Fato é que, assim como seu filme seguinte, *A ilha*, o excesso de personagens deixaria a trama esquemática além do desejável, mas o estilo rebuscado e sufocante já estava em curso.

Na garganta do diabo foi o grande vencedor do tradicional Festival de Mar del Plata, em 1960, nas categorias de melhor filme e melhor roteiro. Glauber Rocha redigiu uma carta elogiosa a Khouri, parabenizando-o pela conquista e pedindo que uma cópia fosse emprestada para ser exibida em Salvador, onde o jovem crítico e futuro cineasta se encontrava organizando os novos rumos do cinema nacional. Esse documento é um dos mais significativos no Acervo Walter Hugo Khouri.

Internamente, o filme também performou de forma satisfatória entre o público e a crítica, o que consolidou a reputação de seu diretor e, finalmente, deu-lhe estabilidade para movimentos mais ousados. Khouri preferiu desvencilhar-se dos produtores locais e fundou a própria empresa, a Kamera Filmes. Logo também seria o novo proprietário da Vera Cruz.[1]

---

[1] A história da compra dos estúdios se encontra na Parte 3 deste livro.

A ILHA, AVENTURA A QUALQUER CUSTO

Corria o ano de 1962. Um jovem de seus 20 e tantos anos, desajeitado e cheio de empáfia, contratado para ser auxiliar do assistente de produção de um filme rodado em Bertioga, litoral de São Paulo, foi chamado pelo chefe de produção certa manhã, antes do início das rodagens, e dispensado de suas funções por não corresponder ao perfil da equipe. Contrariado, o rapaz elevou o tom de voz e passou a vociferar impropérios e acusações de complô contra sua capacidade profissional. Ao redor, foram se juntando outros técnicos, atores, atrizes... até que todos passaram a rir e zombar da situação, agravando a revolta do jovem demitido. Tomado de ira, ele se levantou, olhou cada rosto que gargalhava dele e proferiu: "Um dia, vocês ainda vão trabalhar para mim!". Seu nome era Antonio Polo Galante, um moço mirrado que havia sido faxineiro da Cinematográfica Maristela uns dez anos antes e agora se aventurava nas funções cinematográficas, começando de baixo, na equipe de produção de *A ilha*, nova realização de Walter Hugo Khouri que, com seu irmão, acabara de fundar a Kamera Filmes, com pretensões ambiciosas de ser seu próprio patrão e patrono de novas produções de um cinema que florescia como nunca antes visto.

Essa história nos foi contada um par de vezes pelo amabilíssimo cineasta e crítico Alfredo Sternheim (1942-2018), assistente de direção de Khouri para aquele filme e para o seguinte, *Noite vazia*. Sabendo de nossa admiração pelo cineasta e, talvez, por discrição, ele nunca disse se Khouri estava entre os que desmereceram Galante. "Não lembro se o Khouri estava ali, mas fui o único que não riu", evadia-se. A ironia é que muitos dos que estavam na roda de zombaria realmente trabalhariam para Galante a partir do fim daquela mesma década e pelos anos 1970 adentro, incluindo Sternheim e o próprio Khouri, como veremos mais à frente.

Por nossas pesquisas e muito cotejo, não é possível afirmar com certeza, mas pode-se especular que *A aventura* (1960), de Michelangelo Antonioni, tem grande influência na reescrita do roteiro de *A ilha,* também de autoria de Khouri. Os enredos de ambas as produções contêm semelhanças quanto ao mote do insulamento involuntário, às ambiguidades relacionais e às ambições interrompidas, com desfechos abertos. Infelizmente, o roteiro da primeira versão de *A ilha* não foi localizado no Acervo Walter Hugo Khouri, o que nos deixa como base o filme que temos hoje e que, à época, dividiu público e crítica.

Colhendo as benesses do sucesso comercial de *Na garganta do diabo,* Khouri juntou-se ao irmão, William, no início de 1962. Fundaram a Kamera Filmes, produtora que serviria para filmes próprios e que almejava investir em produções econômicas e eficientes de outros cineastas, alguns associados aos primeiros dias do Cinema Novo.

Em *A ilha,* primeira produção da nova empresa, Khouri retoma o motivo que vinha perseguindo desde *Fronteiras do inferno*: um objeto de valor que atrai para si, como uma estrela com planetas que a orbitam, vários personagens complexos em suas constituições, os quais, depois de exauridos pela própria ganância, terminam engolidos pelo astro. Em *Na garganta do diabo,* as moedas de ouro que o velho guarda em sua humilde casa, onde vive com as duas filhas, também se tornam motivo de abusos dos forasteiros, que insistem em arrancar dele o segredo do cofre. Por sua vez, a ilha misteriosa supostamente guarda um tesouro deixado ali no século XVII por piratas europeus.

Conrado Alfieri (Luigi Picchi) é a perfeita encarnação do herdeiro nascido do primeiro *boom* industrial paulista, tal qual Marcelo Rondi viria a sê-lo, como veremos (sobretudo ao tratarmos de *O desejo*). É hedonista, frio, egoísta e imoral. Sua dicção empostada e autoritária é a mesma de um Duce ou de um Führer. Um sociopata que não veria problemas em arquitetar crimes graves, desde que lhes atendessem as ambições. É, também, um darwinista social.

Uma das metáforas mais sofisticadas da narrativa é seu passatempo, ao qual se dedica meticulosamente: cruzar peixes betta para que gerem subtipos de cores raras e exóticas. O peixe betta, como se sabe, embora pequeno, é um animal voraz, que rivaliza com semelhantes até à morte. Entre os machos da espécie, há episódios de canibalismo, sobretudo por disputa de território e de fêmeas. Conrado se compraz ao explicar o complexo processo que administra para chegar ao betta perfeito. Segundo ele, é preciso a quantidade certa de água no aquário, a temperatura exata e a alimentação em quantidade mínima. Acima de tudo, é preciso que ambos os bettas estejam em estado limite de tensão sexual para procriarem. Só assim o vidro que os separa pode ser retirado.

Seu prazer estético é atingido à custa de muita "dor e privação", segundo suas palavras. Para satisfazer a sanha pelo peixe perfeito, o animal deve fazer eclodir seus melhores predicados visuais a partir do estresse.

Além disso, outras são as atitudes despóticas de Conrado que nos traçam um perfil preciso, seja quando pratica tiro ao alvo a esmo, flerta com mulheres (sejam maduras ou ainda adolescentes) ou humilha meninos carentes da beira da praia com notas de dinheiro atiradas na água, só pelo prazer de os ver atracarem-se pela recompensa por carregarem suas malas e as de seus amigos até o iate que os levará à aventura. "A competição faz bem", responde impassível à Helena (Eva Wilma), quando esta lhe reprova a atitude grotesca. Não que a mulher seja exatamente a personificação da empatia e lisura. Para provar isso, basta uma sequência de planos próximos de seu rosto quando Conrado conta aos amigos parasitas sobre a quantidade de tesouros escondidos na ilha para onde decidem rumar. Há um misto de curiosidade e olhares de luxúria que se assemelham a uma sensação orgástica quando o assunto é opulência. Ela também é um dos casos amorosos de Conrado, mesmo dividindo o espaço com a namorada oficial do anfitrião, Suzana (Lyris Castellani), tão bela e sensual quanto desequilibrada e alcoólatra.

O ator Mário Benvenutti encarna Nenê, *playboy* cujo pai anda um pouco descontente com a fanfarrice do "menino". Ele nos é apresentado como um jovem com espírito de aventura tão obstinado quanto inconsequente, o que lhe custará a vida quando tentar chegar ao tesouro por uma fenda submersa, mesmo sabendo que seu equipamento de mergulho já dera sinais de defeito.

Com tantos personagens, algo atípico na obra khouriana, o cineasta realmente teria razão ao se ressentir dos reveses que rodearam a produção e a recepção do filme. Para começar, é nítida a dispersão narrativa, já que Khouri abre diversos conflitos que deveriam se unir para o desfecho, mas a falta de coesão salta à vista. Há o ricaço caprichoso que não se decide se quer encontrar um tesouro, aperfeiçoar a raça de seus peixes ou namorar todas as mulheres do filme, menos sua prima; há a bela mulher

Kamera FILMES apresenta

UM NOVO MARCO DE MATURIDADE

um filme de
WALTER HUGO KHOURI

LUIGI PICCHI
EVA WILMA
JOSÉ MAURO de VASCONCELOS
LYRIS CASTELLANI
MÁRIO BENVENUTI

UM DRAMA DA VIDA CONTADO com IMPRESSI...

HOJE

STICA DO CINEMA BRASILEIRO!
HA
AFFONSO
RICIO NABUCO
BETH HARTMANN
RA VERNEY
CISCO NEGRÃO
E PODER... COM INTENSA VIBRAÇÃO... COM INEXCEDIVEL EMOÇÃO...
4ª SEMANA

que oscila entre a empatia e a ganância; o alcoólatra inconveniente que só aumenta o número da turma; o cínico que sabe que toda a euforia acaba em tédio; a prima indesejada que precisa estar na turma por conveniência dos negócios de família; e, finalmente, o mordomo, única figura, entre todos, próxima da redenção.

A bandeira da embarcação de Conrado sugere uma caveira, tal qual num navio pirata. Mas, diferente dos desenhos estilizados a que nos acostumamos, a figura que tremula já nos primeiros segundos do filme assemelha-se a uma radiografia de um crânio humano. E não seria exagero especular que o que Khouri nos diz nas entrelinhas é que o iate com bandeira de crânio pode muito bem ser o prenúncio de um grande caixão que concentra almas já condenadas, e seu desaparecimento, mais adiante no filme, é a evidência da desgraça.

―

Não se deve assistir a *A ilha* esperando ser introduzido à poética autoral de Walter Hugo Khouri. O filme pode ser visto como uma deliciosa diversão cheia de cinismo e ironia, intrigas e reviravoltas, mas ainda está longe do cerne fulcral da criação khouriana.

Além da ironia, há o erotismo muito bem explorado, uma marca que Khouri tinha atingido junto ao público e à crítica. Contudo, apesar do bom resultado da produção, o filme quase faliu o seu diretor e o irmão, coprodutor. Filmar *A ilha* foi um desafio à parte. As cenas noturnas em Bertioga não puderam ser utilizadas. Sempre que os refletores eram ligados, uma revoada de muriçocas tomava o *set* e tornava a cena impossível de se assistir.

A única saída foi cancelar as tomadas externas noturnas e, rapidamente, transformar um dos estúdios da Vera Cruz numa praia. O orçamento estouraria, e o cronograma havia sido ultrapassado. Com tanta pressão e adiamentos, as filmagens, que deveriam durar seis semanas, duraram seis meses, mas o filme estava pronto, e o público logo respondeu positivamente.

A crítica se dividiu. A mais completa apreciação sobre *A ilha* é assinada por Jean-Claude Bernardet, que publicou um artigo extenso e denso a respeito da obra na revista *Brasiliense* em junho de 1963. Nele, Bernardet condena a condescendência da crítica que, segundo ele, criaria a ilusão de que Khouri seguia em direção a uma obra autoral, quando ainda estaria longe disso. Ele comenta que a recorrência de clichês imagéticos criados pela montagem atonal – que opõe a crise entre os protagonistas a imagens dos peixes excitados no aquário; ou as panorâmicas da praia vazia e impávida como metáfora da desolação – tornam-se maneirismos vazios e sem criatividade. Não se trata de uma crítica reducionista, mas aponta certas fraquezas imagéticas que Khouri já identificara e que logo corrigiria. O cineasta nunca escondeu o desgosto por ter se aventurado numa obra repleta de personagens, em que cada um age como arquétipo, com pouca profundidade. De outra vez, Khouri cuidaria para que sua obra fosse mais orgânica, e seu personalismo, algo carregado de verdadeiras metáforas universais.

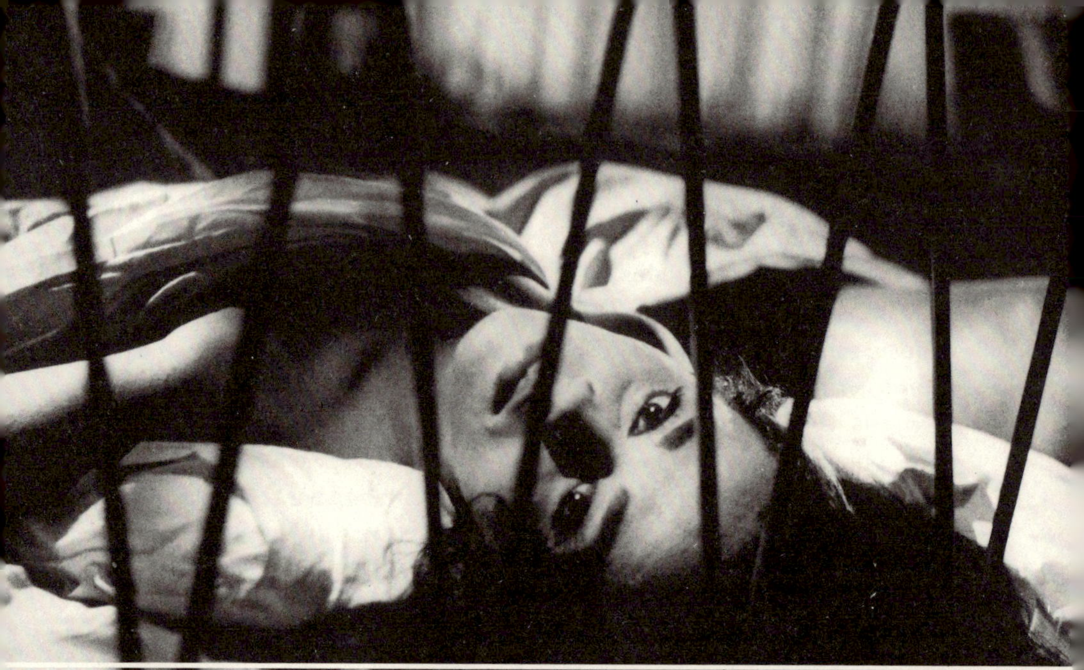

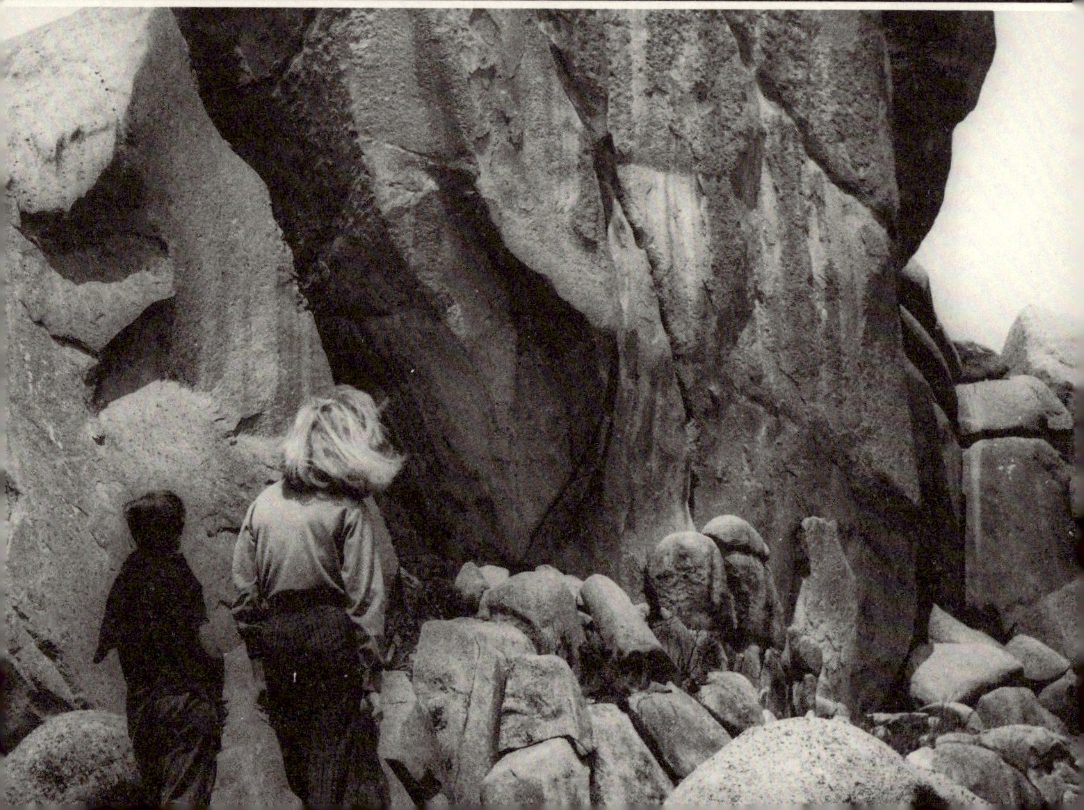

PARTE 2
TRILOGIA CINZA

NOITE VAZIA

Diálogos em inglês.

Medidas em pés. Contagem a partir do ~~Start~~ Primeiro Fotograma de Imag(em)
(acrescentar isto = todos n wh)

ROLO I

1 - EMPTY NIGHT

2 - OK son, daddy's in a hurry

3 - May I start it?

4 - Sure.

5 - Tell mummy I'll be home earlier today.

6 - But I know you wont!

7 - Of sourse I will.

8 - A year ago you wouldn't let me go out alone. Never.

9 - I couldn't even look out the window. You were jealous of everything.

10 - Tell me you don't like me, and I won't come back.

11 -

12 - But you know I do, don't you?

13 - No, I don't! I just know things are not the same between us.

14 - I can see you aren't at ease with me.

15 - It's not you.

16 - I'm not confortable anywhere - or with anyone.

17 - Is that all you have to say?

AS MELANCOLIAS DE UMA METRÓPOLE: *NOITE VAZIA*

> *Mais do que paulista, eu sou um paulistano.*
> *E sou um paulistano da avenida Paulista para baixo,*
> *ou pelo menos da avenida São João para baixo.*
>
> Walter Hugo Khouri, em entrevista ao MIS-SP.

I

Muitas são as teorias e especulações que tentam explicar as razões pelas quais o paulistano é um ser peculiar, frio, de alma acinzentada, avesso aos contatos e aos laços afetivos, que se move entre milhões de outros cidadãos sem, no entanto, importar-se com a vida em comunidade. É senso comum tratar-se de um ser que, ao longo de décadas, acostumou-se a viver num lugar essencialmente orientado pelo trabalho, pelo acúmulo de capital e pelo hedonismo recreativo. Até há bem pouco tempo, São Paulo não era uma cidade com estrutura para o turismo. Os estrangeiros vinham à cidade exclusivamente a trabalho. O caos urbano de São Paulo fez seu habitante acostumar-se com uma vida cronometrada, despersonalizada e vivida em trânsito, sempre. O espírito paulistano é um espírito *blasé*, que não se comove com os absurdos que permeiam seu cotidiano. Na verdade, o cotidiano do paulistano médio é o Absurdo. E o cinema brasileiro, conscientemente ou não, capturou esse espírito desde cedo.

Se há alguém nos primórdios do cinema brasileiro a quem possamos chamar realmente "cineasta", num período em que a maioria dos profissionais do meio era pouco mais que "cavadores", esse alguém é José Medina (1894-1980). O menino nascido em Sorocaba e que cresceu assistindo a Griffith e a Chaplin mudou-se, ainda jovem, para São Paulo e, junto com o fotógrafo italiano Gilberto Rossi, fundou uma pequena produtora de cinejornais, estimulado pela febre do cinema que já se espalhara por muitas partes do país. Os dois passaram a produzir os *Rossi Atualidades*, informativos projetados antes das sessões principais e que ofereciam ao público uma amostra das ações do governo do estado de São Paulo em seus feitos para o bem da urbanização, industrialização e infraestrutura da crescente cidade que, no início dos anos 1920, já dava sinais de crescimento exponencial.

Porém, Medina não queria atuar simplesmente como um "cavador" de luxo. Sua intenção era criar uma estrutura que lhe permitisse produzir filmes de ficção que explorassem a comédia e o drama locais a partir das lições empíricas do cinema estadunidense. Assim, em 1919, no decurso de três dias apenas e contando com Rossi para a direção de fotografia, além de alguns conhecidos recrutados para o elenco, produziu um curta-metragem singelo, porém revelador: *Exemplo regenerador*. A fita, com pouco mais de cinco minutos de duração, é uma típica comédia de costumes, com foco em um tipo muito particular de paulistano. Trata-se de uma classe ascendente que à época começava a surgir entre os grandes e tradicionais donos das terras do café e os proletários da roça e das novas indústrias. Um tipo pequeno-burguês que preza pela individualidade conquistada pelo trabalho e por seu *status* de "novo rico".

Na história de *Exemplo regenerador*, vemos um casal cujo marido é um jovem orgulhoso e individualista, e sua esposa, uma moça inocente e sensível. Eles são bem estabelecidos e contam até com um mordomo na residência. Quando os conhecemos, a moça mostra-se bastante contrariada porque seu esposo está se preparando para sair à noite para uma "conferência", eufemismo para uma boa noitada com amigos. Ela gostaria que o consorte permanecesse em casa, pois naquele dia os dois completariam um ano de matrimônio. Contudo, ele não poderia estar menos interessado nos anseios de sua mulher. Quando o homem sai de casa, o mordomo toma a liberdade de aconselhar sua patroa a agir de forma mais incisiva para "atrair seu marido que ainda não foi conquistado", segundo seu entendimento. Ambos armam uma farsa para reverter a situação. Mandam um recado anônimo ao bar onde o homem está reunido em sua "conferência", com os dizeres: "Sua esposa imita-o neste momento em sua casa. Olho por olho, dente por dente. Um amigo". Irado, o homem parte imediatamente para sua residência e encontra a esposa repousada

A esposa regozijada em *Exemplo regenerador*.

languidamente num divã, com um cigarro entre os dedos. Medina nos mostra uma garrafa de espumante e taças vazias sobre uma mesa na qual o mordomo dorme, debruçado. O marido saca sua pistola e exige que lhes expliquem o que está havendo, ao que o mordomo se levanta e revela a trama: "Isto é o que vai acontecer se não cessarem as 'conferências'". Esse exemplo realmente regenera o homem, que, no plano seguinte, surge carinhoso e atencioso com sua esposa, sob o olhar do mordomo a espreitá-los, satisfeito com o sucesso de seu plano. Fim.

A pequena obra de Medina é marcante por vários aspectos. Em primeiro lugar, embora produzida há mais de cem anos, a cópia existente é incrivelmente bem conservada. Sua preservação pôde nos dar um leve gosto de uma vida privada dessa classe emergente na capital, sobretudo por meio da perícia de seu diretor, que – diferente da maioria dos filmes brasileiros da época – evolui a partir de uma interpretação muito naturalista, de uma decupagem sofisticada e afinada com o cinema profissional internacional e de algumas ousadias (como o plano que mostra a esposa atirada e absorta de satisfação no divã, uma perspectiva da mulher que, aparentemente, acaba de obter prazer sexual com seu mordomo enquanto o marido a trai fora de casa).

Ao longo da década de 1920, Medina investiu no exame dos costumes da pequena burguesia paulistana, em filmes como *A culpa dos outros* e *Do Rio a São Paulo para casar*, ambos de 1922, e *Gigi*, de 1925. Todos perdidos para sempre num incêndio que destruiu os arquivos da Rossi Filmes no início da década de 1930. Restaram apenas *Exemplo regenerador* e a obra-

-prima do diretor, que mergulha na alma da cidade de São Paulo, agora de forma trágica e direta: *Fragmentos da vida* (1929).

Em *Fragmentos da vida*, baseado num conto do escritor estadunidense O. Henry, conhecemos um rapaz que vive nas ruas. No passado, ele assistiu à morte trágica do pai, um pedreiro que caiu do andaime da construção e, antes de morrer, pediu ao filho, ainda menino, que trabalhasse e andasse sempre pelo caminho da honradez. Pelo que vemos, o menino não seguiu o conselho do pai e tornou-se uma espécie de Carlitos sem charme numa metrópole com menos charme ainda. Quando o reencontramos perambulando pelos parques e ruas da cidade, sabemos que sua única preocupação é encontrar uma forma de ser preso, uma vez que o inverno está chegando e ele prefere passar uma temporada na cadeia, onde poderá comer três vezes ao dia e dormir numa cama quente e confortável. Ironias de uma época...

Junta-se ao rapaz um outro elemento, mais sagaz, um ladrão com mais talento para o ócio e para o golpe, o qual age como uma espécie de mentor do ingênuo vagabundo, tramando formas para que ele seja pego em flagrante delito e detido. Mas, para azar do rapaz, todos os golpes falham – em cenas de um humor refinado e ambíguo que oscila entre o drama e a comédia quase pastelão. Finalmente, quando o rapaz se lembra do conselho do pai e se arrepende da vida torta que leva, prometendo a si mesmo uma mudança, é envolvido num roubo articulado por seu mentor e, agora sim, acaba preso. O final da fita é súbito e chocante, sobretudo se considerarmos a construção narrativa até ali. O rapaz se suicida na cadeia, provavelmente movido pelo remorso e pela vergonha.

Essa "obra-prima de Medina é o melhor filme paulista de então".[1] Embora se valha da tragédia de seu personagem, é um filme sobre a metrópole, em que seus habitantes são apenas satélites que orbitam a temerosa urbe em seu momento de explosão demográfica e otimização do trabalho. Na abertura de *Fragmentos da vida*, Medina já nos informa, nos intertítulos:

> Não vai muito longe, data apenas de uns quinze anos, S. Paulo, que armazenava energias, estava longe de ser a cidade-encanto que é e vivia ainda como vivera outrora na serenata dos estudantes e nos vultos embuçados dos notíva-

---

1 Paulo Emílio Sales Gomes, *Cinema: trajetória no subdesenvolvimento*. São Paulo: Paz e Terra, 1996, p. 66.

gos. Como se despertasse de um grande sono, a cidade de S. Paulo, de um momento para o outro, transformava-se radicalmente. [...] Hoje, a grande cidade absorve energias e mais energias. S. Paulo é um pequeno mundo de realizações, de progressos, de promessas. Mas, enlevado por esta vertigem, poucos poderão compreender o seu "lado de lá".

Esse "lado de lá" a que se refere o diretor é justamente o lado dos que escolheram viver à margem das exigências da metrópole e, por isso, são desvalidos que não devem se dar bem no final. O cinema moralizante de Medina reforça a virtude do trabalho e da honra e pune os que escolheram viver alijados de tais valores morais. Os vagabundos e desocupados não têm uma segunda chance. São Paulo não é complacente nem solidária com os que preferem uma vida diversa daquela imposta pela máquina da sociedade moderna. Quanto mais industrializada, iluminada, moderna e organizada, maior o ufanismo do paulistano. É como dizer que a prosperidade está atrelada a apenas uma chance na vida de qualquer cidadão que não tenha nascido em berço de ouro. Não há margem para o erro.

O elogio da vida dentro de um sistema produtivo e útil é também tema de outro filme realizado em 1929, *São Paulo, sinfonia da metrópole*, dos emigrantes húngaros Adalberto Kemeny e Rudolf Rex Lustig. Longa de raro experimentalismo para um cinema ainda em desenvolvimento, foi fruto da experiência que seus diretores tiveram na Alemanha antes de chegarem ao Brasil. Embora nunca tenham reconhecido, o filme é quase uma cópia plano a plano de *Berlim, a sinfonia da grande cidade* (1927), de Walter Ruttmann, obra que tinha por finalidade maior exaltar a breve recuperação econômica, social e moral de um país que havia caído em desgraça após a Primeira Guerra Mundial.

Kemeny e Lustig pretendiam montar um filme que, ao mesmo tempo, enaltecesse o viço moderno de São Paulo, a qual chegava ao seu primeiro milhão de habitantes, e mostrasse a capacidade técnica do laboratório que ambos montaram visando à produção de peças publicitárias para o Estado, a exemplo da "cavação" de Medina e Rossi. A colagem documental sobre São Paulo cria um mosaico que mistura fatos e anseios. Por um lado, a cidade aparece como símbolo do grande crescimento tecnológico, com emissoras de rádio, bondes elétricos, carros e mais carros por avenidas recém-abertas. Por outro, mostra uma cidade que ainda não se modernizou completamente.

Em vários planos abertos, notamos que São Paulo ainda não está tão verticalizada. O edifício Martinelli aparece, mas então em construção, e o centro da cidade nem é tão agitado como se tornaria nos anos seguintes.

Para além do cartão-postal, *São Paulo, sinfonia da metrópole* acaba se tornando também um registro da sociedade paulistana em seu momento de consolidação de classes e de busca pelo capital. São recorrentes as sequências que exaltam a pesquisa científica, a educação infantil e universitária, o comércio pujante e, o mais marcante, o sistema penitenciário. A longa sequência passada na penitenciária municipal onde, dizem os letreiros, "Aqui se regeneram os enfermos morais", mostra os condenados aprendendo a costurar, plantar, construir, agindo sempre em prol do bem comum. Em suas tarefas, praticam esportes e fazem ginástica. No entanto, ainda são "enfermos morais". Não posso deixar de notar – observando, evidentemente, as devidas proporções – a semelhança do aviso com a tenebrosa inscrição "*Arbeit macht frei*".[2]

Tendo os tais enfermos isolados por trás dos muros do presídio, o filme continua a elogiar a honra da vida cidadã do lado de fora. A São Paulo de Lustig e Kemeny já aparece como cenário despersonalizador diante do que era quase uma vila interiorana menos de trinta anos antes e, ali, não depende do contato personalista para se fazer viva e grande. É emblemático o *close* num cartão de visitas que, já naquela época, reflete bem a visão das elites paulistanas. Vejamos:

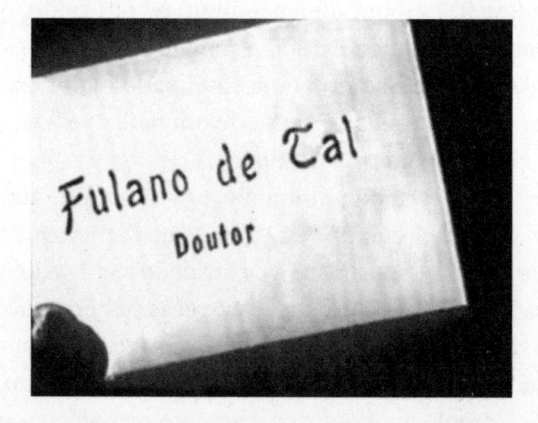

---

[2] "O trabalho te libertará", inscrição gravada nos portões de entrada de vários campos de concentração alemães durante a Segunda Guerra Mundial.

Como em todas as metrópoles altamente desenvolvidas, São Paulo não se importa com a identidade de seus cidadãos e valoriza qualquer "fulano de tal", desde que ele seja um "doutor".

Outro traço interessante, que coloca a cidade num patamar moralizante e reto, quase obrigando os "cidadãos de bem" a se portarem segundo os ditames da impessoalidade funcional, aparece, ou melhor, não aparece, ao final da fita. Diferente de seu irmão quase gêmeo, *Berlim, a sinfonia da grande cidade*, em que, ao cair da noite, assistimos à diversão pós-labuta do berlinense em bares, cinemas e outros pontos de distrações, *São Paulo, sinfonia da metrópole* termina ao fim da tarde, quando todos vão para suas casas, depois de um dia intenso de trabalho, trabalho e mais trabalho. É possível aceitar a hipótese de que seus realizadores não contavam com equipamentos técnicos capazes de permitir filmagens noturnas, mas, inconscientemente, o que fica é a imagem de uma cidade que não permite a diversão, pois, no dia seguinte, o cidadão "fulano de tal", que é doutor, ou o vendedor, ou o motorista de praça ou..., todos precisam estar de pé muito cedo para recomeçar tudo outra vez e sempre. Porém, há uma terceira via para essa situação. Talvez o filme não quisesse ou não pudesse mostrar a diversão noturna, acessível somente a alguns desses "doutores", e não a todo cidadão que, a despeito de seus esforços, está num patamar que não o admite em "conferências" e diversões afins.

É na noite, longe dos holofotes e das câmeras, que São Paulo, a terrível, deixa-se tomar por seu lado mais sombrio e mesquinho. Esse lado figurava em obras denominadas "filmes somente para senhores" e se passavam em ambientes de bordéis e salões de festa da alta sociedade, como é o caso de *Morphina* (1928), uma obra perdida para sempre.

A trama farsesca de *Fragmentos da vida* é apenas o alívio superficial de uma constatação cruel. A vida naquela São Paulo não pode ser minimamente fruída caso seus cidadãos não disponham dos modos aos quais terão de se adaptar e caso queiram existir minimamente num espaço em que a subjetividade entrou em concordata. A vida na metrópole difere da vida em pequenas comunidades – como era a São Paulo de 1900 – porque, em organizações menores, segundo o sociólogo Georg Simmel, a economia está centrada na relação direta entre o produtor e o consumidor. Um pequeno agricultor conhece seu cliente, e este, por sua vez, conhece e confia no homem que lhe presta o serviço, ao passo que na metrópole a organização se dá em torno da estrutura do capital num mercado muito maior, industrializado, otimizado e altamente técnico. Nesse cenário, o produtor visa ao mercado, e não ao consumidor direto de sua mercadoria. É para o mercado que a metrópole produz bens e serviços. O consumidor é a consequência providencial na outra ponta da equação, e o produtor não o conhece enquanto indivíduo.

> Assim, a técnica da vida metropolitana é inimaginável sem a mais pontual integração de todas as atividades e relações mútuas em um calendário estável e impessoal. [...] Pontualidade, "calculabilidade", exatidão, são introduzidas à força na vida pela complexidade e extensão da existência metropolitana.[3]

Por sua vez, *São Paulo, sinfonia da metrópole*, destituído de uma narrativa dramática e essencialmente uma vitrina de novidades maravilhosas, carrega um subtexto que marca a dinâmica da cidade até os dias de hoje: "Os relacionamentos e afazeres do metropolitano típico são habitualmente tão variados e complexos que, sem a mais estrita pontualidade nos compromissos e serviços, toda a estrutura se romperia e cairia num caos inextricável".[4]

Mesmo assim, vistos em perspectiva, tanto Medina quanto a dupla Lustig e Kemeny criaram visões românticas de um espaço urbano que deixaria de existir gradativamente, dando lugar a um estado de coisas ainda mirado como uma novidade própria das cidades dignas de notas. Não à toa, no documentário de Lustig e Kemeny, a São Paulo de 1929 é, em certa altura, posta num mosaico ao lado de outras metrópoles, como Nova York, Londres e a própria Berlim. Logo, as contradições de uma cidade monstruosa e mal planejada se tornariam a alma do cinema paulistano, não como elogio ou advertência, mas como uma ácida crítica.

---

3   George Simmel, "A metrópole e a vida mental", in Otávio Guilherme Velho, *O fenômeno urbano*. Rio de Janeiro: Zahar Editores, 1973, p. 15.

4   Id., ibid., p. 14.

II

Quando vemos *Noite vazia* pela primeira vez, o choque imediato pós-sequência de créditos é a maneira como a cidade de São Paulo dos anos 1960 irrompe na tela, imponente; fúnebre, mas vibrante; escura, mas relampejada por vaga-lumes metálicos; intimidadora, mas fascinante. Não é a São Paulo das habituais comédias de costumes da Vera Cruz ou da Maristela, nem dos clássicos de Mazzaropi nem mesmo a São Paulo de *O grande momento* (1958), retrato dos bairros operários que rompia com o artificialismo dos estúdios. O refluxo polifônico e seu impacto audiovisual nesse momento do filme é descrito, de forma mais eficiente do que minha tentativa, por Renato Pucci Jr.:

> Automóveis em movimento, vistos por trás, numa larga avenida ao anoitecer. Ao fundo, em meio à massa escurecida dos arranha-céus, distingue-se o contorno do edifício Banespa, a indicar que o fluxo de veículos dirige-se para o centro da cidade de São Paulo. A câmera também está em movimento, o que pode dar a sensação de que leva os espectadores a um mergulho no coração da metrópole. [...] A abertura ainda prosseguirá por cerca de um minuto e meio, com diversos planos da cidade, sempre impessoais: luminosos, galerias fechadas, ruas movimentadas, fachadas de prédios de escritórios com janelas idênticas a se multiplicar, faróis de automóveis, formas geométricas em *outdoors*, algumas meio fantasmagóricas, oscilando fora de foco. Na trilha sonora, piano e bateria, em notas contínuas e cada vez mais nervosas, até que um som eletrônico a elas se junta para alcançar o clímax da tensão.[5]

No roteiro arquivado junto ao acervo de Walter Hugo Khouri, a sequência é descrita como pano de fundo sobre o qual desfilariam os letreiros de abertura. Os nomes surgiriam nos luminosos e nas fachadas, quase como faria, quatro anos depois, Rogério Sganzerla em *O bandido da luz vermelha* (1968). Porém, ao fazer suceder, de maneira seca e direta, uma abertura ilustrada por máscaras e manequins esfolados, Khouri não só tem mais

---

[5] Renato Pucci Jr., "A pauliceia nunca adormece em *Noite vazia*". *Teorema*, n. 2, Porto Alegre, p. 5, 2002.

tempo para reger a tensão causada de imediato no espectador, como cria a dialética do filme em si. As máscaras e manequins aludem ao esfacelamento moral e psicológico daqueles personagens que ainda não conhecemos, assim como os excertos da metrópole nos mostram a hostilidade do "palco" em que um balé manco será (des)coreografado.

A São Paulo de Khouri já é muito diversa daquela de Medina, Lustig e Kemeny, porém ainda lhe resta o legado da cidade na qual "trabalho" é um mantra. A cidade havia se industrializado com solidez, havia catalisado migrantes de todo o país, era cosmopolita e vivaz. Se não tinha as belas praias como a vizinha Rio de Janeiro, por outro lado se tornara centro financeiro do país. Havia muito São Paulo se transformara em terra de ninguém. Os marginalizados pela máquina moedora de brios foram varridos para os arrabaldes; os herdeiros centenários e novos ricos tornaram-se símbolos da metrópole jesuíta. Jesuíta e herege. Dos padres e dos bandeirantes. Ao mesmo tempo. Um monstro infectado pelo vazio das almas abastadas. Um túmulo aberto assoberbado com seus cadáveres insepultos que já não reconhecem o limite entre o público e o privado. A melhor definição atualizada para o que Georg Simmel escrevera no longínquo início do último século:

> Os problemas mais graves da vida moderna derivam da reivindicação que faz o indivíduo de preservar a autonomia e individualidade de sua existência em face das esmagadoras forças sociais, da herança histórica, da cultura externa e da técnica de vida. [...] A base psicológica do tipo metropolitano de individualidade consiste na *intensificação dos estímulos nervosos* que resulta da alteração brusca e ininterrupta entre estímulos exteriores e interiores.[6]

Uma longa reportagem da tradicional revista *Manchete* assim descreve o contexto da trama de *Noite vazia*:

> O filme [...] abre com cenas noturnas do centro de São Paulo: longa tomada de luminosos, avenidas movimentadas, gente, vitrines, automóveis, particular atmosfera de magia. Mas é simplesmente mais uma noite paulistana igual às outras. Uma noite comum para Luís Antônio (Mário Benvenutti), rico homem

---

6   G. Simmel, op. cit., pp. 11-12.

de negócios, jovem, casado, à procura de novas emoções. Nelson [...] acompanha-o sempre. Os dois não se gostam, apenas se suportam, encontrando um no outro o apoio de que precisam para fugir ao tédio. Nessa noite, após várias passagens por bares e boates à cata de "aventuras e mulheres", encontram Cristina (Odete Lara) e Mara (Norma Bengell). Formam-se dois pares que vão passar a noite na elegante *garçonnière* de Luís Antônio, pequeno apartamento montado com luxo e malícia. O convívio dos quatro personagens resulta em situações de conflito: os temperamentos e as ambições não combinam. Em Luís Antônio se revela o desespero, em Cristina, a mesquinhez, em Nelson, o insepulto romantismo, em Mara, uma ingênua perplexidade autêntica. O tema é ousado e descreve "uma aventura moderna, marcada por uma obsessão erótica que nasce do tédio e da frustração", com a noite de São Paulo servindo de fundo, pela primeira vez, mas fotografada "sem qualquer sentido turístico". — Ao escrever o roteiro – informa Walter Hugo Khouri – pretendi dissecar o sexo, partindo de quatro vidas falhadas, vazias, típicas.[7]

Nessa conjuntura de forças em choque, o filme é um confronto direto entre os tais "enfermos morais", que não seguiram – ou não puderam seguir – o conselho da honradez, e os "fulanos de tal", "doutores" – ou que se dizem sê-lo – que precisam lutar com todas as armas sórdidas contra o fastio, o marasmo, o tédio de ser e de estar, porque a luta pelo lastro não tem fim, mas a quem tem lastro tudo é absolutamente desinteressante, ainda que exista sempre o anseio por "qualquer coisa diferente".

Luís, arrogante, autossuficiente, rico, relativamente atraente e abastado o bastante para comprar a felicidade efêmera de uma noite na cidade. Um homem que vê seu meio como um grande balcão de serviços. Que é afeito a deixar a esposa e o filho em casa para participar, quase diariamente, das "conferências" que a noite paulistana oferta. Um homem que vê tudo e todos à venda. Conforme Simmel:

> O dinheiro se refere unicamente ao que é comum a tudo: ele pergunta pelo valor de troca, reduz toda qualidade e individualidade à questão: quanto? Todas as relações emocionais íntimas entre pessoas são fundadas em sua individualidade, ao passo que, nas relações racionais, trabalha-se com o homem como

---

7 José Maria Chaves, "Norma, e as ligações perigosas". *Manchete*, n. 622, pp. 24-25.

com um número, como um elemento que é em si mesmo indiferente. Apenas a realização objetiva, mensurável, é de interesse. Assim, o homem metropolitano negocia com seus fornecedores e clientes, seus empregados domésticos e frequentemente até com pessoas com quem é obrigado a ter intercâmbio social.[8]

Mesmo assim, todo Batman precisa de um Robin para se sentir protagonista. Nelson, nada expansivo, nada carismático, longe de ser o herdeiro da tradicional elite paulista. Um retrato da depressão metropolitana, quer dizer, da depressão gerada pela necessidade de correr atrás dos meios de subsistência enquanto observa aqueles que não têm essa preocupação. Alguém que não é capaz de identificar os próprios anseios. Não é amigo de Luís por seu dinheiro. Muito além disso, o que o une ao seu antípoda é a vontade destrutiva de desbravar a noite paulistana em busca de um *insight*. Algo que seja forte o suficiente para lhe despertar o ímpeto, a vontade de potência. Mas, claro, como todo cadáver insepulto numa metrópole, isso não passa de uma ilusão.

Antes, porém, do grande embate no "apartamento funcional" de Luís – que talvez não seja dele de fato, como colocarei em seguida –, Khouri nos brinda com um bom *tour* pelos ambientes boêmios dessa São Paulo em transformação. Começa por um bar de aparentes intelectuais da vida anônima, um bar de jazz onde todos parecem embotados pelo sentimento *blasé*, outra característica muito própria da São Paulo daqueles dias até a que temos hoje.

> Os mesmos fatores que assim redundaram na exatidão e precisão minuciosa da forma de vida redundaram também em uma estrutura da mais alta impessoalidade; por outro lado, promoveram uma subjetividade altamente pessoal. Não há talvez fenômeno psíquico que tenha sido tão incondicionalmente reservado à metrópole quanto a atitude *blasé*. A atitude *blasé* resulta, em primeiro lugar, dos estímulos contrastantes que, em nítidas mudanças e compressão concentrada, são impostos aos nervos. Disto também parece originalmente jorrar a intensificação da intelectualidade metropolitana. Portanto, as pessoas estúpidas, que não têm existência intelectual, não são exatamente *blasé*. Uma vida em perseguição desregrada ao prazer torna uma pessoa

---

8   G. Simmel, op. cit., p. 13.

blasé porque agita os nervos até seu ponto de mais forte reatividade por um tempo tão longo que eles finalmente cessam completamente de reagir.⁹

É então que Khouri se vale da referência ao pintor estadunidense Edward Hopper para traduzir o vazio que arresta certos agentes sociais num ambiente marcado pela bruma de uma multidão desagregada.

A modelo Marisa Woodward (esq.) e o poeta Rubens Jardim (dir.), dois *blasés* na noite de Khouri.

Automat (1927, esq.) e *Nighthawks* (1942, dir.), de Edward Hopper.

O ambiente é tão mórbido por trás da nuvem de cigarros e dos copos de uísque, os quais combinam com o ambiente jazzístico, que nem mesmo o avanço de uma das garotas, convidando-se para sair com os dois amigos, é suficiente para o que eles buscam. Luís, como "gestor" do programa incerto daquela noite, é categórico: "Eu não tenho jeito para

---

9   Id., ibid., p. 15.

consolar ninguém, neném... Eu estou em busca de alguém que me console". Mas é preciso dizer que o "dono da situação" primeiro se irrita visivelmente quando vê que Nelson chamou mais a atenção da garota que ele próprio, o que o faz, inclusive, terminar seu drink e quase arrastar o amigo para outro "buraco".

A segunda parada é um bar de *rock*, bem ao estilo da novidade que tomava o país à época. Ali, ocorre uma apresentação eufórica do grupo musical The Rebbels, que ao longo dos anos 1960 fez muito sucesso entre a geração de *baby boomers* brasileiros. Khouri nos confronta com o choque de gerações. Os amigos, provavelmente na casa de seus 30 e tantos anos, são completos "alienígenas" no pequeno porão em que a juventude na casa dos 20 e poucos se acotovela e dança freneticamente ao som das guitarras cruas do conjunto. Essa parada também foi em vão.

O terceiro local que visitam é um bar frequentado por pessoas mais velhas, um ambiente calmo e muito mais fatídico, principalmente porque Luís é reconhecido por uma mulher na casa de seus 50 anos, amiga da família, que imediatamente se afeiçoa a Nelson e, vendo seu marido licencioso tentando se atracar com outra mulher, nos denuncia a permissividade das classes abastadas, que vivem de aparência. Portanto, a mulher logo convida os dois para "se juntarem" à festinha. Luís recusa, por desinteresse flagrante e, novamente, por perceber que o ar soturno e misterioso de Nelson é mais atrativo que sua personalidade impositiva e arrogante.

A perambulação noturna vai terminar num restaurante japonês, onde a derrota é nítida, sobretudo quando Luís, visivelmente desesperado, passa a assediar a garçonete nipônica, sendo prontamente repreendido por Nelson. Aliás, segundo os relatórios de filmagem guardados no acervo de Walter Hugo Khouri, essa foi a primeira sequência a ser filmada para *Noite vazia*, em janeiro de 1964.

Toda a cena é emblemática, não somente pelo exotismo dos cenários e pela visível tensão que emana dos dois rapazes, mas, sobretudo, pela presença repentina do personagem Lico, homem de posses, bem mais velho, que surge no restaurante acompanhado das duas moças, Cristina (Odete Lara) e Mara (Norma Bengell). Quando todos se juntam na mesma mesa, descobrimos que Lico é, quem sabe, a premonição do que acabará acontecendo com Luís dentro de alguns anos, mais do que com Nelson, na medida em que a vida opulenta parece ter exaurido qualquer sinal de huma-

Norma Bengell, Gabriele Tinti, Mário Benvenutti e Odete Lara, em cena de *Noite vazia*. Acervo Walter Hugo Khouri.

nidade num velhote deprimido e alcoólatra, que não faz cerimônias para ser inconveniente e indiscreto, deixando desconfortáveis até mesmo as duas moças de programa e constrangendo até o inabalável Luís, ao expor aos presentes o quão rico e "bom cliente" ele pode ser. Suas falas explicitam o desprezo que tem por si mesmo e pelo que lhe restou de dignidade: "Elas gostam de sair comigo porque me tiram o quanto querem... E, na hora H, estou tão bêbado que acabo dormindo, e nada... Nada de nada". De fato, Lico acaba desmaiando de tanto beber, não sem antes empurrar Cristina e Mara para Luís e Nelson. A partir daí, os quatro seguem para o apartamento, onde se dará a verdadeira ação, ou completa inação.

—

Já rumo ao desenlace da noite vazia de nossos personagens, o tédio e a falta de novidades são tão grandes que um fato coincidente e providencial ocorre no momento em que percebem que há alguém do lado de fora do apartamento tentando virar uma chave para entrar. Luís se adianta a abrir a porta e flagra um jovem casal que possivelmente pretendia usar o local para um encontro íntimo. É quando se instala uma ambiguidade na história. O rapaz (David Cardoso, que fazia parte da equipe de assistência de produção do filme, ainda assinando como Darcy Cardoso) que acaba de chegar com a namorada afirma que um tal Hélio emprestou a chave do apartamento a ele. Luís, parecendo surpreso e desconfortável, escarnece da informação e, tentando manter uma pose diante dos outros três do lado dentro, afirma que é muito embaraçoso ter emprestado sua chave ao tal Hélio, porque o local acaba virando uma bagunça. Mas, por toda a dinâmica armada por Khouri, fica certa desconfiança de que Luís não teria emprestado a chave a Hélio, mas o contrário. Portanto, a *garçonnière* não pertenceria ao "senhor da situação", que estaria apenas se exibindo, e a chegada do jovem casal teria lhe frustrado a pose. Seu cinismo se intensifica, e ele convida os jovens a "somarem forças", informando que estariam para começar a assistir a um filme pornográfico chamado *O presente de Papai Noel*.

A ira do rapaz e o desconforto da moça alimentam o sadismo de Luís. Quando eles partem, furiosos, ele incita os outros três a irem até a sacada e assistirem aos dois discutirem, lá embaixo, no frio e no vazio da rua. Se a noite está profundamente sem graça para os quatro, ao menos Luís conseguiu estragar a de outro casal, que provavelmente seria capaz de se divertir e aproveitar a companhia um do outro de forma muito mais plena. "Na medida em que o indivíduo submetido a esta forma de existência tem de chegar a termos com ela inteiramente por si mesmo, sua autopreservação em face da cidade grande exige dele um comportamento de natureza social não menos negativo", lembra Simmel.[10]

Da varanda do apartamento, Luís e Cristina avaliam a desavença do casal na rua. Mara se mostra piedosa a eles, Nelson parece muito insatisfeito com a atitude do "amigo", e Edward Hopper reaparece para acentuar o clima de abandono na metrópole.

Depois de tanto tentarem "aquecer" a noite, inclusive propondo uma relação sexual entre Cristina e Mara, sempre com o subterfúgio do dinheiro nas mãos de Luís e do evidente desconforto de Nelson, cai a chuva. Símbolo maior da transformação mística e imponderável, comum na mitologia khouriana.

---

10   Id., ibid., p. 17.

Cada personagem tem seu momento de recolhimento e reflexão, e Luís parece intimidado e isolado pela primeira vez. Mara encontra em Nelson a delicadeza que sua ingenuidade precisa para se sentir confortada ao menos uma vez. Enquanto a manhã chega, Luís vê seu amigo "sem sal" finalmente – ainda que por um momento – realizado nos braços da prostituta e vê-se pequeno e insignificante diante da conquista do espaço sideral, matéria de uma revista que lê, sozinho, na sala. Enquanto o mundo se expande, Luís se enxerga retraído e pequeno diante do universo sublime que existe para além de suas fantasias de *playboy*. Mas seu orgu-

Noite vazia (esq.) e *Night Shadows* (1921, dir.), de Edward Hopper.

lho é grande demais. A cidade é muito grande, e logo ele recobra sua empáfia para interromper o idílio de Nelson e Mara. Hora de ir embora. Para ele tudo foi chato, mas pode pagar até pelo enfado de uma noite horrível. Suas prioridades são maiores que as de todos. A caminho de casa, ele precisa comprar flores para "domar" a esposa, que passou mais uma noite só. Precisa deixar Cristina e Mara em algum ponto próximo de onde vivem e acertar os detalhes da próxima noite com Nelson, que será obrigado a trabalhar "virado" e ainda encontrar o amigo novamente para mais uma aventura que promete, mas não cumpre. Enquanto a cidade acorda para mais um dia de máquina, Luís irá se recompor da ressaca e da frustração para mais uma caçada que, ao que tudo indica, terminará em tédio.

Chamamos atenção para uma cena dessa sequência rumo ao dia que irrompe. Quando o carro em que os quatro estão entra no túnel da avenida Nove de Julho, Khouri nos dá apenas a visão abstrata de um buraco ladeado de pequenas lâmpadas e um zunido irritante, parte da trilha de Rogério Duprat, que imita o mesmo zunido auditivo daqueles que possuem algum distúrbio neurológico ou psicológico por transtornos de ansiedade, ou como consequência de exposição por muito tempo a sons altos e difusos: o som característico de uma metrópole.

———

No vazio da noite de Khouri, Luís tornou-se a versão amplificada do "Doutor Fulano de Tal" e também o viciado em "conferências" de *Exemplo regenerador* (nesse caso, sem regeneração alguma); Cristina, a versão feminina e socialmente desnivelada de Luís, equipara-se ao mesmo malandro que leva o pobre vagabundo de *Fragmentos da vida* à perdição. Ela supervisiona o dinheiro e as ações de Mara, que se alinha com o menino que não ouviu o conselho do pai e agora, adulto, arrepende-se. Há um paralelo entre a cena que Medina armou para mostrar a morte do pai e o conselho dado ao filho e aquela em que Mara lembra sua inocente infância, fritando bolinhos. De alguma forma, esses personagens, separados pelo tempo e pela otimização contínua da metrópole, conservam um componente de suas infâncias que os assombra na vida madura.

Finalmente, Nelson é aquele mesmo paulistano de *São Paulo, sinfonia da metrópole* que trabalha, estuda, tem anseios, mas com a diferença que o personagem de *Noite vazia* acaba se tornando uma metáfora dos detentos do filme de 1929. Está condenado à repetição até que sua "enfermidade moral" seja expurgada – se é que será um dia. A São Paulo de Khouri é tão protagonista como aquela dos filmes dos anos 1920. Embora assistamos a indivíduos que trafegam em seu ambiente, a cidade ainda é o invólucro mais importante. É como observar uma lâmina num microscópio: somos entretidos pelas células, bactérias e vírus que se movem a esmo em meio ao plasma colhido na lâmina de vidro.

Gabriele Tinti e Odete Lara na *garçonnière* da avenida São Luís (*Noite vazia*). Acervo Walter Hugo Khouri.

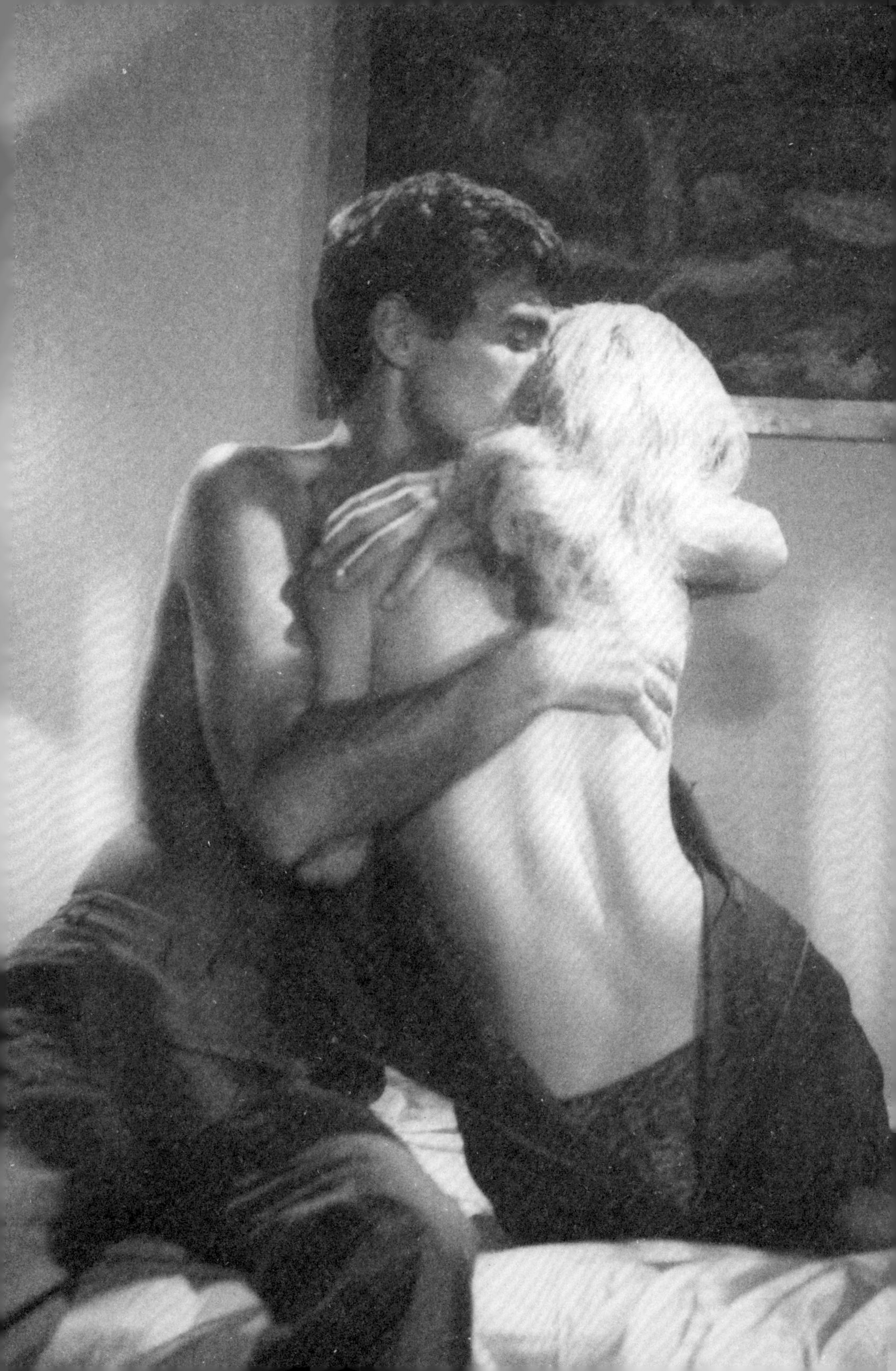

III

As filmagens de *Noite vazia* aconteceram entre janeiro e março de 1964. Tornou-se um acontecimento antes mesmo de sua conclusão. No acervo de Khouri constam diversas fotografias e reportagens da época que cobriam a dinâmica da rodagem nos estúdios da Vera Cruz. À época, Jô Soares chegou a comparecer aos trabalhos com uma equipe de TV para transmitir, ao vivo, o que Khouri estava criando.

Conservada no mesmo acervo está uma planta baixa detalhada do apartamento onde a ação principal acontece. Trata-se de uma folha de tamanho A0 que lembra o projeto de construção de uma moradia de aproximadamente 90 m². Mas não se engane. *Noite vazia* teve um orçamento bastante reduzido, como de praxe para o cinema nacional, e Khouri estava apostando naquilo que chamou de "filme de contingência", uma vez que era o seu próprio produtor e não poderia se arriscar demais.

O longa representa a total ruptura de Khouri com o segmento cinemanovista, menos pelo fato de que ele mesmo afirmava que não abriria mão de seu projeto intelectual para se prestar a filmes convenientes, e que acabariam por ser desonestos, caso os fizesse, e mais pela própria situação então vigente no país.

Quando se deu o golpe militar de 1º de abril de 1964, Khouri estava assoberbado com a transição da etapa de filmagens de *Noite vazia* para a pós-produção. O filme estreou nos cinemas paulistanos em setembro. Em cinco meses, a burocracia na Divisão de Censura às Diversões Públicas (DCDP) era tão caótica quanto se pode imaginar, inclusive contando com o entreguismo de gente ligada à crítica e à realização cinematográfica. Nesse contexto, o filme entrou em cartaz com uma liberação provisória, e Khouri havia sido informado de que não teria maiores problemas para conseguir seu certificado permanente, a não ser por um ou dois cortes pontuais, somente para que os "doutos" censores não dessem o braço completamente a torcer. Mas, é claro que, num país de burocracia mais ignorante que eficaz, não seria tão simples assim.

Segundo o cineasta, alguma esposa de militar teria visto o filme em Brasília e se ofendido com o fato de que o final sugere uma família muito longe do tradicionalismo e da moral, apesar de seu poder de vida aparen-

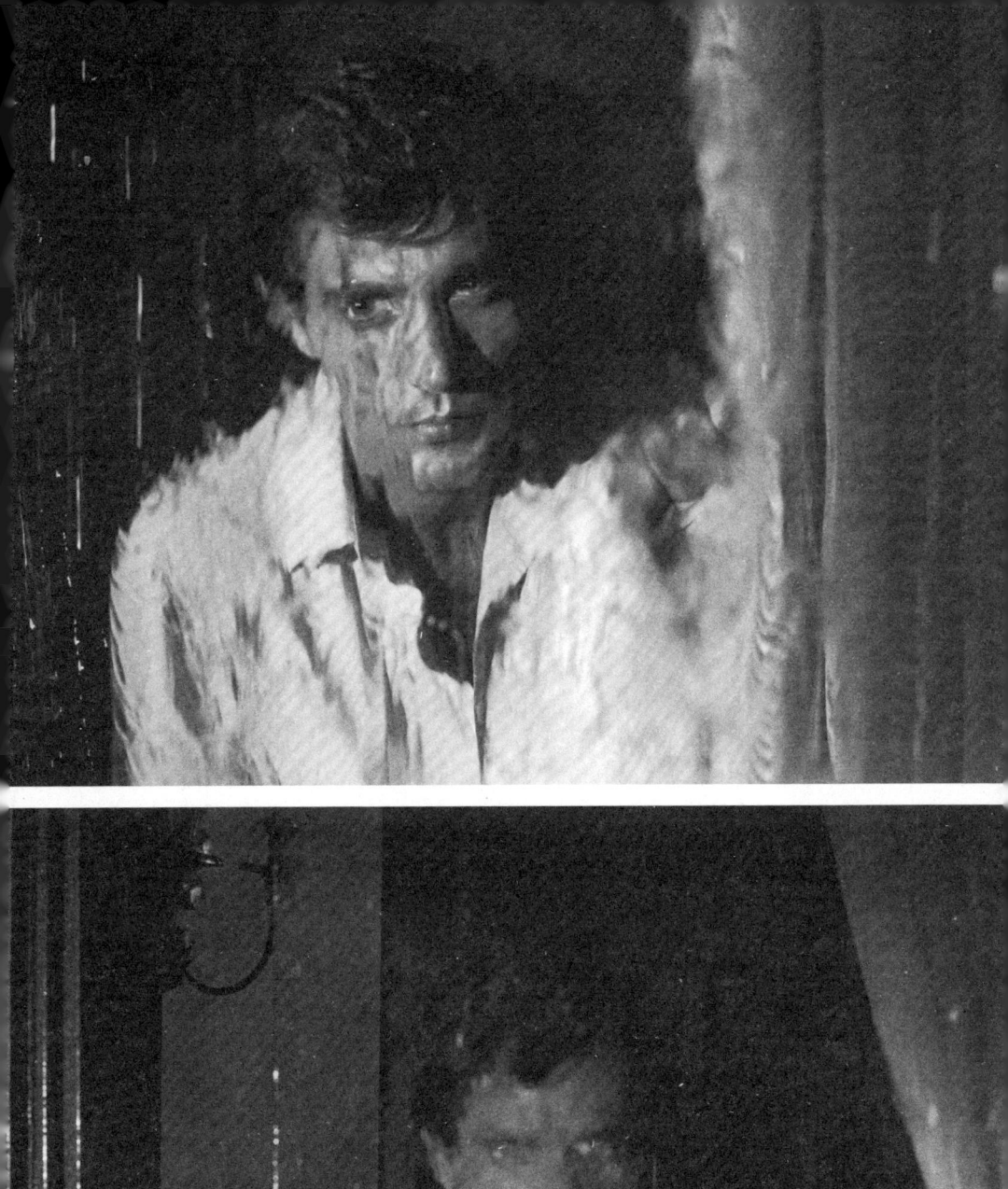

Gabriele Tinti em *Noite vazia*.
Fotos de autoria de Walter Hugo Khouri.

temente tão respeitável. O filme foi retirado de cartaz no meio de uma sessão, e a *via crucis* de Khouri apenas começava. Em princípio, a Cinedistri – distribuidora do filme – recebeu uma notificação de que a obra seria interditada, e seus negativos, confiscados. Khouri viajou às pressas para a capital federal e passou mais de um mês de gabinete em gabinete, lutando pela reversão do veredito. Afinal, a interdição do filme poderia significar a falência completa dos irmãos Khouri e o fim de uma carreira que mal se estabilizara.

Ninguém havia se importado com a cena de Norma Bengell seminua banhando-se na chuva ou com a insinuação de sexo entre ela e Odete Lara. Nem mesmo se afetavam com as visões mundanas dos dois personagens antes de encontrarem as garotas. O problema era Luís.

Assim, Khouri foi aconselhado a enxertar uma cena no final em que o *bon vivant* retornaria para sua casa e prometeria à esposa que nunca mais a trairia e que se arrependeria da vida que tinha levado até ali. Não é preciso comentar a ignorância do ser desmiolado que propôs essa sandice. Como o próprio Khouri diria ao se lembrar de tal fato, com um final acéfalo como esse, não haveria razão para o filme sequer existir.

Eventualmente, e com muita política, Khouri conseguiu liberar o filme cortando apenas duas cenas que não prejudicam o entendimento da obra. Uma delas mostrava Cristina se olhando no espelho do teto do quarto. A sequência existe no filme, no momento em que Luís acorda e percebe a prostituta admirada com a própria imagem, mas não temos o reflexo.

Outra razão para a possível concordância do DCDP em liberar *Noite vazia* pode ser encontrada nas memórias de Anselmo Duarte, outro paulista bastante prejudicado pelo "racha" com o Cinema Novo e pelo regime militar:

> Quando terminei *Vereda da salvação* [em 1965], levei o filme para o Itamaraty, para ser enviado ao Festival de Cannes. Eu não precisava de seleção. Mesmo que fosse o pior filme do Brasil, eu teria direito de competir – todos os diretores laureados têm o direito de inscrever o seu próprio filme sem julgamento, sem data e sem obrigação de representar um país [Duarte havia recebido a Palma de Ouro por *O pagador de promessas*, em 1962]. [...] A esse tempo, o governo militar reformulou o departamento de cinema do Itamaraty e os coordenadores eram Luís Amado, David Neves e Ely Azeredo. Esses "lumières" da cultura influenciavam nas obras, selecionavam e mandavam para a Censura. [...]

Foi em vão que insisti em obter a chancela para Cannes. "De agora em diante, só sairão filmes urbanos, de ambientes ricos, para que os estrangeiros não façam de nós um mau julgamento". Ely Azeredo e Alberto Shatovsky defenderam a escolha de *Noite vazia*, do diretor Walter Hugo Khouri. O filme foi vaiado em Cannes e considerado pela crítica francesa como pornográfico e primário.[11]

No caso das vaias mencionadas por Duarte, isso não chega a ser uma tragédia, já que Cannes é conhecido, entre outras coisas, por ser palco de protestos e aplausos calorosos por parte de "torcidas organizadas", o que não quer dizer que a obra exibida seja mais ou menos importante. É apenas uma tradição da plateia especializada. Também é improvável que o filme tenha sido visto com tal desdém. Levemos em conta, ainda, o exorcismo que Anselmo Duarte promoveu de suas mazelas na biografia publicada em 1993. No entanto, Khouri sempre comentava sobre o estranhamento dos europeus com filmes brasileiros que não versavam sobre fome e miséria. Era como se o Cinema Novo, em certo aspecto, alimentasse o fetiche neocolonialista do intelectual europeu, mesmo que o movimento tenha colocado o cinema brasileiro no mapa internacional dessa arte. Se, por um lado, o movimento nasceu do desejo de se fazer um cinema revolucionário, dando ao público a possibilidade de se ver em seus próprios problemas historicamente crônicos, por outro, depois da consolidação cinemanovista, entre 1963 e 1964, o que se viu foi uma união sólida dos jovens cineastas localizados no Rio de Janeiro com a crítica para formar um sistema fechado. Some-se a isso o fato de que alguns dos filmes do Cinema Novo pareciam não tanto direcionados à massa, mas aos festivais e aos círculos intelectuais das universidades e do cineclubismo.

Era como se o Cinema Novo tivesse tentado "matar o pai", rechaçando a Atlântida e a Vera Cruz, bem como os seus antigos profissionais. Mesmo assim, algumas das obras mais belas e importantes realizadas pelo movimento na passagem entre as décadas de 1960 e 1970 curiosamente remetem à estética da chanchada, cedendo à antropofagia como síntese de uma dialética bastante problemática. É o caso de *Macunaíma* (1969), de Joaquim Pedro de Andrade; ou *Os herdeiros* (1969) e *Quando o carnaval*

---

11 Oséas Singh Jr., *Adeus cinema: A vida e a obra de Anselmo Duarte, ator e cineasta mais premiado do cinema brasileiro*. São Paulo: Massao Ohno Editor, 1993, pp. 105-107.

chegar (1972), ambos de Carlos Diegues. Este último presta abertamente reverência à herança de Oscarito e seu tempo.

Em 1963, imbuído da postura aconselhadora que hoje soa passiva-agressiva, Glauber Rocha escreveu:

> Walter Hugo Khouri é um artista equivocado e vítima do equívoco. O primeiro crime foi o endeusamento de uma crítica idealista. O segundo foi a intolerância de outra facção da crítica. Acuado pelos dois lados, está cada vez mais ilhado; não tem o sentimento do mundo, como diria Drummond; tem o sentimento do cinema total. [...] Eis a força quase sobre-humana que o leva à *via crucis* do cinema brasileiro, arrastando uma filmografia de cinco filmes, conseguindo, não se sabe como, produzir após cada fracasso, sempre em condições melhores. [...] cada dia passando, mais ele se afasta do cinema contemporâneo, das ideias de hoje, do mundo que o cerca. Khouri, aos 35 anos, permanece o poeta de dezoito: é um moralista? Um panteísta? Um sádico? Um masoquista? Um burguês? Um reacionário? Um romântico? Não é nada disso. É um poeta, sem dúvida, herdeiro de um sentimento poético morto. Walter Hugo Khouri é saudosista de sua própria juventude; um intelectual pequeno-burguês que não se processa, e consequentemente não participa. [...] É necessário que Khouri reaja antes que seja tarde: seu talento, seu amor ao cinema, sua capacidade de trabalho exigem que ele assim o faça.[12]

Por seu lado, Khouri declarou diversas vezes que nunca houve qualquer atrito pessoal com o Cinema Novo, porque nunca foi de seu interesse fazer filmes que o obrigassem a tratar de tais temas em prol de um movimento ou tendência. Isso poderia fazê-lo soar artificial. Ele já havia escolhido sua poética e como desenvolvê-la, a despeito do gosto de seus colegas radicados no Rio de Janeiro, e nunca experimentou qualquer crise de consciência ou criatividade por isso. No fundo, Khouri sabia que – a seu modo – estava realizando uma arte igualmente política. Seu universo é uma constante afronta à tradição e à alienação. Revisto hoje, não era Khouri o alienado burguês, mas, sim, os seus personagens.

De qualquer forma, a ida a Cannes forneceu o aval necessário para que Khouri e seu irmão, ambos à frente daquela nova Vera Cruz, pudessem

---

12 Glauber Rocha, *Revisão crítica do cinema brasileiro*. São Paulo: Cosac Naify, 2003, pp. 118-120.

seguir em seus trabalhos. A atmosfera de *Men and Women* – título internacional de *Noite vazia*, péssimo por sinal, já que não diz nada –, com a fotografia de Rudolf Icsey; a música aterradora de Rogério Duprat, alternada com o jazz bossa-nova do Zimbo Trio; a montagem precisa de Mauro Alice; o elenco irretocável... Khouri havia encontrado seu time e seu lugar na perspectiva da produção cinematográfica brasileira no início de um dos momentos mais sombrios da história do país. É uma inverdade que seus dramas de câmara sejam alienados, e ele o provaria ao longo dos próximos anos. Antes, porém, gozando do prestígio e das portas que se abriram, mergulhou mais uma vez no obscuro da vida paulistana para realizar aquele que o próprio Walter sempre considerou sua melhor obra. Sua criação mais querida.

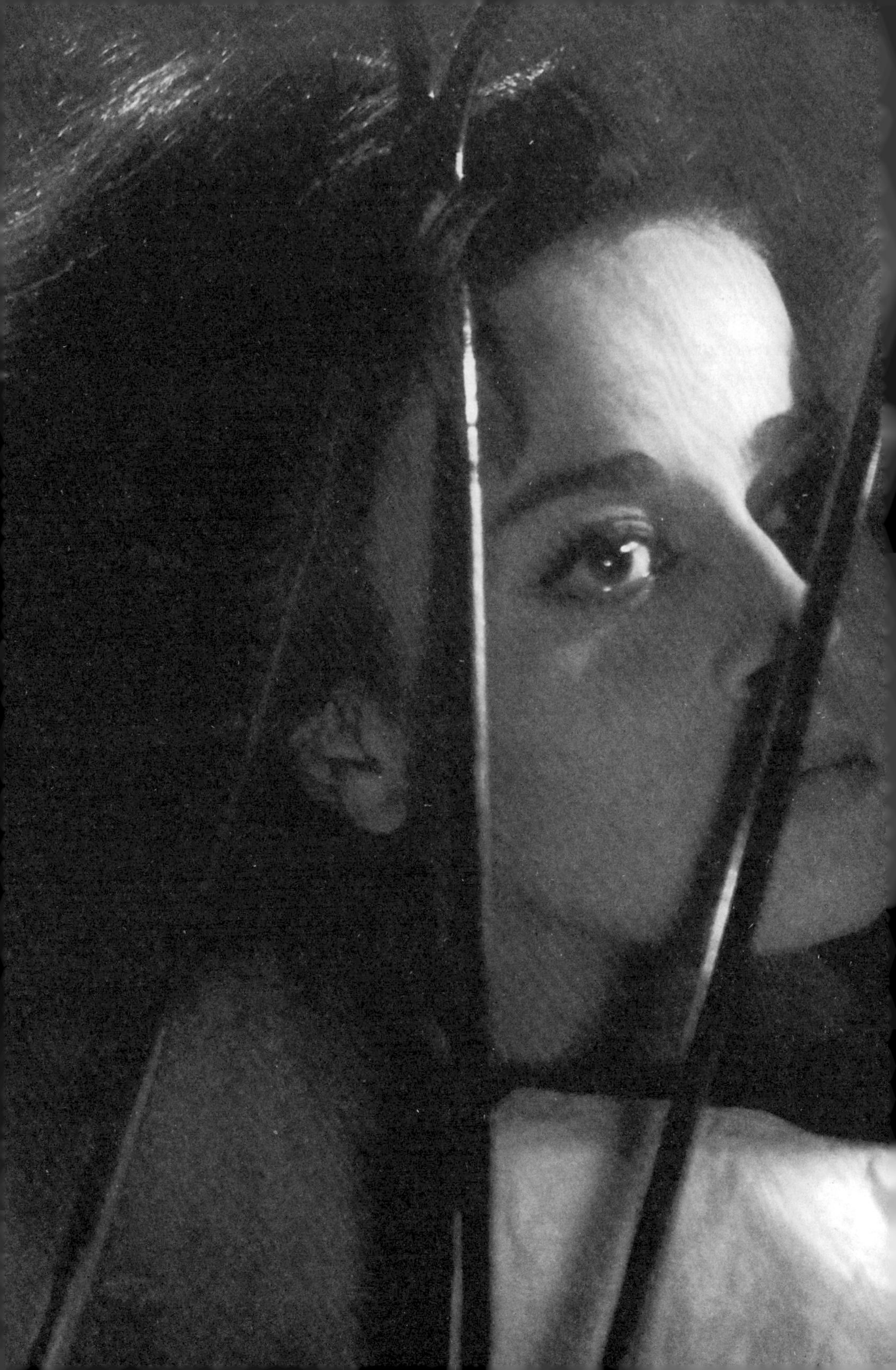

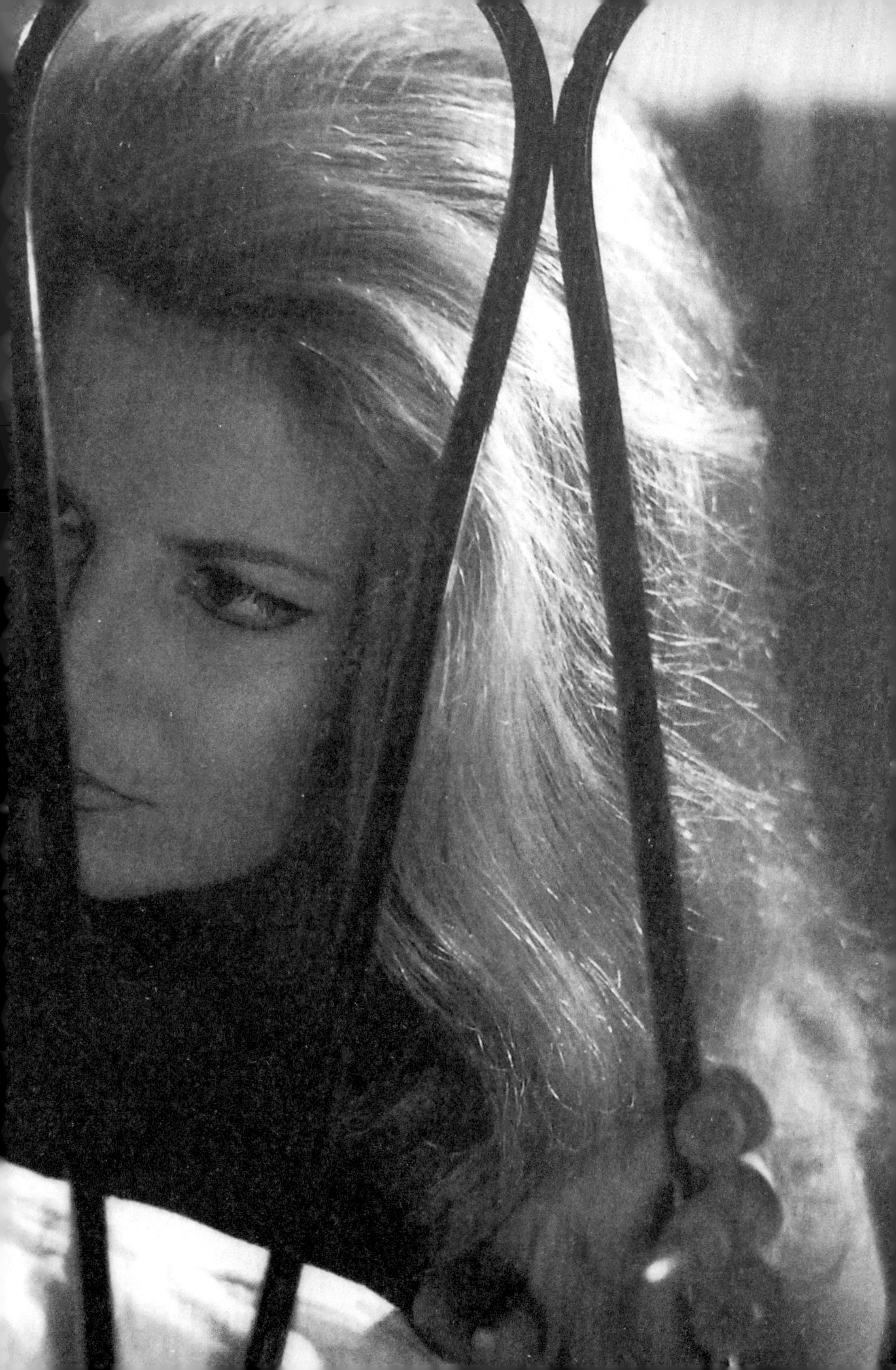

FENOMENOLOGIA E POESIA EM
O CORPO ARDENTE

I

A despeito das polêmicas sustentadas pela mídia, que opunham São Paulo ao Cinema Novo do Rio de Janeiro, duas coisas eram certas e concretas: Walter Hugo Khouri, a partir de *Noite vazia*, consolidara-se como um verdadeiro autor, no sentido de que estabelecera as bases do cinema que desejava fazer; e, desde aquela época, passou a ser reconhecido pelo talento para descobrir e extrair a beleza de novas atrizes, bem como das veteranas que com ele trabalhavam.

Considerado um exemplo de cineasta bem-sucedido após o êxito da árida fábula na metrópole taciturna, Khouri sentia-se seguro para dar o passo mais ousado de sua carreira até ali. Seu próximo longa-metragem seria livre de concessões, a partir de uma simbologia forte. No fundo, o cineasta sabia que *O corpo ardente* não renderia grande bilheteria, mas era seu projeto mais pessoal, mais poético, lírico, trágico e ambicioso. Dessa vez, não dispersaria sua crítica aos vários tipos da elite e da classe média paulistanas. Sua história se concentraria estritamente nos círculos mais altos da tradicional família paulista, para mostrar o que há para além da mera ação, ou conexão causal, entre os conflitos. Seria um exame metafísico e cínico da vida alienada pelo dinheiro, pelas relações adúlteras, pela maternidade inconsequente e pela simples e ao mesmo tempo maçante existência.

> Incentivado pelo sucesso de *Noite vazia*, Hugo Khouri [...] volta agora numa produção que ele próprio considera o seu filme mais ambicioso: *Corpo ardente* [sic]. Seguindo a mesma linha de seus últimos trabalhos, esse novo filme de Khouri aborda um tema relacionado com a vida mundana, adultério e tédio dos insaciados, que muito se avizinha da temática de Antonioni.[1]

---

1   Nota publicada na revista *Manchete*, Rio de Janeiro, n. 714, p. 63, 1965.

De fato, essa trilogia produzida entre 1959 e 1964 era e continuou por décadas sendo comparada à Trilogia da Incomunicabilidade, de Michelangelo Antonioni. Khouri diria, anos depois, que ao passo no qual as pessoas pensavam estar fazendo a ele um elogio ao chamá-lo de "Bergman tropical" ou "Bergman brasileiro", o rótulo sempre o incomodou justamente por reconhecer em Antonioni o verdadeiro berço de sua poética. É possível encontrar marcas da trilogia do italiano em *A ilha*, *Noite vazia*, *O corpo ardente* e *As amorosas*, o que poderia sugerir até mesmo uma tetralogia, na medida em que *Deserto vermelho* (1964), de Antonioni, também se liga perifericamente a *A aventura* (1960), *A noite* (1961) e *O eclipse* (1962). No entanto, enquanto o cinema de Antonioni procura uma épica da vida comezinha das elites, Khouri se preocupa com a miséria e o minimalismo de uma elite iludida, que só existe dentro dos muros de suas mansões e é incapaz de se mover com a mesma aparência volátil no mundo real. Uma elite colonizada.

> A história do filme liga-se, em tom diverso, aos problemas humanos já expostos por Khouri em suas realizações anteriores, focalizando a falta de sentido vital de várias pessoas, as inúteis tentativas que fazem para preencher esse vazio de suas existências com amores superficiais, o brilho da vida social e também procurando uma espécie de autoafirmação através de outras criaturas – ou seja, a frustração íntima que se acentua cada vez mais em nosso tempo, com a desagregação dos valores preestabelecidos e o inesperado de certas situações.[2]

Em *O corpo ardente*, somos apresentados ao universo de uma família de altíssimo padrão, composta pela sedutora Márcia (a francesa Barbara Laage), seu marido, Roberto (Pedro Paulo Hatheyer), e o filho do casal, Robertinho (Wilfred Khouri). Conhecemos, de imediato, o ambiente que habitam quando o filme se abre com uma cena trivial. É noite, Márcia encontra seu filho na sala da mansão e quer que o menino vá para a cama. Robertinho se recusa porque está empenhado em consertar um projetor de filmes em Super-8 dado pelo pai, que ele afirma ser de baixa qualidade. Tal qual um menino mimado, Robertinho impõe sua vontade à mãe, e ela lhe dá mais dez minutos de tolerância antes de o obrigar a dormir. O que parece um mero pretexto para introduzir personagens será a espinha dorsal de toda a construção narrativa dali por diante.

---

2   Luiz Dóra, "Em linhas gerais". *Cinelândia*, Rio de Janeiro, n. 318, p. 23, 1964.

Logo, veremos com mais detalhes o que realmente ocorre naquela casa. Há uma festa regada a marasmo de podres de rico. Enquanto a anfitriã caminha pelos cômodos, entendemos que se trata de uma mulher profundamente abatida pelo tédio de um vazio inominável. Em meio aos convidados estão os dois amantes de Márcia. Seu marido não suspeita, ou finge não se importar, porque também é um adúltero, como saberemos depois. Tudo naquela festa parece artificial. Os convidados, tão enfadados quanto os donos da casa, não se furtam a criticar a qualidade da comida, da bebida e das companhias. As conversas são frívolas e pernósticas.

Roberto, o esposo, preocupado com suas aparências, teme pela ausência de um tal "Conde", que, se não chegar, converterá a festa num desastre. Na sala da mansão, os convidados ensaiam uma peça bufa improvisada, enquanto também esperam o tal convidado de honra. Vejamos a ironia: um exame na história cultural de São Paulo, desde há mais ou menos cem anos, mostra-nos que Francisco Matarazzo Sobrinho, um dos maiores mecenas da modernidade estética, responsável por juntar nos saraus que organizava em sua mansão na avenida Paulista jovens artistas promissores e tradicionais investidores do café e da indústria, era chamado entre os seus convivas de "Conde", título que realmente possuía. Foi de suas reuniões que nasceram projetos ambiciosos, como o Museu de Arte Moderna de São Paulo, o Teatro Brasileiro de Comédia e a Companhia Cinematográfica Vera Cruz, onde Khouri começara sua carreira. Se o diretor não havia nascido exatamente em berço esplêndido, sua desenvoltura logo o levou a frequentar as altas rodas e, partindo de um olhar bastante analítico, ali estavam as referências de sua poética.

Ainda, em dado momento, há uma roda de pessoas discutindo arte moderna, teorizando sobre uma tela pintada por um dos convidados, artista de renome, Shirakawa, que seria citado novamente em *Eros, o deus do amor* e em *Eu* (1987). Isso evidencia a circularidade que Khouri buscava para sua obra, como um universo total e mutável de acordo com as necessidades do discurso de cada filme a ser feito, mas sempre atrelado a um mosaico consciente de situações que se repetem e de personagens que se transmutam, permanecendo, no entanto, arquetipicamente iguais.

Na construção dos diálogos da cena em questão, Khouri deixa claro que cada termo técnico e conceito estético proferidos por seus personagens nada mais são do que um amontoado de jargões e frases de efeito, vazias de sentido. Transcrevemos a breve sequência:

Eduardo [amante de Márcia], para Márcia: Pra você... é a melhor coisa do Shirakawa.

Convidado: Definitivamente...

Roberto: O Shirakawa não queria vender. Mas, como era pra você... [Márcia lança seu olhar vago sobre a tela]

Convidado: Não existe evolução. Neste caso, o informalismo é uma consequência inevitável do nosso niilismo radical, onde as deformações cromáticas, os fundos ambivalentes, refletem, claramente, a atitude estética do homem moderno. Ou seja, a descrença! Que é ao mesmo tempo uma tentativa de crença, porém com impulsos abstratos e destrutivos.

Eduardo: Pra mim, o que importa é o intercâmbio emocional entre o quadro e eu. Por exemplo, aquele pequeno ponto branco que ilumina tudo. Criar e destruir; unir e desunir; são intenções instintivas do pintor. Quantas vezes não se destrói ou se nasce depois do primeiro gesto? De qualquer maneira, a pintura é sempre um exorcismo. E o exorcismo é a emoção que me basta.

Convidado: Não, não... Eu acho que não é bem assim. Em pintura, antes, se tratava de uma outra coisa. Deixa eu tentar explicar a vocês. [Márcia olha o vazio e fuma, completamente alheia ao conteúdo da conversa]. Toda esta nomenclatura está ultrapassada. O que a gente procura agora é uma transcendência que seja ao mesmo tempo uma penetração, uma ligação orgânica. Movimentos interiores...

Shirakawa: Eu não entendo bem o que vocês dizem. Eu ando numa fase furiosa. Estou pintando com as duas mãos e a boca, ao mesmo tempo. Isso me dá um grande prazer físico. Às vezes, eu tenho vontade de pintar as paredes e as caras das pessoas. Apagar tudo e fazer de novo. Eu sinto uma grande impaciência. Eu gostaria que o mundo fosse um quadro branco, sem cores e sem formas. Sem nada. Aí sim, aí nós poderíamos recomeçar.

Segundo o jornalista e editor Alvaro Machado, em conversa para a escrita deste trabalho, a tela que Khouri usou para atribuir a seu fictício pintor é uma obra de Chang Dai-chien, pintor chinês tido hoje como um dos maiores artistas de seu país, com obras em alguns dos principais museus internacionais de arte moderna. Em 1949, durante a Revolução Comunista chinesa, Chang fugiu com sua família para a América do Sul e, depois de permanecer algum tempo na Argentina, estabeleceu-se no Brasil, num sítio em Mogi das Cruzes, até 1973, quando viajou aos Estados Unidos, fixando-se depois, finalmente, em Taiwan. A ironia colocada pelo filme de Khouri

A tela do "pintor Shirakawa", em estilo abstrato informal, na verdade uma obra do artista chinês Chang Dai-chien.

é bem sintomática: com sua bagagem intelectual, o cineasta escolheu uma obra de alguém renomado para tecer a crítica daqueles enraizados no mercado de arte muitas vezes por mera influência, menos que por competência.

———

A essa altura da conversa, Márcia já está mais interessada na bela mulher de traços orientais sentada à sua frente, e Eduardo já se desligou do tema, perguntando à Márcia, discretamente, se irão se ver no dia seguinte. Uma convidada com sotaque espanhol continua a teorizar sobre a arte, mas ninguém está interessado. Trata-se de uma formalidade, uma etiqueta que serve mais para dar legitimidade à classe "entendida no assunto" que para algo realmente palpável.

Khouri usa a conversa como pretexto para expor velhos chavões destilados entre críticos e artistas, que no mais das vezes dão voltas sem sair do lugar, tributando à arte moderna a responsabilidade de uma expiação frívola, estetizada e vazia de sentido. A crítica, aqui, gira em torno da figura do artista como entidade quase sobrenatural, a quem tudo é permitido e aplaudido, por mais banal e exibicionista que seja, como pintar com as duas mãos e com a boca ao mesmo tempo. No monte Parnaso do artista comissionado e de seus bajuladores, o mais importante é "o ponto branco" ou "a vontade de apagar tudo", e as discussões estéticas em torno de sua obra são apenas uma distração para quem não tem mais nada de interessante a fazer.

O cineasta expõe a mediocridade do pensamento burguês e antecipa a vulgaridade intelectual dos que conhecemos hoje como "novos-ricos". Quanto à anfitriã, ela está mais preocupada em flertar com uma das convidadas, lançando-lhe olhares excitantes. Nesse ponto, percebemos duas instâncias em paralelo na narrativa de Khouri. Uma delas no plano real, associada ao ambiente pouco convidativo que Márcia tenta aturar, mas sem nenhuma disposição para administrar; e a outra instância que nos leva para a subjetividade da personagem central, para o mosaico de suas memórias fragmentárias. A partir da cena do flerte, a continuidade do filme se quebra e começamos a compreender a dimensão da trama pelos olhos de uma Márcia que alimenta um crispado desejo de fuga e renúncia.

———

Nesse momento de seu cinema, Khouri, em verdade, passa a nos ensinar sobre os diálogos mudos que se estabelecem a partir do tempo decorrido entre uma e outra demonstração do repertório burguês nas figuras que protagonizam suas obras. Em *O corpo ardente*, os longos momentos de Márcia perambulando, letárgica, pela imensa moradia e seu olhar contemplativo para a imagem que ilustra o fundo da fonte do jardim são solilóquios subliminares que denotam a busca por uma comunhão com algo muito maior. Algo inominável. Por isso, o segundo ato do filme nos leva a um retiro que não é somente uma fuga do pesadelo urbano. Trata-se de uma busca pela existência primitiva.

Márcia retira-se para a casa de campo da família levando apenas seu filho, Robertinho, que, em seu universo lúdico infantil, não tem a menor ideia do que aquele passeio significa. Uma vez isolada, a protagonista pretende apenas se reconectar com boas experiências que talvez tenham ocorrido em seu passado, e o fato de levar Robertinho consigo denota, também, um esforço de regresso ao estado primevo da experiência humana.

Enquanto seu marido encontra-se fora de casa, a trabalho, mas também cuidando da manutenção de seu caso extraconjugal, Márcia leva seu filho para uma caminhada entre as imensas pedras do parque de Itatiaia, cenário que será usado muitas outras vezes por Khouri em obras futuras e que planta aqui a semente de muitas recorrências na poética do diretor,

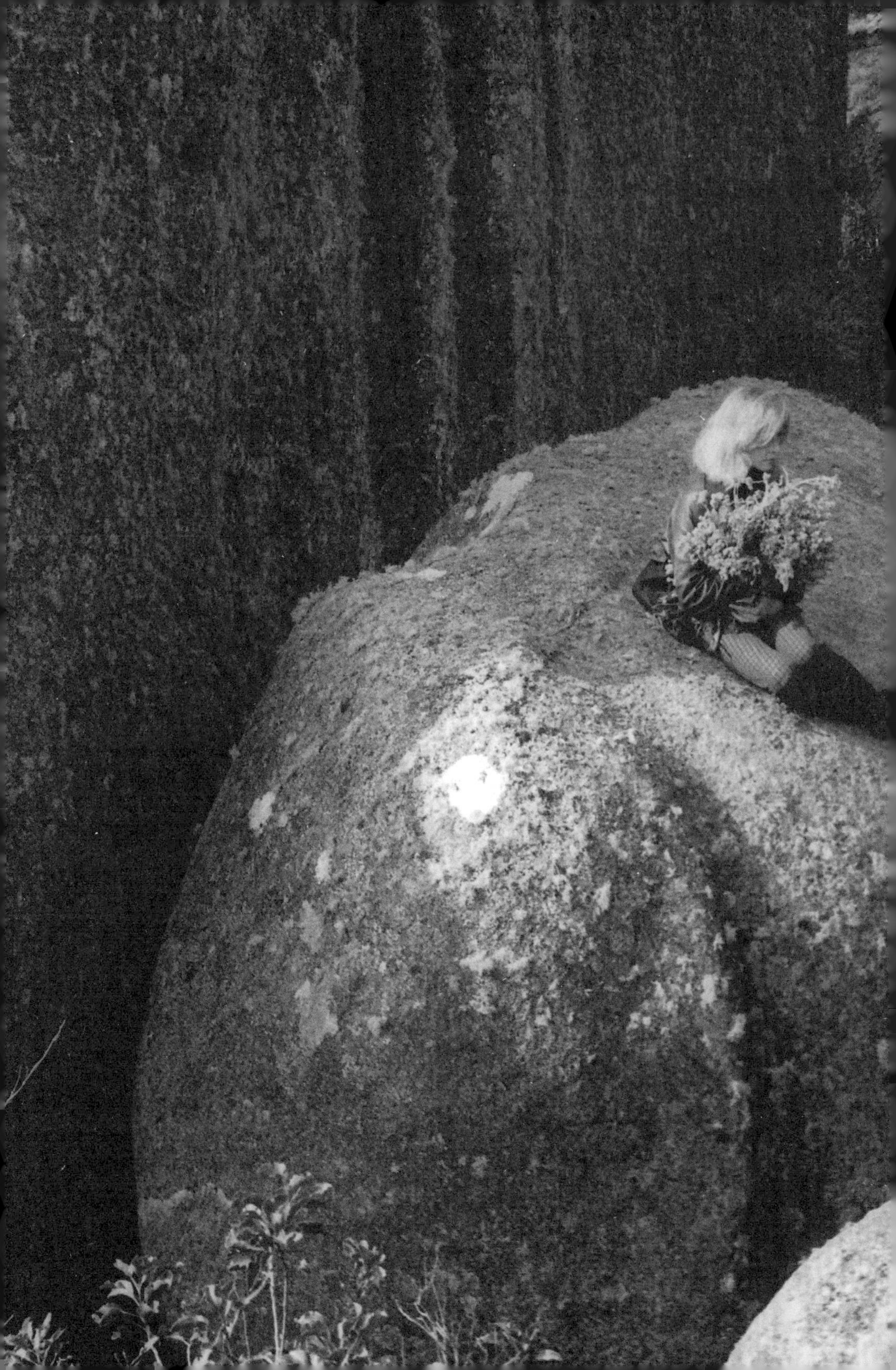

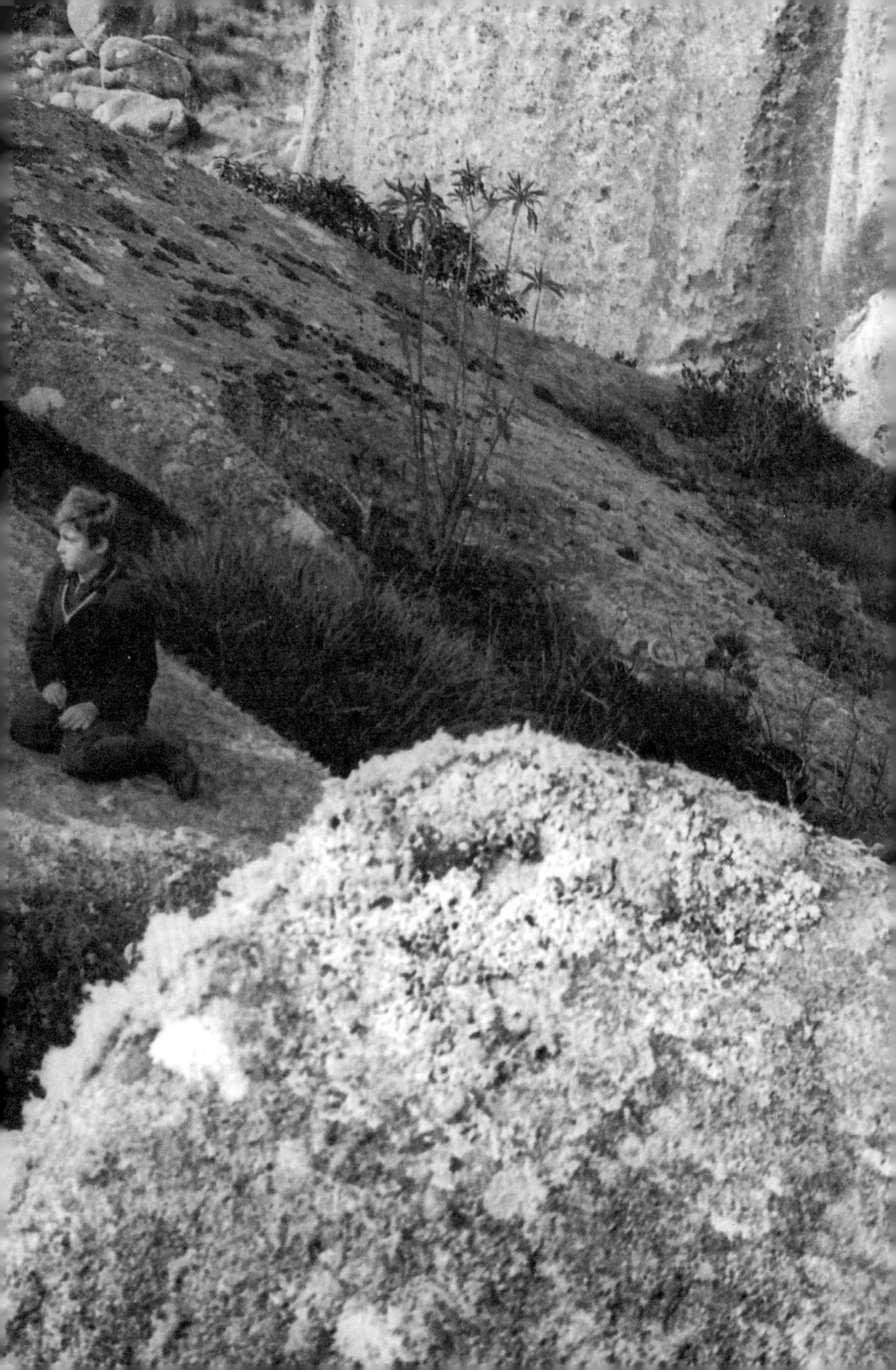

Barbara Laage em cena de
O corpo ardente.
Acervo Walter Hugo Khouri.

como se fosse uma simbologia universal: o contato entre o ser e a Natureza num processo simbiótico.

Aqui, o real fenômeno da inerência entre o corpo e o que se encontra ao seu redor apresenta-se como um véu diante do espectador. Digamos que "[...] é o meu corpo como interposto entre o que está diante de mim e o que está atrás de mim, o meu corpo levantado diante das coisas levantadas, em circuito com o mundo – [...] com o mundo, com as coisas, com os animais, com os outros corpos".[3]

Os longos e belos planos abertos captados pela câmera de Khouri nos apresentam a sublime natureza. "Sublime" no sentido em que Giulio Carlo Argan empregou o termo para justificar a pintura do século XIX, aquela que dá ao observador uma amostra de quão pequenos somos diante

---

[3] Maurice Merleau-Ponty, *A natureza*. São Paulo: Martins Fontes, 2006, p. 338.

da vasta visão do que é o mundo e como estamos resignados perante a força daquilo que é o natural.[4] Mas esse não será o único choque espiritual que arrebatará nossa personagem.

Pouco depois, ao retornar a casa, Márcia é abordada por dois capatazes de uma fazenda vizinha, que procuram por um cavalo fugido. Trata-se de um corcel negro, selvagem. Em seguida, Márcia, passeando com Robertinho, topará com o animal, mas deixará claro ao filho que não pretende avisar ninguém sobre o paradeiro daquela criatura, que, imediatamente, torna-se um estandarte da liberdade e do desejo primitivo buscados pela mulher aprisionada. Ao longo do filme, os capatazes ainda tentarão capturar o garanhão usando uma égua no cio. De fato, o animal aproxima-se e copula com a fêmea.

É uma cena das mais intensas na obra de Khouri, porque a sequência, fragmentada em cortes rápidos e planos próximos, explicita a cópula animal num misto de voracidade e beleza plástica. Tudo é observado por Márcia, que transborda seu desejo misturado à ânsia espelhada no cavalo, solto no mundo, livre para satisfazer as urgências do instinto. Ela derrama todo desejo canalizado na vida urbana, entre seres moralmente decrépitos, sobre a visão do animal selvagem e viril, como se ambos se fundissem no mesmo plano metafísico proposto pela montagem de planos alternados.

Essa transferência, tão bem articulada pela decupagem do filme, revela-se para além daquilo que o espectador vê e mais além daquilo que testemunha a personagem. A narrativa torna-se estagnada para que permaneça somente a contemplação estética sublimada, como nas palavras de

---

4   Cf. Giulio Carlo Argan, *Arte moderna*. São Paulo: Companhia das Letras, 2001.

Merleau-Ponty: "A estrutura estesiológica[5] do corpo humano é, portanto, uma estrutura libidinal, a percepção de um modo de desejo, uma relação de ser, e não de conhecimento".[6]

À parte o incômodo de tantos estímulos proporcionados por uma natureza hostil e alheia, Márcia e Robertinho ainda experimentarão um pouco de reconciliação no seio familiar com a chegada do pai, que traz um presente ao filho: uma câmera cinematográfica Super-8. O Super-8, como colocado por Khouri, é a memória dentro da memória – como se verá na cena final. O filme como forma de criar fábulas que retificam o real. Pela primeira vez, a família se entrega ao jogo lúdico e forja cenas ficcionais, filmadas pelo menino, que metaforicamente descobre as possibilidades do mundo exterior pelas lentes de um brinquedo, sem ter a menor ideia do que acontece nos bastidores dos pais. À revelia do garoto, o Super-8 serve como psicodrama aos próprios personagens assumidos na vida do casal, a fim de purgar a amargura que compartilham, quando se encena um crime no qual Roberto é um estrangulador, e Márcia, a vítima. O registro fílmico guarda, no campo da imagem, aquilo que gostaríamos que fosse grafado em nossas experiências. É também o elemento de redundância temporal da obra. Aquilo que une o começo e o fim, na sugestão de um *looping*.

Finalmente, como não é possível divorciar-se de uma realidade objetiva, a família retorna à cidade, às festas enfadonhas, aos amigos fúteis e à mentira de cada dia. Passou-se muito mais que dez minutos desde que Márcia advertira Robertinho quanto ao adiantado da hora. Ao regressar à sala e encontrá-lo ainda entretido com o projetor Super-8, ela por um momento titubeia. Robertinho acaba de consertar o aparelho e convida sua mãe a assistir às cenas projetadas numa tela. São as cenas capturadas no campo, que remetem a um idílio interrompido. As situações improvisadas em família e, claro, o corcel negro galopando. Sempre o corcel negro, galopando feroz e indomável. A força da natureza barrada somente pelo cano da arma dos capata-

---

5 Relativo à estesiologia, ciência da sensibilidade e dos sentidos.
6 M. Merleau-Ponty, op. cit., p. 340.

zes, que haviam executado o animal quando ele em fuga sofrera uma fratura numa das patas. O cavalo assassinado, a liberdade interrompida, abortada.

Os olhos de Márcia mergulhados nas imagens de uma vida possível, que não pode se espraiar para além da tela de lembranças à sua frente.

> A memória é a base da personalidade individual, assim como a tradição o é da personalidade coletiva de um povo. Vive-se na recordação e pela recordação, e nossa vida espiritual não é, no fundo, senão o esforço de nossa recordação por preservar, por tornar-se esperança, o esforço de nosso passado por tornar-se porvir.[7]

Seguindo o raciocínio de Miguel de Unamuno, temos a eterna tensão entre o reconhecimento da memória cristalizada na tela da lembrança e a verdade palpável do aqui e agora. Enquanto Márcia entrega-se à sua própria vivência etérea do que já se deu, precisa assimilar o presente – árido e insosso – que a envolve no âmbito de seu próprio lar, com pessoas alienadas e desinteressantes. Por um átimo, ela revive o prazer nas imagens fugidias como forma de suportar o tempo presente e recorrente.

II

O datiloscrito original do roteiro de *O corpo ardente* foi concebido como uma narrativa linear, em que os eventos a serem filmados são agrupados de acordo com a tradicional relação de causa e efeito. No entanto, há uma nota de Khouri apontando que a construção serviria apenas de guia para o processo de filmagem e que, na montagem final, a linearidade seria rompida, fazendo prevalecer o fluxo de consciência da personagem central. Esse é um processo muito comum no cinema autoral, no qual o eixo sintagmático – para fazer uma analogia à prosa criativa – dilui-se gradativamente em favor das combinações possíveis a partir de um eixo paradigmático imaginário, a exemplo da estrutura própria do poema. Dessa maneira, o recorrente deslocamento de tempo e espaço e o desmantelamento de uma cronologia linear colocam a percepção do espectador em

---

7   Miguel de Unamuno, *Do sentimento trágico da vida*. São Paulo: Martins Fontes, 1996, p. 8.

xeque, e este precisará agir de acordo com seu próprio repertório. Ainda que guiado pela mão do realizador, em última instância, tal qual na poesia, o que prevalece é o efeito individual e inalienável que se realiza na experiência fenomenológica de um "vidente-visível" – ou quiasma –, sistema fechado e íntimo entre o que se desvela e o que se depreende na opacidade do filme.

Em maio de 1969, a revista *Filme Cultura* dedicou um dossiê a Walter Hugo Khouri, aberto com a acertada análise de seu redator:

> Em forma e substância, os três longas-metragens de Walter Hugo Khouri, no período 1964-1968 – *Noite vazia, O corpo ardente* e *As amorosas* – deixam em posição modesta, ou menos obscura, os outros cinco realizados entre 1951 e 1963. O salto do semiamadorístico *O gigante de pedra* àquela "trilogia" não se explica apenas com o trabalho e a determinação que aplicou à tarefa, em um momento de decolagem industrial do cinema brasileiro. O quadro de observação social de Khouri não se verbaliza em pregação. Seu prisma crítico, assim, pode exprimir polidimensionalmente as frustrações humanas e todas aquelas comportas que qualificam a participação do indivíduo no fluxo social.[8]

É evidente como Ely Azeredo capturou o espírito do cinema khouriano em oposição ao Cinema Novo, subliminarmente referido no termo "pregação", num tempo em que a rivalidade parecia desidratar. Demonstra mesmo uma resposta afirmativa à impressão que sempre tive de que Khouri e o Cinema Novo, no fundo – e para além das diferenças de abordagem –, estavam tratando do mesmo problema sob dois polos distintos de visão e percepção. O que não significa anular ou legitimar um em detrimento do outro, mas de constatar a própria aura impalpável de um tempo e sua produção artística.

Por sua vez, Khouri comenta, no mesmo dossiê, sobre a evolução de sua carreira e a ligação entre seus filmes recentes:

> Prefiro, de longe, *O corpo ardente, Noite vazia* e *As amorosas* (que no fundo são um único filme), mas não posso negar que *Na garganta do diabo* é um filme que até hoje me emociona. Consegui revê-lo há algum tempo. Se tivesse que

---

8   Ely Azeredo, "Dossiê Khouri". *Filme Cultura*, Rio de Janeiro, ano 3, n. 12, p. 14, maio-jun. 1969.

fazê-lo hoje, seria talvez bastante diferente no que se refere à construção dramática, escolha de atores etc.[9]

Também, aproveita para discutir sobre sua colaboração no longa de episódios *As cariocas*, do qual participara quase imediatamente após a conclusão de *O corpo ardente*. Esse projeto, de acordo com Khouri, havia nascido do acaso. Em 1991, em seu depoimento ao Museu da Imagem e do Som (MIS), em São Paulo, o diretor contou que *As cariocas* "nasceu" numa festa em que estavam várias figuras do cenário cinematográfico brasileiro. Entre uma bebida e um petisco, o produtor e diretor Fernando de Barros propôs a Khouri e a Roberto Santos que fizessem um filme composto de três curtas-metragens baseados na obra de Stanislaw Ponte Preta (pseudônimo do cronista Sérgio Porto).

Khouri confessa que aceitou menos por real interesse do que pela atmosfera festiva da ocasião. No entanto, quando percebeu que o projeto era sério, comunicou Barros que só participaria se pudesse escrever uma história original. O cineasta justificou a condição reforçando que não se sentia confortável em adaptar as ideias de outra pessoa, não lhe era habitual e nem estaria capacitado. De fato, entre o curta de Fernando de Barros e o de Roberto Santos, ambos baseados na obra do cronista carioca, temos uma história original, precedida de um intertítulo: "Walter Hugo Khoury [sic] conta sua história". Ao ser questionado por Ely Azeredo se o seu trabalho estaria deslocado do filme, Walter respondeu:

> Penso que o meu trabalho está realmente deslocado entre os outros dois, o que deve ter parecido muito estranho ao público. O episódio foi realizado em poucos dias, sem nenhum *script*, diálogo ou anotação, quase a título de experiência. Nunca tenho medo de fazer experiências e me expor. A minha parte em *As cariocas* não me desgosta. Não sei se será melhor ou pior que as outras duas. Creio que é apenas diferente, com outro "tom" e que está realmente deslocado.[10]

No curta, a personagem da atriz Jacqueline Myrna, chamada às vezes Lucy, às vezes Martinha, é uma jovem atraente que se prostitui com rapazes de

---

9   Id., ibid., p. 18.
10 Id., ibid., p. 19.

Ipanema e mantém um caso amoroso com um executivo de São Paulo, mais velho. Tudo para ajudar nas despesas de seu noivo, que vive numa pensão do subúrbio carioca e cuja saúde é frágil. Ambos estão pagando prestações de um apartamento no qual pretendem morar assim que se casarem. Entre pequenas mentiras e um sacrifício extremo em favor do amor de sua vida, a moça perambula pelo Rio de Janeiro, vivendo a vida comezinha e lutando com as suas armas, a jovialidade sensual e o talento para a conquista.

Nessa personagem percebe-se a gestação do tema que se tornaria o conflito central de *O palácio dos anjos*. Também é a repetição da frustrante vida de uma amante e de seu mantenedor, como já visto em *O corpo ardente*, nas personagens de Lílian Lemmertz e Pedro Paulo Hatheyer – aliás, as cenas entre os casais em ambos os filmes são particularmente parecidas.

Terminado o compromisso com seus colegas, Khouri tratou da concepção de seu próximo longa, em que colocaria o tal cinema de "pregação" em xeque, assim como o personagem central, que acabara de nascer, relativizaria tudo e apontaria apenas os cúmulos e as distopias.

MARCELO, O SÍSIFO (A)POLÍTICO

Os temas principais que Walter Hugo Khouri exploraria em *As amorosas* já estavam presentes no primeiro roteiro que o diretor escreveu ainda em seus primeiros meses de Vera Cruz. A incomunicabilidade, o desalento, a vida sem sentido. Tudo já fazia parte do imaginário de Khouri, porém ainda sem o acabamento que demonstraria anos depois com o filme finalizado. Em 1967, Khouri já não fazia parte do mundo universitário, sua carreira e a mitologia de seu cinema estavam plenamente consolidadas. O diretor concordava que o personagem recém-nascido, Marcelo, era algo que aparecia de certa maneira em *Estranho encontro* e havia sido desmembrado em Nelson e Luiz, de *Noite vazia*.

> Eu me lembro de que eu estava bastante satisfeito com o resultado de *O corpo ardente* – embora o filme não tenha ido muito bem nas bilheterias – e eu contava com um bom *élan*. Ao mesmo tempo, eu estava saindo de uma depressão realmente forte, que me acometera no final de 1966, e queria construir algo que versasse justamente sobre o absurdo, sobre como a sua liberdade pode ser cerceada por um ou dois indivíduos, por uma casca de banana em que você escorrega e cai, pelas contas a serem pagas, pela fragilidade e efemeridade de tudo, e assim por diante.[1]

Embora o que se sobressaia no filme, além de suas questões diegéticas, seja a ordem estética, muito comparada com obras coladas ao Cinema Novo e com *Blow-up* (1966), de Antonioni, que causou espécie, Khouri nunca soube, ou nunca quis, precisar quais os fatores que o levaram a tomar as decisões técnicas que tomou. Para ele, tratava-se de contar a história de alguém depressivo, destrutivo e autodestrutivo. "Algo que vou

---

[1] Entrevista concedida ao Museu da Imagem e do Som, em São Paulo, em 1989.

sempre repetir é que nunca digo 'vou fazer um filme assim'. Eu digo 'vou fazer um filme' e os caminhos vão se construindo ao longo do processo."[2]

Quando sondamos as origens de *As amorosas*, ficam claras as inclinações existenciais da história, que sobrepujam o discurso político que a obra acabou encerrando em sua versão na tela. Em seu acervo, Khouri conservou duas versões do argumento original, além de um roteiro detalhado. É interessante que conheçamos a segunda versão do argumento, maior e mais aprofundada nas histórias de fundo dos personagens, muitas não exploradas no resultado final.

Algumas diferenças são substanciais. Marcelo não se chama Marcelo, mas André, e a forma como é descrito converte-o quase no "estranho" de *Teorema* (1968), de Pasolini, na medida em que transforma drasticamente a vida daqueles com quem tem contato, antes de desaparecer.

> Por uma série de circunstâncias, a vida das três moças é afetada pela presença de André, um jovem de 24 ou 25 anos, irmão de Lena. Para ele, também, mas de uma forma aguda e violenta, a vida não consegue tomar sentido. Estudante universitário, trabalhando esporadicamente e sempre com dificuldades de dinheiro e de moradia, está sempre possuído por uma espécie de revolta, que ele mesmo reconhece como gratuita, mas que no fundo é fruto de uma grande lucidez e de uma inteligência percuciente e quase doentia. Tudo lhe parece falso e inútil, mas de uma forma realmente intensa e dolorosa.[3]

Quando se lê a ideia original que Khouri tinha para seus personagens, nota-se a exaustiva preocupação com a construção da psicologia de cada um, mesmo que seu *background* não seja mostrado ou verbalizado.

> Lena, Marta, Anna...
> As três vivem em São Paulo, 1967.
> Lena e Marta vivem sozinhas num apartamento no centro da cidade. Anna vive com sua mãe, num bairro qualquer.

---

2   Id., ibid.
3   Walter Hugo Khouri, *As amorosas*. Argumento original, 1967, p. 4 (Acervo Walter Hugo Khouri).

Lena tem 26 anos e Marta, 22, mas é Marta, atriz de televisão em vias de "subir", que é praticamente dona do apartamento onde vivem as duas, enquanto Lena, secretária num grande escritório de planejamentos, está lá de forma provisória, ajudando nas despesas e tendo um pequeno quarto para si. [...]

Lena é de formação pequeno-burguesa, mas Marta veio de uma pobreza dura e obscura, que ela mesma não gosta de explicar. Lena jamais conseguiu se desvencilhar de uma série de preconceitos automaticamente adquiridos no ambiente em que cresceu, mas Marta, em contato com as camadas mais diversas, emergiu da infância e juventude pobres e difíceis para uma desinibição completa e, agora que uma espécie de "sucesso" e dinheiro fáceis lhe aparece, vive uma enorme euforia e tem um secreto orgulho de "usar" o mundo à sua vontade.

Lena, depois de dois noivados frustrados e da lenta desintegração de sua família após a morte da mãe, é amante de um homem casado, que ocupa um cargo de chefia em seu escritório. Seu nome é Roberto, um homem aparentemente brilhante, semicultivado, com toques de intelectual frustrado devido a incursões medíocres em arquitetura, pintura e literatura. [...]

Anna acha que a mulher deve sair de sua incômoda situação no Brasil e em outros países e, principalmente, liberar-se econômica e psicologicamente do domínio masculino, sem perder sua condição de mulher, entretanto.

Apesar das ideias e da busca de modernidade, ela tem uma vida amorosa limitada e simples, quase pura, que se limita a alguns namorados e a um caso mais sério que terminou num aborto e numa separação.[4]

Como o filme bem mostra, Roberto, namorado de Lena, não aparece como um homem casado e enfadado com sua vida a ponto de preferir manter um adultério para não cair na rotina. Originalmente, assim Khouri o descrevia:

> Com 39 anos, conformou-se em viver bem e racionalizar a sua situação. Pretende conhecer o "mundo" e as "coisas" e ter uma visão da inutilidade de tudo. Seu caso com Lena dura depois de dois anos e ele não tem intenções de mudar essa situação, nem de romper sua ligação matrimonial, o que faz com que a coisa se prolongue penosamente, mas sem uma resolução.
>
> Roberto consegue mesmo convencer Lena de que essa situação é mais total e duradoura em termos de amor do que qualquer casamento ou ligação

---

[4] Id., ibid., p. 1-3 (Acervo Walter Hugo Khouri).

definitiva e vitalícia. Lena está quase convencida disso, em verdade, principalmente diante da visão de frustração generalizada dos casais que conhece, entre eles sua irmã, que arrasta uma vida desinteressante e rotineira de mãe de família, com um marido medíocre e acomodado. Além disso, pensa que ela goza de certa liberdade e independência que lhe confere a situação de solteira, a qual lhe deixa uma margem para romper sem maiores problemas essa ou outra ligação qualquer.[5]

As relações de André (Marcelo) com Marta e Anna alternam-se ao longo da fita, não são bloqueadas como coloca o argumento, e nada indica que Anna tenha passado por um aborto. Ela apenas deixa Marcelo para sempre. Também não o conhece nas festinhas do apartamento de Marta, segundo o que Khouri havia originalmente planejado, mas surge no ambiente universitário, tão desprezado por Marcelo, já com a ideia de o entrevistar após um embate no grêmio acadêmico, do qual não tomamos conhecimento senão pela menção na cena da cantina da faculdade. A mais drástica diferença entre o argumento e o filme é seu final. Na ideia original, Khouri deixa em aberto se André preferiu dar cabo de sua própria vida ou se sofreu um infeliz acidente, o que combinaria com a casualidade que dá o tom existencial do personagem.

Três dias depois de todos esses fatos que envolveram Lena, Marta e Anna, André caminha pela rua só, como sempre. A certo momento ele para [...] e pensa. Seu cérebro lhe pesa. Parece ter pensado já todas as coisas. Não lhe é possível continuar. André não compreende, não sabe, não entende, não consegue organizar a sua mente. Tudo lhe roda. Não há começo nem fim, não há possibilidade de ser, de existir, de permanecer. Não há nada. Nada mais nada. Não há.

No seu caminho, um grupo de homens com enormes luvas de borracha abriram um grande buraco no chão e, lá dentro, consertam um terrível emaranhado de grandes fios de alta-tensão. André vai até perto deles.

Pouco depois, um enorme clarão eleva-se no ar, acompanhado de um ruído sibilante.

O rosto de André parou definitivamente. Seus olhos olham para o alto, parados e fundos. FIM.[6]

---

5   Id., ibid., p. 2 (Acervo Walter Hugo Khouri).
6   Id., ibid., p. 8 (Acervo Walter Hugo Khouri).

É possível que o mais certo seja a primeira opção.

No filme, Marcelo e Marta são levados para a mata e torturados por um grupo de rapazes frequentadores da saída de atrizes da emissora de TV. "É uma descida aos infernos, como num tribunal em que o personagem do Stênio Garcia age como juiz, condenando os dois ao martírio", definiu Khouri.[7]

O André do argumento é um indivíduo muito mais truculento e ardiloso, e sua descrição contém não somente elementos de personagens anteriores, mas, em certo ponto, deixa pistas sobre quem ele seria na idade adulta, manipulando terceiros em prol de seus interesses e completamente desinteressado dos sentimentos alheios. Aliás, no filme, há uma cena emblemática sobre o futuro do personagem, quando, após uma discussão com a irmã, Marta, o rapaz lamenta que ambos não vivam no antigo Egito, porque, assim, poderiam se casar: "Como dois faraós. Seríamos rei e rainha e teríamos filhos iguais a nós mesmos", diz Marcelo. Nos filmes seguintes, veremos que a obsessão de Marcelo por sua filha, Berenice, é como o desejo de se fechar em sua própria existência e gerar um "tipo perfeito", o que faz pensar que Marcelo Rondi e Zé do Caixão guardam certas semelhanças, sobretudo na forma como se apresentam aos outros.[8]

Todo o invólucro narrativo, moral e ético de *As amorosas* passa necessariamente pelo mito de Sísifo e pela filosofia de Albert Camus. Não apenas pelas observações de seu diretor, mas pelos aspectos que aproximam a obra de Khouri à filosofia existencialista do escritor franco-argelino. No cerne da concepção de Marcelo em sua primeira aparição reside a máxima que representa as ideias camusianas.

> Só existe um problema filosófico realmente sério: é o suicídio. Julgar se a vida vale ou não vale a pena ser vivida é responder à questão fundamental da filosofia. O resto, se o mundo tem três dimensões, se o espírito tem nove ou doze categorias, aparece em seguida. São jogos. É preciso, antes de tudo, responder.

---

[7] Id., ibid.

[8] Criado por José Mojica Marins, o personagem Zé do Caixão aparece pela primeira vez em *À meia-noite levarei sua alma* (1964), e sua motivação, desde o princípio, é gerar o filho perfeito por acreditar na continuidade do ser superior pelo sangue. A diferença para o Marcelo de *As amorosas* é que o rapaz não acredita na continuidade da vida pela descendência, enquanto o coveiro de Mojica crê que seu espírito superior poderá viver através dos tempos pela sua linhagem.

E se é verdade, como pretende Nietzsche, que um filósofo, para ser confiável, deve pregar com o exemplo, percebe-se a importância dessa resposta, já que ela vai preceder o gesto definitivo. Estão aí as evidências que são sensíveis para o coração, mas é preciso aprofundar para torná-las claras à inteligência.[9]

A opção derradeira de André pelo niilismo ao final do argumento original é, para Camus, o maior dos absurdos. Muito maior que aqueles que o personagem deixa claros ao longo de sua jornada.

Para Camus, o absurdo não está na tensão gerada entre o ser e seu meio, mas no ato de tirar a própria vida para solucionar um problema. Nada mais absurdo que um ato definitivo para eliminar um problema transitório. A ideia de "suicídio filosófico" também não cabe no universo de André (nem no de Marcelo), definida por Camus como a crença numa redenção espiritual futura que estancaria a vivência do presente. Crer na salvação (mesmo do ponto de vista religioso) também seria um absurdo, por não permitir que o indivíduo viva seu presente. Nesse impasse entre o suicídio de fato e o suicídio ideológico, Khouri nos mostra que seu personagem se torna cego àquilo que Camus chamou de "aceitação do absurdo", situação em que nos tornamos a metáfora de Sísifo, o rei que enganou a morte e foi condenado a empurrar uma rocha morro acima, no Tártaro, somente para vê-la rolar de volta ao sopé do morro e ter de recomeçar tudo, por toda a eternidade. Esse exercício extremo e aparentemente em vão é o que separa o personagem Marcelo de seu criador, Khouri. Se Marcelo (ou André) não se conforma nem se conforta com a possibilidade de extrair prazer das pequenas coisas, cabe-lhe uma forma torta de dar vazão ao que sente: revolta, liberdade e paixão.

Em *As amorosas*, a revolta é patente, a liberdade, ilusória e a paixão, dolorosa. Lembremos que Khouri enfrentava uma depressão severa quando retomou a ideia do filme. Quando assistimos à obra pronta, é no autor que a resposta camusiana para a grande questão filosófica do valor da vida está respondida, não em seu personagem.

Assim, eu extraio do absurdo três consequências que são minha revolta, minha liberdade e minha paixão. Apenas com o jogo da consciência transformo

---

9 Albert Camus, *O mito de Sísifo*. Rio de Janeiro: Record, 2018, p. 7.

em regra de vida o que era convite à morte – e recuso o suicídio. Conheço, sem dúvida, a surda ressonância que se estende ao longo desses dias. Mas só tenho uma palavra a dizer: é que ela é necessária. Quando Nietzsche escreve: "Parece claramente que a coisa mais importante no céu e sobre a terra é *obedecer* por muito tempo e numa mesma direção: com o passar dos dias, surge daí alguma coisa pela qual nos vale a pena viver sobre esta terra como, por exemplo, a virtude, a arte, a música, a dança, a razão, o espírito, alguma coisa que transfigura, alguma coisa de refinado, de louco ou de divino", ele ilustra uma moral de grande discernimento.[10]

É na transmutação da angústia em força motriz artística, por exemplo, segundo Camus, que podemos sobreviver ao absurdo do cotidiano. É a sensação de posse de nossas próprias agruras que, paradoxalmente, nos livra delas, ou as ressignifica. Por isso, creio que Khouri optou por não matar seu personagem ao final do filme, preferindo deixá-lo à mercê de si próprio, como se voltasse ao útero do mundo que o criou e criou todos nós, para se aperceber de que somos o grande absurdo, e somente a nós cabe conciliar nossos demônios com os demônios do mundo. Marcelo termina surrado, humilhado e abandonado.

---

10 Id., ibid., p. 48.

No meio da mata, como num retorno ao ser natural, ele se despe da vaidade que o vimos destilar ao longo de toda a história. A pretensa simetria de suas convicções, materializadas por Khouri em planos que colocam Marcelo quase como uma figura superior, desfaz-se após o achaque final que sofre. Vejamos a comparação de dois desses planos. O primeiro quando Marcelo coloca-se no centro do *hall* da emissora de televisão, onde parece um ser descido de alguma dimensão superior para colocar suas amarras no estilo de vida de Marta. Próximo do fim do filme, há um plano análogo, mas que sinaliza exatamente o contrário do primeiro.

Se era um filme político o que a crítica cobrava de Walter Hugo Khouri, ele a respondeu com uma obra de "contrarreforma". Um embate ideológico e social ao gosto da época, que desautoriza os discursos de ordem. Khouri já havia sido identificado como diretor de um novo cinema e entregou ao espectador o contraponto existencial de uma *Terra em transe*. A estética nervosa que Khouri assimilou – com câmera na mão, cortes abruptos entre os blocos narrativos e montagem repleta de *jump cuts* (procedimento criado na *nouvelle vague* e adorado pelo cinemanovistas), graças ao trabalho de Maria Guadalupe, montadora de *As amorosas* – pode até ter sido fruto de um "espírito do tempo" à revelia do diretor, como Khouri sempre gostou de reforçar, mas não creio na completa aleatoriedade das escolhas estéticas e discursivas no momento em que a ideia passou do papel para a tela.

O experimento da montagem faz do desalinho entre os indivíduos do filme algo estritamente visual em muitos momentos, de maneira que nós, espectadores, entendamos os embates psicológicos de Marcelo somente pela organização dos planos. Por exemplo, quando Marcelo e Marta têm sua primeira noite de sexo, a tensão se sobrepuja ao erotismo. Após o ato, o desalinho entre ambos é sutilmente sugerido por um par de cortes secos que alternam os focos do primeiro e do segundo planos.

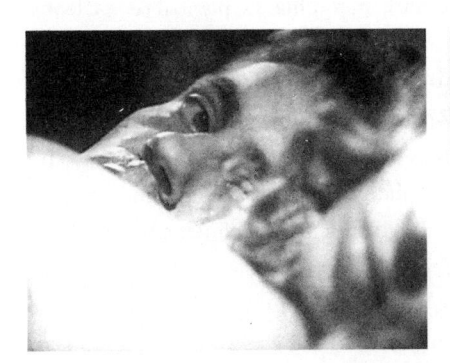

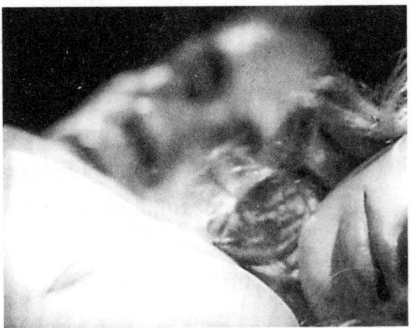

Marcelo mostra-se profundamente incomodado com a "desenvoltura" de Marta, a ponto de verbalizar uma passividade agressiva que revela a contradição de seu desejo pela moça, o asco que também alimenta por ela e o ódio que sente por si mesmo ao se ver realmente atraído por ela e por sua verve sexual. "Você gosta disso, não é?", pergunta. Ao que a moça responde sem rodeios: "Gosto". "É, eu vi", diz Marcelo, ríspido e esquivo.

O argumento de *As amorosas* prova que a ação está centrada primordialmente nas relações tortuosas de seus personagens, mas a voga política sobressaiu quando se tornou filme. Cabe compreendê-lo a partir de seu diálogo direto com a polifonia intelectual-ideológica de seu tempo, as referências culturais e morais, a naturalidade com que se posiciona frontalmente na rota de colisão com os acontecimentos de Maio de 68, com o endurecimento da política brasileira, com a explosão demográfica da cidade de São Paulo e a consequente otimização da vida, que substituía cada vez mais o *flâneur* baudelairiano pelo Homem da Multidão, de Walter Benjamin. O fim da utopia prenunciado no contexto khouriano se adianta à visão do fracasso ideológico da resistência, que só seria tema de debates anos depois. Vejamos o que o Marcelo do filme entrega aos seus interlocutores quando questionado sobre a vida para o filme-verdade *O quê? Para onde? Como?*, que Anna está produzindo:

Fora os meus livros e os meus discos, eu não quero ser dono de nada, nem de uma cadeira. [...] Há uns três anos atrás [sic] eu planejei escrever um livro. Algo que importasse e revisse a posição de um jovem diante dos problemas do mundo moderno. Uma coisa vasta... [toma o microfone da mão da assistente de produção] uma coisa vasta e profunda, procurando mergulhar no plano da consciência e do tempo. O micro e o macrocosmo. Algo que abrange todos os problemas. Depois, eu vi que não conseguia escrever o livro. As minhas ideias mudavam com as minhas oscilações nervosas, quer dizer, a visão geral continuava a mesma, mas a maneira de transmitir tornava cada vez mais difícil. Depois de um esforço tremendo, eu consegui fazer a introdução e abdiquei do livro. Houve um tempo em que eu pensei que tinha capacidade e talento para fazer qualquer coisa. [...] Hoje, eu sinto que o tempo vai passar, me engolir sem que eu faça nada. Mas não me importo muito. Antigamente, eu ficaria doente por pensar em passar em branco pelo mundo. Hoje, tanto faz. O que eu quero, agora, é conseguir experimentar uma vivência interior realmente intensa. Que seja ela mesma uma finalidade. Total, absoluta, [...] que seja tudo. [...] Deve haver algo equivalente ao equilíbrio das estrelas, ao fogo e à chuva, que não termine necessariamente no desencanto e na frustração. Eu sei que isso é possível. Às vezes, eu sinto dentro de mim uma espécie de explosão. Uma felicidade louca pelo simples fato de estar vivo. É a sensação definitiva de que tudo tem sentido porque a vida é uma coisa plena, completa. Infelizmente, isso dura pouco. O meu objetivo agora é encontrar uma fórmula para tornar esse estado permanente.

Viver e fazer arte são atos políticos, e o Marcelo de Khouri foi devidamente analisado ao lado do Marcelo de Paulo César Saraceni em *O desafio* (1965),[11] no sentido de que ambos sofrem de um dilema moral que os vai consumindo, sendo o dilema em Saraceni fruto da relação que um rapaz pequeno-burguês de matizes revolucionários vive entre a utopia da revolução e o desejo que lhe desperta uma mulher mais velha, casada e oriunda das altas classes que apoiaram o golpe militar de 1964. Porém, vista hoje, a angústia de Marcelo, em Khouri, guarda também uma interessante relação de sintonia e antagonismo com Paulo Martins, o poeta que transita entre as esferas da política na obra máxima de Glauber Rocha.

---

11 Cf. Renato Pucci Jr., *O equilíbrio das estrelas: filosofia e imagem no cinema de Walter Hugo Khouri*. São Paulo: Annablume, 2001.

Enquanto o Marcelo de Khouri é uma pedra sedimentada que contamina os outros com sua distopia, causando a extinção das convicções das mulheres que ama e do mundo em que transita (de maneira até mesmo mais cruel no argumento original), Paulo Martins é o poeta que se molda, cegamente, às realidades dos políticos de Eldorado, país fictício de *Terra em transe*, aos quais presta apoio. Primeiro ao populismo de centro-esquerda, depois ao de extrema-direita. Em meio a isso, ainda há o amor de Sara, que representa uma necessidade de aclimatação ao estado de coisas, de maneira que a tormenta seja menos danosa. Mas, assim como Marcelo, Paulo está cego pelo orgulho narcísico. Quando constata sua impotência diante de forças incontornáveis, deixa seu desespero transbordar.

> Não é mais possível esta festa de medalhas, este feliz aparato de glórias... Esta esperança dourada nos planaltos! Não é mais possível esta festa de bandeiras, com Guerra e Cristo na mesma posição! Assim não é possível, a impotência da fé, a ingenuidade da fé... Não é mais possível! Somos infinita, eternamente filhos das trevas, da escuridão e da miséria! Somos eternamente filhos do medo, da sangria do corpo do nosso irmão! Somos a morte no corpo do nosso irmão! Nossas lutas, nossos ideais vendidos a Deus e aos senhores. Uma fraqueza típica dos indolentes! Ah, não é possível acreditar que tudo isso seja verdade! Até quando suportaremos? Até quando além da fé e da esperança suportaremos? Até quando, além da inconsciência? Até quando suportaremos? Até quando? Até quando? Até quando, Sara?[12]

Em *Terra em transe*, Paulo deixa-se fuzilar por policiais rodoviários que o perseguem a e Sara e termina sua sina agonizando à beira da praia. Uma espécie de suicídio físico e ideológico nos mesmos moldes que Khouri pensara para André, em sua ideia original, mas substituída pela pena de continuar vivo e "empurrando a rocha morro acima". Paulo tem a ânsia da ascese revolucionária, quer tornar-se a própria Revolução. Marcelo quer a ascese existencial, quer existir mais que tudo e à margem de qualquer revolução. Chega até mesmo a escarnecer as pautas coletivas de seu tempo, quando diz que tudo é culpa da bomba atômica: os moços que deixam a barba crescer (em alusão à moda inaugurada por Fidel Castro, Che Gue-

---

12   Glauber Rocha, *Roteiros do Terceyro Mundo*. Rio de Janeiro: Embrafilme/Alhambra, 1985, pp. 323-324.

Paulo José e Jacqueline Myrna em cena de *As amorosas*.

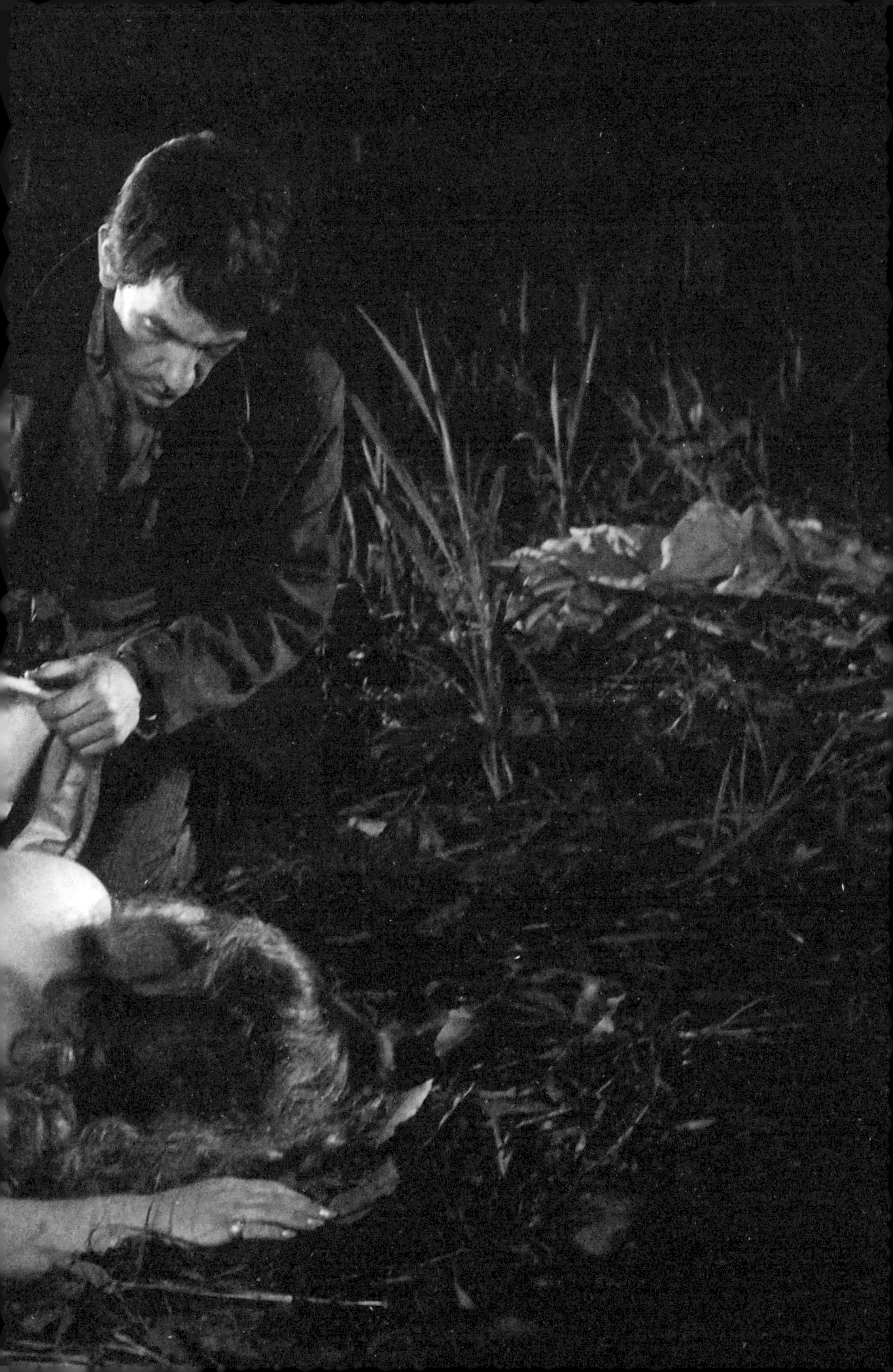

Paulo José e Anecy Rocha em *As amorosas*.

vara e seus soldados), as mulheres que ficam "fazendo besteira, dando por aí" (referindo-se ao feminismo que marcou a década de 1960), a frustração e o medo que engessam as pessoas... Tudo é "culpa da bomba".

A mesma bomba que atormenta Jonas em *Luz de inverno* (1963), de Ingmar Bergman, e o incapacita a continuar vivendo sob a ameaça de uma guerra atômica. Jonas também comete suicídio.

Com *As amorosas*, Khouri encerra sua autópsia da vida citadina e ofuscante na São Paulo dos anos 1960, entregando um filme que corrobora a ideia de que as tensões no âmbito pessoal e social são, na verdade, intrínseca e indissociavelmente antagonizadas. Isso fica claro numa rara entrevista do cineasta ao crítico Ely Azeredo, que tentou extrair de Khouri a ideia de que ele não se importava com a dinâmica da vida no âmbito social. O cineasta não se esquivou:

Marcelo (Paulo José) no bosque de eucaliptos do parque do Ibirapuera, em São Paulo.

As amorosas *e* O corpo ardente *parecem negar toda espécie de validade à organização social, ao complexo cultural que respiramos. E, como sua descrença no engajamento político é conhecida, deduz-se que você não acredita em nenhuma solução "à mão" para uma comunhão produtiva entre o indivíduo à procura de sua realização e os organismos sociais. Certo?*

Certo até certo ponto. A descrença no engajamento é cada vez mais forte e convicta. Reforçada pela simples observação dos acontecimentos de todos os dias. Quanto à solução para a comunhão produtiva, acredito plenamente que ela possa ser conseguida em parte, talvez até de forma intensa. Como encontrá-la, não sei; mas sei que ela é possível. Cada dia que passa, vejo que os problemas que realmente importam são os relacionados com a realização existencial [...]. Acho válidas todas as tentativas de situar uma obra de arte em torno de um problema que se aceitou chamar de "social". Só não acho válida a pressão que as pessoas que fazem esse tipo de cinema procuram exercer sobre os outros, querendo impedir, negar, destruir, menosprezar qualquer outro tipo de preocupação. Uma observação honesta dos últimos cinquenta anos mostra como é perigoso e falso atribuir qualidades a uma obra pelo simples fato de propor determinados temas. Pessoalmente, acredito cada vez mais na obra que procura ampliar a sua visão, que procura a totalidade, o sentido e a transcendência. Isso não impede obra alguma de ser social ou mesmo engajada.[13]

Com o filme, Khouri consolidou o prestígio de sua visão de cinema, reconciliou-se com as bilheterias após a baixa audiência de *O corpo ardente*, e angariou mais alguns prêmios, como a Coruja de Ouro e o Prêmio do Instituto Nacional de Cinema. Mas, em seu acervo, guardou aquela que considero a maior honraria que um diretor pode receber: o reconhecimento dos mestres.

Em carta enviada a Khouri – depositada no acervo do diretor –, José Medina, o próprio, manifestou o entusiasmo de um veterano exigente pelo frescor das ousadias empreendidas em *As amorosas*. Com a cordialidade e a polidez linguística que lhe eram peculiares, escreveu:

Prezado amigo Khouri,

Nosso conhecimento pessoal é relativamente curto; se assim não fosse, você (perdoe-me a intimidade) saberia que sou uma criatura muito reservada em meus sentimentos e consequentemente pouco amigo de expansões epistolares. Entretanto, se agora o faço, é impulsionado por uma rajada de entusiasmo que se apoderou de mim ao assistir pela segunda vez à exibição de seu maravilhoso filme AS AMOROSAS.

Preliminarmente, devo dizer que o Cinema Novo não é novidade para mim. Em meados da década de 1930 assisti à exibição de uma película alemã com uma interpretação do saudoso Emil Jannings, baseado em teorias freudianas e que foi exibida aqui com o título de A ÚLTIMA GARGALHADA. Ao assistir [ilegível] a esse momento do cinema mudo, pela terceira vez, eu comentei com um amigo: "Isto é cinema adiantado cinquenta anos". E realmente, aquilo era o Cinema Novo com todas as características dos filmes atuais do chamado Cinema Novo. Foi por isso que ao assistir a AS AMOROSAS fiquei vivamente entusiasmado.

Não creia que vou aqui simplesmente tecer elogios à sua obra como um admirador que de há muito já sou de seus filmes, mas, com a sinceridade que

---

13 E. Azeredo, op. cit., p. 20.

me é peculiar, fazer uma afirmação do meu conceito sobre seu magnífico trabalho. Você escreveu e dirigiu o filme AS AMOROSAS num estilo fascinante. É uma obra que – embora contrariando sua filosofia expressa na cena em que Marcelo afirma que todos os átomos e cousas deste mundo caem no esquecimento, de conformidade com a decorrência interminável do tempo – eu acredito que a sua obra em questão, se não conhecer a imortalidade, quando menos será citado quando muitos outros filmes do Cinema Novo tiveram caído no esquecimento.

Você, meu caro Khouri, revelou uma capacidade fora do comum, conduzindo a sequência de AS AMOROSAS de forma a preparar o espírito do espectador. Com tanta sensibilidade que ao chegar às violentíssimas cenas finais o espectador está preparado para não se sentir chocado com o realismo e a violência que você inteligentemente imprimiu às mesmas. Aí está uma diretriz que deve ser seguida por aqueles que pretendem fazer Cinema Novo. Isto porque o mal da evolução desse estilo e o impulso de toda a arte moderna é, sem dúvida, que os seus dirigentes inspirados apenas pela realização de obras desse gênero têm-se mantido com vistas voltadas para o lado comercial. É claro que o lado econômico da questão deve ser levado em conta, mas não se deve considerar o "cifrão" em detrimento da arte.

É lamentável que o público (refiro-me às massas) não esteja ainda amadurecido para compreender e julgar o Cinema Novo. A humanidade de hoje choca-se contra os escolhos do tempo. Entretanto, sou da opinião de que se trata de uma fase transitória e que aos poucos o público vai evoluir concomitantemente com a evolução das artes modernas.

Perdoe-me se estou roubando alguns minutos preciosos de seu tempo, estendendo-me demasiado nas minhas considerações um tanto quanto maçantes. Acontece que eu sou um autodidata e talvez por esse motivo eu não esteja capacitado para melhor exteriorizar o meu entusiasmo pela sua magnífica obra cinematográfica. Esteja certo, porém, que a apreciação que acabo de fazer ao seu trabalho é pura e simplesmente a cristalização da minha sinceridade.

Um abraço cordial do amigo e admirador.

José Medina
27 set. 1968

O próprio Medina havia sido um profissional de enfrentamento em seus dias de êxito, quando era considerado o melhor cineasta do país pela revista carioca *Cinearte*, que cobria amplamente a evolução de cada etapa dos filmes que se realizava. Numa edição de dezembro de 1927, contudo, há uma nota na coluna "Cinema Brasileiro" que insinua um mal-entendido gerado por um artigo sobre *Barro humano* (1926), de Humberto Mauro. Pela construção do texto presume-se que Medina não teria gostado da informação de que no filme de Mauro "pela primeira vez, entre nós [brasileiros], se filmou com música".[14] Levando-se em conta a possibilidade de dupla interpretação da frase, já que *Barro humano* é um filme mudo, e provavelmente o texto se referia ao método usado por Mauro em seu *set*, utilizando-se da música para direcionar seu elenco; ou que fosse a montagem e a narrativa melodiosas; assim mesmo Medina reclamava o pioneirismo para si, e a revista o expunha com impressionante agressividade – para um veículo jornalístico que se dizia defensor do cinema nacional acima de tudo e com muita luta –, informando que, se o cineasta houvesse comunicado seu "pioneirismo" à revista, esta lhe daria o crédito.

Pouco depois de *Fragmentos da vida* (1929), o acervo dos filmes de Rossi-Medina sofreu um incêndio que só poupou seu primeiro curta-metragem e esse último longa, porque ambos estavam emprestados a algum exibidor. Desestimulado pela tragédia, Medina só voltaria a pensar no cinema em 1943, quando filmou o curta *Canto da raça*, a partir da poesia de Cassiano Ricardo. Em algumas conversas com a pesquisadora Vera Pasqualin, bisneta de Medina, em 2013, ela comentou que a Divisão de Censura do governo varguista interditou o filme, provavelmente pelo alto grau de ufanismo paulista presente na obra. Foi a gota d'água que retirou, de uma vez por todas, o nome de José Medina das telas para uma nova e longeva carreira no rádio. Em 1978, durante o Festival de Cinema de Brasília, ele deu uma entrevista a Tizuka Yamasaki, na qual criticava a incompetência dos cineastas jovens para trabalharem dentro dos orçamentos de filmes e não escondeu o desgosto pelo Cinema Novo, por sua estética.

Algumas trajetórias artísticas, tão distantes no tempo, encerram mais semelhanças do que podemos especular.

---

14 "Cinema Brasileiro". *Cinearte*, Rio de Janeiro, n. 94, p. 4, 14/12/1927.

O Cinema Novo receberia um golpe em sua espinha dorsal em 13 de dezembro de 1968, com o Ato Institucional n. 5 (AI-5), que acabaria com qualquer possibilidade de um comentário político avesso ao regime. Os cinemanovistas tiveram de se adequar ao sistema da Embrafilme. Glauber deixou o país para evitar perseguição e fazer um cinema experimental e discutível, a tortura foi institucionalizada nos porões da ditadura, a ingenuidade de Marcelo passaria por grandes transmutações ao longo da década de 1970 e Khouri entendeu que, depois da morte das ideias, vem o *spleen*. E, depois do *spleen*, o completo abismo.

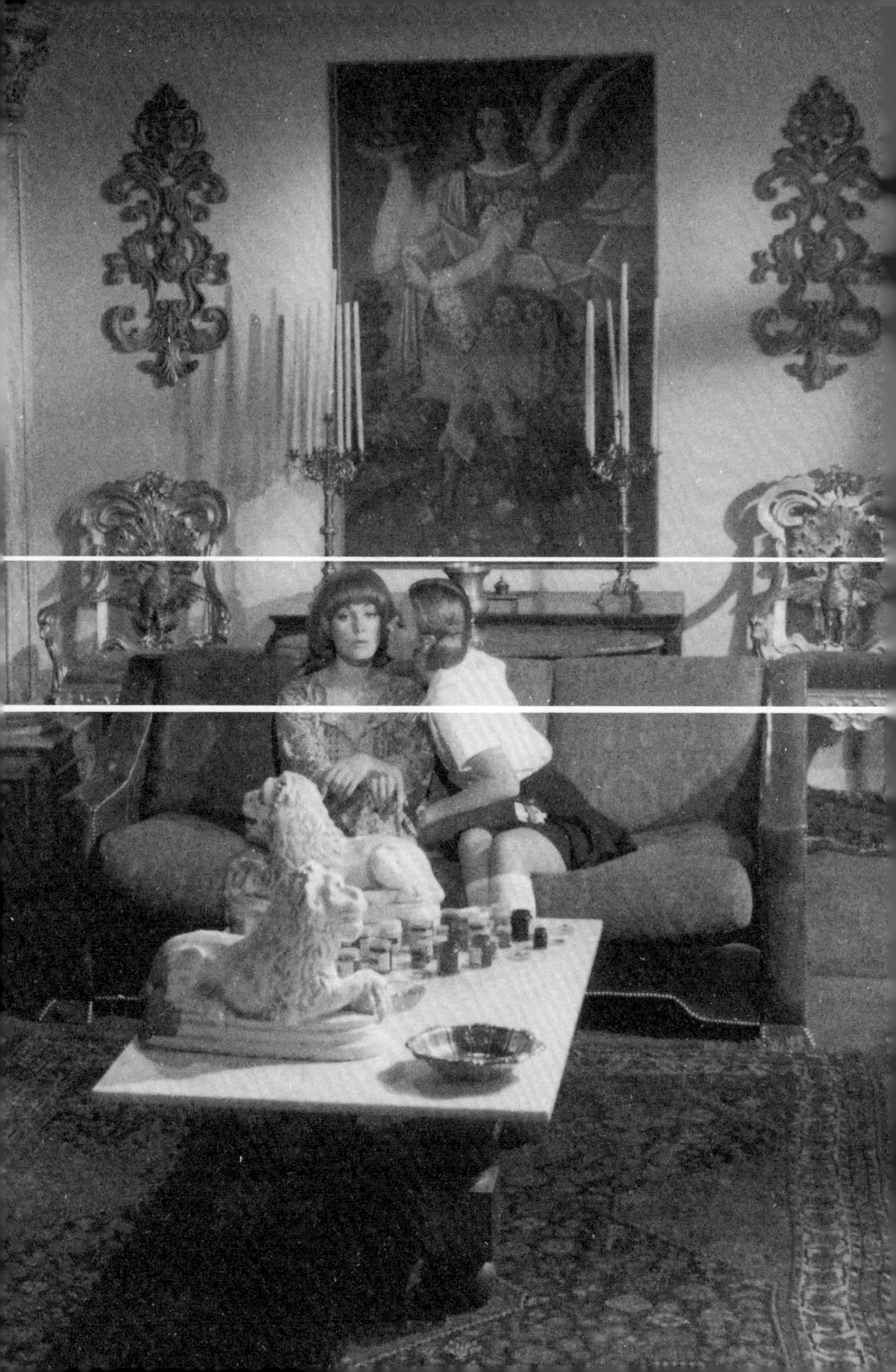

PARTE 3
TRANSIÇÕES

O PALÁCIO DOS ANJOS

LISTA DE DIÁLOGOS

ROLO 1

BARBARA — Maria, acorda logo que eu tenho que ir embora.

É a ultima vez que eu te chamo.

Eu já vou sair.

Nunca vi ninguem com ar mais imbecil do que você quando acorda.

Você tem que acabar com esta folga de eu te chamar.

E quando eu não estiver mais aqui?

KHOURI, O PRODUTOR, FALA

Temos a seguir uma adaptação de brevíssimo trecho das duas longas entrevistas concedidas por Walter Hugo Khouri ao MIS, em São Paulo, provavelmente por volta de agosto de 1989, com pesquisa de Sônia Maria de Freitas e mediação de Amir Labaki, José Maria Ortiz Ramos e Aimar Labaki.

Sendo esse material um dos que mais permeiam este livro, recorri a adequações da linguagem para o contexto escrito em todos os trechos citados. Contudo, quis oferecer, aqui, um alívio de impessoalidade, buscando dar mais voz, dessa vez, ao próprio Walter Hugo Khouri, na eloquente informalidade com que interagiu com seus colegas na ocasião. O trecho refere-se ao momento em que Khouri e seu irmão, William, adquirem ações da Vera Cruz e tornam-se sócios e produtores.

A Companhia Cinematográfica Vera Cruz foi um projeto faraônico concebido por Francisco Matarazzo Sobrinho, industrial e investidor da arte, e Franco Zampari, engenheiro e produtor teatral. Ambos já estavam à frente do notável Teatro Brasileiro de Comédia (TBC) desde 1948 e tinham a intenção de fundar um sistema hollywoodiano no Brasil. Para isso, construíram um complexo de estúdios num imenso terreno na cidade de São Bernardo do Campo e contrataram os melhores técnicos e artistas nacionais e estrangeiros disponíveis. Compraram os melhores equipamentos de som e imagem e, na gestão de produções, colocaram Alberto Cavalcanti, respeitável cineasta brasileiro que vivia na Europa desde os anos 1920.

A empresa foi inaugurada em 1949, mas, desde o princípio, era clara a falta de experiência da dupla de empresários à frente dos negócios que envolviam cinema. As produções da Vera Cruz eram caras demais, os roteiros tinham pouco a ver com a cultura nacional e os filmes eram luxuosos, mas lentos e desinteressantes, logo, não conseguiam gerar lucros. Produções imponentes como *Tico-tico no fubá* (1952) e *Sinhá Moça* (1953) investiam na cultura brasileira, mas o artificialismo do resultado não ajudava.

Com *O cangaceiro* (1953), a Vera Cruz entendeu que era preciso ser mais popular e menos perdulária. Mas já era tarde. Para cobrir os rombos no caixa da empresa, os direitos sobre lucros dos filmes foram vendidos em sua totalidade para as distribuidoras, especialmente para a Columbia Pictures. Fadada à falência, a Vera Cruz decretou recuperação judicial junto ao Banco do Estado de São Paulo em 1954. Para continuar a produzir, alterou o nome-fantasia, passando a chamar-se Brasil Filmes.

No começo dos anos 1960, Walter Hugo Khouri e William Khouri tornaram-se produtores com a Kamera Filmes. O diretor voltou, assim, à Vera Cruz, onde havia iniciado a carreira, para refazer as cenas de *A ilha* perdidas pelas condições terríveis de filmagens em Bertioga. Iniciou-se, então, a saga da compra e administração da antiga produtora, que hoje ainda pertence à família Khouri.

A história com a Vera Cruz foi assim: quando eu comecei no cinema, larguei a faculdade de Filosofia e a minha família logo me tachou de vagabundo! Quem queria fazer cinema nos anos 1950 era vagabundo. Ainda era uma profissão que todo mundo achava ruim, não dava futuro porque não existia nada. Tinha a Vera Cruz, onde para se construir uma escada levava anos, vocês sabem disso. Ou então... fora ela, não existia nada, né? Não é que eles falaram por mal, nem com agressividade, mas achavam que era um passo errado e tal...

Mas comecei e fui fazendo... com sacrifício. Daí me casei, tive filho e a um certo momento o meu irmão, que tinha sido muito contra [a ida de Khouri para o cinema], tinha outros negócios que começaram a não dar muito certo. Foi quando resolvemos fazer a nossa própria produção e ele veio trabalhar comigo. Ele quis entrar na produção. Por ter trabalhado na Vera Cruz, eu já conhecia aquilo tudo, cada cantinho, todos os recursos, o que tinha e tal e comecei a ver que realmente era uma coisa que o Banco do Estado queria reduzir a zero. Algumas pessoas do Banco do Estado eram legais, mas numa das administrações foram eles que acabaram... Parecia que era o único terreno que eles tinham, e deviam ter uns quinhentos terrenos no estado de São Paulo. Era uma vontade de destruir, mesmo. Um dos envolvidos era exibidor e estava representando outros interesses.

Eu já estava lá dentro e via os absurdos que aconteciam. Os diretores eram, digamos, nomeados assim porque o cara um dia passou na frente do estúdio – maneira de dizer –, e eu vi a coisa degringolar. Tanto que o equipamento de som da Vera Cruz, no final, tinha só um canal funcionando durante muito tempo, porque não se compravam transformadores de 10 dólares, uma coisa super comum que podia ser trazida por qualquer piloto, ou alguém ir ao exterior buscar. Ou seja, o banco tinha interesse que aquilo desaparecesse porque considerava um elefante branco e o terreno já era deles. Tinham feito uma hipoteca leonina, inclusive.

Tanto eu quanto meu irmão começamos a observar tudo isso, e, um dia, quando meu irmão começou a trabalhar com cinema, lá no Brás, chegou uma velhinha que tinha quarenta ações da Vera Cruz e disse: "O senhor trabalha em cinema? O senhor não quer comprar essas minhas ações?". Ele me consultou, interessado, porque a senhora queria qualquer coisa pelas ações, que tinham 15 anos, 20 anos, e não valiam nada, né... não tinha mercado. Só disse para ele comprar porque, assim, nós podíamos ir à assembleia para apontar uma porção de absurdos que observamos. Então ele comprou. Depois, uma amiga da velhinha também tinha ações do marido dela e nos ofereceu. Começamos a ir às assembleias e eu apontei tudo de errado. Se bem que não adiantava muito falar.

Mas meu irmão começou a se inteirar e conseguiu a ata de fundação da Vera Cruz e viu a situação com o banco, o que estava acontecendo etc. Ele que gosta disso, eu nunca ia fazer uma conta de somar, que já me faz mal. Ele começou a ver quantas pessoas o banco tinha como avalistas. Simplesmente, fizeram uma coisa inominável com o Zampari. O cara tinha um dos maiores níveis de vida em São Paulo e ficou na miséria. Tiraram tudo dele: a casa, a mulher dele não sei nem se já faleceu. Ele morreu pobre, paupérrimo, e era um cara que já tinha feito o TBC e tudo. E o banco, na hora em que a companhia tinha tudo para voar, em que começou com os sucessos internacionais, junto com a Columbia, se encarregou de... bom, vocês sabem. A Columbia comprou o direito perpétuo de *O cangaceiro* com o dinheiro que o filme já tinha feito, e o banco cobrando juros absurdos. Uma história horrorosa!

Foi quando meu irmão ficou interessado em cuidar disso e viu que havia um monte de ações disponíveis por aí e que só quem conseguisse ter a maioria, poderia agir. Não adianta levar duzentos acionistas lá, então ele resolveu comprar todas para formar uma maioria, que pela lei das sociedades anônimas, teria uma palavra ativa. De repente, ele surpreendeu o banco. Eles não esperavam.

Começamos a apontar os problemas: tá acontecendo isso, aquilo... tá caindo aos pedaços. O banco queria vender tudo. O doutor Paulo de Almeida Barbosa, esse sim, uma pessoa maravilhosa, disse que queria fazer uma coisa que permanecesse e nós ficaríamos em comodato. Quando veio a administração seguinte, nós reformamos tudo, mandei recuperar o equipamento de som todo. O que eu gastei de tempo da minha vida, de criatividade, de cineasta, por causa daquilo... às vezes até me arrependo!

Quando começou o novo governo, passaram a nos pressionar para a gente sair, em vez de dar o comodato, que é de, no mínimo, dez anos. Tinha ordem não sei de quem – mas eu imagino – para tirar a cinematográfica de lá. Aí, depois eles venderam [o terreno] para a Mackenzie Rio. Essa é uma outra história, que aconteceu depois, em 1972. Nós saímos, mas eu fiquei com o estúdio lá, onde eu fiz o *Paixão e sombras*. E fiquei lá, porque eu queria que me pusessem para fora. Eu queria queimar tudo e diante da imprensa, para denunciar como estava sendo feita a coisa. Eles ficaram com medo, aí venderam para a Mackenzie Rio, que ia transformar num supermercado. Até chegaram a falar comigo, mas eu disse que ia queimar o material que eles pediram para tirar. E eles destruíram! Eles destruíram aquele estúdio de mixagem maravilhoso, destruíram a melhor sala de dublagem que já houve no Brasil, destruíram os estúdios 5 e 6, destruíram a cabine elétrica, foram destruindo tudo. Ficaram os dois grandes. Um que eles queriam, e o meu, onde tinha o meu cenário.

Precisei falar com os vereadores de São Bernardo para passarem uma lei que proibisse o comércio a menos de cem metros da avenida Lucas Nogueira Garcez, e então a Mackenzie Rio não podia fazer o supermercado. A prefeitura deu um terreno afastado para eles e ficou com os estúdios. Mas isso já faz 12 ou 14 anos e aí tentamos adequar para cinema, eles reformaram tudo e nunca ficou para o cinema mesmo, né... Eram 60 mil metros quadrados, ou mais, porque tinha a Vila Tico-tico. Depois ficou menor porque venderam um pedaço para um ginásio ou uma escola... aquelas coisas, né? Essas histórias de governo do Brasil que eu não gosto de falar.

Não fiquei rico com cinema. Só fiz dinheiro com um filme, que foi o *Noite vazia*, porque vendeu no mundo inteiro. Eu era o maior produtor, tinha 50% dele. Naquele tempo, lançar os filmes era barato porque eram em branco e preto, o cartaz era em branco e preto, fotos em branco e preto e eu ganhei um dinheirão com esse filme. Comprei meu apartamento em que eu moro com um prêmio que eu recebi do INC [Instituto Nacional do Cinema], de melhor diretor pelo *O corpo ardente*, a minha mulher tinha umas coisas e tal... O resto, em cinema, vai-se tocando. Pode ver, qual cineasta é rico? Você pode ser um produtor rico, mas diretor... muito difícil. A não ser que acerte em cheio. O diretor ganha 100 mil dólares, mas depois ele não trabalha por dois anos. Não existe salário. Você faz o filme, tem um percentual bom e, durante uns meses, entra um dinheiro razoável. Depois, não entra mais. Aí, você fica um ano sem filmar. Em seguida, faz um filme que não dá em nada. Você tem um pró-labore mixo. Dinheiro, para o cineasta, é um problema. Eu dirijo comerciais. O comercial, sim, você trabalha dois dias e ganha, mas ganhar dinheiro com longa-metragem é muito difícil.

Eu já tive grandes sucessos, filmes médios e grandes fracassos... assim... em proporções iguais. Mas, alguns filmes foram muito bem e muitos, também, foram muito mal e teve alguns que fizeram carreiras normais. É um pouco milagre que você consiga fazer uma carreira no Brasil e ir adiante, né? É que você tem que se adaptar às circunstâncias e aproveitar quando dá, mas um cineasta nunca fica rico. Não existe, a não ser que alguém faça um projeto que, de repente, acerta na mosca, mesmo, e vende bastante. Aí, tudo fica remediado, fica com algum dinheiro, não fica na miséria. Não é que se possa dizer que tá bem, mesmo.

Tem os erros de governo e, depois, tem os nossos erros. E é um erro até sobre o qual eu não gosto de falar porque aí foi uma coisa que... Eu fiz o primeiro filme, que deu certo, um filme de contingência. Não podia dar errado no primeiro filme de um estúdio, mas depois, por uma série de circunstâncias das quais eu me omiti – até bato no peito, culpa minha –, a gente fez muita bobagem. Aquilo era um estúdio, eu sou um diretor de estúdio; tínhamos cinco estúdios, quatro câmaras blindadas e, em vez de produzir filmes na Bahia, como *Pindorama* [1971], do Jabor, ou no Rio Grande do Sul, como *Um certo capitão Rodrigo* [1971], a 2.500 km de São Paulo, podíamos ter feito no estúdio.

Ficava difícil concentrar a administração aqui e os trabalhos longe. Deu muito problema pra gente. Meu irmão não tinha prática de produção e foi um pouco engolido pela situação. Naquela época não tinha a Embrafilme, então as companhias tinham um dinheiro reservado. O *Como era gostoso meu francês* [1971], do Nelson [Pereira dos Santos], foi financiado não sei por qual dessas firmas distribuidoras. Nós fizemos *O palácio dos anjos* [1970] com a MGM e com um produtor francês; a Columbia quis fazer o *Pindorama*, depois a United [Artists] fez o *Capitão Rodrigo* [1971], e a Fox fez *Um anjo mau* [1971], que era para eu dirigir, mas eu não quis. Minha posição de produtor foi, assim, absolutamente errada. E, não só errada, como omissa. Eu via, de repente, que algum diretor não tinha o senso de realidade, mas resolvia não brigar, e essa gente toda falando em filme grande. É aquela mania brasileira de fazer um filme grande, um filme para o mundo e um filme não sei o quê e tal... E meu irmão foi muito nessa conversa das distribuidoras que queriam fazer os filmes. O importante [...] era uma "pseudogrande produção", mas se esqueceram do estúdio.

A gente podia ter feito, no lugar desses três, uns oito filmes de estúdio que podiam até, inclusive, ter possibilitado a continuidade. Mas quando olho para trás, essa fase aí, que não foi iniciativa minha, eu acho que para mim ela foi... não foi uma coisa boa, foi até castradora, anticriativa. Para mim foi um tempo que eu perdi, em certo sentido, e me aborreci. Larguei a direção por dois anos...

Cineasta que quer ser produtor dos outros não dá certo.

LE PALAIS DES ANGES ÉROTIQUES ET DES PLAISIRS SECRETS: UM FILME DE TRANSIÇÃO

"Brasil, ame-o ou deixe-o!" Com essa máxima do autoritarismo subdesenvolvido, o país entrou na década de 1970 transbordando de "milagres econômicos", festejando a conquista definitiva da taça Jules Rimet, admirando o início de obras faraônicas para modernizar a nação e comemorando a baixa inflação e o crescimento de 11% do PIB. Mas o brasileiro também testemunhou a plena solidificação do regime político, a censura irrestrita aos meios de comunicação, a legitimação das prisões arbitrárias e da tortura e os surtos epidêmicos ocultados da população por anos pelo Planalto.

O gênio Delfim Netto, que queria fazer o bolo crescer para depois dividir, no fundo estava apenas cumprindo o projeto de alijamento entre classes sociais diametralmente opostas. O Brasil ia bem; o povo é que ia mal.

Com certa reputação artificialmente construída no contexto internacional, em fins dos anos 1960 o país havia aumentado o raio de influência e atraía investimentos internacionais cada vez mais prolíficos. No cinema, o regime havia criado a Embrafilme, empresa de economia mista que se proporia a comercializar filmes brasileiros no exterior. Pouco depois, a Embra – para os íntimos – também passaria a aportar verbas para a produção dos filmes.

Em 1969, o governo brasileiro assinou uma série de acordos com a França, visando trazer maior prestígio ao país. Entre tratativas econômicas e de caráter político, o cinema acabou privilegiado por possibilidades de coproduções em que verbas advindas do acordo se tornariam essenciais na consolidação de obras, que poderiam contar com orçamentos mais elásticos e participação de sucursais nacionais das grandes produtoras estadunidenses, também interessadas na distribuição internacional de tais fitas. Num recorte sem identificação e sem datação, encontrado no acervo de Walter Hugo Khouri, é possível compreender a natureza do acordo:

> BRASIL E FRANÇA UNIDOS NO CINEMA
>
> Um acordo de coprodução cinematográfica [foi firmado] entre os governos do Brasil e da França, dando início a um programa de cooperação cultural e econômica de imensas possibilidades. Segundo esse convênio, os filmes realizados em coprodução e sujeitos aos benefícios do acordo serão considerados filmes nacionais pelas autoridades dos dois países. Eles se beneficiarão das vantagens resultantes das disposições em vigor no Brasil e na França, de proteção das cinematográficas nacionais. É indispensável, para receberem os benefícios da coprodução, que os filmes sejam realizados por produtores dotados de boa organização técnica e financeira e experiência profissional reconhecida pelas autoridades nacionais do país de origem. [...] Em março, a colaboração cinematográfica franco-brasileira se torna efetiva: Walter Hugo Khouri e Nelson Pereira dos Santos vão inaugurar o acordo, fazendo filmes em coprodução com a França. Com esse acordo, a indústria cinematográfica brasileira assegura o instrumento de conquista natural do mercado estrangeiro, medida de salvação nacional no terreno do cinema.

Ao mesmo tempo, também chamava a atenção do meio cinematográfico a reestruturação da Vera Cruz e seu papel nos trâmites atrelados aos acordos de coprodução internacional. Tanto a reputação de Khouri quanto a importância histórica do estúdio estavam em voga na imprensa:

> Os estúdios Vera Cruz, em São Paulo, reabriram após um longo tempo ocioso. Lá, o famoso faroeste brasileiro, *O cangaceiro*, foi feito há 16 anos. Os estúdios foram construídos na década de 1950 sob o estímulo de Alberto Cavalcanti. O Banco do Estado de São Paulo, que havia investido muito dinheiro, finalmente fechou os estúdios. Agora, os irmãos Walter e William Khouri, proprietários da independente Kamera Filmes, estão em ação: dois

filmes já são filmados. *Verão de fogo* [...], a primeira de duas coproduções com interesses franceses, e *O palácio dos anjos* [...], produto parcialmente financiado pela MGM.[1]

Nos anos 1990, embora tivesse dito por muito tempo que havia detestado realizar *O palácio dos anjos*, bem como seu resultado depois de pronto, Khouri olhava para o trabalho com mais simpatia. "Era um filme de contingência. Inclusive a história nem era minha. Era a história real de uma amiga minha da época de faculdade. Está tudo lá, até o final do filme é baseado na história dela".[2] Em maio de 1969, no entanto, os trabalhos pareciam fluir em São Bernardo do Campo com grande entusiasmo por parte da equipe e da mídia nacional. Esta, para variar, tentava alimentar as migalhas de rixas que estavam mais ultrapassadas que a tão sonhada revolução pelo cinema político. Afinal, depois do AI-5, não haveria mais espaço para utopias. Khouri lidava com a celeuma valendo-se de sua habitual diplomacia:

> Um ônibus cheio de mocinhas estaciona no pátio da Companhia Vera Cruz, em São Bernardo do Campo [...]. São estudantes querendo conhecer "um estúdio de cinema de verdade". Num dos palcos internos, Walter Hugo Khouri assina papéis, telefona, fala com os atores do seu filme *O palácio dos anjos* e é informado da visita. "Já sei, são as meninas do colégio. Pode deixar que elas vejam tudo. Mas sem fazer barulho". Khouri está trabalhando não apenas num filme, mas na recuperação da empresa que foi o sonho dos milionários paulistas de vinte anos atrás – e que acabou sendo um pesadelo de filmes deficitários, contas atrasadas, teias de aranha no pesado e caro equipamento.
>
> Agora, nos seus 48.000 metros quadrados de terreno, seis estúdios de filmagens, dois estúdios de som, todos limpos e recuperados, uma equipe fixa de cerca de quarenta pessoas, sob o comando de Khouri e seu irmão William, parte para um novo sonho: produzir grandes filmes dentro de uma linha variada e que possam ser vendidos no exterior. [...] Mas, embora Khouri tenha aberto as portas do estúdio a todos os cineastas, muitos não pretendem pôr os pés lá. Maurice Capovilla e Antônio Lima estão de acordo quanto a isso: a Vera Cruz pode ser boa para um filme de 500.000 cruzeiros novos, mas não para um de 100.000,

---

1 Sérgio Augusto. *Variety*, p. 37, maio 1969.
2 Entrevista concedida ao Museu da Imagem e do Som, em São Paulo, em 1989.

como são os deles, diz Capovilla. "Não é só pela parte econômica, mas porque temos um outro tipo de cinema. Não interessam interiores de papelão. Podemos filmar interiores na casa de um amigo". Khouri, porém, acredita que a existência de um grande estúdio é importante para atrair companhias estrangeiras a filmar aqui, negando que queira fazer cinema só na base do grande estúdio. E dá um exemplo prático das vantagens de um estúdio nesta época em que a tendência é filmar na rua e com a câmera na mão: "Para certa cena de *O palácio dos anjos* tive de pintar seis vezes uma parede em cores diferentes. Responda: que amigo poderia me emprestar sua casa para eu fazer isso?"[3]

Estrelado pelos franceses Geneviève Grad e Luc Merenda, com produção de Georges Chappedelaine e Pierre Kalfon, pela parte da França, e de Walter Hugo Khouri e William Khouri, pelo lado brasileiro, *O palácio dos anjos* centra sua ação em três amigas que dividem o mesmo apartamento e também são colegas de trabalho numa instituição financeira dirigida pelo inescrupuloso Ricardo (Merenda). Bárbara (Geneviève) é a bela secretária de confiança do diretor – e também seu objeto de desejo –, responsável pelo banco de dados de clientes milionários atendidos pelos serviços da financeira; Ana Lúcia (Adriana Prieto) e Mariazinha (Rossana Ghessa) são secretárias do setor operacional. Enquanto Bárbara mostra-se uma mulher culta, especialista em artes plásticas, que deseja viajar o mundo para conhecer a cultura de outros povos, Ana é uma funcionária dedicada e ponderada; Mariazinha, por outro lado, é uma menina insegura, que deixou a família para ter maior liberdade, mas não consegue desvencilhar-se dos tabus provincianos.

O destino das três sofre uma mudança drástica após uma investida agressiva e abusiva de Ricardo sobre sua secretária, Bárbara, que é seguida da entrada de uma personagem inusitada na trama, Rose (Joana Fomm), uma cafetina que vê na beleza das três a possibilidade de as convidar a serem garotas de programas de luxo, com perspectiva de ganhos muito acima do que estão habituadas. Bárbara é vaidosa demais para se submeter a noites gastas num bordel, mesmo que de luxo, como se estivesse à mostra num açougue. Isso a leva à ideia de piratear as informações dos clientes da financeira de Ricardo e "abrir seu próprio negócio"

---

3   *Revista Veja*, n. 63, p. 71, 19/11/1969.

junto com as duas amigas. Com um pouco de resistência, Ana também aceita o plano, e Mariazinha, ainda que persuadida, será o elo mais fraco no empreendimento.

As três passam a usar o apartamento onde vivem para atender aos milionários. O local passa a ser o tal "palácio dos anjos" à custa de subornos pagos ao zelador do prédio e indicações dos primeiros clientes. A prosperidade dos negócios passa a atiçar a sede consumista de Bárbara.

À medida que os dividendos vão se multiplicando, as meninas passam a investir em esculturas decorativas, tapeçaria e cortinados detalhadamente urdidos com fios de ouro e arabescos, uma porta automática que transforma parte da sala em aposento privativo e exclusivo e todo o tipo de vislumbre que encha os olhos dos clientes mais exigentes. É na direção de arte, por sinal, que a herança libanesa de Khouri se manifesta. O simples apartamento de três amigas torna-se um imenso e complexo palácio persa onde Bárbara, Ana Lúcia e Mariazinha irão revezar-se no papel de uma Sherazade cosmopolita nas *Mil e uma noites* vazias, escrutinadas pelas lentes de Khouri.

Eventualmente, esse espírito perdulário será motivo de discórdia entre Bárbara e Ana. Mariazinha, inábil para lidar com os próprios traumas e limitações, termina sendo devolvida pelas amigas à família, que vive na periferia de São Paulo, devidamente indenizada para que tenha meios de se tratar. Ana rompe laços com Bárbara e decide alugar outro espaço para construir seu próprio palácio. Bárbara, que havia recusado a oferta de Rose, ironicamente acaba se tornando a mesma figura da cafetina que recruta moças mais jovens para manter seu negócio. Os sonhos das três se desfazem na ganância e na insegurança do trabalho e dinheiro fáceis.

Como se pode notar por essa breve sinopse, o campo era fértil para Khouri explorar seu talento para filmar belas atrizes, criar climas eróticos oscilando entre lascívia e angústia e explorar a truculência machista de seus personagens masculinos. Mas, pela primeira vez, isso foi um problema.

Por se tratar de uma coprodução com executivos franceses e com a MGM, o filme sofreu diversas interferências, visando adequar o trabalho ao mercado europeu e tornando *O palácio dos anjos* uma colcha de retalhos na qual nem mesmo seu diretor sentia-se confortável. Não agradava a Khouri a ideia de trabalhar uma história que não houvesse surgido integralmente de seu universo autoral. Os produtores, Chappedelaine e Kalfon, pressionavam o diretor para um filme mais erótico e violento que o necessário, pensando num suposto "gosto popular" dos franceses. Khouri e Kalfon eram conhecidos de longa data, e o francês parecia ter uma visão enviesada sobre o cinema brasileiro e, até mesmo, sobre o de seu próprio país, berço da *nouvelle vague* e, havia pouco, palco de um dos momentos mais delicados da vida política mundial, com implicações profundas no sistema das artes. Disse ele:

> "Eu e Khouri nos conhecemos em Cannes, no final de 1965, quando ele exibiu ali seu excelente filme *Noite vazia*. A amizade cresceu e surgiu então a ideia de formalizar um contrato para algumas produções [...], qual seja, o baixo custo da produção de filmes no Brasil, que, certamente, atrairá muitos produtores e diretores europeus para trabalhar aqui." A verdade, conclui Kalfon, é que o cinema está tomando um novo impulso na Europa e cabe aproveitar esse interesse. Não sei bem quais as razões dessa nova ascensão do cinema, mas me parece que uma delas vem do fato do fracasso da televisão em produzir realmente bons espetáculos em condições de conquistar o público sempre ávido de assistir [a] bons programas.[4]

Khouri já havia usado cor em 1959 no filme *Fronteiras do inferno,* e o recurso resultara meramente acessório. Em *O palácio dos anjos*, o problema ressurgiu, mas de maneira ainda mais inoportuna. A cor saturada fez com que figurinos, cenários e adereços se tornassem uma massa rotunda de tons e formas. A incessante informação visual, embora, como já observado, aluda a um mosaico de contornos arábicos, incomoda o espectador, que se vê rodeado de um universo sobre a fina linha entre o barroco e o *kitsch*. Em alguns momentos, a poluição visual aliena o público da história, sobretudo nas cenas passadas no apartamento das três amigas – mesmo sendo uma alusão à fome de consumo da personagem central. Para o espectador não acostumado às sutilezas de Khouri, a aposta não funciona.

---

4   "Francês faz filme no Rio". *O Estado de S. Paulo*, p. 8, 16/2/1969.

Os arcos dos personagens também são falhos. A cena em que Ricardo tenta fazer sexo com Bárbara em sua casa beira o *exploitation*, mesmo que Geneviève Grad sobressaia como uma Bárbara sagaz e decidida, mas que deixa clara a má escalação de Luc Merenda para um papel que exige competência cênica. Além disso, a passagem é longa demais, e seu sentido dramático perde-se na rudez dos atos reprováveis de Ricardo.

A atriz Norma Bengell surge na trama como Dorothy, esposa de um dos clientes de Bárbara. Ela decide conhecer o tal local onde o marido tem passado algumas noites, mas antes que Bárbara se defenda de qualquer agressão, Dorothy deixa claro que, na verdade, também quer ser cliente dela. Essa subtrama revela-se, contudo, um interessante *plot twist* dentro de um enredo irregular. Bárbara e Dorothy passam a ter um caso mais sério e chegam a viajar juntas. Embora Khouri sugira que a resposta para a vontade que Bárbara tem de sair pelo mundo e se tornar uma erudita está na ligação com Dorothy, a relação entre as duas termina de forma abrupta e, infelizmente, não deixa qualquer lastro para os outros círculos da história.

Há sequências inteiras em que está ausente o tom minimalista e angustiante que permeou a psicologia dos personagens khourianos nas obras realizadas até ali. Em dado momento, as três amigas decidem se divertir sozinhas no apartamento. Enquanto Bárbara brinca de seduzir Ana, Mariazinha opta por se masturbar sob o olhar atiçado das outras duas. Mesmo com a trilha sonora tensa de Rogério Duprat e das inserções das memórias de Mariazinha, que a fazem irromper em desespero, novamente a sequência parece ser uma concessão às demandas dos produtores.

O palácio dos anjos é um filme excessivamente estetizado e deixa margem para críticas à gratuidade de diversas passagens. Mesmo assim, Khouri conseguiu criar alguns belos momentos com metáforas visuais ricas, como os cabelos de Bárbara que se fundem à cortina de sua casa, no início do filme, quando suas lembranças voltam ao começo da história. O lenço que a personagem usa constantemente em seus cabelos a faz parecer saída diretamente de um quadro de Vermeer. E, como a arte é a base da psicologia da personagem, as referências são vastas. É particularmente interessante o momento em que Khouri nos mostra o paletó de um dos clientes do palácio atirado sobre uma reprodução do quadro *O beijo* (1907-1908), de Gustav Klimt, sugerindo a dicotomia entre o amor terno e luminoso proposto pelas folhas de ouro da obra e o sexo utilitário, serviço prestado pelas três amigas. O navio de cruzeiro que permeia toda a primeira parte das memórias de Bárbara alude à passagem dos fatos e à efemeridade das ideias, que precisam ser adaptadas conforme a realidade objetiva de cada figura da história.

Khouri também se vale das tecnologias que eram novidades naquele momento. Um dos clientes usa uma câmera de vídeo analógico portátil em dado momento para gravar o próprio ato sexual com Bárbara. É interessante pensar como o diretor enxergou a nova possibilidade de explorar um autovoyeurismo com algo que se tornaria cada vez mais comum conforme as tecnologias de *home video* se aperfeiçoaram, ainda quando se tratava de um aparato muito restrito no mercado nacional.

E, por falar em clientes, não se pode deixar de destacar o elenco escolhido a dedo para participações especiais no núcleo dos milionários que procuram os serviços da casa: Sérgio Hingst, John Herbert, Zózimo Bulbul, Pedro Paulo Hatheyer e Alberto Ruschel, entre outros.

O filme também pode ser visto por um viés de crítica ao sistema vigente em operadoras financeiras. Como dito antes, o país passava por um milagre econômico, mas o que vemos em *O palácio dos anjos* é um ambiente bancário predatório e de baixo nível, não muito diferente das atuais *start ups* que inundam a avenida Faria Lima na São Paulo do século XXI. Os milionários precisam humilhar-se para conseguirem empréstimos exorbitantes com Ricardo. Este, por sua vez, investe na submissão de seus clientes, demandando dos funcionários que suas vidas sejam escrutinadas, para que tenha controle total sobre cada um, até mesmo em sua privacidade. Bárbara, assediada violentamente pelo chefe e depois demitida por não ceder aos seus caprichos, vinga-se roubando o banco de dados de Ricardo, com o qual fará sua grande revolução profissional. Em certa altura, Ricardo acaba se tornando um cliente de Bárbara e chega a propor uma *joint venture* em que ele indicaria a ela possíveis novos milionários para seu bordel; em troca, ela deve prestar o melhor serviço possível para que os clientes se tornem simpáticos a Ricardo e às suas condições de empréstimos. Até mesmo o consumismo de Bárbara reflete o universo regido por cifras. Ela chega a dizer que o ato de comprar a deixa excitada. Finalmente, o dinheiro será o túmulo da amizade entre as três mulheres, mas também o combustível de Bárbara e Ana para continuarem nos negócios.

Enfim, enquanto o bolo de Delfim Netto não era repartido, o que vemos é a vida real para além do ufanismo alienante vigente à época.

———

Mesmo com os incômodos de seu diretor e com as interferências contingentes dos produtores franceses, *O palácio dos anjos* foi enviado a Cannes para representar o Brasil, junto com *Azyllo muito louco*, de Nelson Pereira dos Santos, ainda com o título de *O alienista*, por se tratar de uma obra ligeiramente baseada na novela homônima de Machado de Assis. Se o filme em si já não ajudaria muito com sua forma final, *O palácio dos anjos* foi lançado na França com o "singelo" título de *Le Palais des anges érotiques et des plaisirs secrets* [O palácio dos anjos eróticos e dos prazeres proibidos]. Khouri guardou em seu acervo um imenso pôster francês do filme. Com um pincel atômico azul, escreveu diversos impropérios ao lado dos nomes dos produtores. O mais destacado deles, e favorito de Khouri quando queria realmente insultar alguém, *schifoso* (nojento), salta em caixa-alta. Eles refletem bem a repercussão da obra assim que exibida em Cannes.

Tão logo as primeiras impressões surgiram, a imprensa brasileira passou a cobrir o desenrolar de uma escolha considerada equivocada, desde o princípio, para o mais importante festival de cinema do mundo:

> Na entrevista coletiva que seguiu à projeção de *O palácio dos anjos* foram feitas perguntas desagradáveis ao realizador Walter Hugo Khouri; entre elas guardamos duas, em particular: "o seu filme será programado nas salas 'especializadas' de Pigalle?"[5], e outra, "por que razão este filme foi selecionado para ser apresentado no Festival, em competição?". À primeira delas, e a várias outras de mesmo tipo, Khouri respondeu de forma a fazer crer, se não nas virtudes de seu filme, pelo menos na honestidade com que o concebeu e realizou. Quanto à segunda, escusou-se de responder, pois era responsável pela realização, mas não pela escolha. A pergunta ficou sem resposta, e cremos que venha a ser eventualmente respondida. [...] Durante a entrevista, transferiu-se para o palácio dos festivais a tradicional discussão em torno da temática dos filmes bra-

———

5   Bairro boêmio de Paris, visitado por turistas de todo o mundo, conhecido pela prostituição, pelas casas de fetiche e pelas salas de cinema erótico.

sileiros. Khouri defendeu seu ponto de vista, afirmando que filma aquilo que lhe é familiar, e que seria pouco honesto de sua parte fazer-se turista em seu próprio país e ir filmar no Nordeste, o que talvez pudesse fazer com amabilidade, apenas para satisfazer a crítica europeia.

Em relação a esta, e diretamente a ela, lançou a acusação do "colonialismo cultural" que constrangeria cineastas brasileiros a buscarem o insólito, o tropical, o pitoresco, para serem aceitos na Europa como autenticamente brasileiros. Segundo Khouri, *O palácio dos anjos* é brasileiro na medida em que focaliza um problema de São Paulo, que é uma cidade brasileira. Apenas reportamos aqui a discussão, sem entrar na mesma por inoportuno que seria. Achamos que foi útil e teria sido ainda mais se Khouri estivesse falando com maior autoridade conferida por uma obra de padrão mais alto. Permitindo-nos apenas acrescentar que na mesma São Paulo há muitas coisas que são típicas dela própria como grande metrópole brasileira, ao contrário do argumento de *O palácio dos anjos*, que é tão típico de São Paulo como [de] Barcelona, Milão, Osaka, ou qualquer outra grande cidade onde o dinheiro seja o rei. Mas, para isso, seria necessário que Khouri deixasse não sua condição de paulista, mas a posição social e política que, voluntária ou involuntariamente, também é a sua. [...]

À margem de tudo isto, há que se considerar o filme em si [...]. E cabe dizer, com toda a honestidade, que este foi, até o momento, o pior filme que vimos neste festival; e que não nos parece justo que ele tenha sido escolhido para representar nosso cinema; e que parece incompreensível que tenha sido aceito pelo festival quando se sabe que tantas outras obras foram recusadas. [...]

A crítica internacional presente a Cannes de um modo geral reagiu desfavoravelmente ao filme. [...] Apenas Henry Chapier (*Combat*) mostra simpatias, afirmando que Khouri "... demonstra que sua coragem é do gênero anticonformista e que verdadeira fraqueza seria a de filmar ratos atacando crianças nas ruas da Bahia como nas obras do Cinema Novo". Em compensação, o comentarista – bastante superficial – de *Nice-Matin*, Mario Brum, tem a maldade de dizer que "este filme deve ter feito rir muito a Glauber Rocha, que acaba de chegar a Cannes".

O veterano e às vezes superado Louis Chauvet (*Le Figaro*) diz que o filme é "ligeiramente ridículo", enquanto o jovem Guy Teisseire, do direitista *L'Aurore*, acha que "trata-se de uma lamentável história de prostituição de luxo que encontraria seu lugar provavelmente num circuito especializado, mas não numa competição do nível de Cannes". Do outro lado, *L'Humanité* diz: "Se poderia procurar desculpas se ele tentasse escapar ao mais banal conformismo que caracteriza um gênero de produção bem conhecido na Europa Ocidental. Mas nada disso acontece".

O prestigioso Freddy Buache, da *Tribune de Lausanne*, descreve o filme como um "folhetim estritamente comercial cuja pretensão sublinha ainda mais a vulgaridade... Trata-se de cinema digestivo dentro da pior tradição hollywoodiana".

O belga Gaston Williot, de *La Dernière Heure*, foi aparentemente o mais entusiasta do filme, que considera "um documentário admirável de humor e de colorido sobre o aprendizado da mais antiga das profissões".[6]

E a crítica italiana, segundo Motta, foi ainda mais impiedosa, chamando *O palácio dos anjos* de um dos "piores que já vimos desse diretor, uma novela de má qualidade, que justifica a revolta do Cinema Novo contra os responsáveis por estas obras vulgares".

A reportagem é um complexo enredo de versões e pontos de vista que não deixa de fora a ideia de um Khouri burguês reacionário, embora talentoso, ao mesmo tempo em que insiste em alimentar a rixa do cinema paulista contra os cinemanovistas do Rio de Janeiro, com ilações a que até mesmo os críticos europeus se prestavam. Era clara a indignação com a indicação de *O palácio dos anjos*, pois 1969 foi o ano derradeiro do Cinema Novo. Em 1970, todo o grupo havia se dissipado, e cada integrante – sabiamente – tratou de cuidar de sua própria poética e de como dar-lhe continuidade junto à Embrafilme. Era um movimento atropelado pelas mesmas máquinas que abriam a Transamazônica em nome de um país do futuro.

Enquanto isso, o elenco saía em defesa do diretor.

> Para Rossana [Ghessa], o que houve em Cannes com o filme de Khouri foi uma vingança preparada pelos críticos europeus que participavam do Festival. [...] — Os críticos escreveram mal sobre o filme porque Khouri os havia atacado na entrevista coletiva que deu antes. [...] O que acontece em Cannes é simples: lá só ganham os filmes políticos. Não sei – diz Rossana – se o filme tinha condições para competir no festival. Não era um filme para prêmio. Nós sabíamos

---

6   Sérgio Motta, "*Palácio dos Anjos*, uma decepção à parte". *O Estado de S. Paulo*, p. 22, 14/5/1970.

que ele não ganharia nada em Cannes porque não é político. Política é a base do festival.[7]

Embora fossem unânimes quanto ao esmero técnico de Khouri, algumas críticas também destilavam um moralismo medieval cômico:

> Tudo acontece com muita facilidade, como se a prostituição fosse, para todas as garotas sonhadoras, o melhor negócio do mundo. Quem vê o filme tem a impressão de que a história parece dar um recado às meninas com problemas financeiros: prostituam-se, vendam o corpo por bom dinheiro, fiquem ricas, não deixem que os escrúpulos atrapalhem seus planos e sejam felizes pelo resto da vida.[8]

Somente uma apreciação do filme compreendeu que, por trás dos problemas de produção e do resultado irregular, havia algo de muito significativo:

> Com *O palácio dos anjos* tem-se um momento-limite da obra de Walter Hugo Khouri: o cineasta parece estar próximo a encerrar um ciclo, onde afirmou suas características pessoais e cujos maiores momentos encontram-se talvez em *Noite vazia*, *O corpo ardente* e *As amorosas*.
>
> Na película do [cine] Ipiranga e circuito, Khouri afasta-se um pouco dos planos existencial e filosófico que eram constantes em realizações anteriores. A angústia, proveniente da condição humana, aqui se canaliza para direções mais definidas e os problemas materiais da existência assumem maior importância. O aspecto econômico torna-se chave-mestra da vida. Deixando Proust e Kafka, mergulha nas raízes sociofinanceiras, preocupação das gerações que se seguiram a Marx. Mantendo, ao contrário da maioria, a personalidade, Khouri observa o processo social dos centros urbanos, descrevendo-o em sentido amplo: localiza a história em três datilógrafas que, pressionadas pelo interesse de melhorar de nível em uma sociedade de consumo, procuram a prostituição como maneira mais fácil de atingir os objetivos.
>
> A nosso ver, a atitude das moças poderia ser tirada da vida real: em um mundo tecnológico, a existência adensa-se cada vez mais no superficial: a mu-

---

7 "Rossana e Leila falam dos filmes nacionais em Cannes". *O Estado de S. Paulo*, p. 20, 22/5/1970.
8 Orlando L. Fassoni, "*O Palácio dos Anjos*". *O Estado de S. Paulo*, p. 22, 27/5/1970.

lher torna-se fria e calculista e reagindo, não mais como peça passiva da engrenagem, toma providências concretas; o sentimentalismo que ainda envolve a prostituição, considerada sob ângulos emocionais ou como resultado único do problema psicológico, é substituído ou agregado a outras considerações mais diretas. As personalidades jovens escolhem, às vezes, as posições mais agressivas ao meio, não como frustração ou vingança, mas como resultado de um raciocínio lógico imediatista. O tema, bem iniciado, não chega a ser desenvolvido inteiramente numa linha verídica; o argumento falha depois, se considerado no plano real; os fatos não poderiam ocorrer sempre como Khouri os descreve; mas se salva, em parte, pela aproximação com o simbólico; o apartamento que se transforma em atmosfera barroca, carregada, supérflua, reflete o produto da inconsciência do homem diante do momento em que vive: o ser humano, sobrecarregado de estímulos de toda sorte, é ao mesmo tempo falso e oco como o palácio extravagante que sufoca e esteriliza.

Flutuando entre o estudo objetivo e o subjetivismo da alegoria, Khouri estabelece a fronteira entre esta última obra e as que virão depois: *O palácio dos anjos* leva a um fechamento, mas prenuncia uma provável renovação.[9]

Não posso afirmar que Ida Laura leu Georg Simmel, mas posso imaginar fortemente que sim, porque até os termos que usa em sua análise aludem ao sociólogo, conforme já citado a respeito de *Noite vazia*. Certo mesmo é que *O palácio dos anjos* é um filme de transição.

Os filmes de transição de Khouri testam fórmulas narrativas, técnicas e estéticas consolidadas enquanto introduzem outras que surgem de seu amadurecimento enquanto artífice e esteta. A carreira do diretor prova que, quando sentia a chegada do esgotamento de determinado aspecto em seu universo, Khouri evitava uma brusca revolução. Ao contrário, trabalhava o que ainda podia ser explorado e deixava laivos das novidades que exploraria adiante. São apostas extremas, que pagam seu preço e colhem seus louros.

Em *A ilha*, embora povoada de personagens que poluem o andamento narrativo, nasceu o retrato das elites hedonistas de São Paulo, enquanto ainda exalava uma trama alinhada com o cinema de aventura da era de

---

9 Ida Laura, "Khouri prestes a encerrar um ciclo". *O Estado de S. Paulo*, p. 25, 31/3/1970.

ouro da Vera Cruz. Em *O convite ao prazer* (1980), refilmagem metafórica de *Noite vazia*, o diretor adicionaria à densidade angustiante de seu Marcelo uma série de picardias apropriadas à época, fazendo o filme oscilar entre o drama psicológico, que lhe é familiar, e a comédia erótica, tão querida pela audiência. Inclusive, nesse longa, produzido por Antonio Polo Galante, classificado pelo próprio Khouri como um trabalho "semi-Boca" e que lhe traria de volta ao topo das bilheterias, Walter chegou a ensaiar um sutil toque de homoerotismo masculino na relação entre Marcelo e seu amigo, Luciano, entre os exibicionismos de virilidade com uma mulher e outra.

A partir de *O palácio dos anjos*, Khouri começaria a domar a cor para a usar como linguagem, não como acessório; descobriria atrizes cada vez mais próximas da magnitude, perfeição e frieza das antigas esculturas gregas; e apuraria o mergulho no mais íntimo abismo do espírito.

O diretor entraria na década de 1970 com recursos cada vez mais escassos para filmar. Teria problemas com as bilheterias e, em certo momento, precisaria fazer mais concessões, as odiadas concessões que, segundo ele próprio, "deixam sempre a marca da pata do produtor, por menos que ele apareça no *set*". Porém, orçamentos não impediram o cineasta de produzir mais uma trilogia, um reflexo da ressaca dos loucos anos 1960 na agitada vida moderna da burguesia paulistana.

Na nova década, o milagre econômico se tornaria maldição assim que a crise do petróleo, a partir de 1973, escancarasse a fragilidade do liberalismo de mercado dos militares e eclodisse a virulência das guerrilhas de parte a parte, patenteando a inviabilidade de uma arte revolucionária. Khouri assumiria, pelos anos seguintes, a estética do filme de atmosfera, em que a trama é, muitas vezes, um acessório para que algo mais denso caia no colo do espectador. Uma escada para fazer transbordar o desalento consumado e inconsolável.

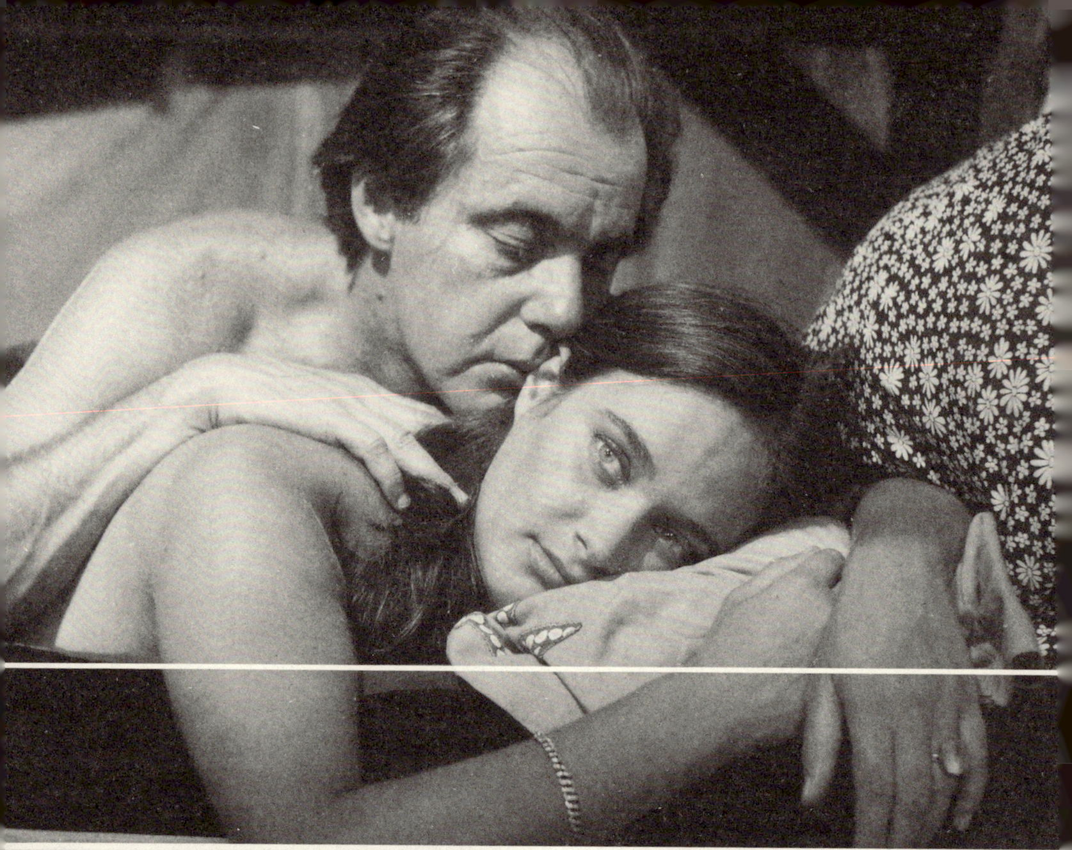
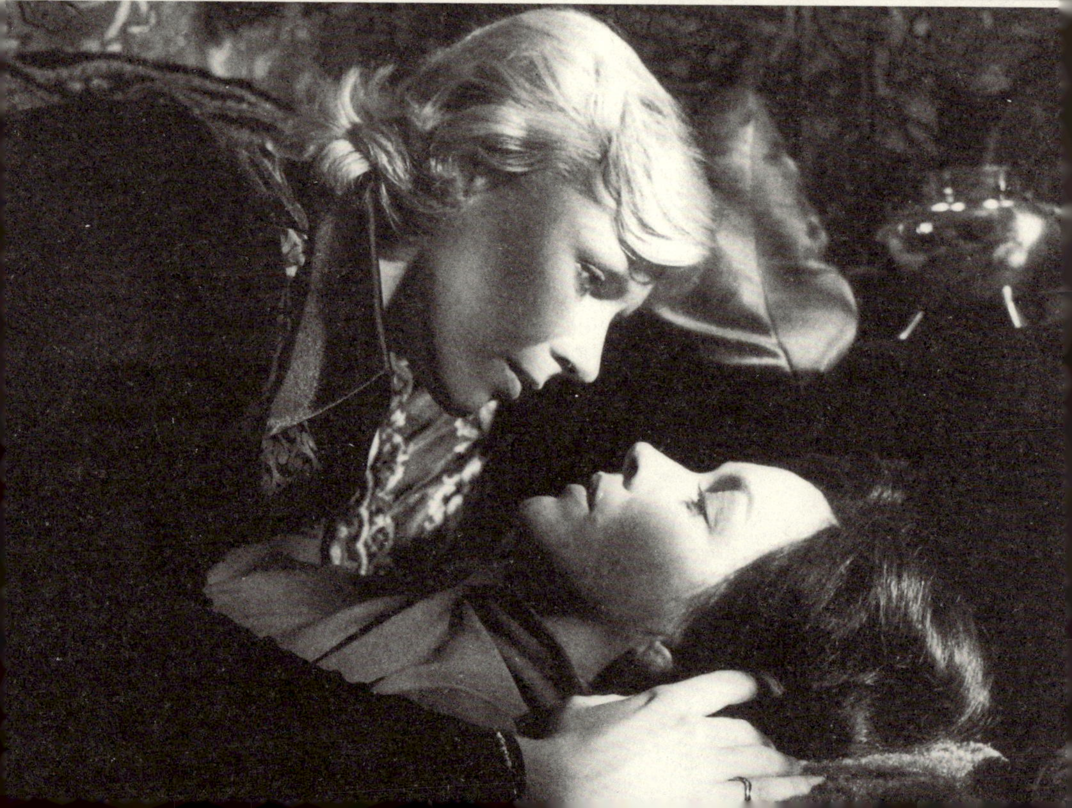

PARTE 4
TRILOGIA DO ABISMO

DIÁLOGO SEQUÊNCIA VII

(Depois que elas voltaram do pavilhão e Lilian falou sôbre "o harém", [mulo]" e o "templo". As duas empregadas já foram apresentadas [a] Selma. Ficou uma bandeja com sandwiches e leite para Selma, na mesm[a po-] sição em que ela foi alimentada no sonho.)

Há um certo silêncio depois que as empregadas sairam. Selma passa a m[ão] sôbre o dorso do tigre. Lilian observa-a. Selma volta-se. Lilian co[ntinua] que examina-a.

LILIAN — ~~Há mais de um ano que eu não te vejo~~... (quase dois anos...)

SELMA — (meio absorta) Dois anos? O que?

LILIAN — Da minha viagem. ~~Me lembro muito dêsses dias maravilhosos~~ Da [gente] em Paris, em Veneza, nas montanhas...

SELMA — Incrível. Parece que foi outro dia.

LILIAN — Me fala de você. As tuas cartas são sempre tão secas, tão cur[tas]. Eu nunca sei como você está de verdade...

(Selma vae sentar. Fala muito à vontade, sem dramatisar)

SELMA — ~~Estou mal~~... na pior. Estou mal.
~~Estou~~

(Reação de Lilian para essa frase)

SELMA — Mal mesmo ~~de tudo~~... ~~Vazia~~...

...No fundo essa viagem não ~~quis dizer~~ resolveu nada. ~~Foi util só~~ Só serviu prá me mostrar que não ~~é isso que resolve~~ adianta ~~nada~~ estar saindo daqui dar. (As pessoas são iguais, é tu[do] igual em ~~todo~~ qualquer lugar, pra ir procurar as coisas lá fora. Agora a bolsa acabou e o meu pai E ~~aqui~~ estou ~~eu de novo~~ aqui me dando dinheiro de novo. Eu estou ~~Sem programa~~ nenhum (Nem bôa nem ná. Mediocre.) Sem trabalho que me interesse, sem dinheiro, vontade de trabalhar ~~Já tenho~~ ânimo ~~sem vontade~~ pra nada. Eu odeio isto, ~~isto é as~~

LILIAN — É estranho te ouvir falar assim...

O INCONTORNÁVEL DIVÃ DAS DEUSAS

> *Já antevejo as críticas demolidoras que irei receber*
> *de certos setores, talvez a maioria, mas não me importo.*
> *Assumo o filme e tudo o que ele representa.*
>
> Walter Hugo Khouri

I

Após a malograda experiência de *O palácio dos anjos* (tanto durante a realização do filme quanto ao longo de sua vida útil em festivais e circuito exibidor), e não obstante os percalços enfrentados como produtor de *Pindorama* (1970), longa de Arnaldo Jabor, bem como de *Um anjo mau* (1971), de Roberto Santos, Khouri se recolheu para pensar os caminhos da própria poética. Em depoimento ao Centro de Memória do MIS de São Paulo, no final dos anos 1980, o cineasta enfatiza seu descontentamento com o ofício de produtor, alegando um acúmulo de responsabilidades logísticas e financeiras incompatíveis com sua vocação. Revela, ainda, que, por essa época, sofria novamente de uma profunda depressão, a qual ainda o perseguiria em certas ocasiões.

Se sua filmografia da década de 1960 acumula um experimentalismo quanto aos temas abordados, a partir do decênio seguinte, Khouri iria explorar sua maturidade intelectual e profissional em obras que, se por um lado, apresentaram fracos resultados de bilheteria, por outro introduziam ao público a maneira densa e minuciosa no trato de questões existenciais por ele já exploradas de uma forma ou de outra. No entanto, o que chama atenção na "década madura" de Khouri é a total ausência de uma estrutura narrativa esquemática. O diretor substituiu as relações de causa e efeito pelos solilóquios de seus personagens, por suas relações truncadas, seus medos e traumas mais profundos, sem perder de vista a crítica a uma esfera da sociedade observável somente a partir do indivíduo.

No ano de 1972, o Cinema Novo já havia se fragmentado, e seus agentes seguiram, cada um a seu modo, carreiras distintas. Em São Paulo, ainda havia o gosto pela experimentação estética em Rogério Sganzerla, Júlio Calasso, João Callegaro e Ozualdo Candeias, mas o que começava a se tornar a menina dos olhos dos produtores da Boca do Lixo era a comédia erótica, ou pornochanchada, como foi batizada pela crítica. Dois dos produtores que mais se destacaram no gênero, Antonio Polo Galante – que havia sido demitido de *A ilha* e jurara dar a volta por cima – e Alfredo Palácios produziram o primeiro de vários dos mais complexos e meticulosos filmes de Walter Hugo Khouri, *As deusas*, escrito para apenas três personagens que orbitam quase totalmente um único cenário e ali colocam o espectador como cúmplice de uma relação que implode gradativamente.

Classificar *As deusas* num determinado gênero de filmes, seja drama, suspense ou terror psicológico, não abarca toda a sua sofisticação. Em primeiro lugar, seu diretor resgata dos recônditos da história do cinema o *Kammerspiel*,[1] ou Drama de Câmara, estilo alemão surgido no início dos anos 1920 que tratava de temas obscuros nas relações de poucos personagens e suas idiossincrasias. Os arquétipos propostos por Khouri transitam com tédio e erosão em seu próprio meio, consumidos por um narcisismo que os guia ao encontro de seus desejos egoístas ao mesmo tempo em que os esgota psiquicamente.

Num manuscrito enviado à *Folha da Tarde* em 1972, por ocasião de uma entrevista sobre *As deusas*, Khouri destaca que "o filme não tem propriamente um tema. Tem, ou procura ter, um sentido, uma visão. Quer captar um momento da vida de três pessoas, um clima, um tempo que flui, a relação das pessoas para com o lugar em que estão, com a natureza que as envolve".

---

[1] Junto do expressionismo, o *Kammerspiel* foi um movimento estético próprio do renascimento do cinema alemão no entreguerras. Os dramas explorados nesse gênero normalmente versavam sobre questões existenciais e sociais a um só tempo. O filme mais conhecido desse estilo é *A escada de serviços* (1921), de Leopold Jessner e Paul Leni. Curiosamente, essa obra também trabalha com apenas três personagens.

A relação do homem com a natureza é um primeiro ponto a se observar na meticulosa construção de *As deusas*. Até *O palácio dos anjos*, nos filmes em que os personagens deixavam a metrópole em busca de fuga no meio natural, como observamos em *O corpo ardente*, o encontro com as forças exteriores era da ordem do sublime. A natureza se apresentava como algo hostil, intimidador, frio e vingativo. A partir daqui, Khouri nos apresenta uma natureza ao rés do chão, palpável, na qual o ser poderá se espelhar em quiasma com seu meio, reconhecendo-se no elemento natural e implicando-se como força indissociável de um organismo muito maior e poliédrico.

Essa inerência já se apresenta na abertura do filme, em que a câmera passeia pelo campo e nos apresenta à propriedade que será palco ao longo dos 90 minutos seguintes. Vemos árvores imensas, folhas, a água corrente de um riacho, a chuva e os primeiros de vários planos importantes para a compreensão da obra. Ângela, personagem central do filme, antes mesmo que nos seja formalmente apresentada, ora toca uma árvore bastante velha com as mãos espalmadas, ora observa um besouro caminhar por seus dedos enquanto segura uma flor, em gestos de comunhão com a vida, que segue aleatória em torno de si.

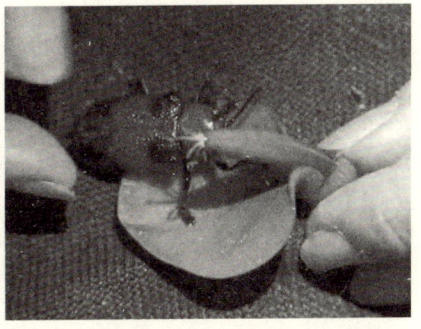

É um retorno ao ser ontológico, antes mesmo que o diretor nos diga sobre o que exatamente irá tratar. E essa ontologia pode ser inferida por dois aspectos: 1) a diegese khouriana, conforme vimos antes, já não é a diegese narrativa convencional; 2) ao nos propor um estudo fenomenológico do homem frente à natureza, dispensa-se qualquer lógica formalista para se fazer compreender. Conforme o fenomenólogo Maurice Merleau-Ponty:

[...] Fazer aparecer o corpo como sujeito do movimento e sujeito da percepção – Se isso não é verbal, isso quer dizer: o corpo como tocante-tocado, o vidente-visto, lugar de uma espécie de reflexão e, através disso, capaz de relacionar-se a outra coisa que não sua própria massa, de fechar o seu círculo sobre o visível, sobre o sensível exterior. [...] É o meu corpo como interposto entre o que está diante de mim e o que está atrás de mim, o meu corpo levantado diante das coisas levantadas, em circuito com o mundo – [empatia] com o mundo, com as coisas, com os animais, com os outros corpos.[2]

Num outro manuscrito de seu acervo, Khouri recupera no jornal *O Estado de S. Paulo* mais uma observação importante: "[*As deusas*] está, antes de tudo, preparando uma sensação, um clima, um estado de alma, é um filme que se dirige ao cerne sensorial do espectador e não à sua compreensão e ao seu entendimento".

Quilômetro 91, pegar à direita. Seguir pela estrada de terra até o fim. Se a empregada não estiver, abrir o cadeado com a chave dourada. A outra chave é da porta da frente. A empregada vai às terças, quintas e sábados, pode chamá-la para ir todos os dias, se quiser. Ela mora ao lado do posto de gasolina, a menos de dois quilômetros. Nesse posto, existe um telefone com ligação direta para a cidade. Não se assuste com a casa e nem com as coisas, está tudo meio largado. Depois te conto por quê. Mas, acho que vai ser ótimo pra você, é o lugar ideal para ficar realmente sozinha... sozinha. Não esqueça de tudo que lhe falei. É você que tem que se ajudar, agora, ninguém mais. Viaje verdadeiramente e verá como tudo vai mudar. Não tome mais do que um comprimido do remédio novo. Se puder dispensar o outro, melhor. Fico esperando seu telefonema na sexta à tarde, no consultório. Não deixe de ir ao pequeno lago no fim do riacho. Só isso já vale a viagem. Ana... Ana.

Paulo e Ângela formam um casal talhado com as contradições do ser moderno, de vida estável e, por isso mesmo, com problemas existenciais. Juntos, deixam a São Paulo barulhenta para se refugiarem no campo, na casa

---

2   Maurice Merleau-Ponty, *A natureza*. São Paulo: Martins Fontes, 2006, pp. 337-338.

da família de Ana, terapeuta de Ângela. Nos primeiros minutos de *As deusas*, ouvimos a voz de Ângela lendo a carta de instruções de Ana, como se fosse uma bula de remédio. Como se a debandada para o campo fosse, de fato, não apenas uma temporada de descanso, mas um tratamento intensivo e necessário para aplacar algo sobre o qual não sabemos – mas não é importante sabermos para compreender as contradições a serem desenvolvidas. Aqui, Khouri deixa escapar um primeiro laivo de empatia e dependência entre paciente e terapeuta. Ao ler "Ana" da primeira vez, compreendemos que se trata da assinatura da carta. Da segunda vez, no entanto, já estamos no registro da personagem Ângela, como uma espécie de chamado de socorro, delicado, porém urgente. Quer dizer, ainda que esteja partindo para um retiro, a personagem nos antecipa o seu desconforto.

A partir de então, quando o casal adentra a propriedade, Khouri nos convida a conhecer novamente a natureza em torno. A casa, por sua vez, de arquitetura modernista, já parece causar assombro em Ângela. Paulo, por seu turno, não se comporta como um marido necessariamente incomodado por atender à demanda da esposa, mas parece-nos cético sobre o "tratamento" proposto e, mais adiante – veremos –, frio em relação à patologia dela.

Assim que o casal se desloca para a casa vazia, Khouri repete um plano muito significativo para o espectador, realizado antes em *O corpo ardente*. Ângela para em frente à entrada principal, e a câmera corta para dentro da casa, como se nós, os espectadores, já estivéssemos ali, aguardando aquele casal, para assistirmos – como *voyeurs* – à degradação psíquica que o diretor irá esmiuçar. Esse recurso cria um plano narrativo dividido em quatro camadas: nós, dentro da casa, aguardando o desenvolvimento de um caos antecipado; Ângela estática, hesitante; a natureza sublime que nos observa e também observa Ângela; e a cidade, a civilização, bem no fundo e ainda espreitando a fuga dos personagens, tão cristalizada que chega a sugerir que não há solução na tentativa de escapar de um universo programado e programático. No plano seguinte, do lado de fora da casa, temos marido e esposa, claramente desorientados, vistos ao longe com a construção que deveria servir de abrigo, mas parece mais intimidadora do que acolhedora.

Entretanto, sequer fomos apresentados ao casal e ainda nos encontramos no registro do mistério, construído meticulosamente pela montagem tonal de Sylvio Renoldi. Sergei Eisenstein, em suas pesquisas sobre sentidos alcançados pela montagem, conclui que uma das mais potentes chaves na dialética do corte é a construção gradual da tensão por meio das justaposições de planos. Diz, ainda: "Na montagem tonal, o movimento é percebido num sentido mais amplo. O conceito de movimentação engloba *todas as sensações do fragmento* de montagem. Aqui, a montagem se baseia no característico *som emocional* do fragmento – de sua dominante".[3]

A construção do suspense em torno da constituição das personagens e da trama (a qual, no entanto, parece não se revelar) será de muita importância, pouco depois, na realização de *O anjo da noite*. Por ora, continuemos nesse pretenso tratamento para recuperação psicológica, uma vez que, na justaposição de planos, em seguida, Khouri propõe uma inversão do olhar fenomenológico. Agora, olhando para o que há atrás de si, o espectador torna-se Ângela, mirando a civilização ao longe, interrompida pela barreira de árvores. Logo em seguida, a primeira ruptura narrativa: um buraco no meio do vidro da porta de entrada, provavelmente causado por uma pedra ou algo pior. Após essa informação explícita sobre um fato externo que dialoga com a psicologia das personagens, temos um plano de Paulo, o marido, que observa atento, somente para se voltar à esposa, que ainda contempla o infinito à frente. Khouri, como já vimos até aqui, novamente está esculpindo o discurso primordial de sua obra por meio de imagens. O vidro rompido por algo como um tiro também é a representação do ego fraturado daquelas duas criaturas, o que começará a se desvelar ao espectador. Nessa altura, este já se encontra enredado na vaga trama de seu criador, a ponto de perceber as sutilezas pelas quais Khouri materializa a natureza errática dos

---

[3] Sergei Eisenstein, *A forma do filme*. Rio de Janeiro: Zahar, 2002, p. 82 (grifos nossos).

protagonistas. Mais adiante, saberemos que se trata de um buraco de bala que envolve o suicídio da avó da atual dona da residência, Ana.

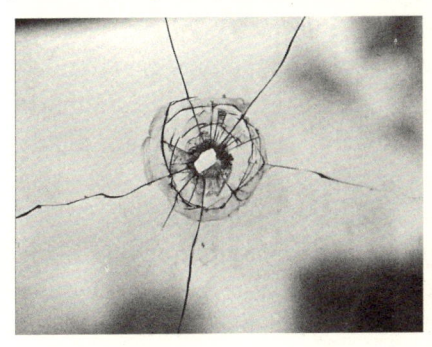

A forma como Ângela e Paulo percebem o interior da residência nos deixa claro que Khouri pretende manter seu espectador em constante estado de alerta. O que até aqui era uma fuga para o campo torna-se um gatilho de ansiedade, como se somente o cenário houvesse mudado, mas não os seus fantoches. Ao amparar sua esposa, em nada relaxada, Paulo propõe: "Vamos voltar. Vamos pra Ilhabela". É importante notar a fragilidade desse homem porque, até então, a débil formação masculina que Khouri já havia esmiuçado ganha novo contorno. A figura masculina é aquela que titubeia em primeiro lugar. Em verdade, somente pelo fato de ter concordado com o retiro de sua esposa, Paulo é identificado como uma nova faceta no universo masculino do diretor. Em vez de jogar conforme suas regras, nesse momento sabemos que o desconforto maior advém daquele que deveria ser o arrimo da relação, segundo as recorrências do cineasta. Tanto mais que Ângela nega a proposta e mostra-se resolvida a ficar ao menos um dia naquele local, porque, segundo ela, "se não, fica mal". Eis um novo indicativo da poética khouriana para as aparências que devem ser mantidas a despeito do real desejo: Ângela também não aprova a estada, mas não tem forças, ou desprendimento o suficiente, para desatar o nó.

Quando ela encontra o quarto em que deve ficar, Khouri propõe uma *mise-en-scène* que alude a uma sessão de terapia. Ângela precipita-se sobre a cama como quem deita num divã e olha-se num espelho grande o bastante para rebater sua imagem por completo. Na falta de um terapeuta, temos o espelho como inquisidor. E é diante desse espelho, diante de um "si inquisidor", que Ângela se desfaz, sucumbe à angústia. Por seu turno, Paulo está reconhecendo a propriedade quando se depara com a palavra "Anima" talhada na parede da área externa. O que parece ser o nome daquela casa de campo se revela como uma potente metáfora sobre o casal e sobre sua situação. Sendo *anima* a expressão feminina no inconsciente do homem, segundo a psicologia junguiana, é Paulo, o polo masculino, o *animus*, posto em xeque. Compreendemos, enfim, que existe uma simbiose psíquica muito mais complexa entre ele e sua mulher, e que essa simbiose o consome na autofagia da depressão de Ângela, o que nos explica a passividade do marido e sua inação diante da crise. Em Jung, *anima* é a porção feminina que o homem introjetou após tempos imemoriáveis de convivência com a mulher. Portanto, Khouri nos sugere que não existe mais separação evidente entre os dois agentes dessa história. Agora, é Paulo quem emula os passos da esposa, olhando a imensidão diante de si, sem ação e sem ideias.

De volta ao interior da residência, Paulo manifesta, de novo, o desejo de renunciar: "Vamos desistir, se sairmos daqui agora, às 9 estaremos chegando em Ilhabela". A colocação é sintomática, pois ele não sugere uma mudança de planos, mas a intenção de "desistir". É como abrir mão de uma missão pesarosa e não apenas alterar um local de retiro. É a introjeção anímica da inquietação feminina imposta por Ângela, que mais uma vez nega-se a sair dali. É nesse ponto que Khouri rompe a expectativa da audiência. De um estado profundamente melancólico, o casal se une num ato sexual. Porém, como de costume, e aqui de forma escancarada, o sexo na obra de Khouri não é colocado como alívio às repressões lúbricas da plateia. Ele é muito mais como professou Emil Cioran: "Há uma *plenitude de diminuição* em toda civilização demasiado madura. Os instintos tornam-se flexíveis; os prazeres se dilatam e não correspondem mais à sua função biológica; o prazer torna-se um fim em si, seu prolongamento, uma arte, a escamoteação do orgasmo, uma técnica, a sexualidade, uma ciência".[4]

Nessa relação, Khouri deixa aflorar o automatismo errático de uma modernidade falida, de pessoas psicologicamente falidas, de relações falidas. O sexo torna-se algo de pesaroso e indigesto. O prazer dá lugar à punição. É como se a relação carnal de Paulo e Ângela fosse um instrumento de punição e autopunição, mas nunca de comunhão entre pares. Como vimos antes, o diretor oferece visões muito particulares do gozo. Ora como necessidade puramente fisiológica, como disse Cioran, ora como tentativa de ascese, o que ainda veremos bastante. Mas, particularmente, no caso de *As deusas*, o sexo é uma pena a ser cumprida. Mais uma, no escopo de tantas que ainda se desvelarão. Não é por acaso que, logo após o ato, Ângela sai a passear pelo jardim, em meio à ventania de uma tempestade que se avizinha. Mais uma vez, Khouri vale-se da natureza arbitrária para metaforizar as inquietações internas de seus personagens.

Ângela foge para dentro da casa como quem corre em busca de um retorno ao útero do universo. O olhar penetrante de uma Lílian Lemmertz tomada de angústia e medo antecipa a rogativa de sua personagem ao marido: "Eu não suporto mais. Chame a doutora Ana... por favor". Contrariado, mas tomado pela *anima*, Paulo não tem escolha a não ser deslocar-se até o posto de gasolina afastado, único lugar próximo que dispõe de um telefone.

---

4   Emil Cioran, *Breviário de decomposição*. Rio de Janeiro: Rocco, 1989, p. 117 (grifos nossos).

Com a chegada de Ana (Kate Hansen), o que poderia ser um alívio circunstancial nos parece mais um elemento de desordem. Ana, jovem e bela, tem um olhar tão vazio e frio quanto o de sua paciente. A destreza com que Khouri opõe as duas mulheres ao mesmo tempo em que as equipara no contexto psicológico é a marca registrada de um cineasta habituado ao esmero técnico a serviço dos sentidos. Quando Ângela desaba em pranto diante de Ana, esta apenas olha o vazio diante de si.

Um vazio que também a habita, como veremos. Mesmo assim, ela busca alguma empatia: "Ângela, você precisa colaborar. Lembra do que você me prometeu no consultório, algumas horas atrás. Você está se entregando demais". Curioso como tal afirmativa parece trair o protocolo médico. Khouri nos apresenta uma figura que deveria ser o ponto de equilíbrio na relação daquele casal, mas parece falar mais de si do que de sua paciente. O olhar vago da doutora não deixa transparecer nada além de insegurança e frustração. O surgimento drástico de Ana revela um novo fator, dado que a transferência que normalmente ocorre entre terapeuta e paciente ganha uma força inversa. Já nas primeiras cenas após sua chegada, entendemos que o comportamento de Ana para com Ângela extrapola a ética do divã. Há uma fixação latente. Por outro lado, o diretor nos permite entender um pouco mais da relação marital a partir de uma confissão de Paulo, como se ele agora estivesse num consultório: a angústia e a inquietação de Ângela eram o que o atraía no começo, mas isso se perdeu no contingente da rotina. Mesmo assim, Paulo não consegue conceber a ideia de perder a esposa e afirma viver naquele inferno por não suportar a ideia de não mais tê-la por perto. Chega a confessar que, durante uma viagem pela Itália, a qual significara mais uma tentativa de apaziguar a inquietação, Ângela tentara o suicídio. Contudo, durante um passeio em Veneza, tendo a água dos canais como espelho a rebater a lua, ela se curou.

———

Os recursos narrativos dos quais se vale Khouri para dar desenvolvimento e fluidez a tramas tão estáticas quanto a de *As deusas* é notável – o fim do primeiro ato do filme acontece exatamente na conclusão do relato de Paulo. O diretor raramente faz uso de uma cena de efeito ou de uma tomada de suspense. Prefere que seu espectador não se distraia com maneirismos diegéticos. Portanto, a virada dá-se quando, às portas de saída desse primeiro ato do filme, Ana vai até a eletrola e coloca Mozart como prelúdio a um monólogo muito significativo da jovem psiquiatra. O diretor ainda desloca sua câmera em *travelling* a partir do cômodo contíguo à sala onde estão Paulo e Ana, de maneira a aguçar a atenção do espectador e lembrá-lo de algo que continua a ser uma instância invisível, mas presente. Seguimos como testemunhas oculares. Até que chega a vez de Ana se desvelar:

> Eu gosto tanto daqui. Não sei por que não venho mais vezes. Ninguém da minha família quer vir. A casa está praticamente fechada desde a morte da minha avó. Depois disso, nada mudou de lugar. Quase vinte anos... Viemos só eu e a minha mãe, e eu mesma acho que não venho há dois anos. É uma pena... Tão perto de São Paulo, e os lugares ao redor são maravilhosos. Pode-se nadar, andar de barco, de lancha... Existe também um laguinho maravilhoso a dois quilômetros daqui. Parece uma taça transparente. Passei tempos maravilhosos aqui. Ainda me lembro da minha avó andando de barco comigo. Eu era pequena, tinha medo. Mas minha avó me dava uma confiança incrível. Me fazia nadar, andar a cavalo, de charrete... eu mesma segurando as rédeas. Foi a melhor época da minha vida. Fiquei marcada por ela.

Até aqui, Paulo parece submergir na narrativa de Ana, num misto de discreto interesse afetivo e transferência. É como se ele ouvisse algo muito similar à dor da esposa, tangendo pelo tom monótono e triste com que Ana sustenta suas reminiscências. Porém, quando a narrativa chega à sua primeira metade, há um corte abrupto para a tela *As duas irmãs* (c. 1924), do modernista Ismael Nery, pintada em sua fase inicial, expressionista. Saberemos em seguida a razão desse *insert*. Agora Ana segue:

> Minha avó foi uma das primeiras psiquiatras da América do Sul [aqui acontece um *zoom* para a tela, como se a aproximação gradual estivesse fazendo o tempo retroceder até dias remotos]. Estudou com Jung, na Europa. Gostava de viver, estudar e pesquisar. Construiu esta casa em 1927 e passou a viver aqui. Meu avô não quis vir e ficou na cidade. Os amigos dela eram artistas de vanguarda, cientistas, escritores... Meu avô era um medíocre, só pensava em di-

As duas irmãs, Ismael Nery, óleo sobre tela. Coleção IEB-USP.

nheiro. Contam coisas incríveis sobre a vida de vovó nesta casa. Não sei se é verdade ou não, mas de qualquer maneira ela passou a ser um mito na família. Eles tinham vergonha desse mito, mas eu não. Pelas coisas que ela deixou escritas, ela parecia viver um estado de felicidade arrebatada. Chamava-se Ana, também. Não tinha preconceito algum. Não aparecia e fazia questão que ninguém aparecesse.

Neste momento, a música cessa. Paulo vai até a eletrola e substitui Mozart por Duke Ellington, algo mais adequado ao rumo que vinha tomando o monólogo de Ana. "De vez em quando ela dava festas incríveis aqui, com orquestras espalhadas pelo jardim, flores, barcos com tochas, soltos pelo lago". Nesse ponto termina a longa recordação de Ana, ao mesmo tempo em que Paulo se retira, calado e confuso, e Khouri nos confronta com o *close* nos olhos da figura principal da tela de Nery.

Como já vimos, a história da arte desempenha um papel de destaque nas composições imagéticas de Walter Hugo Khouri. Nessa sequência, há uma redundância de elementos que culminam na construção de um tempo e de um espaço que não são mais aqueles em que habitam Paulo e Ângela. Estamos no tempo e no espaço de Ana, a avó e a neta. Sem apelar ao *flashback*, algo de dispendioso e, no mais das vezes, preguiçoso, Khouri burla, ainda, a teatralidade exagerada com a evolução sincopada em cortes estratégicos que oscilam entre Paulo e Ana[5] – com a música contemporânea à avó e com a obra de arte na parede, como dissemos, um quadro expressionista, que nos remeterá a um momento muito específico da história pela óptica da arte, ou seja, um momento em que o artista se independentiza dos ditames acadêmicos e começa a buscar a essência de si em seu trabalho, retrocedendo até a expressão primária do símbolo antes da linguagem. Isso é muito importante para entendermos tal redundância, pois o monólogo de Ana é quase todo construído a partir de orações coordenadas e simples, manifestação da ausência de comunicação ou, pior, da capacidade de estabelecer uma comunicação para além do fluxo dolorido de memórias. Faz-nos pensar na modernidade tardia, que consumiu a capacidade do homem de se individuar numa era de massificação do ego e de elogio do caos, durante o entreguerras.

Voltando a Paulo, ele retorna ao quarto onde a esposa dorme, sedada por calmantes, acaricia-a e tenta transferir para ela o latente desejo que se manifestou por Ana, enquanto estavam na sala. A expressão em seu rosto é clara: há um misto de atração pela outra, culpa e frustração pela esposa. Ana também retorna ao seu quarto, deita-se e assiste ao dia nascer.

Depois que Ana nos fez saber sua história e a de sua avó, a casa se torna um novo personagem no balé manco dos humanos que ali se encontram. Khouri afirmava que precisou pensar numa casa antiga o suficiente para que alguém mais tivesse vivido ali e constituído uma história anterior. Só assim ele poderia explorar as relações entre o tempo e a marca impressa das pessoas e das coisas. Esse entrecruzamento abre um flanco na narrativa unilateral assistida até aqui. Khouri nos revela que Ana também guarda seus fantasmas com alento masoquista, seja por apego ao momento em que ela mesma dizia "segurar as rédeas", seja pela presentificação reiterada da figura da força em sua avó.

---

[5] A construção inventiva da reminiscência será ainda mais bem explorada em *O desejo*, praticamente feito de memórias dos personagens, conforme veremos.

Notamos o esforço extremo de Ana a lutar contra a recorrência de suas lembranças, as quais embaçam seu presente ao mesmo tempo em que alimentam profunda ternura pela figura da avó e por sua casa. É uma tensão dicotômica que se transfere para a profissão que escolheu, bem como para sua paciente. A avó vive na profissão da neta, mas a imagem de uma mulher forte ofusca sua descendente e a torna impotente para lidar com o caso clínico de Ângela. Agora temos três enfermos e nenhum médico por perto. A casa está à deriva no presente, mas segue forte e charmosa no passado.

Na manhã seguinte, Ângela parece mais terna e calma. Desperta seu marido com carinhos de remorso. Ao passear pelo exterior da propriedade, não demonstra mais a angústia do início. Khouri repete a mesma sequência de planos da chegada do casal, mas dessa vez Ângela está serena e parece contemplar a natureza ao redor de forma mais arrefecida.

Em dado momento, há um novo *insert* da palavra *anima*. É como reiterar a força feminina, uma vez que os passos de Ângela repetem o percurso de seu marido na tarde anterior. Os detratores de Khouri insistiriam que tal repetição serviria somente para ganhar tempo de projeção em um filme que parece não ir a parte alguma. Uma análise leviana, visto que é no silêncio e no minimalismo dos planos que a narrativa evolui para um terceiro ato no qual as forças erráticas expelidas pelos personagens entrarão em rota de colisão.

Porém, ainda há tempo para alguma metonímia visual. Ângela depara-se com um viveiro onde está um casal de coelhos, óbvia alusão à fertilidade. Enquanto a mulher procura sua vontade de potência nos bichos, um deles parece encará-la. Plano e contraplano inusitados, uma vez que não há correspondência entre humano e coelho, a não ser o que este significa para o estado presente de alma daquele.

Ana informa Ângela que deve retornar à cidade, não sem antes prometer que voltará naquela noite, em razão de que Paulo, no dia seguinte também deverá voltar aos seus afazeres e deixará a esposa sozinha pelo dia inteiro.

———

Com a partida de Ana, o casal ensaia um retorno a certa normalidade. Voltam a ter sexo e, dessa vez, o elemento da dor é menos evidente. Ângela é quem está por cima de seu marido, como se fosse ela a procurar agora o prazer, ou como se fosse a *anima* dominando Paulo.

Chega o dia seguinte, e o marido deve retornar ao trabalho. Ao mesmo tempo, Ana regressa de seus afazeres para se juntar à Ângela. Sozinhas, embarcam num passeio descontraído, em que Ana tenta recuperar a sensação da juventude vivida com a avó, e Ângela procura as recargas para sua própria existência. No entanto, a trilha musical tensa de Rogério Duprat nos deixa em alerta constante, como se o que vemos não tivesse deixado o registro da angústia.

Quando Ângela assiste à Ana a se banhar nua no lago, somos capazes de sentir a materialidade de sua tristeza por não poder compartilhar daquela liberdade do corpo em comunhão com a vida natural. Mesmo assim, seu impulso é mais forte. Ela também se despe para se juntar à terapeuta. É assim que ambas se unem nos braços da liberdade e percebemos a primeira semente de tensão sexual entre as duas "deusas" devolvidas de um Olimpo interrompido. Não é uma tensão erótica utilitária e vazia. Trata-se de uma tensão embebida de contradições, oscilante entre o desejo, o medo e a repulsa.

Após esse raro momento lúdico, de descompressão, uma nítida distância instala-se entre as duas. Com o retorno de Paulo, no fim da tarde, os olhares de Ana tornam-se nitidamente hostis, mas Khouri nunca irá esclarecer a quem o ciúme de Ana, visivelmente contrariada, se dirige. Marca de um diretor exímio na exploração das incompletudes dos atos de seus personagens.

A noite cai, os três ouvem música na varanda. Ângela distrai-se com algumas revistas dos anos 1920. Paulo observa a escuridão da mata à sua frente. Prostrada, Ana bebe recostada numa espreguiçadeira. Ainda percebemos seus sentimentos contraditórios aflorando em cada poro de seu corpo. Agora, é a vez de Paulo colocar-se no círculo do inferno psíquico que Khouri construiu até aqui: "A cidade estava insuportável. Eu não via a hora de voltar. Desisti de enfrentar tudo aquilo", ao que Ângela conclui: "É uma pena a gente precisar de dinheiro, mesmo, pra ter as coisas essenciais. E nós não temos tido muita sorte. [Volta-se para Ana.] Paulo não tem conseguido ganhar nenhum projeto ultimamente. E eu, com esse meu problema, acabei perdendo o melhor emprego que já tive na vida. Mas eu não quero mais trabalhar pra ninguém. Eu quero fazer uma coisa à minha maneira, alguma coisa que me agrade. Criativa... Ou então eu vou viver pobremente, num lugar que eu goste". Eis o momento em que Khouri retoma sua crítica à modernidade narcísica e às convenções em que ela se atrela. Não existe a teleologia da vida porque nem o sucesso é capaz de salvar o indivíduo de uma nova cepa de fracassos.

> O sentimento de ter alcançado uma meta definitiva jamais se instaura. Não é que o sujeito narcisista não queira chegar a alcançar a meta. Ao contrário, não é capaz de chegar à conclusão. A coação do desempenho força-o a produzir cada vez mais. Assim, jamais alcança um ponto de repouso da gratificação. Vive constantemente num sentimento de carência e de culpa. E visto que, em última instância, está concorrendo consigo mesmo, procura superar a si mesmo até sucumbir. Sofre um colapso psíquico, que se chama de *burnout* (esgotamento). O sujeito do desempenho se realiza na morte. Realizar-se e autodestruir-se, aqui, coincidem.[6]

O casal financeiramente bem-sucedido (pelo menos outrora) não se coloca como garantia de uma satisfação. Há uma força de coerção que se instaura na independência financeira, numa sociedade pautada pelo desempenho. Ainda que o indivíduo abra mão da coerção do mundo para seguir empreendendo por si mesmo, outros elementos de coerção devem surgir. O pior, a coerção é uma condição moral instaurada de forma inata, como Kant já comentou, insinuando algo a que Freud, mais de um século depois, chamaria de Superego, e Jung apontaria como a "função moral" do *Self*: "Todo homem tem uma consciência moral e se vê observado,

---

[6] Byung-Chul Han, *Sociedade do cansaço*. Petrópolis: Vozes, 2015, pp. 85-86.

ameaçado por um juiz interno que o obriga ao respeito (com medo que isso lhe custe alguma advertência); e essa violência que vigia nele para o cumprimento das leis não é algo que ele próprio cria (arbitrariamente), mas está incorporada em seu ser".[7]

Khouri não oferece redenção por nenhuma saída viável. Ora a natureza é hostil, ora a convivência no outro é hostil, no mais das vezes, existir é hostil. E quem irá dizer que, para além dos arquétipos evocados pelo diretor, isso não configura uma crítica social? Há menos empatia e alteridade numa crítica ao indivíduo sectário que aquela expandida para um determinado extrato social? Onde é gerada a centelha do desamparo no contexto de uma humanidade que se fez errática por não poder ou não saber agir de maneira diversa? Sejam quais forem as respostas, trata-se de uma discussão à frente do tempo, que especula sobre uma sociedade de alto desempenho na manutenção de determinado *status quo*. Este, cada vez mais, mostra-se um desempenho vazio, irônico e até mesmo ridículo.

> O sujeito do desempenho esgotado, depressivo, está, de certo modo, desgastado consigo mesmo. Está cansado, esgotado de si mesmo. Totalmente incapaz de sair de si, de estar lá fora, de confiar no outro, no mundo, fica remoendo o que paradoxalmente acaba levando à autoerosão e ao esvaziamento. Desgasta-se correndo numa roda de *hamster* que gira cada vez mais rápido ao redor de si mesma.[8]

Resta apenas a empatia enviesada de Ana, que oferece a casa de campo sempre que for necessário. Afinal, ela se encontra em processo de inventário, portanto não pode ser reclamada até que assim decida um juiz. "A casa é antiga, ninguém vai querer. E eu vou resistir enquanto eu puder", profere ela, assertiva. Houve, enfim, um efeito positivo na ressaca de suas lembranças.

Ao tomar posse simbólica do imóvel, Ana revela que o local não será disputado por ninguém da família, que sua avó morreu sozinha e de causas não conhecidas (ou não proferidas, talvez por tabu cristão). Sabe apenas que, nos últimos dias de sua vida, não queria ver mais ninguém. Há um componente análogo à exaustão experimentada na contemporaneidade

---

7   Immanuel Kant, *Metafísica dos costumes*. Lisboa: Edições 70, 1983, p. 573.
8   B.-C. Han, op. cit., p. 91.

dos personagens, um círculo vicioso de desamparo. Não por coincidência, Khouri mostra-nos, novamente, o coelho, agora correndo no gramado. Enquanto há a potência da morte entre os humanos, o símbolo da fertilidade surge quase como um fantasma para abalar a fluência do discurso. Ana é a primeira a se projetar em direção ao animal, em transe. Paulo precipita-se de sua cadeira para imitar o gesto da anfitriã, ao que Ângela apenas ignora o ato – visivelmente ciente de certa tensão sexual instaurada. Em vez de se juntar aos dois, permanece em sua poltrona e lê o título de uma reportagem, mostrada em letras garrafais: "Este planeta é nosso só por acaso" e "O homem não tem destino nem lugar privilegiado no Universo. Se ele não existisse, não faria a menor falta na natureza". Em que pese o fato de Freud, há muito, ter constatado que o homem não tem papel protagonista no mundo, não é o senhor das coisas e, nem mesmo, senhor de si.

Porém, a dialética da montagem pede um contraponto, e assim o próximo corte nos leva a um *close* do coelho. Ajoelhada diante dele, Ana encarna Alice, às portas do País das Maravilhas, ansiosa pelo buraco que a transporte dali para outro local, o qual, por mais absurdo que pareça, representa uma porta de fuga.

Não há fuga. Apenas Ana e Paulo em meio à mata escura. Não há escape para o lúdico. Somente o desejo que os toma de assalto para seus corpos se enlaçarem na mesma dimensão do sofrimento terreno. Mesmo assim, Ana prefere desvencilhar-se do corpo estranho na imagem do marido de sua paciente e regressar à varanda, onde Ângela continua entretida com os periódicos antigos. Desconcertada, Ana prefere recolher-se a seu quarto.

Há uma elipse que mostra Paulo, alheio e distante, junto à esposa, na cama. Ângela confessa-lhe que, depois de muito tempo, sente-se bem. Sente-se como quem morrera e, como Lázaro ou uma fênix, renascera para contemplar as suas próprias cinzas e seguir adiante. Agora, porém, é Paulo quem acaba por cair no abismo das contradições. Por isso, assim que sua esposa adormece, vai até o aposento de Ana e consuma o ato, não sem que ela resista em princípio, mas acabe cedendo, porque o sexo volta a ser instrumento de punição e tortura. Khouri retoma o momento de um gozo de morte: Paulo parece atender ao instinto ao mesmo tempo em que se vinga da esposa, e Ana entrega-se ao marido da paciente como se fosse a própria, como se tomasse seu lugar naquela relação.

Para nossa surpresa, Ângela ainda está acordada e dá indícios de que sabe exatamente o que está ocorrendo no quarto ao lado. Enquanto Ana chora pelo orgasmo da culpa, Paulo retorna para a esposa. Tudo nos indica que ela finge dormir. Outra noite se esvai, mais uma manhã chega, com a majestosa presença da casa, a personificação de uma deidade que lança dados.

Na última etapa do enredo, Ana desperta e resolve partir de uma vez. Mas é 18 de março, aniversário de sua paciente, desculpa para uma chantagem emocional com a qual a doutora não poderá lidar com isenção, tamanha a proporção do enlace que se conflagrou. Ana não é mais capaz de se desprender da relação e, resignada, olha antigas fotografias da avó, ao que Ângela especula: "E nós? Como é que vamos estar daqui a trinta anos, mortas ou velhas?". Seria o hedonismo latente gritando por liberdade? Num gesto dúbio, ela toma o rosto de Ana e o volta para si, ponderando como aquele rosto tão bonito envelhecerá e o que de fato há nos ossos por baixo da carne. Khouri não abandona o existencialismo em favor de exibir o desejo homoerótico. Não sabemos se de Ângela emana a curiosidade por saber o que provou seu marido na noite anterior ou se guarda rancor, velado, porém, pela etiqueta da boa convivência. Ao perceber o constrangimento de Ana, Ângela a consola: "Não fique assim. O importante é sentir que alguém está vivo, palpitando. Só isso é uma verdade... estar vivo, ter sangue, carne". A paciente transmutou-se nas brenhas de sua terapeuta. O mergulho espiral de Ana rumo aos mais recônditos traumas é, agora, o alimento da alma de Ângela. A frágil e amedrontada mulher, que chegara à casa de campo assolada por impulsos psíquicos nocivos, agora é um tanque de guerra que quer apenas extrair da vida o prazer, amar a cada instante, antes que a morte a possua. Por isso, na mesma noite, durante a celebração de seu aniversário, Ângela se entrega ao prazer do sexo pervertido com Ana e seu marido. Mas engana-se novamente quem pensa que Khouri fará, finalmente, uma concessão licenciosa. Enquanto sua câmera, treinada para extrair as imagens mais plásticas e delicadas, desliza pelos corpos amantes, vemos nas expressões faciais de Paulo e Ana o transbordamento da crise renitente. Somente Ângela parece comprazer-se e, mesmo assim, nunca por completo. Ao perceber o casal desfalecido pelo cansaço, no chão da sala que foi a alcova dos três, Ana se fragmenta em lágrimas. Seus pontos mais fracos foram lidos em detalhes por sua paciente e usados contra si mesma. Suas inseguranças foram arremessadas de encontro aos deleites da memória que guardava daquela casa. Seu último gesto consiste em se olhar no espelho, nua e descabelada, somente para se certificar do fardo encerrado nela. Sem aviso prévio, Ana se vai.

Novamente, Khouri nos confronta com o espelho. Dessa vez, é Paulo quem se olha fixamente enquanto lava o rosto na pia. Sua expressão não poderia ser mais incômoda. Sentada à beira da cama, Ângela também se olha num pequeno espelho de mão, porém menos inquisidora consigo mesma.

Mais um dia começa. Paulo parte, e Ângela, pela primeira vez, sente o conforto da solidão e o som da natureza que a rodeia. Atreve-se a interagir com a beleza das entranhas da mata e das águas. Está, ao que tudo indica, purificada pelo ritual natalício da noite anterior. Mas a trilha musical de Duprat não nos deixa relaxar. A sutileza que permeia o filme encontra-se na maneira como Khouri descontrai seus protagonistas em determinados momentos, em oposição à música que oprime as sensações do espectador com alertas a respeito das súbitas inquietações de cada personagem. No caso desse ato final, Ângela se torna uma espécie de vampira de memórias nos dez minutos finais de *As deusas*. Passa a examinar os velhos álbuns de fotografia da avó de Ana, com a serenidade de quem folheia uma lista telefônica. Mas não chegamos ao embate final, porque, durante aquele passatempo na memória alheia, Ana regressa, e é noite. Ambas estão a sós.

Os universos de Ângela e Ana se invertem de forma irremediável. Ângela está sentada à beira de uma escrivaninha. Ambas se cumprimentam friamente, e Ana – que há muito já perdeu a propriedade simbólica daquela casa – dirige-se a um sofá. Sentam-se como se estivessem num consultório. Ana é, agora, a paciente dessa sessão. E tem sobre si o olhar desafiador de Ângela, o qual se torna um olhar incrédulo e desdenhoso à medida que Ana começa a informá-la de que irá encaminhá-la a outro profissional, mais especializado. Khouri engendra uma situação complexa, que vale a pena esmiuçar. Como um pássaro que se viu liberto, mas não se atreve a voar, Ana entregou toda sua força vital ao predador. Com a submissão de uma presa fácil, retorna à gaiola para se despojar do último resquício de dignidade. Quanto mais ela descreve o grau de importância e de especialidade do médico a quem pretende encaminhar Ângela, quanto mais ela descreve a minúcia com a qual muniu o médico de informações relevantes, mais sua oponente lhe achaca com olhos de desprezo.

Por fim, Ana reconhece que não tem condições de tratar Ângela, nem nunca teve: "Eu me sinto ridícula nisso tudo, como uma colegial. Aliás, eu vou mesmo abandonar tudo. Meu trabalho, vou parar". E Khouri nos faz testemunhas, mais uma vez, de uma troca de olhares pungentes entre Ana e Ângela. "O que eu lhe disse é verdade. Às vezes você parece a pessoa menos doente do mundo", termina Ana. A energia elétrica da casa é interrompida, e ambas são lançadas na escuridão, outra transição khouriana do registro verbal para o registro visual. Nesse momento, Ângela convida Ana a acompanhá-la para o bosque em frente a casa, munida de um farolete, e pede que ela sinta a natureza que há no entorno. Agora, a natureza parece novamente hostil, na escuridão, enfatizada pelo órgão eletrônico de Duprat, ressoando uma nota que nos assombra.[9] Da escuridão, surge Paulo. Ele desdenha da presença de Ana e dirige-se à esposa para manifestar sua preocupação pelo *blackout*. Beija-a, mas também beija Ana, que recebe o ato como se Paulo fosse também seu marido.

Há aqui uma contenda na qual Khouri empresta estéticas de Sergio Leone e, agora sim, de Bergman,[10] inclusive pela cadência da montagem, que alterna os rostos sempre a postos dos personagens ao ambiente, ao entorno. Quem (ou o que) é maior ameaça para quem?

No jogo de oposições entre os três personagens, todos se entregam a atitudes predatórias. Paulo e Ângela tornam-se os senhores da casa. Ana se aninha em sua submissão e cede ao casal. Agora, o sexo é, sim, utilitário. Há uma busca de prazer que poucas vezes experimentamos ao longo do filme. Os três, longe de uma punição pelo orgasmo, buscam convictamente o êxtase. Ana foi privada de suas memórias, de sua profissão, de seu corpo, de sua identidade... E outro dia se faz.

Essa não é uma manhã qualquer. Ana, amparada pelo tronco da grande árvore em frente à casa da avó, observa a construção como quem teme a visão repentina de algo absoluto e curva-se diante disso. Despedaçada, parte de uma vez por todas. A forma como Khouri descreve visualmente o desgaste emocional de Ângela e Paulo, degredados no jardim da propriedade, nos inspira à dor do ser que deseja o intenso, mas guarda em si o profundo enfado. Pela última vez, à noite, tentam reconstituir o universo vivido até então ao lado de Ana, mas tudo parece constrangedor. Enfim, ambos procuram por Ana. Paulo lhe telefona, somente para saber por terceiros que a ex-terapeuta de sua esposa evadiu-se para a Europa. Fim da linha. Fim de jogo.

---

9   A partir de *As deusas*, há um elemento de terror sobrenatural nas trilhas de Rogério Duprat para Walter Hugo Khouri, que irá reverberar em suas composições para os filmes de gênero do diretor. Isso pode indicar que Khouri já pesquisava a construção do terror para além do psicológico desde o início dos anos 1970, e essa informação marcará especialmente seus filmes *O anjo da noite* e *As filhas do fogo*.

10   Cf. o duelo final de *Três homens em conflito* (1966) e obras de Ingmar Bergman do período, como *Persona* (1966) e *Gritos e sussurros* (1972).

O olhar ressabiado entre o casal salta à percepção do espectador, pois perderam a âncora do que parecia ser uma harmonização em suas vidas, ainda que na culpa, na dor e no desterro emocional.

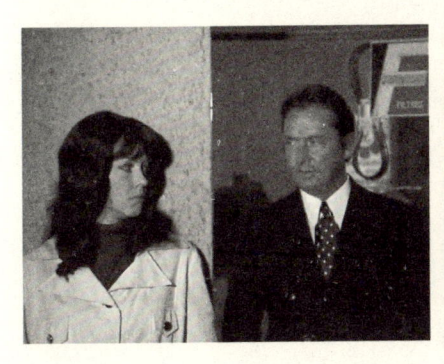

Carentes do objeto libidinal – Ana –, ambos retornam à cidade na manhã seguinte. É nítida a fragilidade no olhar de Ângela. Sem o jogo com o qual o casal esteve à beira de uma aparente reconexão, tudo volta a ser como era para os dois. Já a casa, última personagem a figurar na contemplação da câmera, constitui o verdadeiro paraíso perdido. É ali que moram as deusas referidas no título do filme. As deusas são as entidades do passado que habitam a mansão modernista encravada no meio de um retiro à beira da represa de Guarapiranga. Ali, nenhum ser de carne e osso é permitido. Os que ousam profanar esse templo pagam com a mesmice da vida ordinária. Todas as convicções irão, rigorosamente, desaparecer. Não é um sítio para a redenção da alma e suas perturbações. É somente mais um lugar de ratificação da pequenez intrínseca.

Khouri não poupa seus personagens e, consequentemente, não dá esquiva a seus espectadores. Paulo e Ângela puderam salvar sua relação, experimentaram novidades exóticas, estiveram a ponto de protagonizar uma grande virada dramatúrgica no contexto narrativo, mas Khouri torna-se mais cruel do que fora até aqui.

Quanto à casa da avó de Ana, tão imponente, uma propriedade inanimada, com poderes maiores que aqueles que a habitam, Khouri comenta: "No último rolo do filme os atores já partiram, e por alguns minutos só a casa está em cena, com suas vivências próprias, esperando, testemunha

Kate Hansen, em *As deusas*.
Acervo Walter Hugo Khouri.

do tempo, que agora é outro".[11] Trata-se de um tema ao qual Khouri retornaria em *Amor, estranho amor*, vinte anos depois.

A natureza, fonte das belas recordações pueris da terapeuta de Ângela, tornaria-se, de uma vez para sempre, a agente do caos em seu filme seguinte, uma crítica da maturidade, dos anos que passam e se acumulam, como acontece a todos, quer se deseje ou não: *O último êxtase*.

II

Como passaria a ser recorrente ao longo de quase toda a década de 1970, a crítica e o público receberam de forma dúbia a nova fase de Walter Hugo Khouri, na qual o enredo era menos importante que a criação de uma atmosfera. Era a época em que a grande massa estava interessada na comédia sequiosa, nos corpos seminus e nas piadas de duplo sentido, que ecoavam também nos humorísticos televisivos.

Os filmes ditos "sérios" não respondiam como o esperado. Grandes nomes do cinema nacional, como Leon Hirszman, Joaquim Pedro de Andrade, Nelson Pereira dos Santos e outros, só viam os borderôs responderem quando faziam alguma concessão.

No caso de Khouri, por estar em São Paulo e alinhado ao cinema da Boca, ou seus filmes agradavam o populacho do cine Marabá, na avenida Ipiranga, ou eram ignorados. Quanto à crítica, no caso de *As deusas* a reação pareceu mista, indo dos elogios rasgados, passando pela indecisão, até o mais explícito desprezo.

Por exemplo, Nelson Hoineff, escrevendo para o carioca *O Jornal*, exalta a reputação do diretor até ali, mas suas palavras oscilam entre o elogio e a crítica ponderada a elementos que lhe soavam estranhos:

> Responsável por um dos poucos compromissos autorais do cinema brasileiro, Walter Hugo Khouri é também um dos raros cineastas nacionais a pesquisar e assumir uma temática. A perseverança, aliada a um talento natural, não poderia

---

11 Trecho extraído de cópia de um datiloscrito pronto para ser submetido ao jornal *O Estado de S. Paulo*, documento que integra o acervo pessoal do diretor.

resultar em outra coisa: e *As deusas*, mais talvez que qualquer de suas realizações anteriores, é um marco eloquente de afirmação e domínio de uma linguagem,

Sem receio de admitir suas influências, e utilizando-as com insistente frequência, Khouri acaba assimilando com brilhantismo certos expedientes da maior parte dos profissionais brasileiros em seu setor. [...]

Assim, a imagem no cinema de Khouri, quase sempre e em *As deusas*, sobretudo desempenha bem o seu papel, atuando com fluência própria de verdadeiros cineastas, dos primeiros planos aos grandes planos gerais; o som é utilizado como instrumento fundamental da narrativa, ambientando, às vezes colorindo e frequentemente falando pelos personagens; a cenografia (Hugo Ronchi, ao que tudo indica essencial para a envolvência atingida), a música (de Rogério Duprat, que com um duo básico sax-piano complementa a inserção musical definitiva que vai de Duke Ellington a Francisco Alves), tudo colabora para que em *As deusas* seja pelo menos criado um ambiente propício ao desenvolvimento das situações.

Mas em seu novo filme, Khouri parece aceitar desafios inconsequentes para afirmar-se em sua habilidade, e basicamente um único ambiente, sobre um argumento de sua própria autoria infinitamente abaixo do que demonstra ser a realização.

Na verdade, entretanto, os pecados de Khouri como argumentista só realçam suas virtudes como roteirista e diretor, e em *As deusas*, resultado natural de um longo processo de aprendizado e pesquisa, o autor pode chegar como objetivo lógico e não um mérito de exceção a um pleno sucedimento técnico, sustentáculo de um rigor formal que de qualquer modo faz imprimir sem problemas sua linguagem. Em outras palavras, *As deusas* é, pelo menos, um filme cinematográfico.[12]

Por seu turno, Renato Petri, escrevendo para o *Diário da Noite,* não poupa deselegância em sua crítica "Khouri e suas deusas":

Maníaco e pretensioso, como se fosse o pai das verdades eternas, o diretor Walter Hugo Khouri vai prosseguindo, ou se repetindo, na sua obra metafísica e risivelmente "desestruturante"... Incrível como isso ainda pode acontecer! A exemplo dos anteriores (sem exceção, de *Estranho encontro* a *O palácio dos*

---

12 Nelson Hoineff, "As deusas". *O Jornal*, Rio de Janeiro, 1/12/1972.

anjos), *As deusas* (cine Ipiranga e circuito) é um filme pretensamente hermético e, por definição, psicológico, o que vale dizer, uma espécie de neurose da simulação.

Imitador contumaz entre bergmanismos e antonioniadas Khouri concentra a sua ficção numa mulher de 30 anos [...], que se acha emocionalmente desequilibrada, devido, ao que parece, ao desgaste das suas relações com o amante, um tipo decadente e esclerosado. Outra vez, a cama é o divã, mas, como o amante não funciona como psicanalista, outro personagem é convocado: uma mulher [...], absurdamente instituída como "aprendiz de psiquiatra". [...] Assim, como exige um certo cinema crapuloso (*voyeur*), estabelece-se o "*ménage à trois*". A orgia!

Diante destas frustrações vulgares e misérias da "incomunicabilidade", Khouri passa, como sempre, a sofisticar (esteticismos, esterilidades, casas ou ambientes insólitos...) as causas simples para extrair efeitos complicados. Depois de uma série de sobressaltos de imaginação, ou falta de (a tal história daqueles que nada têm a fazer e muitas besteiras a pensar), o diretor faz desse "*ménage à trois*" uma "salada" mais para atender as necessidades do "cinema moderno". Ridículo!

Tudo isso não é apenas uma concepção de cinema, cada vez mais personalizante, mas também um dos arranjos nos quais os cineastas atuais, bem ou mal, se acomodam. No entanto, quando a visão é rigorosa, os motivos são facilmente desmascarados. E, neste *As deusas*, todas as possibilidades de inversão, de espelhos, de sadismo, de lesbianismo, de incarcerações [sic] (a tal casa "arte-decô"), de falsas-semelhanças, não são válidas, já que as coisas não são apreendidas, aceitas e resolvidas como objeto de representação. Enfim, é um filme que serve ao entusiasmo de alguns, mas que não chega aos outros, porque se destina a uma elitezinha....

A ver, na pior das hipóteses.[13]

Foi a crítica Pola Vartuck (que havia acolhido *O palácio do anjos* com simpatia, apesar de notar seus problemas) quem saiu em defesa de *As deusas*:

[...] Muito se falou sobre a influência de Antonioni e de Bergman na obra do cineasta, mas essa influência é sempre exclusivamente formal. Em sua temática, Khouri está muito mais ligado à psicologia de Carl G. Jung e à mitologia oriental.

---

13   Renato Petri, "Khouri e suas deusas". *Diário da Noite*, 12/12/1972.

Mas, se isso, por um lado, faz de Walter Hugo Khouri um autor único em seu gênero no panorama cinematográfico brasileiro e, também, internacional, seus filmes, por outro lado, embora não sejam herméticos, só podem ser realmente apreciados por um público que esteja intuitivamente aberto à temática subjetiva do cineasta [...]. *As deusas* [é] um dos mais importantes lançamentos nacionais do ano e um dos filmes mais bem estruturados de Khouri.[14]

Outro crítico a exaltar *As deusas* e seu diretor foi Rubens Ewald Filho, à época correspondente de *A Tribuna de Santos*:

> Antes de tudo é preciso inserir *As deusas* [...] no padrão médio da produção cinematográfica brasileira. Definitivamente, [...] é um filme fora de série, tecnicamente perfeito, que poderia ter sido feito sem vergonha alguma por um bom cineasta europeu. É justamente aí que muitos se baseiam para criticar Walter Hugo Khouri, acusando-o de falta de "brasilidade", com a colocação de seus temas num limbo intemporal influenciado por Bergman e Antonioni.
> [...] O fato é que Walter Hugo Khouri é o maior cineasta brasileiro. Isto é indiscutível. É o único que tem uma obra constante de muitos títulos [...] e uma importante coerência temática.[15]

Ewald Filho também reforça a ideia de que o filme é muito alicerçado na psicologia junguiana, e daí vem sua ressalva, apontando que algumas ideias, apesar de claras, não chegam a se realizar por completo no desenvolvimento da trama.

Agraciado pela Associação Paulista dos Críticos de Arte por sua montagem, a cargo de Sylvio Renoldi, colaborador costumeiro de Khouri, *As deusas* ainda recebeu uma menção honrosa da xv Semana Internacional de Cine en Color, em Barcelona, em outubro de 1973, quando Khouri já estava mergulhado em seu próximo projeto.

---

14 Pola Vartuck, "*As deusas*, um filme brilhante, profundo e requintado de Khouri". *O Estado de S. Paulo*, p. 37, 10/12/1972.
15 Rubens Ewald Filho, "A 'Persona' de Khouri". *A Tribuna*, p. 6, 15/12/1972.

MARCELO E O INEXORÁVEL TEMPO PERDIDO

I

Longe do bucolismo que transpira das árvores, dos insetos peculiares e das águas do riacho na abertura de *As deusas*, o plano inicial de *O último êxtase*, realizado e lançado em 1973, mostra-nos uma água escura e impura que corre da sarjeta direto para um ralo do mais indiferente metal, a qual rima com a luz que se esgueira pelas franjas cinzas de São Paulo. A câmera abre em panorâmica, lentamente, dos paralelepípedos que se assemelham à pele de um rosto decrépito ao vão do bueiro que carrega a pequena enxurrada direto ao esgoto. Um corte nos leva da portilha do esgoto ao plano fechado nuns olhos verdes e tristes. Agora a lente *zoom* abre-se a partir desse ponto para nos revelar Marcelo (Wilfred Khouri), jovem de 18 anos, inerte em sua cama. Um exercício tonal e rítmico que estabelece imediatamente o sentido da obra, a partir da alternância de cenas entre os olhos vívidos num rosto melancólico e a corrente de água suja vala abaixo.

Como mencionado antes, Khouri andava descontente com o acúmulo de suas funções enquanto diretor, roteirista e produtor. As obrigações de administrador, divididas com o irmão William, à frente da Vera Cruz, tolhiam-lhe a liberdade criativa. Para o cineasta, não era viável pensar um novo filme tendo que se preocupar com as fontes de financiamento, os prazos estabelecidos e as urgências para filmar. Por diversas vezes, declarou que tudo que precisava para fazer um filme era um cenário simples e dois ou três personagens. Assim, não se sentia plenamente à vontade ou estimulado a iniciar um projeto sabendo que não poderia dedicar-se exclusivamente a tal exercício de criação autoral. Por essa razão, sua associação a produtores da Boca caiu-lhe como uma luva feita sob medida, no início dos anos 1970, momento em que o diretor parecia precisar mais do que nunca de uma estrutura que lhe permitisse trabalhar de maneira rápida, inspirada e livre de distrações de cunho burocrático. A resposta para seu projeto de *O último êxtase* estava novamente nos produtores Alfredo Palácios e Antonio Polo Galante.

Naquele período, trabalhar com produtores da Boca provava-se uma espécie de experiência única para diretores da vertente de Khouri. Da região central de São Paulo, repleta de pequenas produtoras e distribuidoras, saíam cada vez mais comédias eróticas talhadas ao gosto de uma massa facilmente agradada com alguns *closes* aqui e ali no corpo de belas mulheres para que o ingresso estivesse bem pago. Sendo assim, embora com a obstinação costumeira, tais produtores conseguiam criar um modelo autossustentável de produção, em que um sucesso erótico servia para gerar mais dois, e assim por diante. Liberal nas telas, mas conservadora nos números, a Boca encontrou a maneira de sobreviver à chegada da Embrafilme, que priorizava o cinema carioca. Nesse contexto, Khouri também precisou ceder em determinados momentos, mas nunca lhe tiraram plenamente a liberdade criativa, quer dizer, nunca teve de abrir mão da densidade em favor do escracho. Sem dúvida, os orçamentos com os quais Khouri contou, em especial até mais ou menos 1975, tornaram-no mais apurado e segmentado, e *O último êxtase* bem o mostra, sem preceder do costumeiro mergulho da essência barrenta dos seres a que dá forma.

> **Êxtase:** *s.m.* 1. estado de quem se encontra como que transportado para fora de si e do mundo sensível, por efeito de exaltação mística ou de sentimentos muito intensos de alegria, prazer, admiração, temor reverente etc. 2. (patologia) absorção em uma ideia fixa, acompanhada de perda de sensibilidade e motricidade. (*Dicionário Michaelis da Língua Portuguesa*, 2017)

Quando olhamos para a constituição de Marcelo em *As amorosas*, vimos que se tratava de um personagem urbano, na casa de seus 20 e poucos anos, indolente e irritante quanto às suas ideias fixas a respeito do fastio de uma vida sem identidade, num mar de conceitos e de pessoas de valores ora ultrapassados, ora fúteis. Naquela ocasião, interessava a Khouri criticar a inadaptabilidade de um indivíduo ao seu meio. Havia naquele Marcelo uma repulsa incontrolável contra tudo e todos, o que o levava a agir como o pior algoz de si próprio. Lembremos que, ao final da primeira versão do roteiro de *As amorosas*, o personagem, ainda chamado André, morria vitimado por uma descarga elétrica, o que reforçaria não só seu não lugar, como também a efemeridade da vida, que poderia se extinguir por um mero acaso. No entanto, no filme, ele termina desolado ao pé de uma árvore, após ser surrado, convencido de sua impotência e envergonhado pela covardia. Tratava-se de alguém que já perdera seu ímpeto e sua vontade de potência.

O Marcelo de Khouri possui uma cosmologia poliédrica por não se tratar de uma figura cuja história pessoal é fixa ou linear. Marcelo é uma ideia, um arquétipo. Sendo assim, em *O último êxtase* Khouri retroage três ou quatro anos na idade do personagem para contar menos sobre sua relação com o meio do que sobre seu despertar para o mundo dos adultos. No filme de 1973, o cineasta leva seu personagem a uma viagem interior que informará o espectador sobre a origem da profunda melancolia que suas outras facetas irão remoer ao longo dos filmes seguintes.

II

As pálpebras superiores de Wilfred Khouri levemente caídas serão a marca distintiva de Marcelo ao longo de toda a fita. O rapaz está sentado em sua cama, imóvel, enquanto mira, taciturno, o vazio. Sua mãe, cuja voz vem de fora da cena, lança um protocolar "tchau, Marcelo". Essa é a deixa para Marcelo ir até o cofre da família, apanhar alguns bolos de dinheiro e um revólver. O rapaz pega sua sacola de viagem e deixa um recado à família: "Mãe, vou sair por algum tempo. Depois eu explico porque [sic]. Não fiquem atrás de mim, *por favor* [grifo meu]. Eu volto. Desculpe pelo dinheiro. Depois eu devolvo. Um beijo. Marcelo".

Eis o primeiro aspecto a ser notado, o tema da despersonalização desde o âmbito familiar. Não vemos a mãe de Marcelo, talvez nem mesmo ela veja seu filho. Marcelo é invisível em sua própria casa. E como não existe diálogo, o rapaz comunica-se com sua família também por outros meios, no caso, um bilhete. A mãe de Marcelo sai não se sabe para onde e nem para quê. Seu lacônico "tchau, Marcelo" nos parece ser uma despedida ou uma provocação que reforça a indiferença. Por seu turno, o bilhete, endereçado somente à mãe, sugere um lar desfeito. Os períodos curtos e diretos intensificam a distância compartilhada e indicam o desejo de Marcelo de encurtar distâncias por meio de uma assertividade que denuncia o desejo pueril de atenção a qualquer modo.

Marcelo também sai para buscar algo que ainda não sabemos. Na sequência de abertura, Khouri nos apresenta a ausência na presença. Esse é um dos motes-chave para se compreender *O último êxtase*.

Segue a recorrente sequência de tomadas da cidade em seu barulho e pressa característicos, enquanto assistimos a Marcelo caminhar a passos rápidos na multidão. Enfim, ele encontra seu amigo Jorge (Ewerton de Castro). A dupla formará outro mote recorrente na obra de Khouri, a presença de um aliado/alpinista. Jorge é desembaraçado, carrega um tom de deboche e malandragem. Também possui um carro, que, no universo dos dois jovens, equivale ao poder do *status* de Luís, em *Noite vazia*, e de Marcelo, em *O convite ao prazer*. O mecanismo tramado por Khouri, quando trabalha com dois personagens masculinos envolvidos no mesmo contexto, é de que um sempre se sobressai por ser despachado demais, em contraste com seu coadjuvante, mais frágil, sensível e recolhido. Temos a parte que se relaciona com a vulgaridade do mundo exterior e a outra que rumina sentimentos que muitos preferem ignorar.

Marcelo e Jorge vão acampar com duas garotas. Somos informados disso numa conversa, também em *off*, dessa vez fora do quadro apenas, enquanto assistimos ao carro deslocar-se pelos pontos principais de São Paulo. Essa dinâmica, cujos diálogos mais significativos estão, algumas vezes, fora do campo ou do quadro, mantém a presença dentro da ausência. Os jovens falam de seus planos para o passeio enquanto o espectador vê a cidade, num contraponto de despersonalização das figuras humanas. A voz pertence à cidade, a matéria, não.

Antes de encontrarem as garotas, os dois vão até uma loja de material de *camping*, onde Marcelo desembolsa, por não ter nenhum utensílio, a primeira bagatela. O padrão das barracas e dos equipamentos não é o mais sofisticado, mas cabe nas expectativas de uma juventude que se contenta com a experiência da aventura mais do que com o conforto. Passam também pelo mercado para comprar enlatados e bebidas. Convenientemente, Jorge deixa tudo às expensas do amigo.

Depois de buscarem a namorada de Jorge, seguem para encontrar a garota pela qual Marcelo nutre interesse, mas que não deu certeza se irá com eles ou não. A incerteza molda um Marcelo ainda menos impositivo e vivaz. A possibilidade de ser ignorado pela jovem que o atrai é mais uma gota de melancolia em sua frágil personalidade. Jorge, um sádico, provoca: "Pelo jeito essa lua de mel não vai sair". Na última hora, porém, a moça corre para encontrar Marcelo, sob o olhar de desdém de Jorge. Todos partem para o destino do passeio. Em meio à descontração entre os quatro, imprimem-se as feições tristes de Marcelo, mesmo com os carinhos de sua amada. Khouri dirige seu filho de maneira que ele nunca desfaça o olhar sorumbático, marca de seus humores contraditórios. Também contraditório é o tema musical de Rogério Duprat, alusivo às *Gnossiennes*, de Erik Satie. Mesmo nos momentos de alegria, o espectador não deixa de sentir um profundo incômodo a partir dos acordes lúgubres da trilha.

Enquanto o carro adentra uma pequena estrada de terra, na reserva onde foram acampar, Khouri nos leva a um momento semelhante ao do início de *As deusas*. A natureza é explorada pela câmera e ouvimos Marcelo expressar seu desejo interior de voltar ao que lhe é familiar: "Vocês vão ver que gostoso! Não é mato muito fechado. Parece até que aquilo já foi um parque. Tem árvores altas, enormes e um perfume no ar. Tem um lago enorme, também. Um rio com uma corredeira maravilhosa pra gente tomar banho".

As reminiscências do parque verde e perfumado estão para Khouri como o chá com *madeleine* está para Proust. Elas são o primeiro gatilho do retorno ao tempo remoto que se apresenta ao personagem. Este, por sua vez, quer revolver o ludismo pregresso para anular o efeito de transcorrência desse tempo. Quer encapsulá-lo para superá-lo. Mas Khouri interrompe o fluxo de seu Marcelo com a rispidez de Jorge, chamando o amigo de volta à prisão de Cronos: "É pra baixo ou é pra cima?", pergunta-lhe a respeito de uma bifurcação da estrada.

Ao chegarem à clareira onde pretendem montar acampamento, é Marcelo quem assume, pela primeira vez, o protagonismo no grupo. Dá uma boa olhada ao redor, com uma expressão que remete à euforia muito contida. Quando caminha em direção a um barranco que vai dar num rio, os outros o seguem. Há um encadeamento curioso em que Khouri corta de um plano médio de Marcelo olhando a mata para um contraplano do pró-

Ângela Valério e Wilfred Khouri, em *O último êxtase*.

prio rapaz, com um rápido *zoom in*. Outro corte, e o diretor nos revela o rio como se fosse uma entidade viva, espreitando por trás de Marcelo, intimando-o a seguir com seu desejo de retorno. Enquanto os quatro descem o barranco até a margem, vemos uma série de planos contemplativos da paisagem ao redor. A câmera de Khouri mantém sua marca de emprestar importância ao inanimado, ao primado das coisas. Como já visto em *As deusas*, o adensamento da estética khouriana ao longo da década de 1970 compreende a dualidade entre homem e natureza na razão fenomenológica eidética, a significar que não apenas interessa ao diretor a psicologia atormentada de seus personagens, mas também suas relações com o meio e como este se entranha e age sobre o comportamento. Mas ainda falaremos mais a respeito.

É importante a ênfase que Khouri dá aos detalhes que qualificam um pretenso desprendimento juvenil quando nos mostra um acampamento precário, com uma barraca frágil, um fogareiro simples, salsichas enlatadas pálidas para as refeições, um rádio de pilhas que mal funciona porque, como dito, até a primeira metade do filme a experiência de liberdade é o que interessa aos quatro, mais do que uma infraestrutura adequada. Isso fica evidente nas cenas idílicas em que se divertem no riacho e entregam-se à descoberta do corpo e às urgências do desejo. No entanto, a trilha de Rogério Duprat conserva sempre o dado de inquietação e incômodo.

Um dos elementos mais belos do cinema de Khouri ao longo dos anos 1970 é a poesia dos movimentos de câmera, pensados para conduzir-nos em viagens pelo furacão de sensações de seus personagens. Frequentemente são filmes econômicos em diálogos. O texto é usado estritamente como elemento de ligação entre um êxtase e outro. Por exemplo, no momento em que os jovens retornam ao acampamento, após o banho de riacho, as meninas conversam sobre relacionamentos afetivos. A garota que acompanha Marcelo admite que gosta muito dele, mas a outra já se sente descrente das relações verdadeiras – aliás, um belo par para Jorge. Ao mesmo tempo, Marcelo caminha, sozinho, até uma grande árvore e encosta-se nela como quem gostaria de se fundir ao reino do inanimado. A câmera de Khouri parte do rapaz para os grossos troncos da árvore, gira 360 graus lentamente, mostrando cada detalhe de um paraíso isolado, até retornar a um plano próximo de Marcelo e seu olhar vago e pesaroso. Segue-se um corte para outro plano do jovem, mais aberto, para mostrar sua pequenez diante daquele mundo. Ele está estático, alinhado ao grande tronco que sustenta a árvore, com a cabeça pendida para trás, tal qual o Marcelo que abre e encerra *As amorosas*.

À noite, de volta à barraca, Marcelo conta aos outros como descobriu aquela área de *camping*:

> Eu acampei aqui há mais de dez anos, quando era pequeno, com meus pais e meus irmãos. Nunca mais esqueci aqueles tempos e sempre quis voltar. A gente dormia junto. Eu era o menor e dormia entre o meu pai e a minha mãe. Era uma barraca grande e quente. Aconchegante. Às vezes até parecia brincadeira de criança. A gente nadava e pescava. Um dia, choveu a tarde toda e nós ficamos dentro da barraca olhando a chuva.

Na primeira parte de sua narrativa, Marcelo revive o gosto de um passado que, alegoricamente, remete ao útero materno, tão aconchegante quanto a barraca grande, a proximidade protetora dos pais e a sensação de completude. A chuva, num primeiro momento, não é um estorvo, mas uma oportunidade de estar seguro no seio da família, olhando tudo de longe:

> Sempre me lembro daquela chuva, dos ruídos dos pingos na lona. Todo mundo contente. Depois, a gente nunca mais voltou. Sempre íamos para outros lugares. E daí ninguém mais foi a lugar nenhum. Não sei o que aconteceu, nunca mais foi igual. Tudo mudou.

Porém, no fecho de suas lembranças, a chuva transforma-se no agente que revolve a realidade de forma irreversível. Primeiro, estavam contentes; depois, nunca mais voltaram àquele idílio. Chama atenção a imagem do distanciamento materializando-se na fala de Marcelo. Nunca mais voltaram, iam a lugares que não o interessava, "ninguém mais foi a lugar nenhum". Esse ponto pode ser aferido para muito além da pontualidade na narrativa. É como uma sentença do tempo, como exprimir os desvios de um todo, e não somente uma situação causal. A lembrança íntima torna-se distopia coletiva: "Nunca mais foi igual. Tudo mudou".

Nesse momento, um ruído externo interrompe a narrativa e faz os jovens entrarem em estado de alerta. Recurso muito apropriado para criar tensão na troca de atos dentro dos arcos dramáticos. Há algo na noite da mata que irá mudar o curso das coisas, mas aos quatro parece ser apenas algum animal inofensivo, e por isso os casais preferem isolar-se e aproveitar os momentos íntimos. Na barraca, Marcelo e sua garota são dois adolescentes descobrindo o sexo e brincando de fugir de casa. Para o rapaz, o sexo parece um misto de culpa e constatação de que o mundo de sua memória há muito se desfez.

No automóvel, a outra moça queixa-se da escolha da viagem, de Marcelo e do tédio que tem sentido. Porém, Jorge é aspirante a *bon vivant* e confessa que outro programa lhe custaria muito caro e ele não pode mais contar com ajuda financeira dos pais – lembremos que Marcelo é quem está custeando praticamente tudo. A namorada de Jorge reforça seu fastio, lamentando-se por se relacionar com pessoas cada vez mais pobres. Não só tais cenas alternadas revelam a distância entre os dois casais, mas, também, entre cada um deles individualmente. Em *Noite vazia*, Luís passa a rivalizar com Nelson depois de constatar a ternura entre o amigo e Mara, sentimento que ele é incapaz de nutrir por Cristina, a outra prostituta. Enquanto Nelson e Mara dormem como um casal apaixonado, Luís e Cristina seguem seu duelo verbal. Algo semelhante ocorre entre Jorge e sua garota quando retornam ao interior da barraca e encontram Marcelo e a namorada adormecidos, um nos braços do outro. Sem conseguirem afinar suas sintonias, tentam dormir, também abraçados, mas sem que ocorra química alguma.

Muito já se comentou sobre os exaustivos planos próximos que Khouri utiliza, sobretudo no rosto de suas belas atrizes, mas pouco se fala dos pequenos sinais subliminares que cada um desses planos carrega. Na manhã seguinte, a menina de Jorge sai a caminhar a esmo pelo entorno do acampamento e, ao se voltar para trás, enxerga Marcelo saindo da barraca. Seu olhar, que antes não disfarçava o incômodo que a melancolia do rapaz causa, agora parece expressar um interesse contido, sobretudo depois de Jorge ter contado a ela que Marcelo deve ter uma situação financeira estável. A atitude da jovem torna-se cada vez mais hostil, especialmente com o amigo, e a tensão passa a escalar por pequenas coisas, deslizes insignificantes como servir um café sem açúcar, improvisado no fogareiro precário.

Então cai a chuva. Uma chuva muito intensa, como a da memória de Marcelo, obrigando os quatro a se abrigarem na barraca, o que adensa o sentimento de tédio e a fricção dos egos. No entanto, Marcelo não irá ceder aos apelos do outro casal para irem embora. Está decidido a ficar, mesmo que tenha que caminhar quando decidir que é hora de voltar. Por outro lado, Jorge insiste que, se o amigo resolver de fato ficar, ele também será obrigado a permanecer. Nós sabemos que talvez Jorge não tenha dinheiro para o combustível quando sair dali sem Marcelo. Há uma inversão de poderes movida pelos caprichos de Marcelo. E, ainda que os outros desaprovem suas opiniões, nada podem fazer. Um mero passeio campestre toma configurações do meio de pequenos choques cotidianos característico do universo de Khouri, ainda que estejamos, até esse ponto, assistindo a um filme de adolescentes procurando liberdade no contexto de um país que vivia seu pior momento de repressão.

Passada a chuva, Khouri nos ilustra os próximos momentos dos personagens com caminhadas solitárias em que cada um submerge no seu próprio mundo. A exemplo de *As deusas*, também somos confrontados com segmentos que mostram a natureza em plena operação. A mesma natureza que recepcionou os quatro com promessas de um escapismo juvenil, compraz-se de suas inseguranças, separados pelas diferenças tácitas. O vento faz as folhas grassarem defronte ao rosto marmóreo de Marcelo. Todas as faces, dali por diante, são esculturas, não têm vida, são pedra. O entreolhar de Marcelo e sua namorada é rompido pela aranha tecendo sua teia. É um animal que constrói para matar, que trama para destruir. É um animal que recicla a natureza e segue seu curso, por instinto. Estamos num momento da poética khouriana em que a câmera não mais descreve: ela testemunha, interage e sugere.

A chuva daquela noite joga a última pá de terra sobre o túmulo no qual a inocência é lentamente sepultada. Com a barraca inundada e desmantelada pelo vento, os quatro vão se abrigar, ensopados, no carro de Jorge. A montagem dessa sequência imita contrações de um trabalho de parto

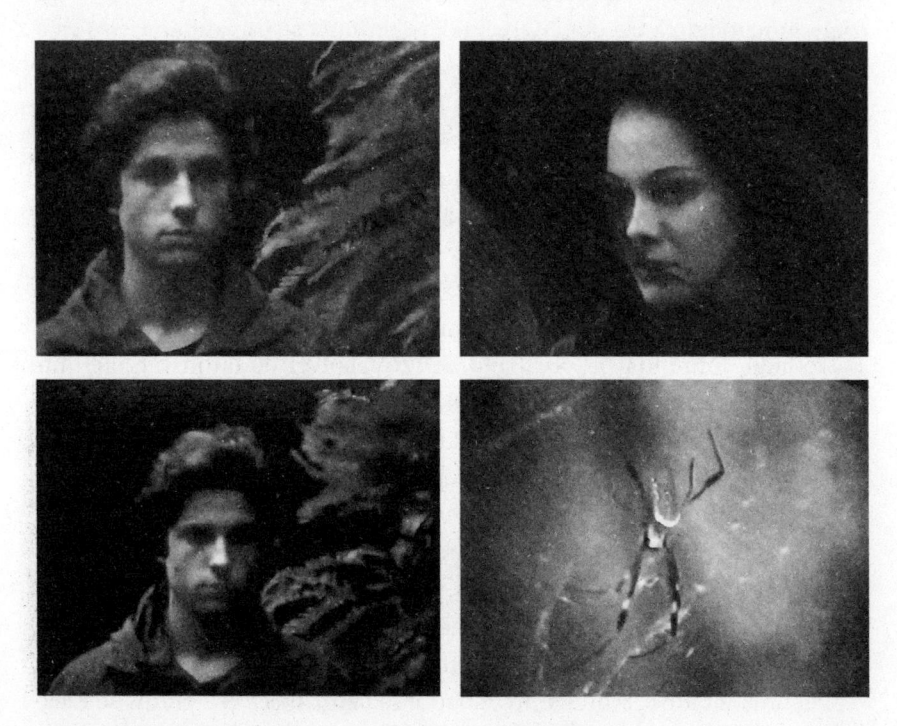

A justaposição de imagens e ânimos na construção de *O último êxtase*.

metafórico, em que o interior deve ser abandonado porque a memória da família assistindo à chuva cair, bem instalados na grande barraca da infância de Marcelo, desfez-se como a lama que toma a clareira. A ênfase na imagem da barraca destruída pelo temporal é muito apropriada. Enquanto Marcelo assiste à água escorrer com violência pelas ranhuras da grande árvore, parece fazer um último contato com a paz que almejava encontrar quando decidiu fugir. Para nós, está claro o bastante nesse momento que, de alguma forma, o rapaz tinha em si consciência do fracasso de seu plano.

Nessa altura, com a chegada de um casal mais velho (Lílian Lemmertz e Luigi Picchi), Khouri irá bombardear seu espectador com simbologias que aludem ao choque geracional, porém do ponto de vista de suas entranhas. Um casal maduro, rico, com um *trailer* de última geração, equipado com banheiro e chuveiro, um bote inflável motorizado, um carro de luxo, uma farta mesa de café da manhã. Como a namorada de Marcelo parece resfriada depois de tomar tanta chuva, ainda recebe medicamentos e cuidados. Imediatamente, as relações se enviesam. A acompanhante de Jorge interessa-se de cara pelo homem, que retribui com a sedução de um olhar rijo. Por sua vez, Jorge irá se envolver com a mulher mais velha. Marcelo, negando a hospitalidade dos estranhos que invadiram o perímetro de suas memórias, põe-se a reconstruir a tenda que o temporal derrubou, a despeito dos convites para comer com os outros.

O exato momento em que se dá o embate entre Marcelo e a figura simbólica do pai acontece quando Jorge encontra uma espingarda de caça no interior do *trailer* e sugere ao homem que a use para abater o possível animal que vem todas as noites próximo à clareira. O homem engatilha, firme, sua espingarda, segurando-a na altura da cintura, avisando que irá resolver o problema. Nessa ocasião, até mesmo o revólver de Marcelo é menor e menos potente.

De fato, aquele homem consegue alvejar o animal, uma onça filhote, que agoniza ferida enquanto os planos do animal e de Marcelo se intercalam. Ambos são filhotes alvejados, cada qual a seu modo. Essa justaposição também marca a cena seguinte, quando Marcelo olha fixamente a churrasqueira do casal, sobre a qual repousa um peixe e um animal, talvez uma lebre, assados. Marcelo foi desmoralizado, abatido e cremado bem diante de seu refúgio e de seus amigos.

Chega o momento em que o homem fará da conversa do almoço sua própria arena de recordações. Ao saber que os jovens têm entre 18 e 21 anos, ele conta que com 18 anos já estava na guerra e, com 19, num campo de concentração, sob um frio de -20°, exposto à fome e ao ódio. Quando Marcelo pergunta, com desdém, "E qual foi a vantagem disso?", o homem responde um certeiro "Nenhuma". E completa: "Aliás, nem me lembro do sofrimento, nem parece que foi comigo. É como se eu tivesse lido num livro. Nem me afeta mais". Essa é a didática de Khouri para transmitir a essência do *spleen*, da despersonificação e da normalização de um mundo sem alteridade, violento. Novamente, a despeito da crença de que o cineasta se mantinha distante dos problemas sociais, é preciso lembrar o contexto que envolve a época em que o filme foi pensado. Mesmo que a intenção por trás das metáforas seja cada vez mais o embate geracional e a dor do crescimento, há um comentário histórico que remete a uma vida exercida sob as botas do Estado. Àquele homem, porém, tudo serve apenas para ser lembrado depois de trinta anos, num fim de tarde, tomando um bom uísque.

Na nova noite que cai, os jovens e o casal entregam-se à diversão, com bebidas, música e flertes. Marcelo não se interessa pelo falso desprendimento do casal para com suas "jovens presas" e torna-se um inconveniente convidado que se zanga e se retira, levando sua namorada. Por sinal, a jovem já começa a se sentir mais à vontade com o grupo descontraído do que com o arredio Marcelo. Quanto mais Marcelo tenta impor-se, principalmente perante o homem mais velho, mais infantil se torna. Nem mesmo a investida da mulher, que tenta seduzi-lo, assim como fizera com Jorge, atrai Marcelo para fora de sua barraca mental.

O último elo do jovem com seu mundo interior, a namorada, também terminará por não resistir. À medida que as demonstrações de personalidade do garoto passam à mera birra pueril, a moça quer deixá-lo para se juntar aos outros, num passeio de barco. A discussão atinge o nível da agressão física, e Marcelo vê a menina correr para a proteção do casal, de Jorge e da namorada. A mulher recebe-a com um abraço firme, como a de uma mãe que protege sua cria. O contraponto khouriano é novamente a visão estática de Marcelo, que percebe estar contra todos, e todos estão contra ele. "Esse cara tá ficando louco", comenta Jorge. "Ele precisa é levar uns tapas", completa sua namorada. O homem mais velho nada diz, mas sabemos que, da forma como encara o garoto, já compreendeu qual seu papel no cotejo de Marcelo.

Desacorçoado, Marcelo sai a caminhar pela mata. Diferente de antes, agora ele não sabe qual direção seguir. Cambaleia como a câmera nervosa que emula seu desassossego e a confusão que tomou conta da paisagem, antes tão familiar. O riacho reaparece como *raccord* do momento feliz no início do filme, mas agora Marcelo olha-o de fora. Olha-o seguir o curso, mas não se atreve a mergulhar nele dessa vez.

Ao voltar para a clareira, é duramente encarado pelos outros, no *trailer*. Ele não é mais bem-vindo, tornou-se um peso, um proscrito, e apenas se recolhe para a barraca. Lá dentro, empunha a arma que tirou do cofre de sua casa, numa insinuação dúbia que flutua entre a intenção de suicídio ou um desatino contra os quatro do lado externo. Ele guarda a arma em sua sacola e, para a surpresa de todos lá fora, vai até sua namorada demandar que ambos partam dali de uma vez. Com a veemente recusa da moça e a possibilidade de uma nova discussão violenta, agora é o homem que se levanta e intima o rapaz com palavras cuidadosamente escolhidas por Khouri para o clímax de uma convulsão existencial: "Olha aqui, *meu filho* [grifo nosso], é melhor você parar com isso". As respostas de Marcelo são todas infantilizadas, como se perdesse força diante daquele totem que o afronta, até restar-lhe apenas sacar a arma e apontá-la. Porém, bastam a voz resoluta e a postura intimidadora de seu alvo para que Marcelo seja golpeado e desarmado. O homem recolhe a arma do chão, enquanto Marcelo se vê à mercê do inimigo, que agora pode abatê-lo facilmente. Jogado ao chão, sentindo-se traído e abandonado pela namorada – a aranha que o envolveu na teia do sacrifício –, bem como pelos amigos, o rapaz se recolhe novamente.

Há uma dinâmica rápida de profundas e drásticas metamorfoses ao longo do trecho final. A mulher vai até a barraca de Marcelo tentar convencê-lo a se juntar aos outros para um passeio de barco, garantindo que todos estão dispostos a esquecer o incidente. Com a promessa de que logo irá encontrá-los, Marcelo consegue desvencilhar-se da mulher. No entanto, quando ele deixa a barraca, será a última vez, porque decidiu seguir pela trilha oposta, partindo de volta a casa ou para onde alguma carona o leve, sozinho, enquanto os outros vivem suas vidas.

A aura mundana e fatalista do casal prevaleceu sobre a experiência do sensível que Marcelo pretendia encontrar. Quando os personagens de

Picchi e Lemmertz se apresentaram, deixaram claro que não tinham certeza de quanto tempo ficariam ali, reforçando que não costumavam planejar os destinos e as estadas, exatamente como Marcelo se recordava do momento em que seu passeio favorito lhe foi tirado. Exatamente como nos percalços de uma vida comum. Exatamente como uma sombra mefistotélica a barganhar com frustrações, jogando com a fragilidade fáustica dos outros.

Marcelo deixou a mãe para se reconectar à infância que reluta em deixar e acaba encontrando o pai que terá de matar. Como não tem forças, nem coragem para cometer o ato real contra uma figura simbólica, terá de aprender a lidar com a sublimação, algo que só é possível quando se cresce.

A infância escapou pelos dedos de Marcelo, enquanto ele se desfaz no choro da criança quando nasce, equilibrado no topo da carga de um caminhão, deitado como um corpo sem vida, ou que não quer mais ter vida. Marcelo está nascendo, ou renascendo, deixando sua experiência infantil repousar numa memória que não pode ser reprisada, apenas lembrada, enquanto a distensão de seu ego leva-o a uma distopia inevitável, o mundo dos mais velhos, o mundo que não titubeia para apertar o gatilho.

III

O roteiro original de *O último êxtase* não consta do acervo de Walter Hugo Khouri. Se um dia esteve, talvez tenha sido notas soltas e *insights* ao longo das filmagens. Khouri repetia que precisava apenas de um canto e três ou quatro pessoas para fazer um filme, deitando por terra a teoria de que seu cinema era esquemático, duro e sem lugar para improvisações. Em seus documentos, constam apenas algumas sinopses expandidas da trama que queria filmar. Com uma pequena verba dos produtores da Boca, Khouri provou a possibilidade de criar um filme simples, singelo, direto e, mesmo assim, carregado de metáforas embaladas na estética que o consagrou. Contando com uma equipe pequena, mas que gerenciava bem os afazeres de um *set*, o diretor realizava seu intento de permanecer dedicado exclusivamente à criação e ao desenvolvimento da obra, podendo prescindir de preocupações logísticas e financeiras com as quais tinha de se ocupar junto com o irmão, William, em produções anteriores.

Wilfred Khouri, que pela primeira vez ganhava um personagem protagonista num filme de seu pai, relembra, em entrevista para este livro, a insegurança ao aceitar o desafio. Segundo ele, sua presença nos *set* dos filmes anteriores era uma forma de se divertir vendo o trabalho do pai, dos técnicos e do elenco. Uma maneira de permanecer conectado a Khouri, uma vez que o diretor passava muito tempo envolvido com projetos cinematográficos. Porém, para interpretar Marcelo, aos 18 anos, muito se discutiu em sua casa a viabilidade. Sua mãe debatia com Khouri a validade da escolha, mas Khouri insistia que o filho daria conta do papel mesmo sem treino ou preparação prévia, pois contaria com velhos conhecidos da família, caso de Luigi Picchi e Lílian Lemmertz. Além disso, Wilfred credita a Ewerton de Castro uma generosidade que o fez se sentir mais seguro para vestir a persona. "Por ser um personagem carrancudo, minha timidez ajudou muito", ele comenta.

Khouri gostaria que seu filho tivesse construído uma carreira como ator, e *O último êxtase* era o empurrão definitivo para isso. Mas Wilfred se interessava mais pela parte técnica, a cozinha do cinema, por assim dizer. Nos intervalos das filmagens, conectava-se mais aos eletricistas, iluminadores e assistentes. Além disso, encaminhava-se para os estudos que o levariam a se tornar músico de profissão.

Revendo *O último êxtase*, é uma pena que Wilfred não tenha seguido o caminho da atuação. Seu porte físico, os contornos marcantes de seu rosto e um olhar triste e sincero ao mesmo tempo, combinados com um aspecto reservado, teriam-lhe garantido muitas oportunidades, e não só no cinema.

A escolha faz sentido. Se Marcelo cresceu como personagem para ser um *alter ego* do diretor, ao criar o universo da juventude dessa figura o cineasta sentia-se muito mais confortável em escalar o filho do que confiar a outro as características íntimas que permeiam o desenvolvimento do protagonista.

Em rara entrevista, colhida do acervo de Walter Hugo Khouri, Wilfred fala a Acyr Castro, para o caderno de cultura de *O Liberal*, periódico da capital paraense, a respeito de sua experiência como Marcelo. Na verdade, trata-se de uma recolha de declarações que traçam um perfil do rapaz. Em suas palavras percebe-se o ímpeto e a informalidade da juventude de então:

> Tenho 18 anos. Sou paulistano, um brasileiro como muitos outros que andam por aí. Um jovem comum, ligado em som e eletrônica.

Minha curtição não é, propriamente, o cinema, embora desde a *A ilha* (1963) que acompanho o papai em todas as suas filmagens, ou quase todas.

Não pretendo seguir carreira de ator, a não ser, talvez, como atividade paralela. Claro que interpretar é uma coisa bacana, só que isso se torna mais fascinante no teatro, já que, no palco, o intérprete é criador em si mesmo. No cinema, quem cria é o diretor.

Quero estudar engenharia de som nos Estados Unidos. Talvez acabe aplicando o que aprender em algum filme. Quem sabe? Já disse: sou amarrado, mesmo, em eletrônica.

Toco bateria. Até fiz parte de um conjunto estudantil. Em matéria de música, sou aberto: eruditos, "jazz", música *pop*. Gosto de Emerson, Lake & Palmer, de Pink Floyd, de Yes. No Brasil, Eumir Deodato. E me vejo, às vezes, curtindo coisas de Benito de Paula e Elis Regina.

Filmes? Depende do momento psicológico. Nunca parei pra racionalizar meus gostos nesse campo. Só exijo que sejam filmes sérios, isto é, que tentem expressar algo que tenha a ver com a busca das verdades humanas e façam isso com sensibilidade e segurança. Detesto o cinema digestivo, como detesto a burrice.

As deusas (1972) é o tipo de cinema que me liga. Tem essa, que é muito legal, de unir o bom gosto apurado à pesquisa angustiante de refletir problemas de verdade.

Tem uma atriz brasileira que eu julgo maravilhosa: Lílian Lemmertz. Um dia desses, engraçado, vi um filme antigo e, pela primeira vez, Marlene Dietrich. Meninos, que parada. Um troço sensacional.

Fiz o protagonista de *O último êxtase* depois de muita relutância. Não sei, estava apavorado, era responsabilidade demais e só terminei aceitando o papel porque vi que tinha e tem bastante o que dizer a mim, pessoalmente, lá no meu íntimo, entende? Não que se trate de um personagem autobiográfico, nem eu tive nada a ver com a invenção dele, que foi inteiramente bolada por meu pai. Mas é que, no fundo, aquele rapaz esmagado pela engrenagem da vida tem tanto a ver comigo. Sei lá. O certo é que me identifiquei com o menino.

A situação deste novo filme do papai me comove profundamente. Vejo nele um retrato aprofundado de uma tragédia que se repete no dia a dia, quando a gente começa a se interrogar e acaba questionando o próprio ato de ser.

Leio filosofia (Platão, de preferência; o ideal socrático me impressiona), muita parapsicologia, que acho um tremendo barato e sou vidrado em psicanálise (Freud, Jung). Não me interesso por romance, ainda que, vez ou outra, leia Graciliano Ramos e um ou outro moderno.

Antes de *O último êxtase* já figurei no cinema. Cês se lembram do filho de Barbara Laage em *O corpo ardente* (1966)? Era eu. Estava com 10 anos, penso.

O jovem Wilfred, filho do diretor Walter Hugo Khouri, é quem encabeça o elenco de O último êxtase, *sensação do momento nas telas paulistas e cariocas. Sua presença nesse filme que o crítico Acyr Castro manda dizer ser dos melhores que tem visto ultimamente, que qualquer procedência, deixa – conforme palavras do Acyr – "uma inconfortável sensação de desespero quase pessoal, como se fôssemos nós aquele adolescente em crise, perdido na paixão da busca a si mesmo, além da realidade exterior, num misto de angústia irresistível e de áspera doçura".*[1]

Foi a última vez que Wilfred atuou num filme de seu pai, mas não o último trabalho que realizou com ele. Em 1998, compôs a trilha sonora, junto com Ruriá Duprat, de *Paixão perdida*, do qual nos ocuparemos adiante.

———

Khouri parecia ter encontrado a forma perfeita para levar a termo suas ideias com a ajuda de pequenos produtores independentes. Com uma ou duas concessões, sem abrir mão do controle criativo total, o diretor estava construindo a fatia mais complexa de sua obra por ser assumidamente hermética e personalista. O próprio cineasta confirmaria, muito mais tarde, que quase todos os filmes feitos entre *As deusas* e *Paixão e sombras* foram fracassos de bilheteria. Isso lhe mostraria, ao longo de mais quatro anos, o outro lado da liberdade total: a dificuldade da sobrevivência pela arte.

Em 1974, Khouri associou-se a mais um pequeno produtor independente para realizar uma incursão até ali inédita em sua carreira. Antes de concluir o que denominamos Trilogia do Abismo, o cineasta provaria seu dinamismo, arriscando-se no cinema de gênero. Mas essa é outra história.

———

1 Acyr Castro, "Wilfred Khouri". *O Liberal*, Belém, p. 24, 11/11/1973 (Acervo Walter Hugo Khouri).

O DESEJO E O ABISMO

> *Quanto a* Desejo *[sic], que originalmente deveria intitular-se* O abismo *(certamente um título mais adequado), é preciso dizer que se trata de um dos melhores filmes de Khouri [...]. De uma beleza plástica deslumbrante [...],* Desejo *constitui uma súmula de todos os filmes anteriores do cineasta [...]. Filme denso, rebuscado, torturado, quase uma autoconfissão do autor,* Desejo *pode marcar uma nova etapa na carreira de Khouri.*
>
> Pola Vartuck[1]

I

No universo de Khouri, Eleonora é a primeira esposa de Marcelo Rondi. Embora não seja uma personagem recorrente nos filmes que dirigiu tendo Marcelo como eixo, o cineasta dedicou-lhe uma obra inteira para concluir sua Trilogia do Abismo, que explorou a angústia feminina e a desolação do frágil arquétipo masculino. O que logo salta à vista do espectador de *O desejo* é sua luz. O mapa de iluminação do filme parece uma herança do que fizera recentemente em *O anjo da noite*, porém muito mais intimidador, porque aqui não há nada explicitamente sobrenatural além da operação espiritual na sequência de abertura. Fora isso, os contrastes entre luz e sombra são muito palpáveis e sugerem que não há terror maior a temer, exceto o simples fato de sermos.

Khouri parte de planos abertos da metrópole, tomados da sacada de seu próprio apartamento, para uma cirurgia espírita nos olhos de Ana (Selma Egrei). Enquanto o médium, vivido por Sérgio Hingst, aplica agulhas nos olhos da paciente, Eleonora (Lílian Lemmertz) desvia seu olhar, aterrorizada. É o mito de Édipo ao contrário. Enquanto o rei na mitologia

---

1 *O Estado de S. Paulo*, p. 26, 21/12/1975.

grega cegava a si próprio, em *O desejo* o ato servirá para resgatar a visão de Ana. E é, também, como no olho seccionado de *Um cão andaluz* (1929), um aviso de que o olho, como "janela da alma", pouco importa se vê a matéria ou se volta para o âmago.

O desejo é um drama centrado na psicologia feminina e na alternância entre empatia, atração e repulsa. Uma mulher com vida monótona e massa psíquica rica *versus* uma mulher com vida devassa e massa psíquica vazia (como a própria Ana reconhece).

O filme é igualmente uma leitura pessoal de *Cenas de um casamento* (1974). É o filme mais bergmaniano de Walter Hugo Khouri. Marcelo, agora um herdeiro de quase meia-idade, tão mimado e inquieto quanto o adolescente de *O último êxtase*, luta contra o tédio da existência tentando escrever um livro e traindo Eleonora com uma amiga do casal. É nesse filme que conhecemos a vida adulta do personagem nascido em *As amorosas*. Em *O desejo*, ele reaparece como um dos pseudointelectuais de *O corpo ardente*, o egoísta Luís Antônio e o esvaziado e melancólico Nelson, ambos de *Noite vazia*.

Marcelo é o rolo compressor, finalmente, como Khouri o vinha desenhando. Porém, ele já está morto. Exato, em *O desejo*, conhecemos Marcelo pelas memórias de sua esposa, já que ele morreu, ao que tudo indica, após um mal súbito enquanto nadava com Eleonora no lago da casa de campo dos dois. É ela quem conta à Ana, sua amiga que conheceu em Paris durante um curso de artes – enquanto Marcelo deleitava-se com a sua amante –, as reminiscências de vida cretina ao lado de um homem que seduzia até mesmo as empregadas. Mas não há dicotomias nesse filme quase caseiro de Khouri. As contradições próprias e as do marido são o combustível tanatológico de Eleonora. Acima de tudo, ela sempre soube o tipo de esposo que tinha e, em grande medida, isso lhe agradava.

Como só conheceremos a trama do filme pelas memórias de Eleonora, Khouri recorre novamente à quebra da temporalidade na narrativa. Dessa vez, porém, os núcleos da memória de sua personagem não são blocados, como em *O corpo ardente*, nem retóricos, como em *Noite vazia*. Aqui, o diretor abole a barreira da montagem e constrói planos temporais distintos no mesmo campo de ação. Um ensaio que atingiria seu auge em *Eros, o deus do amor*. A câmera é que procura a narrativa e não o contrário, quando a narrativa existe em função dos planos da câmera. Basta assistir à cena em que Eleonora conta à Ana sobre as traições do marido e temos um movimento de câmera contemplativo, lento, em círculo, que vai encontrar no mesmo espaço diegético seu marido – já falecido – no sofá da sala do casal com a amante, após uma relação sexual seguida de um debate peculiar sobre a própria traição e seu significado prático – se é que existe – nas relações.

Em *O desejo*, a câmera é um *flâneur* de alcovas, que nos obriga a ver o retrato de uma existência completamente azeda, pálida, débil. O filme é a culminância do cinema de atmosfera que Khouri sedimentara a partir de *As deusas*. Mesmo que falemos de *Paixão e sombras* (sua obra seguinte a *O desejo*), ainda assim, naquele longa, o dilema do ato criativo sobrepõe-se às questões metafísicas. Aqui, é a extinção do ímpeto o que está em jogo.

Eleonora, veremos ao final, é a responsável pela extinção de Marcelo, como se matá-lo afogado no lago da casa de campo pudesse exorcizar a simbiose de distopias afetivas que se retroalimentam. Mas seu desespero não cessa apenas no primeiro crime. Ana, uma projeção direta de Eleonora, sua segunda vítima, também morrerá por afogamento no mesmo lago.

Em documento depositado no Acervo Walter Hugo Khouri, o cineasta registra, num datiloscrito que serviria para o *press kit* oficial do filme, a semente do que seria tal obra, deixando aflorar o mal-estar existencial em seu ápice:

Há muito tempo desisti do esforço de descobrir a gênese dos meus filmes, principalmente os últimos, pois era um esforço quase sempre inútil. Nem acho que isso seja realmente importante. Além disso, os filmes muitas vezes começam com um sentido e através da realização acumulam outros, transformando-se e modificando-se. Uma das poucas verdades absolutas que acredito ter aprendido até hoje é a de que, a um certo momento, é o filme que estamos fazendo que nos comanda, que flui de dentro de nós de uma forma inexorável, num processo quase automático, que depende muito mais do nosso sistema autônomo, do plexo, do que de um processo cerebral, calculado e dominado. Pelo menos comigo é sempre assim. As coisas vão surgindo, acumulando-se, vindas do fundo de mim mesmo, numa corrente contínua que não depende mais de meu raciocínio, pois é um processo emotivo e sensorial antes de tudo.

É evidente que existem sempre as coordenadas iniciais, os temas permanentes que nos preocupam, as ideias que se quer transmitir. No caso presente, o filme nasceu de alguns argumentos que estavam em meus planos e não apenas um. Os personagens também provêm de mais de uma história. Juntaram-se porque no fundo as histórias tinham as mesmas preocupações e a mesma angústia interior.

É claro também que tudo o que flui para o interior do filme corresponde a vivências, experiências e sentimentos pessoais. Vivências concretas ou imaginadas, estados de alma experimentados ou intuídos, ou sonhados.

Grande parte do sentido interior do filme provém de anotações que acumulei através dos anos para um livro que pretendia (e ainda pretendo, talvez) escrever. Essas anotações e a junção de ideias de outras histórias, pensadas, mas não escritas, resultaram em *O desejo*. Não se trata evidentemente de desejo no sentido puramente sensual da palavra. É, antes de tudo, o desejo permanente de "Algo" que consome a personagem principal (Lílian Lemmertz). Desejo de ser amada verdadeiramente e com paixão, desejo de existir, de viver plenamente, de transcender, de transformar a vida em algo que vibre e pulse, desejo de superar o tempo e a efemeridade. E o conflito de não conseguir nada disso, o que conduz inexoravelmente ao desejo de destruir.

As anotações do livro que citei (cujo título, se for escrito, será *O abismo*) correspondem, porém, às preocupações de um personagem masculino, um intelectual irrealizado e perplexo diante de sua incapacidade de compreender e absorver as coisas e o absurdo ao seu redor, obcecado pela ideia da efemeridade de tudo e pela impossibilidade de viver em plenitude, amalgamando o seu passado e o seu presente numa coisa só, que justifique sua vida também. Procura pensar em termos cósmicos e isso o angustia ainda mais e fica-lhe apenas uma sensação de Abismo, de Queda, de um ser perdido num planeta suspenso numa vasta escuridão.

Esse personagem (Fernando Amaral) aparece apenas em *flashbacks*, pois já está morto quando o filme começa. Não são exatamente *flashbacks* porque o filme mistura completamente os tempos passado, presente e futuro numa coisa só. A um certo momento, a personagem vivida por Lílian Lemmertz passa a viver em diversos níveis de tempo, incorporando o passado e o marido morto à sua vivência cotidiana em simultaneidade com o que lhe acontece na ação presente. Em outro momento, projeta-se para o futuro impossível e também para o interior dos sonhos de outra personagem (Selma Egrei).

Essa noção da simultaneidade dos tempos, da possibilidade de uma vivência múltipla do que já foi, do que é e do que será é uma das tônicas do filme e um fator muito importante para a compreensão do mesmo.

As aparições desse personagem já morto, como dizia, mostram sempre um ser consumido entre a vontade de quase santidade e a compulsão de uma entrega a um total desregramento dos sentidos como forma de superar a sua permanente angústia. Sua vida é uma eterna luta entre raciocínio e sensações, entre lucidez e irracionalidade. Tenta praticar uma estrita disciplina entre o zen, mas não consegue resistir à simples vontade de possuir a amiga linda de sua mulher ou a empregada atraente e sensual de sua casa. Ao mesmo tempo, sente-se esmagado pela cidade, pelas coisas e pelas pessoas que o cercam e quer refugiar-se num mundo fechado e protegido, mas tudo resulta sempre inútil. Sua vida é um permanente oscilar, um combate inútil.

É um personagem amarrado à grande necessidade de espiritualidade e transcendência e assaltado ao mesmo tempo por uma terrível compulsão sensorial, física, sanguínea, e que não consegue resolver esse impasse. Num certo sentido, é uma extensão do universitário Marcelo de *As amorosas*, interpretado por Paulo José, e tem também reminiscências do adolescente torturado e revoltado de *O último êxtase*.

Toda essa didática no documento redigido para a imprensa encontra-se, também, cristalizada como um tenso diálogo, clímax da relação entre Marcelo e Eleonora, em cuja *mise-en-scène* Khouri parece discursar a todos os espectadores e a todos os cineastas à maneira de Dziga Vertov em seu texto "Kinoks: uma revolução" (1923):

[...] VOCÊS – cineastas:
diretores *sem o que fazer* e cenógrafos *sem o que fazer,*
cinegrafistas *perdidos*
E autores de roteiros *espalhados* pelo mundo,
VOCÊS – *o paciente público* das salas de cinema, com a resistência de mulas sob o fardo das emoções servidas,
VOCÊS – *os impacientes proprietários* dos cinemas que ainda não queimaram, *abocanhando avidamente as sobras* da mesa alemã, às vezes da americana –
VOCÊS *aguardam,*
Debilitados por recordações, vocês suspiram sonhadores PARA A LUA, esperando um novo espetáculo em seis atos... (pedimos que os fracos do coração fechem os olhos),
VOCÊS aguardam aquilo *que não virá*
E aquilo que aguardar *não convém.*

Advirto amigavelmente:
NÃO ESCONDAM como avestruzes suas CABEÇAS.
ergam os olhos,
OLHEM AO REDOR –
ALI!
é evidente para mim
e para os olhinhos de qualquer criança:
    ESTÃO SAINDO AS ENTRANHAS,
    AS TRIPAS DAS EMOÇÕES
    DA BARRIGA DA CINEMATOGRAFIA,
RASGADA
PELO CORAL DA REVOLUÇÃO.
vejam elas se arrastando,
deixando uma trilha de sangue na terra,
SE CONTORCENDO de horror e asco.
    Está tudo acabado.[2]

---

2 Dziga Vertov, *Cine-olho: manifestos, projetos e outros escritos.* Trad. e org. Luis Felipe Labaki. São Paulo: Editora 34/Film Museum, p. 97-98.

Farta dos delírios estéticos megalomaníacos de Marcelo, Eleonora encurrala-o e o confronta como se fosse um *ombudsman* – faísca de uma lucidez rara – da elite tradicional paulistana, advinda dos pés de café e dos imigrantes visionários:

> Eleonora está lendo para Ana um trecho de um manuscrito deixado por Marcelo, com ideias para o livro que ele pretendia escrever. Sua voz se funde em *voice over* e a diegese retorna ao passado, para nos mostrar Marcelo lendo o trecho para sua esposa.
>
> Marcelo: Este encanto, este clima... que cada vez é mais difícil. A angústia e o sufocamento de não ser o que se queria ser. Esta impotência, esta impossibilidade de segurar o momento, o tempo, a vivência completa. A grande vontade de plenitude tornada impossível por causa de tudo. Principalmente pelas próprias limitações, pelo apego às coisas, à vaidade, aos prazeres, ao dinheiro, às pessoas. E, mais do que as pessoas, o amor das pessoas por si. A horrível insuficiência do amor e, ao mesmo tempo, seu incrível apelo. A confusão, a possessividade, a violência inútil, os fins tão mesquinhos. O sexo maravilhoso e, logo em seguida, vazio e obrigatório. A falta de coragem de assumir, de decidir, de enfrentar, de escolher. As destruições mútuas, os mal-entendidos, os pequenos suicídios imbecis. Ver tudo acabando, sentir-se de repente arraigado a preconceitos e conceitos, deixar escapar as coisas que podiam ter sido tanto e que estavam ali. E, sempre, a incapacidade de plenitude permanente. De ser, ficando sempre no limiar, não dando o passo que chegará até lá.
>
> Marcelo repousa os papéis ao seu lado.
>
> Eleonora: Você tá querendo saber o que eu achei? Parece tudo igual ao que você me deu no ano passado. Ou, então, a sua voz é que é monocórdia.
>
> Marcelo: Eu não te perguntei nada...
>
> Eleonora: Então por que você fica lendo isso pra mim?
>
> Marcelo: Pensei que você se interessasse pelo que eu faço.
>
> Eleonora: É claro que eu me interesso. Mas, ainda assim eu acho um absurdo ficar seis meses...
>
> Marcelo: Que seis meses?
>
> Eleonora: Ou mais! Há seis meses que você se fecha aqui o dia inteiro. Ou, então, fica olhando a chuva. Ou, então, toma esses ares de meditador transcendental. Pra quê? Pra depois vir repetindo essa estrutura de livro dizendo as mesmas coisas. Além do mais, você sabe muito bem que isso não vai passar de uma estrutura. E olhe lá!

Marcelo: Como você é imbecil!

Eleonora: Imbecil, mas lúcida.

Marcelo: Você tem é raiva do que está escrito.

Eleonora: Não tenho, mas podia ter. Você acha que uma mulher pode gostar que o marido escreva certas coisas que tem aí?

Marcelo: Eu estou tentando ser sincero.

Eleonora: "Sexo vazio e obrigatório". É comigo isso?

Marcelo: Você sabe que não.

Eleonora: "Vazio e obrigatório"... Então, me explica por que é que você corre feito louco atrás de tudo quanto é mulher que aparece na sua frente. Quem é que te obriga a isso?

Marcelo: Você tá confundindo obrigação e compulsão. Larga de ser burra!

Eleonora: Burra é a tua mãe! Eu te entendo muito bem. Eu só não entendo como você ainda consegue pegar essas mulheres. Se pelo menos...

[Marcelo ri.]

Eleonora: Do que você tá rindo? É um mistério mesmo! Você quer saber de uma coisa? A primeira vez que eu te conheci eu pensei que você... Pra falar a verdade, até hoje eu não sei direito. Vai ver, você pode resolver os seus problemas de maneira muito mais fácil. Em vez disso, fica aí tentando escrever o livro mais profundo que alguém já escreveu.

Marcelo: Você vai acabar apanhando de novo.

Eleonora: Você sempre desconversa quando a gente toca em certos assuntos.

Marcelo: Deixa de ser cretina. Eu não tô com paciência pra entrar na tua neurose. Você é uma neurótica, chata! Chata!

Eleonora: E a culpa é de quem?

Marcelo: Minha é que não é!

Eleonora: Será que você não vê o absurdo de tudo isso? Da vida que a gente leva? É tudo tão falso. A gente tem tudo e, ao mesmo tempo, não tem nada. E o que a gente tem, não merece. Você já pensou que faz três anos que você não trabalha? Trabalho! Trabalho mesmo... Antes, você ia à fábrica três vezes por semana pra ajudar o teu irmão. Depois você passou a ir uma vez por mês pra receber o pagamento. Agora, eles te mandam o dinheiro em casa. Pensa bem, você é a terceira geração que não faz nada, que vive à custa do trabalho do seu bisavô que plantava... O que ele plantava mesmo? Beterraba? Batata?

Marcelo: Uvas... Vinhos de primeira qualidade.

Eleonora: Ah, desculpe... Uvas... Você vê? Um monte de gente vivendo na folga até hoje e tudo à custa dos calos do seu avô carcamano, que ficava plantando a terra lá na Itália e depois aqui no interior. Teu avô acho que ainda trabalhou um pouco, mas teu pai, você sabe muito bem o que ele era. Um velho sacana, bêbado, jogador, mulherengo... Teu irmão só sabe contar o dinheiro que entra. Aquela fábrica é uma máquina que trabalha sozinha, você sabe muito bem disso. E você... Se a gente tivesse tido aquele filho, o pestinha também ia andar solto por aí, no mesmo caminho. E a minha família é a mesma coisa. Só que em vez de uva, era café. Café simples, para exportação. Só que meu pai gastou tudo de uma vez. O dele e o dos outros. Aquele era outro sacana, também. Você não vê que é uma indecência? Uma classe como a nossa tem que desaparecer. Você tá se enganando pensando que tá fazendo um trabalho especial, superior, transcendental, sei lá... Você nem sabe se tem talento ou não! São duas horas da manhã e a gente tá aqui discutindo. Você fica vivendo essas elucubrações. E, daqui a pouco, lá embaixo, vai ter uma fila de pessoas esperando pelo médico, pra ganhar uma receita pra bronquite, reumatismo, coração, câncer...

Marcelo: Você não quer que eu vá lá e traga eles aqui pra você cuidar um pouco deles, não?

Eleonora (rindo): Eu não sei por que eu tô te falando tudo isso. Eu sou pior do que você. Eu só consigo pensar em mim mesma. Só em mim. Eu gostaria de ser desprendida, como certas pessoas.

São minutos inteiros de uma improvisação do diretor, que filmava sem roteiro, tão intuitivo era o processo, rabiscado em rascunhos conservados no Acervo Khouri, e revelam sua desenvoltura para a mais completa adequação, beirando o cinema independente, de guerrilha de hoje, por mais avançada que seja a tecnologia em relação a 1975.

São dificuldades que faziam o cinema paulista apoiar-se no intercâmbio entre arte e mercado. Esse não era um filme parcialmente feito na Boca, como *As deusas* e *O último êxtase*, mas uma produção literalmente caseira, filmada em sua grande parte na residência do próprio diretor, com uma verba pequena da Embrafilme e um investimento próprio, dessa vez sob o selo w.h.k. Cinema.

Diferente de *O palácio dos anjos*, a cor, os figurinos e os adereços parecem muito mais bem aproveitados como linguagem, porque existe uma relação íntima entre a carga da *art noveau*, rebuscada e floral, ao mesmo

Fernando Amaral, em *O desejo*. Acervo Walter Hugo Khouri.

tempo em que exagera em suas cores e camadas a implícita resposta burguesa ao caos da modernidade, um mural idealizado para servir de escudo contra o ruído da civilização. Em *O desejo* o peso visual remete ao fastio, ao *spleen*, novamente, ao riso do abismo que, havia muito, existia no plano das ideias de Khouri.

No limite, *O desejo* é uma dissertação cruel sobre a ânsia por prazer e seu contrário, porque ela nunca se completa, embora gerada a partir da necessidade psíquica de retornar a uma situação que, em dado momento, foi fonte de gozo. É o fechamento providencial a uma fase profundamente analítica, de um cinema filosófico, niilista.

II

Representante do Brasil, ao lado de *Fome de amor*, de Eduardo Escorel, no Festival de Cinema de Teerã, em 1975, *O desejo* parece ter desagradado à crítica local. O filme de Escorel não se saiu muito melhor. Segundo a crítica Pola Vartuck, em seu artigo que cobria o certame, a má vontade poderia estar ligada ao gosto local por produções consagradas no exterior, que chegavam ao Irã chanceladas pelo círculo restrito do cinema de arte. Naquela edição, Teerã concedeu o prêmio de melhor filme a *Por um destino insólito* (1974), de Lina Wertmüller, confirmando a hegemonia do cinema europeu e reiterando a baixa onda em que se encontrava o Brasil, que havia causado afã com seu cinema na década anterior e, desde o advento da Embrafilme e da fratura no seio do Cinema Novo, despencava em queda livre.

A propósito, no final do texto redigido para o *press kit* do filme, Khouri responde a uma pergunta retórica: "Como vê o ambiente cinematográfico no Brasil, atualmente?". O diretor dispara: "Mal. Não só o ambiente cinematográfico, como a atmosfera cultural em geral. Sinto claramente um marasmo, uma falta de inquietação e de ideias que, a longo prazo, poderá tornar-se assustadora". Era a ressaca dos anos de Costa e Silva e Médici.

É uma pena que *O desejo* tenha sido preterido naquele festival. Dos três filmes que compõem a Trilogia do Abismo, é o mais afinado com a estética setentista do cinema autoral, talhado para impressionar qualquer júri simpático ao novo cinema japonês e aos dramas psicológicos da renovação fílmica soviética, para citar apenas dois casos.

Em verdade, o cinema brasileiro parecia rumar para uma direção completamente oposta às narrativas estruturalmente inovadoras. Basta lembrar o caso de *O anjo da noite*. Aclamado e premiado pela crítica, o drama psicológico com acentuados toques de um horror sobrenatural não agradou o público. Khouri sempre lembrava o comentário recorrente de alguns colegas sobre seu filme: "Você coloca a Selma Egrei e um negrão [sic] sozinhos numa casa e eles nem transam!"[3]. Vivia-se o auge das comédias eróticas da Boca, ninguém queria saber de histórias assustadoras com finais trágicos e abertos demais para os limites intelectuais do público médio.

---

3   Em entrevista ao Museu da Imagem e do Som de São Paulo, em 1991.

Porém, Khouri ainda não tinha alcançado o auge de seu hermetismo sem concessões. Isso ocorreria somente em 1977, com *Paixão e sombras*, a representar um passo bem largo em relação ao jovem Marcelo, que fugia para a natureza em busca de paz interior, e o cadáver de meia-idade Marcelo, que assombrava as memórias da esposa.

O diretor se provara muito mais à vontade quando tinha controle total sobre a feitura de suas obras e quando tais trabalhos prescindiam de um elenco maior em favor de dois ou três personagens centrais, colocados numa espécie de dança macabra, musicada pelo eco de seus dramas internos.

De fato, após o filme anterior, Khouri parece ter se contaminado em grande medida pela construção do horror. Segundo o crítico Rubem Biáfora, com "uma fantasmagórica autópsia do ego, de possessão, de vampirismo psicológico, uma patologia do amor e da ânsia de vida",[4] é possível que Khouri tenha intentado fundir o horror psicológico com suas costumeiras incursões existenciais e metafísicas. Fato é que *O desejo* é um mistério dentro e fora da diegese. Sua estrutura sincopada e cruel é tão obscura quanto a rodagem do filme.

Enquanto Khouri colocava seu espectador num divã à revelia de sua vontade, o estigma de "veneno de bilheteria" estava perto de desaparecer, mas não sem antes o cineasta esgotar cada molécula de liberdade estética e narrativa.

---

[4] "O desejo". *O Estado de S. Paulo*, p. 26, 16/5/1976.

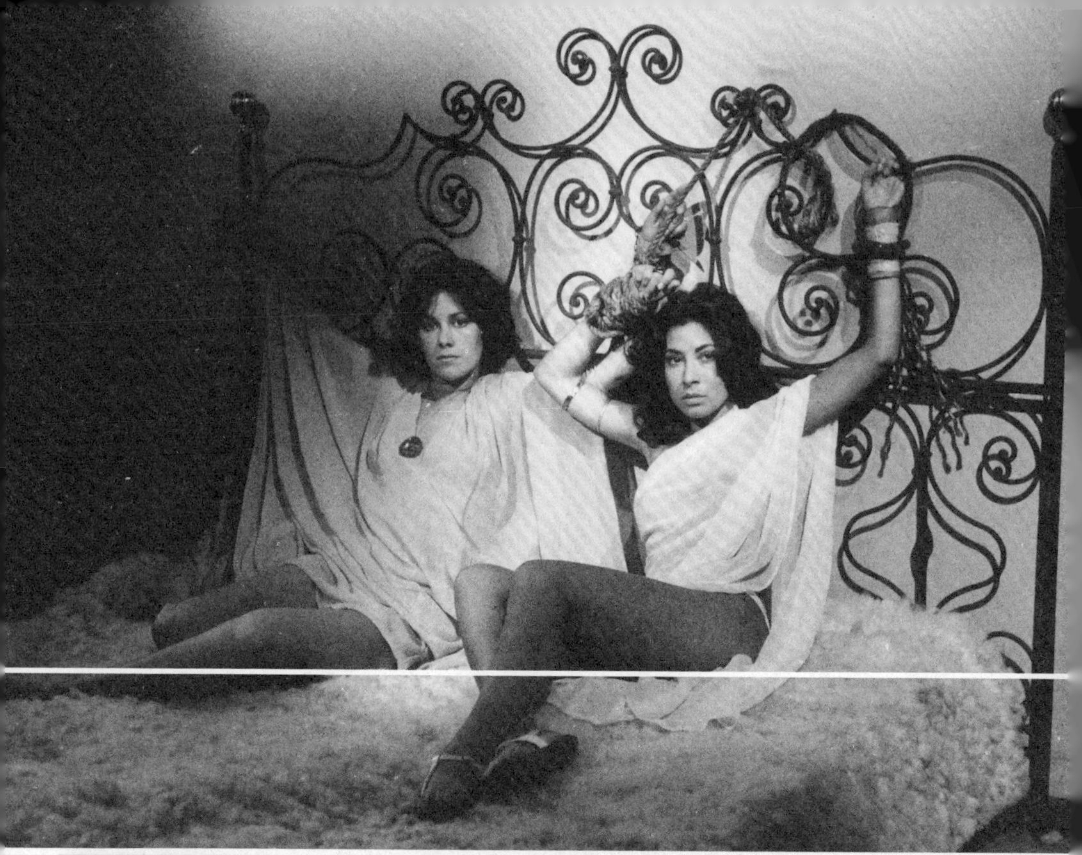

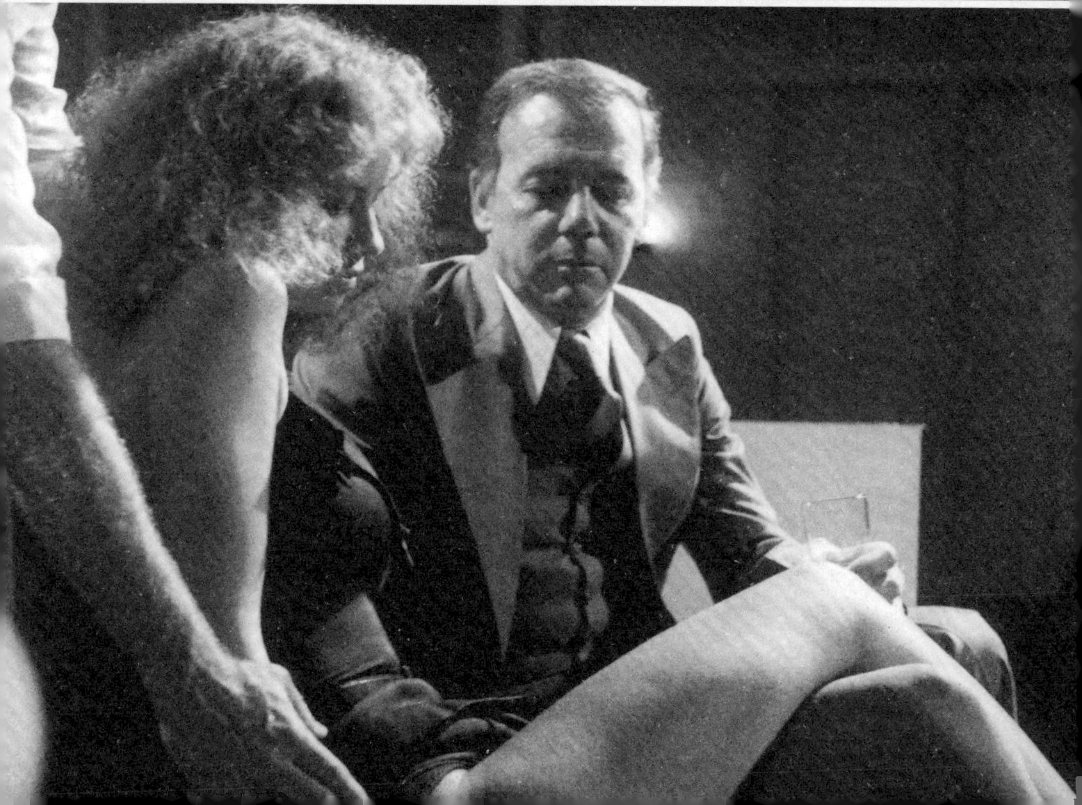

PARTE 5
MATURIDADE POLÊMICA

AS FERAS

Texto de 66 pag
1992

As Feras Texto 1992

ou   "A PRIMA" ou "ANJOS E FERAS"
ou   "A TEIA" ou "A CAIXA DE PANDORA"

W. H. K.

- S O N I A   - Com 11, 12 ou 13 anos
- S O N I A   - Com 19 ou 20 anos
- S O N I A   - Com 32, 33 ou 34 anos

- P A U L O   - Com 6 ou 7 anos
- P A U L O   - Com 13, 14 ou 15 anos
- P A U L O   - Com 28, 29 ou 30 anos

- A N N A   - 18 a 25 anos

  - L A U R A (Condessa de Geschwitz/Atriz) 30/0
  - D E B B I E (Assistente de Sonia) 21/30
  - U R S U L A (Fotógrafa do espetaculo) 25/35
  - GIL (Cenografa-Figurinista)
  - JULIA (Assist. Produção/Som/Video/Cenario) 18/28
  - ANGELA (A pintora do quadro de Lulú) 27/40

  - MARCELO (JACK, o estripador/Ator) 32/40
  - PETRONIO (SCHIGOLCH/Ator) 60/70 anos
  - OTAVIO (DR. SCHON/Ator) 45/55 anos

  - AJUDANTES DO ESPETACULO / COSTUREIRAS/GARÇONETTE
  - ALUNOS DE PAULO - (Eventuais)

  - OUTROS ATORES EVENTUAIS que, poderão fazer os pape

PAIXÃO E SOMBRAS:
A DESCIDA AOS INFERNOS DA ARTE

O cineasta austríaco Josef von Sternberg era um fatalista. Ele acreditava que a arte era ao mesmo tempo uma dádiva e uma maldição. Também era partidário de uma corrente filosófica que o fazia crer que a humanidade é um fenômeno sustentado por posições sociais pouco mutáveis desde seus primeiros dias, e que o senso comum seria apenas uma manifestação do gosto infantil pelo conflito e pelo desejo irrefreável de expansão egoica, o que levaria a raça humana ao fim, por se guiar por afeições mundanas. Já o artista, para Sternberg, é uma "antena da raça" (para citar Ezra Pound), e o único capaz de capturar as reais essências ética e estética de seu tempo, qualquer que seja seu meio e a tecnologia empregada. Em poucas palavras, Sternberg acreditava que a arte era um privilégio de poucos.

O cinema de Sternberg prova uma difícil batalha pelo controle criativo total, sem o qual lhe parecia impossível transmitir o que de fato pretendia e sabia ser possível. Suas relações com membros do elenco não eram menos conturbadas que suas ideias, e os atritos com a atriz Marlene Dietrich são conhecidos. O cineasta havia transformado seu anjo loiro em estrela internacional no icônico *O anjo azul* (1930). Trabalharam juntos em outros sucessos obrigatórios para qualquer cinéfilo e tiveram uma tempestuosa relação fora dos holofotes. Sternberg foi apenas um entre os vários amantes de Dietrich, mas talvez o que mais a venerou. Quando a atriz decidiu deixar Sternberg para seguir sua carreira com outros diretores, o cineasta não lidou muito bem com a decisão. Em sua biografia, maldisse todos os filmes com ela que fez após *Mulher satânica* (1935) e reiterou sua personalidade amarga e ressentida.

Há paralelos entre Josef von Sternberg e Walter Hugo Khouri que justificam a homenagem que o segundo presta ao primeiro na abertura de *Paixão e sombras* (1977).

Por quanto tempo vale a pena esperar Godot sentado num canto de uma carpintaria pobre e melancólica, erguida no interior de um estúdio enorme condenado a se tornar um supermercado?

Em *Paixão e sombras*, Marcelo é um cineasta descontente e cansado das dificuldades que um diretor autoral enfrenta num país cujo sistema de produção cinematográfica é nada convidativo. Ele se ressente por não ter meios de realizar o filme que imagina, uma vez que os recursos são parcos, os equipamentos estão velhos e, o mais importante, sua atriz favorita, Lena, vivida por Lílian Lemmertz, provavelmente não mais trabalhará com ele, porque acaba de fechar contrato muito mais vantajoso com a TV e não vê mais sentido em trabalhar em filmes anímicos e herméticos como os de Marcelo.

Em meio a esse contingente, há a assistente do diretor, Ana, vivida por Monique Lafond, e o chefe da equipe de maquinaria e carpintaria, o imenso e rotundo Buda, encarnado com maestria por Carlos Bucka. Enquanto Ana tenta convencer Marcelo a ser menos intransigente e usar o cenário de uma casa abandonada, já todo pronto dentro do estúdio, para realizar um filme menos cifrado, e Buda enfrenta com bom humor a carência de recursos para construir os detalhes que o cenário demanda, Marcelo mergulha na melancolia de suas memórias, quando sua Marlene Dietrich, Lena, e ele eram absolutamente entrosados no trabalho e na vida pessoal. Um amor que se espraiava do *set* de filmagem para as promessas de uma relação sólida, que nem as tentadoras investidas das emissoras de TV seriam capazes de desfazer. Pura ilusão. Marcelo recusa-se a filmar sem Lena, certo de que, sem ela, o filme que pretende é inviável.

Enquanto espera sua musa chegar, sem a certeza de que ela virá, assistimos à rotina de um diretor enquanto luta para fazer sua obra quando o estúdio onde está seu cenário se tornará, em breve, um supermercado. A precariedade da indústria nacional de filmes, a ignorância dos críticos e a vontade de transcender por meio de sua obra levam o diretor a uma espiral de desengano.

Marcelo acaba descobrindo que Buda é um exímio desenhista amador, que gosta de rabiscar cenas de depravação e sadomasoquismo, colocando-se sempre como o carrasco de mulheres acorrentadas, açoitadas e desmembradas; ou como o submisso servo dessas mesmas mulheres. Com isso, por um instante imagina rodar outro filme, tendo a temática sadista como centro de uma trama onírica e sensual. Infelizmente, Buda

Lílian Lemmertz, em cena de *Paixão e sombras*. Acervo Walter Hugo Khouri.

não aceita ser o ator que Marcelo precisa, porque sua vida é atrás das câmeras e sua esposa jamais o perdoaria por se expor.

Novamente o diretor se vê abandonado em suas ideias, até que Lena finalmente chega ao estúdio. Sua conversa com Marcelo é o término irremediável de uma relação íntima, porém colocada ao espectador como uma fala de cunho profissional. A discussão e os insultos movidos pela desistência da atriz e sua mudança para as telenovelas escondem o ressentimento de ambos. Marcelo não fará seu filme, e o estúdio morrerá com a chegada do tal supermercado.

———

Por volta de 1974, Khouri havia pedido a construção do cenário que acabaria usando para *Paixão e sombras* dentro de um dos estúdios da Vera Cruz. À época, ele pretendia rodar seu novo filme com a presença de sua atriz mais querida, Lílian Lemmertz. Provavelmente, tratava-se de *A viúva*, como alguns periódicos chegaram a anunciar, ou *O desconhecido*, que se tornaria *Amor voraz*, em 1984, e já existia como ideia para uma futura produção desde os dias de *A ilha*. Foi quando Lílian recusou o papel, pois havia acabado de assinar contrato para atuar no teatro e na TV.

Há, também, a possibilidade de que o projeto em mente fosse *As filhas do fogo*, visto que alguns recortes de jornais do Acervo Walter Hugo Khouri registram os planos do diretor para aquele filme, que só seria feito em 1978. Além disso, um dos datiloscritos de Khouri traz como título "*Paixão e sombras* ou *As filhas do fogo*", o que causa certa confusão sobre as decisões que o cineasta teve de tomar diante de limitações e possibilidades alternativas. Seus manuscritos e anotações apontam um dado interessante: os títulos de seus filmes eram menos importantes que as histórias que queria contar, por isso um nome pensado para um filme "A" podia ser, na verdade, usado para batizar um filme "B" ou "C", ou podia nem ser usado, no final das contas. Títulos eram levemente alterados ou drasticamente mudados. O roteiro original de *O convite ao prazer* foi escrito sob o título de *Vênus*. *O prisioneiro do sexo* se chamaria apenas *O prisioneiro*, mas o nome foi alterado convenientemente para atender à demanda "da pata invisível do produtor", já que o filme foi feito na Boca e precisou se valer do erotismo mais ostensivo para se fazer viável. *Eros, o deus do amor* chamou-se, um dia, *Eros acorrentado*, mas Khouri aceitou alterar o nome para que o espectador leigo pudesse entender o que significava "Eros". Quando *O último êxtase* nasceu em forma de argumento, seu nome era *Balada dos infiéis*, e assim por diante.

Seja como for, Khouri e Lemmertz tiveram um atrito importante nessa época, e o cineasta resolveu suspender a produção de seu filme, alegando não poder realizá-lo sem a atriz. Anos depois, os dois se reconciliaram e Lílian concordou em participar de um novo projeto, pensado por Khouri para ser sua obra mais autoral e também um manifesto contra os problemas que enfrentava como gestor dos estúdios Vera Cruz. Seria um desabafo contra a crítica e contra seus colegas de profissão. Sem escrever um roteiro prévio, Khouri fez de *Paixão e sombras* uma *masterclass* sobre sua metodologia de trabalho e sobre sua visão do que a arte cinematográfica deveria ser. Trata-se de um filme jazzístico, não somente pela presença de "Alabama" (1963), de John Coltrane, que permeia a obra com seus acordes densos e tensos, mas porque a essa referência se juntam Marquês de Sade, Fellini, Truffaut e Fra Angelico.

Sendo um manifesto, Khouri recheou a obra de pequenas ironias, não só na diegese do filme, mas nos créditos, que escondem nos nomes a denúncia de uma indústria desmantelada e desequilibrada graças às idiossincrasias da Embrafilme. Embora esta houvesse aportado alguma verba para *Paixão e sombras*, dificilmente dava atenção àquilo que era feito para além do Rio de Janeiro. Khouri fez do filme seu lazer em momento de picardias e protestos rasgados contra seu meio. A operação de câmera é creditada a Rupert Khouri, conhecido pseudônimo do diretor, em uso desde os anos 1960; a direção de arte, a Hugo Ronchi, outro pseudônimo de Khouri, utilizando o nome de seu avô materno; a trilha sonora, a Marcelo Rondi, o próprio personagem do filme a que assistiremos. Por fim, o fotógrafo de cena é Hugo Goldmundo, mais um pseudônimo, uma vez que Khouri também pode ser visto como exímio artífice da imagem estática durante muitos de seus filmes, como prova a vasta coleção de fotografias em seu acervo.

Quando lançado, *Paixão e sombras* sentiu o peso da mão da mídia especializada:

> *Paixão e sombras*, último filme do realizador Walter Hugo Khouri, tem a triste característica de ser um filme sem inspiração, resultado talvez de um estado passageiro na carreira bem-sucedida do cineasta paulista. [...] O fato é que não

se pode exigir de um artista ajustes à determinada temática, mas é importante (tanto para ele como para o público) que seus filmes despertem o interesse de quem o assiste. [...] A crise existencial no entender de muitos críticos não era uma realidade brasileira e se exigia dele uma abordagem popular dos problemas brasileiros. Discussões à parte, o cinema não deixou de ser um instrumento dos privilegiados econômica e culturalmente, fato, também para o Cinema Novo.

Mas, *Paixão e sombras* não é só um filme para dentro, no sentido de abordar problemas resultantes de introspecção, é a filmagem do devaneio de um diretor carente de sua inspiração. [...]

Através do seu personagem, Khouri diz "Eu gosto da chuva, do vento, de animais, de cachoeiras, de insetos, de mulheres bonitas, de grandes espaços abertos e de climas fechados e concentracionários", infelizmente algo que não consegue, porque se atém unicamente ao universo mental e suas contradições e fantasmas. Os problemas que afetam o cinema, com a transformação de estúdios em supermercados ou a desleal concorrência da televisão, recebem um tratamento tangencial, enquanto o centro do problema continua sendo uma espera de melhores assuntos para filmar.[1]

Uma crítica redigida com elegância, que pondera também sobre questões do cinema brasileiro muito incômodas a certas elites do meio, além de entender a simbiose, acentuada como nunca, entre o Marcelo desse filme e Khouri, seu criador, fazendo-nos chegar ao fim da leitura com a sensação de que Sotomayor fala de apenas uma pessoa, um fato, ao mencionar a espera de melhores filmes, o que ocorria a ambos, criador e criatura. Mesmo assim, há sempre a cobrança com os "temas brasileiros". Estava-se em 1977 e ainda se batia na mesma tecla. Nesse sentido, o que era mais anacrônico? O incenso queimado *ad nauseam* em honra do Cinema Novo ou a busca de uma metafísica do filme, quando os embates no campo da política não faziam mais sentido, tendo o regime militar destruído qualquer possibilidade de uma revolução social por meio da arte havia mais de uma década?

A epígrafe é uma frase de Eugene O'Neill. A obra é dedicada a Josef von Sternberg. Um concerto de Torelli e um tema de John Coltrane fazem fundo musical.

---

1   Walter Sotomayor, "*Paixão e sombras*, a carência neurótica de assunto". *Correio Braziliense*, Brasília, Terceiro Caderno, p. 35, 12/2/1978.

O diretor-personagem deseja que os cenários da fita que vai começar tenham "as cores e os arcos de Fra Angelico". Para se inspirar, ele pensa ainda em Nietzsche, Spinoza, Camus, Borges e Proust. Tem com a sua estrela favorita a mesma relação de Sternberg com Marlene Dietrich, de Antonioni com Monica Vitti etc. Não podendo dispor dela, que o abandonou pela televisão, resolve filmar o Marquês de Sade: Justine, Juliette. Não se menciona explicitamente *Oito e meio*, mas, tal como Fellini, trata-se de um filme sobre o filme que um diretor em *crise* quer realizar e não realiza. Pode parecer incrível, mas *Paixão e sombras* foi produzido nos estúdios da Vera Cruz, São Paulo. Seus noventa minutos de citações *eruditas* não incluem um só autor ou coisa brasileira. E com ele Walter Hugo Khouri tenta, exatamente, justificar o tipo de cinema que pratica ainda hoje no Brasil – quase sempre, como aqui, apenas um desperdício ingênuo de recursos técnicos e experiência profissional.[2]

Khouri pagou o preço por querer nivelar o cinema brasileiro por cima. Que o público médio não o compreendesse, vá lá, mas a crítica se provava mais preocupada em atacar bons trabalhos que apontar dedos para as aberrações fílmicas de fato. Essa relação enviesada entre o diretor e a imprensa especializada está na cena em que Marcelo é entrevistado por uma jovem e desavisada jornalista: "É verdade que um filme seu foi vaiado lá na França?", pergunta a garota, numa clara referência ao fiasco de *O palácio dos anjos*, sete anos antes, em Cannes. "Não sei, foi?", responde Marcelo, com uma forte carga de provocação que desconcerta sua interlocutora. "Você devia saber, você não estava lá?", retruca a moça. "E você, estava?". Diante da resposta de Marcelo, a jornalista não tem mais argumentos. "Não, mas... me contaram".

O fato mais óbvio em *Paixão e sombras* é que Khouri estava lidando com vários fantasmas que assombravam sua poética. Isso é o que sobressai ao longo de cada detalhe. Além da explícita reflexão sobre os rumos que sua obra havia tomado após seu retorno de Cannes, em 1970, há sutis pistas sobre o tormento que o diretor enfrentava. Talvez, *Noite vazia* tenha significado uma pedra no sapato de Khouri por muitos anos. Foi um filme feito com grande tensão e expectativa para ele e seu irmão, por conta da aquisição e retomada da Vera Cruz. Além disso, foi o longa em que o diretor finalmente

---

2   José Haroldo Pereira, "*Paixão e sombras*". *Manchete*, Rio de Janeiro, n. 1.393, p. 117, 30/12/1978.

encontrou a senda que iria explorar. O resultado foi compensador. Por outro lado, fez com que ele rompesse de vez com expectativas, tomou-lhe tempo e energia contra burocratas da censura, estigmatizando-o e isolando-o.

Enquanto o insulamento se acentuava, o cineasta se tornava cada vez mais resistente e reativo. Mais do que nunca, Khouri se tornara, sim, o tal veneno de bilheteria, conforme ele mesmo assumiria anos depois. E essa angústia é indicada em *Paixão e sombras* no momento em que Marcelo e Ana saem à porta do estúdio para procurar Buda, que repousa ao sol, aproveitando seu intervalo de almoço. Nesse momento, a descontração dos dois ao verem o personagem gigantesco deitado prosaicamente em meio à grama é interrompida por um *insight* tenso. Os estúdios serão fechados e darão lugar a um estabelecimento comercial – o que de fato estava em vias de acontecer com a Vera Cruz –, portanto Khouri transfere sua consternação para um plano geral dos estúdios intercalado pelos olhares soturnos de Ana e Marcelo, ao que ouvimos os acordes do tema de abertura de *Noite vazia*. Tema este que ainda aparece outras vezes, para marcar as tensões e impossibilidades que nos serão desveladas.

De todos os trabalhos que fez sem a guia de um roteiro, *Paixão e sombras* é o que mais exigiu de Khouri a entrega moral e espiritual para construir um discurso coerente e analítico sobre seu meio. Muito já se disse das semelhanças discursivas do filme com *Oito e meio* (1963), de Federico Fellini, ou com *A noite americana* (1973), de François Truffaut, mas a verdade é que o que aproxima Khouri dos mestres europeus é apenas o tema: um diretor com problemas, um filme a ser feito e os percalços do ofício. Enquanto Fellini é surrealista e hiperbólico, e Truffaut, farsesco e direto, Khouri é niilista e trata das dificuldades práticas como se fossem a essência de uma vida. Novamente estamos diante de um universo tipicamente paulistano, no qual até a arte é sacrificada em nome de premências suscitadas pela otimização cotidiana. Afinal, o diretor já nos contou sobre as negociatas do Estado para com a coisa pública, no imbróglio do terreno da Vera Cruz.

Não há paralelos, mas citações. A imaginação do cineasta em crise, em *Oito e meio*, é feroz e cria cenas de orgias que Khouri emprestará para compor o personagem Buda, um profissional sem grandes ambições a não ser fazer tudo direito para ver seu diretor, Marcelo, satisfeito.

Em certa cena de *Paixão e sombras*, Khouri contrapõe um Marcelo imerso em seu narcisismo neurótico, rodeado de fotografias de divas como a própria

Monique Lafond e Fernando Amaral, em cena de *Paixão e sombras*.

Marlene Dietrich, além de Norma Bengell e Barbara Laage (que trabalharam com Khouri), enquanto Buda caminha pelas pontes transversais que sustentam o cenário, profundamente descontente com o resultado de seu próprio trabalho, carregando pedaços de madeira que deve emendar. Marcelo observa-o com a inveja de quem desejava ter uma vida sem grandes questões abstratas. Uma vida prática. Buda é a bênção do pragmatismo de quem não precisa se preocupar com Nietzsche para comer, dormir ou passear nos dias de folga. Ele é o elemento que precisa dizer a Marcelo que seu último filme é ruim, porque ele prefere filmes de ação e "muita mulher boa, mas boazuda mesmo", como chega a verbalizar, e não como as que Marcelo coloca em seus filmes. Eis o público e a crítica devidamente representados na aula de mercado cinematográfico que o chefe dos maquinistas dá ao cineasta cerebral.

Ana, assistente de Marcelo, é o retrato da serenidade e perseverança que são adereços morais ausentes no diretor. Como também é sua namorada, sua intenção é confortar Marcelo sem deixá-lo desistir de seus projetos, mesmo que torça para que Lena realmente não apareça, por a ter como evidente rival.

Os arquétipos de Ana e de Buda, em certa medida, remetem a alguns personagens do filme de Truffaut, mas profundamente enraizados na cultura cinematográfica brasileira, o que já derruba o mito do cineasta "europeizado". Afinal, Khouri não foi o único a se servir das estéticas europeias de câmera naqueles tempos.

Para além disso está a profissão de fé do artista que crê, porque conhece a imaterialidade das emoções por trás de um filme e cada espectador. Khouri via o cinema como algo para além de uma mera profissão. Era uma expressão sagrada. Esse espelhamento explícito e direto entre Khouri e sua versão de Marcelo em *Paixão e sombras* é um exercício de

Cena inicial de *Paixão e sombras* e *Cristo apresentado ao templo* (1434), de Fra Angelico.

reconhecimento e autocrítica, de apropriação e análise, de arte em seu amálgama mais completo e efetivo.

No filme, muito se fala em Fra Angelico, artista beatificado pela Igreja católica e um dos mais revolucionários no período que compreende o Gótico e o início da Renascença, na Itália. A citação ao gênio das obras sacras não se limita ao argumento da transcendência, mas está presente na própria estética do filme. *Paixão e sombras* abre com o longo corredor da casa vazia, mote recorrente no filme. Aí temos uma forte presença de Fra Angelico na concepção de "Hugo Ronchi" para os tetos em forma de arcos e para a luz, que combina a penumbra a um dourado que se pronuncia dos pontos focais. No caso do filme, esses pontos reforçam o caráter santo do ofício que Khouri e Marcelo exercem. Nesse universo que santifica o ser e a arte, Marcelo é o bravo guerreiro que enfrenta criaturas inimagináveis para cumprir sua sina de herói.

Cena de *Paixão e sombras* e detalhe de *São Miguel* (1424), de Fra Angelico.

Nesse mesmo plano de abertura, Marcelo caminha sozinho e pensativo pelos cômodos do cenário da casa. Quando entra num dos quartos, o recorte da luz montada por Antonio Meliande faz do personagem uma figura santa, alada pelo reflexo dourado que se projeta na emenda das paredes atrás de si. Em *São Miguel* (1424), de Fra Angelico, o santo se posiciona em frente a um cenário estilizado para sugerir asas que crescem de seus ombros. O mesmo reflexo dourado beatifica os personagens e nos sugere reverência diante de suas presenças.

Em dado momento, quando Marcelo comenta a potência de uma das interpretações de Fra Angelico para a *Anunciação de Cristo* (1435), Lena chega ao estúdio. Sua aura magistral opõe-se à Ana, resignada com a impossibilidade de sobrepor sua importância a Marcelo. Temos a seguinte construção visual:

Cena de *Paixão e sombras* e *Anunciação* (1435), de Fra Angelico.

Em *Paixão e sombras* não estamos num plano real da existência mundana. Assim como Sternberg acreditava no devir por meio da linguagem cinematográfica, Khouri construiu seu filme como quem conduz um ritual com vistas a despertar a emoção do espectador por meio da completa suspensão da ação e da contemplação absoluta. Até *O desejo* ainda havia uma trama de suspense e crimes no universo existencialista dos personagens. Aqui, depois de morto, Marcelo desceu ao Hades, que toma a forma de um estúdio, um estúdio do complexo Vera Cruz, habitado por seres etéreos e dotados de deidade, ao mesmo tempo em que são fantasmas de um tempo utópico para a sétima arte no país.

Temendo que sua carreira estivesse diante de um fim precoce, Khouri aceitaria, nos dois anos seguintes, convites para filmar de novo com o produtor Antonio Polo Galante e para realizar mais um filme de gênero, seu *As filhas do fogo*. Para Galante, Khouri guardaria seu personagem Marcelo Rondi, dando-lhe novos matizes e adequando-o ao gosto do público médio, porém sem prescindir de suas indagações morais e existenciais. Em 1978, estrearia *O prisioneiro do sexo*, que parte de um banal casamento desgastado, pretexto para a poligamia, como forma de adentrar o universo dos anseios de um Marcelo que transita na alta sociedade industrial, de ricos empreiteiros. Em 1980, nasceria *O convite ao prazer*, como releitura burlesca de *Noite vazia*.

No final de *Paixão e sombras*, logo após a negativa de Lena e a definitiva ruptura com Marcelo, Ana se aproxima do diretor, que se encontra estático, desolado. Enquanto a assistente coloca uma música no gravador, a câmera sai dos dois, anda pelo corredor, entra numa sala à direita, faz a volta e coloca-se na outra ponta desse corredor.

O plano-sequência segue de volta ao cômodo onde estavam. Porém, Marcelo e Ana não estão mais ali. Nada está mais ali. A câmera transformou-se em entidade autônoma, não é sequer o nosso ponto de vista. É apenas um fantasma de algo que nunca se completou, de um lugar decrépito e triste que já viu dias de glória e agora será um supermercado. Nesse momento, compreendemos a imaterialidade da ideia, da criação. O que passeia pelo estúdio é um vago espectro de uma estética fugidia, e por isso o último plano do filme é uma panorâmica pelo teto do estúdio, tornado em um limite, uma prisão, um fim para aquilo que só existe, agora, como pálido espectro de um tempo há muito perdido.

AUTOPARÓDIA PICANTE EM O CONVITE AO PRAZER

A "liberdade sexual" dos anos 1960 torna-se libertinagem e satiríase, e o sonho molhado do amor livre torna-se um verdadeiro fardo para os personagens de *Emmanuelle* (Just Jaeckin, 1974), *O último tango em Paris* (Bernardo Bertolucci, 1972) ou *La Bête* (Walerian Borowczyk, 1975). Erotismo e morbidez davam-se as mãos no cinema da produtora Hammer ou nos filmes *giallo*, na Itália. Em breve, a epidemia de aids transformaria o calor de peles e fluídos numa roleta-russa. E o neoliberalismo surfaria a onda da especulação financeira sobre pilhas de cadáveres da ressaca do Verão de Amor e da guerra do Vietnã, da cocaína fácil e das especulações de Wall Street. No Brasil, a morte de Vladimir Herzog, em 1975, escancarou as entranhas obscuras da ditadura civil-militar. As múmias do Planalto começavam a perder suas bandagens de uma vez por todas; a onda da *pop music* despudorada trazia As Melindrosas, Gretchen e Sidney Magal; e o cinema começava a debochar da dra. Solange Hernandes – Dona Solange para os "íntimos" que passaram por sua tesoura.[1] Afinal, em 1981 seria lançado *Coisas eróticas*, de Raffaele Rossi e Laente Calicchio, que mudaria para sempre o cinema da Boca.[2]

---

1   Solange Maria Chaves Teixeira Hernandes, conhecida no meio como dra. Solange, dirigiu o Departamento de Censura a Diversões Públicas entre 1981 e 1985. Conhecida por um rigor moralista duvidoso, tornou-se um símbolo da ditadura agonizante em seus últimos anos. Suas decisões taxativas afetaram a circulação de músicas, filmes, peças e programas de TV. Foi tão odiada pela classe artística brasileira que se tornou chacota e tema da música "Solange" (1985), de Léo Jaime. Morreu em 2013, aos 75 anos, reclusa e esquecida.

2   *Coisas eróticas* é o primeiro filme brasileiro com cenas de sexo explícito. A partir de seu lançamento e de seu sucesso imediato, o modelo de produção na Boca do Lixo mudaria gradativamente, porém de forma drástica. Com o enfraquecimento da ditadura e da censura, os produtores sentiram-se confortáveis para ousarem cada vez mais, abrindo um nicho de mercado que se acentuaria com a popularização do VHS.

Incensado pelo sucesso arrebatador de *O prisioneiro do sexo*, do qual já nos ocupamos, Walter Hugo Khouri repetiu, em 1980, a parceria com Antonio Polo Galante, dessa vez com um roteiro no mínimo curioso.

Os borderôs de seu último filme nem haviam sido apurados, mas Khouri já sabia que o resultado positivo o colocava ainda entre os nomes mais importantes do cinema nacional. O "veneno de bilheteria" acabara, e ele já se dedicava à escrita de um roteiro denso e altamente sensual intitulado *Eros acorrentado*. Era a sua volta ao filme de arte após a experiência comercialmente reverenciada. Antes, porém, surgiria nova oportunidade de sedimentar seu sucesso de público e, dessa vez, com muito mais conforto e menos autocobrança. Podia até mesmo se dar o luxo de resgatar o casal Marcelo (Roberto Maya) e Ana (Sandra Bréa) do filme anterior e colocá-lo numa subtrama que permeia o enredo central da nova produção, nascida sob o título genérico *Vênus*. Além disso, por que não imaginar Luís e Nelson, de *Noite vazia*, reencontrando-se dezesseis anos depois nas peles de Marcelo e Luciano (Serafim Gonzalez), numa época muito mais afeita à permissividade gráfica de um cinema consolidado a partir do que havia de muito popular ao brasileiro? Por que não, agora, dois ridículos de meia-idade com uma velha relação mal resolvida, transitando entre a inveja e o tesão?

O conforto criativo em que se encontrava Khouri na virada de 1979 para 1980 permitiu inclusive que ele escrevesse assumidamente uma trama central no melhor estilo dos "catecismos" clandestinos de Carlos Zéfiro. Luciano é dentista e usa seu consultório para transar fortuitamente, dado que é casado com Anita (Helena Ramos), mulher mais jovem, ciumenta e controladora. Num desses fins de expediente, quando Luciano dispensa sua secretária, senhora castiça e responsável, para se entregar aos prazeres com uma jovenzinha, tudo muda. Luciano, bem se vê, é péssimo nos assuntos do coito. Apressado e bruto, assusta a moça (Aldine Müller) e a irrita. Susto mesmo é quando Luciano ouve a campainha do consultório. Aterrorizado pela ideia de que sua esposa o tenha descoberto em adultério, quase nasce de novo quando descobre que o visitante inesperado é Marcelo, Marcelo Rondi. Amigos desde a infância, eles não se veem há uns cinco anos, e o empresário só parou ali porque precisa de reparo urgente num dente. Dente este que fora trabalhado pela última vez pelo próprio Luciano. "Quer dizer, no mínimo você deve ser bom, né?", conclui Marcelo depois de revelar esses detalhes. E essa não será a última frase de efeito que os amigos trocarão ao longo de *O convite ao prazer*.

Luciano é um deslumbrado. Ressente-se tanto pelas facilidades da vida do amigo na juventude – carro, mansão, festas na piscina – que o recebe como quem está diante de uma família real. Não só isso: a exemplo das civilizações antigas, oferece a moça com quem tivera relações minutos antes ao amigo, quase um pai totêmico.

Enfim, faz questão de bancar a aventura não programada. Mas, para o azar de Luciano, Marcelo, sim, é viril, potente, disposto e criativo. A moçoila ganhou a noite sob dois aspectos: teve seu momento de prazer com um "coroa", como ela o chama, e ganhou duas vezes o valor combinado com Luciano. Era uma prostituta.

Satisfeitos e aparentemente plenos, os amigos resolvem sair dali e beber algo, a fim de colocar as novidades em dia. É aqui que Carlos Zéfiro sai momentaneamente de cena. No bar, aos goles de uísque e notas de jazz, os dois compartilham aspectos de suas vidas conjugais. Luciano revela que teme a ira de sua esposa. Marcelo é um cínico. Sua esposa sabe da *garçonnière* que ele herdou do pai para atender sua insaciabilidade e não demonstra importar-se. Além disso, tem com ela uma vida de "prisão livre". O prisioneiro agora se ressente de tudo poder e nada ter. São os deuses, rindo daquele que disse ser inteiramente livre, quando sua alma está pregada com tarraxas enferrujadas a um muro impalpável.

Por seu turno, Luciano arrumou uma bela forma de dar suas escapadas durante o expediente sem ter de sair do escritório, mas não consegue conceber a ideia de perder Anita, porque, além de linda, é veemente e vulcânica. Devotada ao marido, que leva em rédea curta. Assim, de um lado, o fastio de uma vida estável até demais. Marcelo, por sua vez, diverte-se provocando a esposa Ana por seu gosto de cursos de arte. Ele insinua que ela é fútil, mas é o próprio quem alimenta essa futilidade. No outro espectro da linha social, Luciano, que nem é tão mal de vida, sabe que se casou velho demais e que não vai conseguir outra que o mime como Anita. Mesmo que isso custe uma vigília ostensiva. O sonho da classe média nascida na Segunda Guerra Mundial está concretizado: dono de seu próprio negócio, próspero com a clientela e bem servido em casa, tanto quanto nos "serões". Mas tudo isso não basta.

Roberto Maya, em
O convite ao prazer.
Acervo Walter Hugo Khouri.

Sandra Bréa, em
O convite ao prazer.
Acervo Walter Hugo Khouri.

Quando os dois amigos passam a se ver quase diariamente na *garçonnière* de Marcelo para desfrutarem belas garotas de programa, bancadas pelo empresário especialmente para o amigo, ambas as esposas serão colocadas em rota de colisão. Anita se provará uma mulher ardilosa, que envolve até a saúde da mãe para tramar um flagrante – não que Luciano precisasse de muito para sair de idiota –, armando uma arapuca para fazer seu esposo ter certeza de que seu "melhor amigo" a seduziu. Ana, mesmo depois de confrontar a sogra sobre a velha mania de seu marido nunca se sentir feliz com nada, muito menos quando se trata de mulher, decide que essa questão, tão mundana e pequeno-burguesa, não é importante para ela e seu Marcelo.

O convite ao prazer usa a tela de René Magritte, *Os amantes* (1928), como vinheta para o início e o fim do filme. Um homem e uma mulher, bem vestidos, numa paisagem etérea, encapuzados e enlaçados, prestes a um beijo, mas incapazes de sentirem um ao outro.

―

Há dois aspectos principais evidentes em *O convite ao prazer*, para além da divertida releitura de *Noite vazia* no fim da ditadura: a primeira questão é como Khouri definitivamente permitiu-se ser quase explícito em sua abordagem gráfica do sexo.

Outro elemento notável é a explícita tensão homoerótica entre Marcelo e Luciano. Em geral, existe uma neurose homoerótica semi-implícita nas disputas fálicas. Estas vêm em forma de comparações sociais, situação financeira, sucesso profissional, autodepreciação ou autoenaltecimento. Normalmente, há uma nostalgia idealizada quando se trata de choques de gerações. Outras vezes, resume-se à manifestação primitiva de disputa pela maioria de seres do sexo oposto em dado contexto.

À parte os vários trocadilhos e anedotas que permeiam a relação dos amigos (como quando saem do consultório, cada um em seu carro, e Marcelo indica "Eu vou na frente, vem atrás de mim", o que para um argumento khouriano é mais que um trocadilho de quinta série), há algumas cenas emblemáticas. Quando ambos recebem a primeira garota de programa, que finge ser russa, a pedido de Marcelo, para "pregar uma peça" em Luciano, este volta a externar sua imaturidade lamentando em tom jocoso que está ficando velho, mas anda com "uma gula de tarado, um tesão cósmico", enquanto Marcelo apenas faz sala e alimenta a síndrome de vira-lata que o outro escancara: "Então aproveita logo, ué! Mas, cuidado pra não assustar a moça, porque você tá com cara de tarado mesmo!".

Em seguida, chegam mais duas garotas, e Luciano começa a dançar e bolinar uma delas. Assim que Marcelo passa pelos dois e toca a garota, também Luciano dá uma bolinada marota no amigo, que se assusta, mas leva na brincadeira. A outra garota levanta-se do sofá e coloca-se entre os dois, que a encoxam. É quando Luciano avança sua mão para apalpar as nádegas da menina e acaba roçando a genitália de Marcelo que, novamente, precipita-se e ri da situação.

É claro que as picardias evoluem para o ato sexual em si. Enquanto Marcelo vai para o mezanino com sua parceira, Luciano permanece na sala principal. Ao mesmo tempo em que Marcelo executa suas acrobacias de alcova, não tira os olhos da performance do amigo que, por sua vez, parece mais preocupado com a performance de Marcelo do que com a própria. No intervalo da diversão, Luciano corre para o bar do apartamento para comer alguns afrodisíacos, como amendoim torrado e salmão defumado, na esperança de poder repetir a dose com a mesma veemência do anfitrião. Essa dialética do desejo material *versus* desejo carnal entre dois homens é trazida aqui de forma muito mais explícita que nos trabalhos anteriores do cineasta. Por sinal, nunca as cenas de sexo foram tão longas num filme de Khouri. Graças à fotografia de Antonio Meliande, o que poderia ruir em baixaria se torna um *softcore* bem talhado em mais um êxito de público e crítica.

No final das contas, *O convite ao prazer* é a comédia na filmografia de Walter Hugo Khouri, e não *Eu*, sobre o qual trataremos posteriormente. O cineasta mostrou assimilar a tendência da pura comédia popular e, ao povoá-la de subtextos e temas existenciais, encontrou um excelente equilíbrio entre a autoralidade e o industrialismo. Reproduzimos alguns trechos de um datiloscrito depositado em seu acervo, no qual responde a algumas questões enviadas por Orlando Fassoni, da *Folha de S.Paulo*:

Qual a relação deste filme com suas outras obras?
[...] As relações são todas, seja pela parte de assunto propriamente dita como pela atmosfera e pela proposição em si. O filme retoma claramente certas

situações de *O desejo, Noite vazia, As deusas* e outras. Só não se associa a meus filmes "alternativos", como *O anjo da noite* e *As filhas do fogo*, de clima fantástico, apesar de na essência e no estilo esses filmes abordarem problemas e indagações semelhantes. Certos temas são inesgotáveis, permanentes e infinitos, além de se desdobrarem imprevistamente conforme a humanidade avança em sua trajetória, o que provoca novas facetas da mesma angústia essencial.

Por que você faz questão de fugir da realidade massacrante refugiando-se sob temas alienantes e burgueses?
Essa pergunta já me foi feita mais de cem vezes, sem justificativa, acho eu, e dessa vez, em vez de responder eu mesmo, vou utilizar um trecho de uma excelente entrevista concedida pelo poeta Augusto de Campos a um jornal de São Paulo ainda na semana passada [...]: "Alienação e formalismo são palavras-senhas que identificam uma concepção maniqueísta, pseudomarxista e na verdade tributária do stalinismo cultural. Infelizmente, essa é a mentalidade dominante em algumas áreas... Uma orientação sociologizante, bem-educada, mas desatualizada, a que veio somar-se o sentimento de 'má consciência' aguçado pelos anos de repressão no Brasil, criou uma indisposição pretensamente 'ideológica', nessas áreas, contra (no caso dele) a poesia de vanguarda. Essa é tida como escapista por não falar diretamente da realidade social brasileira e não proporcionar aos regentes de nossas letras a catarse emocional necessária para aliviar as suas consciências de burgueses privilegiados num país subdesenvolvido".

[...]

A um certo momento há uma indicação de que o protagonista está lendo Georges Bataille, *Morte e sensualidade* (aviso aos preconceituosos: o título do livro aparece em inglês porque não havia tradução em português), numa quase premonição de sua situação. A morte é tanto física como psicológica, é claro, e os dois personagens principais sentem sua presença de formas diferentes. O dentista relativamente inculto e primitivo sente-a através do esgotamento físico, da decadência de sua energia sexual, praticando um erotismo que afinal não lhe traz nenhum prazer especial. Marcelo, por outro lado, já é quase um "zombie", os sentimentos reduzidos ao mínimo, já na fronteira do não existir, usando o erotismo náufrago sem vontade de sobreviver.

Você faria um filme sobre o movimento grevista do ABC?
Sim, se isso fosse uma necessidade vital para mim, uma coisa essencial, se o que eu quisesse exprimir pudesse ser feito através de uma visão pessoal de uma greve. Não se fosse para bancar o turista-artístico, fazendo um filme sobre algo de que não tenho vivência, o que é o caso no momento atual. Seria uma ingerência insincera, um "uso" indevido e premeditado de um tema que deve ser deixado para quem pode fazê-lo de forma autêntica. Todos os temas são válidos e podem servir para qualquer visão do mundo, desde que sejam abordados com verdade e da forma correta. Eu só faço filmes sobre o que sinto, conheço, entendo ou intuo.

Você se considera um cineasta vítima de preconceitos dentro do cinema brasileiro?
[...] Na verdade, ser vítima é uma questão subjetiva, que pode oscilar em diversos sentidos. Mas, num cômputo geral, acho que posso dizer que sou não vítima, mas alvo e objeto de preconceitos diversos, que seria muito extenso, e repetitivo, assinalar aqui.

E, dessa forma, Khouri traria ao lume seu 19º filme, no qual Marcelo, um Odisseu acorrentado ao próprio umbigo, retorna aos braços de sua Penélope cheio de hematomas deixados por Luciano, quando, havia pouco, estivera na *garçonnière* para tirar satisfações com o amigo acerca de algo que nem aconteceu. Luciano vai à ruína moral e psicológica numa cena construída com rara comicidade sádico-cínica. É um Orfeu em crise de meia-idade, descido ao Hades para ter com Perséfone.

FALANDO EM KHOURI

Durante a pesquisa para este livro, tomamos contato com alguns importantes interlocutores de Walter Hugo Khouri, desde colaboradores e pesquisadores, até membros de seus elencos e profissionais mais próximos, como o inesquecível Alfredo Sternheim.[1]

Duas das mais fascinantes atrizes com as quais Khouri trabalhou, ainda em plena carreira, com muita experiência e memórias, são Monique Lafond e Nicole Puzzi. Ambas fazem parte do universo do cineasta formado a partir de meados dos anos 1970, quando sua poética guinou para a maturidade, o que emparedaria ainda mais a compreensão do público e da crítica. Monique herdou de Cristina, personagem de Odete Lara em *Noite vazia,* a força de impacto de encontro ao universo machista e petulante. Nicole é a eterna Berenice, ainda que tenha assumido esse papel apenas uma vez, no final de *O prisioneiro do sexo.* Sua presença súbita e breve é de tal força que os traços que constituem a personagem fazem-se notáveis em outras obras, nas quais ela nada tem de consanguinidade com Marcelo, caso de *O convite ao prazer, Eros* ou *Eu.*

Entrevistamos as duas atrizes em julho de 2020, quando a primeira fase da pesquisa para este trabalho chegou ao fim, após todo o material fotográfico, manuscrito e documental que compõe o Acervo Walter Hugo Khouri ter sido examinado pela primeira vez por um pesquisador desde a morte do cineasta. Em seguida, contatamos todos os envolvidos em algum momento em obras de Khouri. Transcrevemos a seguir trechos das conversas com Monique e Nicole.

---

1   Alfredo Sternheim foi assistente de direção em *A ilha* e em *Noite vazia* e, nos anos seguintes, tornou-se um importante crítico e cineasta. Desde 2017, ele ministrava cursos sobre a história do cinema num dos espaços culturais em que o autor era curador. Com a evolução de uma amizade, finalmente marcou-se uma entrevista a respeito da vivência com Khouri, para ser realizada em meados de dezembro de 2018. No dia 6 daquele mês, Alfredo faleceu repentinamente.

Walter Hugo Khouri... Ele era ele, ele era aquilo! Ele não se traiu em nenhum momento. Ele ia pela cabeça dele, o que estava pensando, o que estava sentido... Khouri foi um dos melhores cineastas... O tratamento que ele nos dava, a inteligência, a sensibilidade... Um *gentleman*... Eu dizia que o Khouri tinha a alma feminina. E havia um cuidado tanto com a figura feminina quanto com a pessoa, ou com o personagem. E ele era alguém muito aberto, sabe? Não era um cara engessado. Digo isso porque, dos filmes dele que fiz, poucos tinham roteiro. Quase nenhum. Ele sentava em frente à máquina dele e digitava. Depois vinha com "Olha a cena de amanhã" (risos). As coisas aconteciam dia a dia. A gente sentava para o café da manhã e ele vinha e passava a cena ali. A improvisação nunca deixava a equipe insegura porque ele fazia da criação uma coisa divina e, ao mesmo tempo, muito discutida com a equipe dele e com muito cuidado para como iria fotografar as mulheres etc. Era um cara de baita bom gosto! E a cena só acontecia com ele ali, colocando uma música, tipo Ella Fitzgerald, trazendo um clima, uma luz... aí vinha a marcação e se quiséssemos sugerir algo, sugeríamos. Talvez ele acatasse, ou não, mas, enfim, nos deixava à vontade para participar. Ele tinha um olhar diferente. Ele olhava para o seu pescoço e dizia "Olha, que maravilha"! (muitos risos). Ele observava muito as coisas... Era um grande observador.

[Fazer *Paixão e sombras*] foi maravilhoso! Eu conheci o Khouri aqui no Rio de Janeiro... não lembro quem nos apresentou e, logo de cara, ele me deu dois livros de psicologia. Com o filme nós fomos parar no Festival de San Sebastián porque ele foi representar o Brasil. Fomos todos parar num castelo lá e eu fiquei enlouquecida! Eu era muito jovem, tinha começado cedo... Aí, lá passavam por nós a Sophia Loren, a Elizabeth Taylor, Alain Delon... e eu, miudinha, assim, né... E, naquele ano, ainda tinha a Ana Carolina [assistente de direção em *As amorosas*]! A Aninha levando debaixo do braço seu primeiro longa [*Mar de rosas*].

Bom, mas quanto ao *Paixão e sombras*, ele veio ao Rio e me fez um pré-convite. Eu já conhecia o Fernando Amaral, e o Fernando era aquela figura... era o próprio Marcelo. Lá fui eu para São Bernardo do Campo e o Khouri me disse que seria o último filme feito pela Vera Cruz. Era a despedida dele naquele estúdio, e ele estava muito triste, andava de um lado para o outro, fumava um cigarro atrás do outro, mas o cigarro era mais um adereço do que outra coisa, e dizia que tudo aquilo ia virar um supermercado.

Foram cinquenta dias sem ver a luz do sol, porque eu fiquei hospedada em São Bernardo e ia para o estúdio de manhã cedo, terminava às onze da noite, voltava para o hotel, morria e no dia seguinte estava lá de novo! (risos). Ao mesmo tempo, ele parecia se divertir muito com as filmagens. Parece que ele se via dentro de cada um daqueles personagens. Ele ria sozinho, colocava músicas para o elenco entrar no clima... E, assim, não parecia um estúdio. Havia o calor, a troca. Khouri era um sedutor. Mas sem ser um canastra! Ele seduzia todo mundo e, por isso, todos trabalhavam em sintonia.

Monique Lafond, entrevistada em 22 de julho de 2020.

―

Falar do Khouri? Eu acho muito importante, porque ele foi muito injustiçado. Como muitos foram. O Brasil tem a mania de desprezar os grandes nomes do cinema nacional. É uma questão tacanha, de preconceito, sabe? Walter Hugo Khouri não se dobrou ao cinema do Rio de Janeiro, que já era preconceituoso com o cinema de São Paulo e ainda houve um agravante maior: a Xuxa. Ela fez de *Amor, estranho amor* um tabu. Eu a conheço, adoro ela. Mas, nesse caso do filme, ela foi mal assessorada. Somado à ignorância do público, o preconceito tomou a proporção que tomou. Depois, ela casou com o [cantor] Juno, que é amigo meu e que dá muito valor ao cinema nacional. Então, agora é que ela viu que estava errada e vem mudando sua postura. Vem até fazendo propaganda do filme. Acho que ela deveria ter procurado algum especialista na obra do Khouri, na cinematografia brasileira. Se ela tivesse procurado – e ela tinha condições para isso –, alguém poderia ter escrito alguma coisa e ela só teria de falar. [...]

Quando eu conheci o Khouri, eu tinha acabado de fazer o filme *Damas do prazer* [1978] e vinha cursando Serviço Social na faculdade. O filme era maravilhoso. O [Antonio] Meliande, que o dirigiu a partir de um roteiro do Ody Fraga, não colocou nenhuma nudez gratuita. Não tem apelação, pelo contrário. É um filme muito atual, que aborda a questão das milícias e do feminicídio antes mesmo de esses termos existirem. O Khouri adorou o filme e quis me conhecer porque ele dizia que eu era "a filha do Marcelo". Para ele, eu tinha que ser a Berenice, filha do personagem Marcelo. Então, ele foi até a minha casa para me conhecer e falar do filme e, é engraçado, acabou ficando amigo do meu pai! Meu pai não era instruído, mas era muito sábio, com uma alma de poeta. O Khouri se encantou com ele! Ele insistiu para eu fazer o filme, mas eu não pretendia seguir carreira como atriz, apesar de adorar aquele pessoal da rua do Triunfo. Eles me ensinavam muito.

Foi o Meliande que me disse "Nicole, ele é o Walter Hugo Khouri". Naquela época, não tinha onde a gente pesquisar, e eu não tinha uma cultura assim tão vasta. Veja, cresci na ditadura, sempre fui boa aluna na escola, mas eu não tinha aquela cultura geral e muita coisa, na escola daquele tempo da ditadura, era ensinada de uma forma [às vezes errada]. Mas, a cultura, a verdade mesmo, a gente não sabia. Para se ter uma ideia, eu achava que Machado de Assis era branco! Me surpreendi muito, positivamente, quando descobri que não era. Achei até que tinha mais valor ainda. De qualquer modo, naquela época eu estava começando a ler Nietzsche, mas não estava entendendo nada! (risos) Então eu fiquei pensando... Todo mundo me aconselhou a fazer, até que eu aceitei. O Khouri me disse "Olha, Nicole, esta personagem surge agora, quero que você a interprete e vamos pensar num nome para ela. Qual o nome que você gosta?". Como eu estava lendo Edgar Allan Poe, eu disse "Berenice". Fui eu quem batizou a personagem, e o Khouri achou lindo, achou que tinha tudo a ver.

Enfim, aprendi muito com ele. Fui compreendendo esse lado psicológico da obra, que eu não entendia. Ainda não sabia nada de Jung, *Gestalt*... nada, nada. Daí o Khouri foi me mostrando e eu fui me apaixonando por isso, pelos dramas das pessoas, e passei a entender um pouquinho, só um pouquinho mais, o Nietzsche. Como eu lia muito o Machado de Assis e o Érico Veríssimo, meus dois autores favoritos, acho que tive facilidade para compreender todo aquele ambiente. Então, mergulhei nesse filme e me apaixonei pelo ser humano que era o Walter Hugo Khouri, pelo grande amigo, por ele ser uma pessoa extremamente correta, que nunca exigiu nada, absolutamente nada, como moeda de troca, sabe? Teste do sofá... Aliás, na Boca, como um todo, nunca houve isso de "Ou dá, ou desce". Nunca! [...]

O Khouri me fez descobrir o universo da música negra norte-americana. Até então, eu só conhecia o *rock*. Eu era roqueira, ainda sou. E ele começou a me mostrar Ella Fitzgerald, Billie Holiday etc. Depois, ele me perguntava quais músicas eu tinha gostado mais. Quando eu disse que uma delas era "My Heart Belongs to Daddy", da Billie, ele adotou a música como tema da Berenice. Trabalhar com o Khouri não era normal, não era desta realidade. Era uma realidade transcendente. Uma coisa que você vivia como se fosse um sonho.

Nicole Puzzi, entrevistada em 28 de julho de 2020.

EROS E CRONOS: ESCULPIR O TEMPO E O VÁCUO

I

Com seu mais belo solilóquio, Walter Hugo Khouri abre seu vigésimo filme, *Eros, o deus do amor*, lançado em novembro de 1981.

São Paulo, Brasil, América do Sul, hemisfério meridional, Terra, sistema solar, universo... um deles. Eu nasci aqui. Vivo aqui a maior parte do meu tempo, cada vez mais. Mas ainda não entendi bem em que tipo de lugar eu estou. Às vezes fico pensando a que continente essa cidade pertence. Acho que a nenhum. O que quer dizer esse aglomerado? Outro dia senti que era algo como um cogumelo, uma explosão que não terminou, uma placenta gigantesca. Quase ninguém gosta dela: o resto do país não gosta, os turistas não gostam, os próprios habitantes às vezes parecem não gostar. A angústia aqui parece ser maior, tudo parece ser maior, impreciso, incompreensível. Para mim, muitas coisas se passaram nela, e passaram por mim, nela. Em quase todos os lugares alguma coisa aconteceu. Por isso, mas não só por isso, alguma coisa me agarra aqui, me prende, me segura e me fascina. É o meu território, meu local de caça e de domínio, de sofrimento, de prazer e de poder. Todas as referências e memórias, a euforia, a depressão, a luta, a vitória, a desilusão, o arrebatamento e a frieza. Tudo.

Dizem que é um lugar descaracterizado: não é o trópico, nem o frio; não é civilizado, nem primitivo; não pertence a nada, não é alegre, não tem charme especial, não tem lógica; não é antiga, nem moderna. É só forte, dizem alguns; mas agressiva também. E, principalmente, dizem e acho que é verdade, é indiferente, distante, imprecisa, quase sem tradição, egoísta, individualista, cruel e devoradora. E é isso, principalmente, que me liga intensamente a ela, numa

Kate Lyra e Marcelo Ribeiro, em *Eros, o deus do amor*. Acervo Walter Hugo Khouri.

espécie de osmose, de amálgama, de identidade de maneira de ser, de agir. No meu plano individual, me sinto como ela: o mesmo turbilhão, a avalanche, a ânsia e a fúria, a falta de medida, a vontade de não sei o quê. O meu interesse se concentra em mim e nas minhas obsessões, que eram muitas e que agora reduziram-se praticamente a uma só. Restou apenas uma coisa incrustada aqui dentro, que às vezes parece o começo e, outras, o fim.

As palavras, desenroladas enquanto vemos diversos planos de uma São Paulo feia, poluída, cinza e vertical, traduzem seu personagem central, Marcelo Rondi (Roberto Maya), aparecendo pela sétima vez no conjunto de obras do cineasta. Dessa vez, porém, não veremos Marcelo – pelo menos não totalmente –, apenas o escutaremos e, com efeito, seremos Marcelo, desolado em sua São Paulo, seu mundo predatório, sua selva e seu ninho de abstrações, sexo e buscas – quase sempre vãs.

Em suas estruturas interna e externa, *Eros* é momento de culminância na carreira de Khouri, que o situa entre a literatura e o filme. O diretor sempre expressou seu desejo de escrever um livro que daria conta de todos os pontos metafísicos que sempre o inquietaram. Com essa obra, o cineasta chegou bem perto do fluxo de consciência comum na literatura moderna. Porém, o cineasta deu um passo arriscado no momento em que havia feito as pazes com a bilheteria, depois dos enormes sucessos de *O prisioneiro do sexo* (1978) e *O convite ao prazer*. Agora, na virada do decênio, Khouri recebia de Enzo Barone, produtor, carta branca para sua próxima produção e, subvertendo as expectativas, apostou no fluxo da consciência da câmera, aboliu a presença física do personagem e, valendo-se da câmera subjetiva e solta pelo espaço cênico, colocou o espectador na pele do executivo milionário que recorda sua vida, da infância à idade madura, a partir de suas buscas internas, traduzidas nas mulheres que amou ao longo de décadas.

Nessa estrutura livre e experimental, Khouri fragmenta a noção de tempo diegético e coloca-nos na dinâmica da memória do personagem. Sem aviso prévio, viajamos de uma época a outra segundo os estímulos afetivos suscitados em Marcelo enquanto ele desfia para Ana, sua jovem amante, todas as suas recordações de alcova. É seu testamento, que nós, os espectadores, ajudamos-no a lavrar. E, nessa costura, Khouri ainda determina as ligações de *Eros* com sua obra anterior, a partir da iconografia presente em outros filmes e de personagens que vão se transmutando.

Como referido ao falarmos de *O desejo*, ali Khouri já ensaiava a ruptura das porções lógicas do tempo para propor um mergulho maior na psicologia da memória individual. Naquele caso, a de Eleonora, esposa de Marcelo. Em *Eros* é o tempo de Marcelo que se fragmenta diante de nós, e é a nossa relação com o Tempo e a Existência que sobressai dessa experiência. É como uma suspensão da percepção temporal. O homem, um ser temporal segundo a fenomenologia, não está habituado a se compreender fora do tempo. Precisamos, a todo momento, da segurança de lembranças de um passado que se tornou petrificado no afeto ou no desafeto, assim como não podemos deixar de vislumbrar o momento futuro, sob pena de estagnação. Nessa dinâmica, perde-se a noção de presente, e a transitoriedade de nossa moral tende a oscilar entre polos, sem nunca atingir um equilíbrio. É como observa o cineasta russo Andrei Tarkovski:

Afirma-se que o tempo é irreversível. É uma afirmação bastante verdadeira no sentido de que, como se costuma dizer, "o passado não volta jamais". Mas o que será, exatamente, esse "passado"? Aquilo que já passou? E o que essa coisa "passada" significa para uma pessoa quando, para cada um de nós, o passado é o portador de tudo que é constante na realidade do presente, de cada momento do presente? Em certo sentido, o passado é muito mais real, ou, de qualquer forma, mais estável, mais resistente que o presente, o qual desliza e se esvai como areia entre os dedos, adquirindo peso material somente através da recordação.[1]

Quando Tarkovski colocou em palavras suas reflexões sobre o tempo, o fez após a realização daquela que é sua obra mais polêmica e cercada de idas e vindas, *O espelho* (1975), ensaio visual que remonta a memórias do próprio diretor ao longo de uma vida que o fez assistir à Segunda Guerra Mundial e como esta influiu na vida dos cidadãos de seu país; também olha para os seus anos de aprendizado e de vivências no mundo adulto, relembrando sua mãe, seus amores, seu espaço vital etc. O filme nos coloca diante de um quebra-cabeças urdido por um personagem de 40 anos que, prestes a morrer, olha para a vida que teve e procura apaziguar seu momento presente a partir do que lhe restou nas lembranças. A câmera de Tarkovski em *O espelho* obedece à subjetividade que Khouri empregaria em *Eros*, com largos planos-sequência nos quais a presença objetiva e a sensação subjetiva do narrador alternam-se diante de nós e nos deslocam constantemente na construção da montagem. O filme foi duramente criticado pelos departamentos burocráticos que controlavam a produção cinematográfica soviética, que o consideraram estetizado e vazio, obsceno e inútil. Em verdade, Tarkovski buscava exatamente o contrário. Era sua intenção valorizar as correlações que nos mantêm vivos em nossas experiências efêmeras. Sim, são efêmeras, mas são as únicas coisas que nos tornam seres distinguíveis dos animais, que não possuem consciência de si.

"Privado da memória, o homem torna-se prisioneiro de uma existência ilusória; ao ficar à margem do tempo, ele é incapaz de compreender os elos que o ligam ao mundo exterior – em outras palavras, vê-se condenado à loucura."[2]

No solilóquio que abre *Eros*, Marcelo nos informa sobre sua relação com a cidade. Declara seu amor e seu ódio por ela, vê-se mais velho e vê o quanto está preso à metrópole que destruiu suas obsessões ao longo dos

---

1 Andrei Tarkovski, *Esculpir o tempo*. São Paulo: Martins Fontes, 2002, pp. 65-66.

2 Id., ibid., p. 65.

anos, reduzindo-as a apenas uma. Em suas memórias, das quais seremos testemunhas oculares, há um esforço extremo, não só para recolocá-las em perspectiva presente, mas para encontrar um sentido que o faça seguir daquele ponto em diante. Porém, com a fragmentação no fluxo do filme, também temos a completa extinção da narrativa, por mais paradoxal que seja. Uma vez que os tempos são postos em camadas e não em linha, o tempo já não existe. O que existe é apenas a sensação, a experiência.

> O presente ainda conserva em suas mãos o passado imediato, sem pô-lo como objeto, e, como este retém da mesma maneira o passado imediato que o precedeu, o tempo escoado é inteiramente retomado e apreendido no presente. O mesmo acontece com o futuro iminente que terá, ele também, seu horizonte de iminência. Mas com meu passado imediato tenho também o horizonte de futuro que o envolvia, tenho portanto o meu presente efetivo visto como futuro deste passado. Com o futuro iminente, tenho o horizonte de passado que o envolverá, tenho portanto meu presente efetivo como passado deste futuro. Assim, graças ao duplo horizonte de retenção e de protensão, meu presente pode deixar de ser um presente de fato, logo arrastado e destruído pelo escoamento da duração, e tornar-se um ponto fixo e identificável em um tempo objetivo.[3]

Na presença-ausência de Marcelo em sua não narrativa, o deus Eros, no ímpeto expansivo em direção ao infinito, supera Cronos no Olimpo da linha temporal da existência. O que sobram são cacos de memórias que Khouri vai juntando, e não só na diegese particular do filme em questão, mas na sua obra como um todo.

Por exemplo, o primeiro plano de *Eros* nos coloca no topo dos morros de Itatiaia, onde Márcia, de *O corpo ardente*, havia levado Robertinho, seu filho, para passear e para lhe mostrar a pedra em forma de trono. Em *Eros*, essa imagem será resgatada, dessa vez nas figuras de Marcelo ainda criança (Marcelo Ribeiro) e de sua mãe. Em *Forever*, anos depois, o lugar seria retomado, dessa vez com Marcelo (Ben Gazzara), já um homem maduro, apresentando à filha, Berenice (Ana Paula Arósio), o mesmo trono de pedra, no mesmo local. Para o espectador que conhece os meandros da

---

3   Maurice Merleau-Ponty, *Fenomenologia da percepção*. São Paulo: Martins Fontes, 1999, p. 106.

obra khouriana, o espaço cênico torna-se imediatamente familiar, a partir de movimentos de câmera que operam uma cisão no lastro temporal.

Em *Eros*, Marcelo levou Ana para conhecer Itatiaia. O plano mostra a moça aberta à consumação do sexo naquele espaço quase suspenso do mundo real. Quando uma panorâmica para a direita nos mostra a mãe de Marcelo e corta para o Marcelo menino olhando sua mãe é que percebemos a elisão do tempo e do espaço na costura idealizada por Khouri. Há momentos de *flashbacks* mais didáticos, com Marcelo descobrindo o sexo com sua professora de inglês e preceptora (Kate Lyra), ou com o menino, mais novo ainda, admirando a beleza de uma guerrilheira comunista na Revolução de 1935 (Renée de Vielmond), mas, via de regra, essas camadas lógicas não se sustentam com a maturidade e a intensificação da busca por prazeres a que Marcelo irá se submeter. Quanto mais próximos estamos de sua crescente angústia pela busca "de não sei o quê", mais incerta torna-se a sobreposição de tempos e de personagens que interagem conosco, e nós seguimos na pele do protagonista.

Ao operar na alternância da persona em questão (Marcelo, o espectador, e Marcelo-espectador), Khouri disserta sobre as várias faces desse homem moderno, paulistano até a medula, ressentido e incompleto. Em verdade, trata-se da abordagem mais técnica e analítica que o criador faz de sua criatura, enquanto segura firmemente seu espectador pelas mãos, exigindo-lhe o uso de uma venda nos olhos físicos, bem como as pupilas muito dilatadas da pura percepção. É um convite à cisão completa de nossos egos para que compreendamos as emendas do ego do personagem. Uma operação complexa, mas viável no contexto de uma modernidade criticada desde *Noite vazia* por seu poder de clivagem. "É uma das maldições do homem moderno esta divisão de personalidade. Não é, de forma alguma, um sintoma patológico: é um fato normal, que pode ser observado em qualquer época, em quaisquer lugares."[4]

Esse Cronos achacado pela presença de Eros manifesta-se, também, nas divisões da personalidade de Marcelo e sua busca. Ora o sentimos nostálgico, ora frio, ora cínico, mas sempre ressentido por uma ascese que nunca se completa. Sempre ligado à metrópole e à sua polifonia que, em seu universo, traduz-se em mulheres e mais mulheres, como pervertido incorrigível que é.

---

4   Carl Gustav Jung, *O homem e seus símbolos*. Rio de Janeiro: HarperCollins, 2020, p. 22.

Dina Sfat e Marcelo Ribeiro, em locações de *Eros, o deus do amor,* nas Agulhas Negras (RJ). Acervo Walter Hugo Khouri.

Seria frívolo e conformista assumir que *Eros* nos dá uma amostra de como Marcelo buscou a vida toda o conforto do colo materno e do universo lúdico de sua infância na vida adulta por meio do sexo. Pode até ser. No entanto, essa teoria encerraria a questão sem deixar margem a novos olhares. Na verdade, acreditamos que em *Eros* o Marcelo urdido pelo roteiro de Khouri sugere um personagem que compreendeu o que Eleonora lhe disse na longa discussão de *O desejo*. O Marcelo de *Eros* reconhece que vive num mundo alheio à sua própria vontade. Ele sabe que sua empresa chegou a um patamar autossustentável, sabe que lhe incomodam as obrigações profissionais. Ele sabe que se tornou um homem rico, mas insignificante. Tornou-se um ídolo de gesso, um dos corpos quebrados da abertura de *Noite vazia*. De suas experiências pregressas, ele apenas retirou aquilo que deseja no imediatismo de um coito, embora siga procurando o sentido de sua vida justamente nas mulheres, tanto nas que teve como naquelas que ainda tem e terá.

Em *Eros*, Marcelo descobriu que, para além das memórias, ele não possui nada de realmente marcante, a não ser o seu profundo desprezo pela vida que não seja a sua própria. Marcelo tornou-se um ser vazio, que só acumulou números, e só enxerga a possibilidade de transcendência por meio de sua filha, Berenice. Por isso, em *Eu*, ela será seu último refúgio, assim como será aquela que terá o direito de lhe tirar a vida – pela segunda vez – em *Forever*.

> Povos que vivem em culturas de raízes mais firmes do que as nossas encontram menos dificuldades em compreender que é necessário renunciar à atitude utilitarista de planejamentos conscientes para poder dar lugar ao crescimento interior de nossa personalidade.[5]

Pensando no que diz Jung, é fácil compreender por que Marcelo está constantemente rodeado de referência às culturas do Oriente. Há este universo ensimesmado do personagem no meio urbano e seus passos em direção à filosofia da transcendência, porém isso nunca se completa porque a carne sempre ruge mais alto, como o urso enjaulado e os cavalos libertos, excertos simbólicos de *Eros*.

---

5   Id., ibid., p. 214.

Em sua crítica a uma burguesia que só acumula experiências físicas e retém poder financeiro, Khouri também injeta comentários que projetam um Marcelo intrigado com a expansão do universo. O personagem parece não se conformar com a condição pequena num planeta minúsculo suspenso no abismo do universo. Seu ego martiriza-o, enquanto ele mascara sua impotência transbordando virilidade.

Seu alijamento do mundo transparece na conversa com uma de suas amantes a respeito da ida do homem à Lua, que não lhe seria nada importante, em particular,[6] porque não muda nada em sua vida. Também em suas memórias, quando o pequeno Marcelo lê a notícia sobre as bombas de Hiroshima e Nagasaki, embora intrigado pelo comentário preconceituoso de sua professora de inglês (*"Good for them! They got what they deserve, those japs!*[7]*"*), pouco depois o menino dobra o jornal em formato de chapéu e o põe na cabeça. Embora assumamos que um menino pré-adolescente não seria mesmo capaz de compreender a gravidade dos fatos históricos, Khouri usa essa cena aparentemente casual para voltar à raiz do "vazio construído" que permearia a vida de seu personagem.

Também não vamos nos fiar no velho lugar-comum que generaliza um comportamento devasso a partir de uma erotização precoce. Khouri apenas reproduz o que era muito normal – e ainda deve ser – entre os círculos mais abastados, em que "um homem deve ser um homem desde cedo". Enquanto funcionária da família Rondi, a professora não deve se furtar a cumprir "funções extras", mesmo que no filme essa função venha revestida de solicitude e simpatia da bela tutora pelo rapazote. Isso somente corrobora a ideia de que, quanto mais se tem no plano material, menos importam as coisas mais profundas. E, quando passam a importar, talvez as marcas daquilo que era superficial sejam profundas e determinantes.

O tempo linear gasto com o hedonismo fez de Marcelo uma figura angustiada com o óbvio. Todo o terreno preenchido pelo poder de sua posição social tornou-se o terreno vazio de sua vida interior. Por isso, quando

---

6   Lembremos que quando Luís, em *Noite vazia*, lê sobre a futura aventura lunar, isso o coloca em profundo estado de incômodo, que ele suplanta encerrando o breve momento de realização afetiva de Nelson.

7   "Bem feito! Tiveram o que merecem, esses japas!" (tradução nossa).

somos colocados em seu lugar pela câmera subjetiva do diretor de *Eros*, o efeito de sentido é mágico e poderoso. De um lado, sentimos a ausência que corrói o personagem. De outro, preenchemos com nossa própria experiência existencial aquilo que o personagem não deu conta de preencher. E eis a relação que se completa entre o espectador e a obra, e que Tarkovski bem define: "Quando o pensamento é expresso numa imagem artística, isso significa que se encontrou uma forma exata para ele, a forma que mais se aproxima da expressão do mundo do autor, capaz de concretizar o seu anseio pelo ideal".[8]

Em *Eros*, Khouri nos oferece seu panteão, bem maduro, como forma de darmos sentido ao seu personagem mais querido a partir das imagens com as quais trabalharemos a consciência de Marcelo. Pela primeira vez, e raramente visto desta forma, Marcelo é a criança mimada e abandonada que nos guia enquanto preenchemos suas lacunas. Por isso, *Eros* se apresenta como um exercício estilístico de conteúdo desagregado. É como uma longa sessão de análise em que nós não estamos no divã, mas na cadeira do analista. Marcelo Rondi, este gigante de pedra, é a criança obcecada pelo corpo feminino que se desfaz na vaga conexão de suas lembranças, bem diante dos nossos olhos, ou através deles.

Ainda, é a partir dessa obsessão pelo corpo feminino que Khouri, do ponto de vista da forma, e não do conteúdo propriamente dito, consolida sua reputação daquele que melhor soube extrair a beleza de uma imagem erótica. "Quando Khouri filmava um nu, as mulheres pareciam se tornar esculturas de mármore, como os gregos faziam", comenta Marcelo Ribeiro,[9] ator que viveu o menino Marcelo em *Eros*.

Finalmente, nas experimentações de *Eros*, Khouri iniciaria uma guinada de Marcelo Rondi, de seu mundo espiritual caótico em direção à palpabilidade de um mundo em crise. Em *Eu*, o personagem se tornaria a criatura vazia e orgulhosa de seu passado, que dirige sua pulsão libidinal diretamente à filha Berenice. Em *Forever*, o homem que viveu para dar vazão a compulsões por meio das mulheres que teve morre pelo último gozo, com Berenice. Em *Paixão perdida*, última obra do diretor, Marcelo entraria num novo universo, que exploraremos adiante.

---

8   A. Tarkovski, op. cit., p. 122

9   Em entrevista ao autor.

Por muito tempo se disse que Marcelo Rondi era o *alter ego* de Walter Hugo Khouri. Mas, em *Eros*, pelo menos visto hoje, Marcelo é o *alter ego* de todos nós e de nossas contradições inerentes, que nos fazem perceber quão vivos somos e quão estamos num pequeno cosmo da existência.

||

A entrevista a seguir foi retirada do *press kit* de *Eros, o deus do amor*, que se encontra no Acervo Walter Hugo Khouri e cujo conteúdo joga luz sobre vários aspectos técnicos, narrativos e filosóficos do filme, bem como sobre a carreira do diretor. Por ser pensada para um *release* dirigido à ampla imprensa, é evidente que as perguntas são retóricas. No entanto, exatamente por isso, elas dão a Khouri a possibilidade de falar sobre seu trabalho, seus métodos e pontos de vista, ora desfazendo mitos sobre sua poética, ora se antecipando a dúvidas e discussões que *Eros* poderia suscitar no espectador.

Nesse filme, Eros, *foi utilizada uma narrativa comumente chamada de "câmera subjetiva", equivalente ao que em literatura chamamos de narrativa em primeira pessoa, o ator principal sendo substituído pela objetiva da câmera e não sendo visto pelo público. Por que essa escolha?*
Há muitos anos, mais de uma década, talvez, eu desejava fazer uma experiência de filmagem na primeira pessoa. Não com qualquer intuito de artifício ou de virtuosismo técnico, mas a fim de conseguir uma unidade de narrativa que se assemelhasse à linguagem de determinado tipo de literatura. Acho que existe uma espécie de paradoxo dentro do meu trabalho: apesar de fazer cinema essencialmente visual, onde a imagem predomina, a minha formação intelectual é fortemente literária, no sentido de que a linguagem da obra está a serviço de ideias e conceitos. E, como venho desenvolvendo um mesmo personagem através de muitos filmes, que leva sempre o mesmo nome de Marcelo, sentia uma grande vontade de o exprimir diretamente, através da própria câmera, sem a interferência de um intérprete, a fim de individualizar ainda mais o trabalho, funcionando a objetiva como uma espécie de extensão de mim mesmo.

Era, naturalmente, uma experiência cujo resultado não se podia prever e, evidentemente, arriscada. Por diversas vezes cheguei a conceber a estrutura de alguns filmes sob essa forma, mas, à última hora, por motivos diversos, isso era adiado. A experiência não é totalmente nova, pois todos sabem que em 194[7] Robert Montgomery fez *A dama do lago* usando o recurso da câmera subjetiva. Eu nunca vi esse filme, apenas li coisas sobre ele e ouvi opiniões a respeito. Mas sei que a preocupação técnica era um fator essencial: a câmera caía no chão, levava socos, desmaiava, fazia uma série de acrobacias, e o rosto do ator aparecia em espelhos, havendo também uma preocupação de fazer tomadas contínuas, dentro de uma lógica "física" da visão de uma pessoa, o que é praticamente impossível, pois nenhuma lente cinematográfica corresponde às características da visão humana e à sua capacidade de concentração em detalhes e pontos de atenção.

No meu caso, tanto os propósitos como os meios técnicos foram completamente diferentes. O que procurei foi uma espécie de "participação" diferente, assim como uma maior definição do personagem através da própria ausência de seu rosto, acentuando a sua alienação, a sua indefinição como ser humano, a sua precariedade, o seu egoísmo e as suas obsessões. E, tecnicamente, tomei todas as liberdades que achei necessárias, sem preocupações de lógica. Ou seja, não houve um rigor de continuidade de visão, os cortes existindo normalmente, na perspectiva da câmera, é óbvio, seguindo antes de tudo o *ponto de atenção* da visão do personagem, como acontece na vida real, em que nossa atenção está quase sempre concentrada num elemento de nosso campo visual, sem que o resto tenha grande importância.[10] Existem, portanto, detalhes, pormenores, *closes*, planos de todos os tipos, procurando dar uma visão subjetiva também no que se refere ao plano psicológico do personagem e não apenas no sentido físico do mesmo, o que obrigaria, por não ser real também, a ausência do ponto de atenção.

A intenção principal foi conseguir um *fluxo* de visões, de sentimentos, de estados de espírito, de atmosferas, de ideias, de épocas, de estados obsessivos e de experiências de vida, de *uma vida*, uma *individualidade* em particular, numa sequência sem cronologia e sem lógica comum, oscilando entre a realidade e a memória.

---

10 No filme, aquilo que está no campo de visão do espectador é tudo o que é essencial à concepção simbólica e narrativa do quadro. Por não oferecer visão periférica, o recurso da câmera subjetiva, nesse caso, reforça o recolhimento a um universo interno e concentrado somente naquilo que interessa ao personagem Marcelo.

Mesmo assim, a experiência foi difícil, fascinante e cheia de surpresas, pois desapareceram os contratempos, os eixos, as direções de olhar e todos os elementos gramaticais de uma narrativa cinematográfica normal. [Na] maior parte do tempo, os atores que estão em cena olham para a objetiva, o que é um quase tabu na quase totalidade dos filmes.

Outra liberdade tomada foi a da inclusão de atores para representar Marcelo nas recordações infantis do personagem. Partindo de minha própria experiência, verifiquei que as minhas lembranças de infância sempre, ou quase sempre, incluíam a mim mesmo nas cenas visualizadas na memória.

Assim, utilizamos um menino de 4 anos e outro de 12 anos para as rememorações de Marcelo e, quando se tratava de recordações de épocas mais recentes ou de narrações de Marcelo contando sua vida para alguém, foi usado o vulto do ator Roberto Maya, de forma indistinta e imprecisa.

Em resumo, posso dizer que o processo da câmera subjetiva foi usado por razões apenas criativas e expressivas, sem grandes preocupações de rigor, de lógica ou de precisão técnica.

Eros tem, provavelmente, o maior elenco de grandes nomes femininos já reunido num filme brasileiro. Uma proeza só conseguida, em outro contexto, pela TV Globo. Foi difícil reunir tantas mulheres famosas? Como surgiu a ideia de as reunir?

A maior parte das atrizes que aparecem em *Eros* já havia, em algum momento, trabalhado comigo, juntas ou isoladamente. A própria estrutura da história, ou melhor, do assunto do filme, pedia um grande número de intérpretes femininas, e, naturalmente, quando a produção do filme se materializou, elaborei o roteiro definitivo já pensando nas atrizes que usaria em cada papel. Quase todas deram certo, com algumas exceções, quando houve substituições. A ideia de filmar *Eros* já tem muitos anos, e sempre pensei no filme com a presença das minhas atrizes favoritas. Não é segredo que gosto de repetir certos elementos de elenco, até por uma questão de estilo, de unidade e de identificação. Já fiz oito filmes com a Lílian Lemmertz e, quando a contratei para fazer *Eros*, ela ainda não havia obtido o enorme êxito que teve logo a seguir, na televisão. Com Norma Bengell e Selma Egrei já trabalhei muito também. Dina Sfat fez *O corpo ardente* comigo em 1965. Com Renée de Vielmond foi a primeira vez que trabalhei, mas eu já vinha tentando colocá-la em filmes meus desde 1971, de forma que quase já a considerava como fazendo parte de "minhas" atrizes. A mesma coisa no que se refere a Denise Dumont e a Christiane Torloni, que há muito tempo já convidara para figurar em outros filmes. Com Nicole Puzzi, Monique Lafond, Kate Lyra e Kate Hansen já fiz três filmes. Dorothée-Marie Bouvier trabalhou comigo em O último êxtase, e assim por diante. Foi quase uma reunião de velhos amigos.

Você tem fama de ser um excelente diretor de atrizes. Elas são melhores de dirigir do que os homens?
Não necessariamente. Depende sempre de *quem* é o ator ou a atriz. Mas não há dúvida de que existe um estranho fascínio em ter o rosto de uma mulher diante da objetiva, quando esse rosto vibra e tem profundidade.

As mulheres exigem talvez um pouco mais do que nós chamamos de "terapia", uma quantidade maior de apoio ambiental e a criação de certos "climas". Às vezes, são necessários enormes rodeios para se chegar ao resultado que se quer. Acho que os anos e os filmes me ensinaram alguma coisa no que se refere a lidar com atrizes e conseguir bons resultados quando existe o talento fundamental. No fundo, com as famosas exceções, elas são extremamente dóceis e cooperativas e quase sempre têm grande vontade de fazer direito o seu trabalho. Basta que sintam que há respeito, cuidado, atenção, segurança, amor e profissionalismo.

Acho que o elemento principal, porém, é uma espécie de "osmose" que se estabelece entre o diretor-câmera e a atriz, que me permite criar uma espécie de entendimento subliminar entre os dois, que tornam desnecessárias até palavras.

Em seus filmes, a presença feminina é bem mais marcante que a masculina. Isso porque a mulher, até certo ponto, é um ser marginalizado, ou porque você veicula melhor seu pensamento através das personagens femininas?
Essa é uma impressão errônea. Com algumas exceções, os personagens centrais de meus filmes, os que carregam os problemas, são os porta-vozes deles e das ideias, são homens. Na verdade, como já disse atrás, é quase sempre o mesmo personagem, pelo menos a partir de um determinado momento do meu trabalho. Ele aparece sob as mais diversas formas, diversas condições sociais, diversas idades e atividades, mas é quase sempre o mesmo em sua estrutura existencial e psicológica. As mulheres que parecem povoar os filmes existem em função dele e são talvez a parte principal do seu problema, mas tudo está centrado em função do homem, da sua visão e de seu drama. Os papéis que crio para as atrizes são uma galeria diversificada e ampla, multiforme, ao contrário do que sucede com a estrutura fechada e compacta dos personagens masculinos.

Por que essa anulação do homem em Eros, *a ponto de ele não ter rosto no filme? É um problema só de Marcelo ou da condição masculina em geral?*
Acho que essa circunstância da não presença física do personagem central acaba por funcionar até de forma contrária. Em vez de o anular, penso que intensifica a sua presença, mesmo que seja de forma angustiante e frustradora. Não é evidentemente um problema de toda a condição masculina. É um problema do *meu* personagem e de uma visão particular minha, do mundo e das coisas. Os temas são de certa forma os mesmos que já coloquei em outros trabalhos: a dificuldade da verdadeira realização amorosa, a ambivalência e o entrechoque entre os sentidos e a espiritualidade, a pureza e a impureza, as perplexidades, a procura cega da realização, a obsessão pela sensualidade como forma de se sublimar, o desperdício do amor dos outros, a melancolia, o sentimento de violência predatória, a incapacidade de lidar com as próprias angústias. Talvez neste filme tudo isso esteja exacerbado a um ponto mais forte, e provavelmente pelo fato da própria ausência física do personagem.

É necessário que eu diga que toda essa conceituação é feita *a posteriori*, principalmente como fruto do enorme número de entrevistas e questionamentos que tive que responder através dos anos, cada vez que termino um filme. O meu processo de criação é absolutamente automático. Nunca penso que vou fazer um filme sobre este assunto ou aquele. As coisas surgem espontaneamente, sem premeditação, sem nenhuma escolha antecipada, seja de climas, de personagens, de entrechos ou do que for. A localização e a constatação de temas e de preocupações são resultado de uma indignação quase obrigatória que tenho que realizar para responder ao que perguntam.

Mas acho que não compete a mim explicar ou indicar. Tudo isso deve, ou deveria, fluir do próprio trabalho e ficar exposto o mais claro possível.

Marcelo seria uma espécie de Gatsby, no sentido de que é um homem muito rico e extremamente infeliz?
Nada absolutamente a ver com Gatsby. Primeiro porque Marcelo não é infeliz. É angustiado, inquieto, procura, como também pode ser frio e indiferente, mas não é infeliz. Depois, Marcelo também não é necessariamente rico. Ele já foi o estudante pobre, revoltado e anarquista de *As amorosas*, que vive no quarto de empregada da casa de um amigo rico, ou o adolescente angustiado que rouba dinheiro da mãe para fugir de casa em *O último êxtase*, ou o cineasta perplexo e em crise de *Paixão e sombras*. Os problemas é que são os mesmos, o desencanto, a procura, a

perplexidade. Depois, ao contrário de Gatsby, Marcelo nunca se apaixona, e isso é um de seus dramas maiores. Pode ficar claro que Marcelo é mais um "estado de espírito" do que um personagem. Não importa se é rico ou pobre, jovem ou velho, a sua essência é sempre a mesma.

Eros é um filme muito caro? Quantos produtores têm participação no filme? Você tem dificuldade em arranjar produtores para seus filmes?
O filme teve um custo acima do normal por razões óbvias, mas não é uma produção de custo exorbitante, principalmente levando-se em conta o aumento constante de custos de produção. Mas seu elenco, seu tempo de produção, a quantidade de material virgem dispendida e a multiplicidade de locações exigiriam um orçamento acima da média nacional. O produtor principal é o Enzo Barone, que detém quase a totalidade do percentual de produção e com quem há muitos anos eu estava em entendimento para a realização de um filme. Enzo foi um excelente produtor em todos os sentidos e teve grande coragem de confiar em um projeto tão imprevisível e arriscado como esse, que propunha mudanças de linguagem e de estrutura, com um orçamento fora dos padrões normais, com um elenco difícil de reunir.

A Companhia Cinematográfica Serrador também participou da produção do filme, assim como eu mesmo, sendo a Embrafilme a distribuidora.

Quanto à dificuldade de arrumar produtores para os meus filmes, só posso dizer que, talvez estranhamente e por circunstâncias que eu mesmo não sei explicar, nunca tive dificuldade nisso, a partir dos anos 1960 pelo menos. É verdade que eu mesmo produzi grande parte de meus filmes, mas, apesar de minha carreira ser pontilhada por rendas médias, sucessos, fracassos, em proporções quase iguais, nunca deixei de filmar por falta de produtores, nem precisei procurá-los.

Quase sempre recebo convites para um próximo filme enquanto ainda estou terminando algum.

Até onde você atende às exigências dos produtores e até onde os produtores atendem às suas exigências?
Nunca atendi a exigências, pelo simples fato de que nunca me foram feitas por nenhum produtor. O que existe são proposições diferentes de cada produtor no que se refere ao tipo e às dimensões do filme que se vai fazer. Mas não me lembro de [...] ter recebido pressões ou exigências para fazer isto ou aquilo. Sempre escrevi os meus próprios roteiros e realizei e montei os filmes da maneira que quis.

Nem conseguiria trabalhar de outra forma. Tenho certeza de que, se houvesse alguma exigência, não haveria filme, pois eu não chegaria sequer a começar a trabalhar. E se isso acontecesse no meio de um filme, não teria dúvidas em abandonar o trabalho. Qualquer erro, concessão, frustração ou engano que possam existir nos meus filmes são de minha exclusiva responsabilidade. Muitos de meus filmes foram inclusive feitos sem que o produtor lesse o roteiro, alguns foram mesmo feitos sem roteiro. Em qualquer contrato que assino consta sempre uma cláusula que prevê liberdade total de criação em todas as fases da realização. Meus problemas com os produtores restringem-se quase sempre a problemas não criativos referentes ao título dos filmes, aos *trailers* ou ao teor da publicidade feita em torno da exibição.

Por que o nome Eros?
Tenho sempre nomes-códigos para as histórias e os projetos que surgem na minha cabeça e que às vezes levam mais de dez anos para se materializar. *Eros* é um projeto muito antigo meu, nas suas linhas gerais, que era fazer um *painel individual* do mundo, através da vida amorosa de um homem. O roteiro definitivo foi escrito com o nome de *Eros acorrentado*, numa clara alusão à tragédia *Prometeu acorrentado*, de Ésquilo, estabelecendo um paralelo da situação de prisão, de castigo e de punição em que se encontra o Eros do homem moderno, vivido e manipulado de forma trágica e errônea. Sou um apaixonado pela mitologia e pela filosofia gregas, fiz faculdade de filosofia e tenho uma longa convivência com tudo isso, e cada vez mais me convenço de que toda a condição humana já está colocada lá, de forma definitiva e profunda, numa maneira universalista e abrangente. E Eros sempre foi a figura mitológica que mais me fascinou, por sua própria ambiguidade, sua oscilação entre o puro e o impuro, o apego aos sentidos e à ascese religiosa a um só tempo, à penúria e à abundância, sua bipolaridade de deus e demônio. As várias cosmogonias gregas apresentam Eros das formas mais variadas possíveis, filho dos mais variados deuses, mas ele é sempre aquele que sopra no homem o espírito da vida, a sua força criadora essencial. Ele é a ponte que une o abismo que separa os homens dos deuses, o intermediário entre o divino e o mortal, a força de quem tudo nasce. Existe no filme uma sequência, cuja ação se passa numa sala de aula de filosofia grega em 1950, onde uma jovem professora de filosofia lê trechos de *O banquete*, de Platão, em que tento explicar de forma funcional tudo isso, dentro da ação, ilustrando para qualquer tipo de espectador a dimensão do que é Eros.

Tudo isso que falei não quer dizer que o filme se desenrole em meio a colunas gregas, com pessoas filosofando. O local de ação do filme e um de seus personagens centrais é a cidade de São Paulo, a minha cidade, com toda a sua dureza, seu fascínio, seu cosmopolitismo e seu caos social. Há uma tendência em todo o país, na própria São Paulo e no meio da *intelligentsia* nacional, de considerar a cidade um lugar descaracterizado, hostil, sem raízes, de cultura amorfa. Essa simplificação tem presença muito forte dentro dos próprios habitantes e intelectuais da cidade, que sofrem nas últimas décadas uma espécie de colonização de outros centros, que os deixam desligados da própria realidade, da força e da densidade do lugar, sofrendo um complexo de inferioridade coletiva que não tem razão de ser. A cidade, com todos os seus defeitos e monstruosidades, é sem dúvida o lugar mais estimulante, efervescente e criativo do país, no seu conjunto. A sua descaracterização, o *melting* de culturas, a agressividade, a neurose, o desmesurado labirinto social que nela se estabeleceu acabam formando um conjunto fascinante, algo que pulsa e vibra.

É preciso que essa espécie de "vergonha" de pertencer a São Paulo acabe e que seus próprios habitantes combatam a discriminação e todos os preconceitos. E que não seja aceita a simplificação que reduz as eventuais qualidades a pizzarias, imigrantes e metalúrgicos, o que só faz aumentar o autodescrédito inútil e gratuito.

Nesse filme, independente de seus resultados e das qualidades que possa ter ou não ter, não houve de minha parte nenhum medo de "assumir" o cosmopolitismo, a descaracterização, a agressividade, o clima opressivo e o "estrangeirismo" da cidade, sem nenhum folclore. A visão "dessa" cidade é obviamente subjetiva, e seu personagem sente-se como um prolongamento dela. Convivem dinheiro, gueixas, obras de arte, sexo, monges zen, Platão, ruína, jazz, *Gestalt*, o tempo e a memória, tudo num só contexto. E quem tem a vivência não folclórica e mais profunda da cidade, como eu, sabe que essa é a sua grande qualidade, a sua essência. Aqui, "tudo" é possível. Qualquer coisa pode ser acrescentada (ou retirada) a esse enorme aglomerado que será absorvida e integrada, passará a fazer parte dela, não importa de onde provenha, sem que seja obrigada a mudar sua característica e sua essência, seja ela cultural, existencial, filosófica, religiosa ou o que for.

Da aparente descaracterização que resulta disso tudo é que surge a força e o encanto da cidade que, como diz o personagem-câmera no começo do meu filme, parece que não pertence a nenhum continente, é como uma explosão que não terminou, um enorme cogumelo, uma placenta gigantesca. É indiferente, distante, imprecisa, quase sem tradição, egoísta, individualista, cruel e devoradora. E nós a amamos, muito.

Quando você começou a filmar, a escola mais influente era o neorrealismo. De lá para cá, surgiram várias outras tendências. Alguma delas te influenciou particularmente?
O domínio do neorrealismo era realmente absoluto quando comecei minha carreira. Havia mesmo um clima quase ditatorial no que se refere a essa influência e ao policiamento que seus feitores exercem sobre os jovens cineastas, excluindo qualquer qualidade ou validade a quem não seguisse certos cânones. Essa intransigência passou, mas quase sempre foi substituída por outras, e assim parece que será sempre.

No que se refere ao meu caso, agora que posso observar tudo com algum recuo, não penso que tenha sofrido nenhuma influência duradoura de qualquer tipo específico de tendência ou escola, a não ser impactos passageiros que possa ter absorvido de um cineasta ou outro.

Acho que cheguei a um estilo próprio, fruto de minha visão das coisas e da influência de todo um contexto cultural, com o qual convivo desde jovem, porém um contexto muito particular e pessoal.

Alguma observação mostrará facilmente que as influências que existem em meu trabalho não são exatamente cinematográficas. Além da literatura, a presença da pintura, da música, da filosofia, da psicologia, das terapias e das religiões são muito fortes em meu trabalho, às vezes de maneira muito clara e específica. É facílimo detectar isso, principalmente nos filmes a partir dos anos 1960. Isso não exclui a presença de todo um substrato do cinema que eu vi e vivenciei através dos anos. Mas tenho absoluta certeza de que cheguei a uma maneira própria, personalizada e individual de me exprimir e assim penso continuar.

A impressão que se tem de Walter Hugo Khouri é de que ele se comporta de uma maneira muito pessoal em relação ao cinema brasileiro. Não é um cineasta do tipo que debate diariamente os problemas do cinema nacional, tampouco é um diretor que fez filmes apenas para faturar. Em suma, Khouri não se enquadra nos conceitos "engajado" e "alienado". Fale um pouco sobre isso.
Essa impressão não é totalmente verdadeira. Já participei muito de todo tipo de debates, reivindicações e procura de soluções para o cinema brasileiro. Já fui, inclusive, durante três anos, presidente do Sindicato da Indústria Cinematográfica de São Paulo. Nos últimos anos tenho participado menos dessas coisas, primeiro por causa do acúmulo de trabalho, que absorve quase todo o meu tempo, e também porque percebi que grande parte dos movimentos, reivindicações, pedidos e sugestões obedeciam por demais a *slogans*, a interesses de grupos ou privados, e

que havia sempre algum tipo de manipulação em quase tudo. Como meu temperamento é também um pouco avesso a certo tipo de coisa, procurei concentrar-me o mais possível no trabalho propriamente dito, o que não deixa de ser uma forma de contribuição.

No que se refere ao enquadramento a conceitos do tipo "engajado", "alienado" ou qualquer outro, faço realmente questão de não me enquadrar em qualquer um. Não nego que um certo individualismo prevalece em todo o meu trabalho, mas num sentido abrangente, observando o mundo e as coisas. E o culto da individualidade, que talvez possa ser registrado também através dos filmes, considero uma qualidade e um fator positivo. Acho que a defesa da própria individualidade é a primeira qualidade que um artista precisa desenvolver em qualquer plano, seja em sua criação como na vida privada. Acredito que faço cinema até hoje, de forma mais ou menos ininterrupta, porque soube preservar de alguma maneira essa qualidade, resistindo aos massacres permanentes que sempre pretendem exatamente isso: nivelar e sufocar a individualidade.

O DRAMA
HISTÓRICO-ERÓTICO-POLÍTICO:
AMOR, ESTRANHO AMOR

I

Considerado um dos filmes mais grotescos já produzidos na história do cinema, *Salò, ou os 120 dias de Sodoma* (1975), do italiano Pier Paolo Pasolini, apresenta-se como um programa indigesto de episódios que exploram o grafismo de imagens que vão da tortura psicológica à física, da pedofilia ao estupro de incapaz. Em seu auge, *Salò* confronta o espectador com um suntuoso banquete coprofágico... sim, o espectador terá de assistir às pobres almas condenadas alimentando-se das próprias fezes no ponto mais alto das licenciosidades cometidas por quatro déspotas que se isolam numa propriedade antiga e luxuosa, com um grupo de jovens moças e rapazes sequestrados de seus lares, para darem vazão às suas perversidades e firmarem acordos de ordem política para a manutenção de uma corrente ditatorial, na qual os mais fracos existem para justificar os mais fortes.

O filme de Pasolini, baseado no clássico do Marquês de Sade, rendeu-lhe toda sorte de ataques. Foi acusado de fazer apologia à violência deliberada, de filmar uma pornografia gratuita e de trair movimentos operários, aos quais antes era tão solidário. A tragédia de Pasolini após *Salò* chegou a seu ponto extremo quando o cineasta foi covardemente assassinado por um garoto de programa somente dois meses antes do lançamento comercial da obra. É muito possível que o crime tenha motivações políticas e não seja fruto de uma diversão fortuita que saiu do controle. Afinal, já desacordado, o cineasta foi atirado ao solo e atropelado diversas vezes pelo mesmo veículo. Na cabeça.

O tempo redimiu *Salò* e hoje já conseguimos "ler" a crítica feroz que Pasolini urdiu contra o comportamento totalitarista e populista que sempre rondou a política italiana e, no final dos anos 1970, espraiava-se pelas democracias capitalistas do Ocidente com muita sanha. Mesmo à época, embora não tão evidente, o conteúdo do filme já era observado para além de seu grafismo ofensivo, mas os detratores de Pasolini fizeram vistas grossas e preferiram a superficialidade do pensamento binário.

Em 1982, após o êxito de *Eros, o deus do amor*, Khouri preparava-se para rodar seu 21º projeto, desta vez com o aporte da Cinedistri, já sob direção de Aníbal Massaini Neto, herdeiro da produtora independente que começara na região da Boca como uma pequena distribuidora, administrada por seu pai, Oswaldo Massaini, que logo se interessou pela produção de filmes populares. Em 1962, a Cinedistri produziu *O pagador de promessas*, de Anselmo Duarte, e, para surpresa de muitos e desespero de alguns, ganhou a primeira – e única, até este momento – Palma de Ouro de Melhor Filme no Festival de Cannes para um filme brasileiro. A partir de então, a Cinedistri tornou-se celeiro de várias produções de peso, passando pelos filmes de cangaço, musicais e, claro, comédias eróticas. A produtora foi responsável por alguns dos maiores sucessos do segmento, como *A super fêmea* (1973) e *Histórias que nossas babás não contavam* (1979). Também deu a José Mojica Marins a oportunidade de produzir mais uma saga de seu Zé do Caixão, com orçamento confortável o suficiente para sofisticar seu horror já tão marcante, ao produzir *Exorcismo negro* (1974). Mas nem só de gêneros populares vivia a Cinedistri. Havia também as produções mais complexas, que não prescindiam do erotismo, mas se prestavam a abordagens polifônicas, caso de *Mulher objeto* (1981), em que Silvio de Abreu exercita seu suspense *à la* Hitchcock.

Àquela altura, Khouri já havia mostrado que sua adaptabilidade não se chocava com o escopo da obra total que construía. O erotismo gratuito e os trocadilhos infames das comédias eróticas eram a tônica que o cinema nacional adotara com solidez ao final dos anos 1970, mas o cineasta vinha se provando hábil na distribuição do erotismo plástico ao longo de suas narrativas claustrofóbicas. Quando entrou na década de 1980, Walter Hugo Khouri era "o grande diretor de mulheres". Aprimorara a destreza na composição de enquadramentos que tornavam suas estrelas verdadeiras obras plásticas.

Uma vez que, havia muito, frequentava assiduamente as altas rodas, tornou-se amigo de Edson Arantes do Nascimento, o Pelé, que, à época, começara a namorar uma jovem modelo gaúcha despontando como promessa nas capas das mais diversas revistas, Maria da Graça Meneghel, a Xuxa. O relacionamento era um prato mais que bem servido às colunas sociais e de fofocas, e o casal parecia querer aumentar seu capital midiático. Muito ciente de que, para tantas modelos e belas atrizes, um trabalho assinado por Khouri poderia significar a abertura de portas para uma carreira intensa e bem-sucedida, Pelé passou a insistir que Khouri escalasse sua namorada para o próximo trabalho, que filmaria naquele ano de 1982. Sempre contrário a solicitações impositivas, Khouri hesitou por algum tempo, mas cedeu e acatou o pedido do amigo. Hoje, segundo declarações recentes de Xuxa, ela teria se envolvido no projeto de *Amor, estranho amor* menos pela possibilidade do estrelato do que pela insistência do namorado. De qualquer modo, a modelo ficaria com o papel de Tamara, uma jovem sulista que seria transformada em moeda de troca.

O elenco já contava com Tarcísio Meira e Vera Fischer, ambos estreantes no panteão de astros khourianos. Ainda se somariam a eles Walter Forster, Mauro Mendonça, Íris Bruzzi, Otávio Augusto e Matilde Mastrangi, entre outros. Mas o roteiro pedia um garoto num dos papéis centrais. "Nem fiz teste. O pessoal da produção telefonou em casa e disse que o Khouri me queria no próximo filme", relembra Marcelo Ribeiro.[1] Estava plantada, dentro e fora do filme, a última semente do vindouro drama político. As consequências espalhariam estigmas cruéis e absurdos sobre as reputações de Xuxa e do menino Marcelo. Pior, a repetição de mentiras e equívocos faria Walter Hugo Khouri – pioneiro do cinema brasileiro moderno, laureado com dezenas de prêmios ao longo de cinco décadas pela produção de 26 filmes, número assombroso para os padrões brasileiros – passar a ser conhecido, por muito tempo, como "o diretor 'daquele' filme da Xuxa".

---

[1] Em entrevista concedida ao autor em 6/7/2020.

Ainda no âmbito da crítica ao totalitarismo por meio dos excessos da carne, tão polêmico e ofensivo quanto *Salò*, é lembrado *Calígula* (1979), produzido por Bob Guccione, diretor-executivo da *Penthouse*, uma das revistas eróticas com eventual pornografia *softcore* mais populares da época, a partir de roteiro do escritor Gore Vidal. Seu diretor, o italiano Tinto Brass, tentou reconstruir a Roma decadente e seus principais agentes. Porém, Guccione preferiu demitir o diretor ao fim das filmagens, trancar-se na sala de montagem com o material bruto em mãos e editar sua própria versão da saga do imperador lunático Gaius Germanicus Calígula, enxertando cenas explícitas protagonizadas por atrizes e atores de filmes adultos. O resultado é um filme confuso, errático e focado basicamente na pornografia. A crítica odiou, mas sua bilheteria só não é, até hoje, a maior da história do cinema mundial por conta das várias proibições que encurtaram sua vida útil.

É verdade que Brass já havia optado por uma visão realista e direta, contrapondo-se aos épicos hollywoodianos dos anos 1950 e 1960, que idealizavam uma Roma romanticamente violenta. O diretor de *Calígula* investiu na nudez e nas insinuações ostensivas, mas o fez por crer que o sexo, utilizado de determinada maneira, sempre teve e terá a capacidade de aproximar o espectador, menos pela capacidade de excitar a plateia e mais por humanizar a história contada. Dizia ele que "a pornografia existe para causar ereção. O erotismo, para causar emoção".[2]

Mas Tinto Brass, que havia aprendido a fazer cinema com Rossellini e Visconti e, seguindo na mão contrária de seus mestres, enveredou pelo cinema experimental e independente, só chegou a *Calígula* por conta de seu filme anterior, *Salão Kitty* (1976). Vale a pena um comentário sobre essa produção para iluminar aspectos pouco notados em *Amor, estranho amor*.

O filme de Brass passa-se no início de 1939, antes do começo da Segunda Guerra Mundial, vista como certa pelos personagens que frequentam um bordel de luxo em Berlim, administrado pela veterana do ramo, Kitty. O momento conturbado pede providências de autoridades para que tudo seja devidamente estruturado, de maneira a garantir ordem e segurança às instituições militares – e às civis que as apoiam –, posto que o conflito pode eclodir a qualquer momento. Uma das providências é zelar

---

2   Cf. *"Personal Quotes"* no perfil de Tinto Brass, em IMDb.

pelo bem-estar e saúde mental das tropas. Por isso, dois oficiais nazistas de alta patente responsabilizam-se por montar uma tropa de mulheres 100% arianas, despojadas e liberais o suficiente para entreter os soldados do Führer. Obviamente que, ao longo da película, o conflito de interesses e os desejos de poder separarão os dois colegas em fardas, mas nos interessa, aqui, como esse recrutamento de objetos sexuais é conduzido e qual a sua função subtextual. Diferente da trama de Pasolini, em que os jovens sexualmente escravizados são sequestrados de seus lares, em *Salão Kitty* as meninas são convocadas cientes de suas eventuais funções. Aceitar o teste inicial significa demonstração da verdadeira força ariana feminina e, para elas, uma honra, por cumprirem seus supostos deveres para com o Reich. Uma vez selecionadas, são enfileiradas num belo salão da mansão onde passarão a viver. Um dos oficiais explica a natureza daquela reunião e pede que as mulheres se dispam para o primeiro teste, formando pares com soldados para uma orgia batismal. A riqueza imagética de Brass combinada à montagem rítmica tornam o filme um misto de espetáculo operístico e ironia cortante. Para perfilar homens e mulheres como numa dança de quadrilha, o oficial dá ordens militares e os faz marchar como se fossem corpos desprovidos de vontade, num quartel da Schutzstaffel. Segue-se a escolha de pares e a dispersão para se entregarem a uma espécie de valsa ornamental sexual.

Tudo é devidamente registrado em filme, provavelmente mais pelo material recreativo que renderá aos oficiais da alta cúpula que pelo registro de boa execução da tarefa. A verdadeira prova de lealdade aos caprichos do regime, porém, vem com o teste seguinte.

O mesmo oficial supervisor da primeira atividade caminha por um longo corredor nos porões da propriedade, ladeado por celas em que cada garota deverá entregar-se a um tipo considerado grotesco. Uma terá de seduzir um anão com deformidades; outra, um decrépito judeu retirado de um campo de concentração; outra, ainda, deve entregar-se a um cigano corpulento e feroz; e há uma que deve se deitar com um amputado da cintura para baixo. Todos os tipos considerados aberrações naturais que devem ser erradicados em honra da pureza ariana. Algumas garotas são diligentes e proativas na missão. Outras refugam. O oficial observa atentamente, emulando uma postura puramente cartesiana, mas deixando escapar o ímpeto de suas próprias perversões.

Essa abordagem sexual dos distúrbios próprios aos agentes da política possibilita ver, além do mero espetáculo da nudez, que o motivo seria nada mais que um subterfúgio para a exploração de uma plateia igualmente pervertida. O sexo e o poder igualam-se numa redução primitivista reprimida. Nas sociedades modernas, com matizes autoritários, a repressão sexual inibe a liberdade do espírito primal até que se torne força motriz que extrapola o código moral e ético na esfera da classe dominante. Assim, "a estrutura humana debate-se na contradição entre o desejo intenso e o medo da liberdade. [...] O medo de liberdade das massas humanas manifesta-se na rigidez biofísica do organismo e na inflexibilidade do caráter".[3] E, ainda:

> Ora, é do nosso conhecimento que a repressão sexual serve para mecanizar e escravizar as massas humanas. Assim, sempre que se depara com a repressão autoritária e moralista da sexualidade infantil e adolescente, e com uma legislação sexual que a apoia, pode-se concluir, com segurança, a presença de fortes tendências autoritárias e ditatoriais no desenvolvimento social, independentemente dos chavões a que recorrem os respectivos políticos.[4]

Dada a posição de poder, um determinado indivíduo não pode simplesmente entregar-se à esbórnia. A manutenção de poder nos círculos privilegiados se faz pela moral reta e austera, ainda que por mera aparência. Por um lado, isso cria a necessidade de manobras que satisfaçam os desejos dos mais fortes. Por outro, ter ciência da etiqueta, digamos, aristocrática, e não poder rompê-la ao bel prazer, atiça a ferocidade predatória sádica. O sadismo surge como pulsão compensatória, fenômeno análogo ao triunfo, nesse contexto. Em seguida, a perversão e a posição política tornam-se intercambiáveis. Uma pela outra, conforme necessidades próprias de uma diplomacia deturpada. Não raramente, a troca, no cenário de alta deliberação, vem acompanhada de traição e violência em suas diversas formas.

---

3   Wilhelm Reich, *Psicologia de massas do fascismo*. São Paulo: Martins Fontes, 1982, p. 305.

4   Id., ibid., p. 203.

Xuxa Meneghel debuta no cinema em *Amor, estranho amor*. Acervo Walter Hugo Khouri.

II

Walter Hugo Khouri já havia provado que era possível construir um registro histórico factual coletivo a partir de poucos indivíduos inseridos em determinados contextos. Em *Amor, estranho amor*, o cineasta provou ser possível tecer uma teia histórico-política das negociatas na vida pública também a partir de lembranças de um único indivíduo, em que afetos pessoais e testemunhos oculares fundem-se para formar um cenário coletivo sem prescindir dos efeitos subjetivos.

Motivo recorrente na obra do diretor, a paisagem de uma São Paulo contemporânea, cinza e sisuda surge na tela já nos primeiros segundos de *Amor, estranho amor*. Em meio à horrível configuração desordenada de prédios e ao ruído irritante da metrópole, encontramos um casarão provavelmente construído entre a segunda e a terceira décadas do século XX, de estilo neoclássico e elementos góticos, próprios do ecletismo arquitetônico das elites paulistanas do período. Chegando ao casarão, encontramos o comendador Hugo (Walter Forster), com quase 60 anos de idade e dono da propriedade. Entende-se que haverá uma reunião de negócios no local, entre o proprietário e um grupo de gestores culturais. Enquanto caminha pelos cômodos vazios do velho casarão e aguarda seus convidados, Hugo passa a relembrar suas ligações com o imóvel. Suas memórias serão o fio condutor da trama.

São Paulo, novembro de 1937. Hugo tem apenas 12 anos e chega à cidade acompanhado de sua rabugenta avó. A velha leva-o até um casarão luxuoso e imponente e o instrui a ir até o portão e chamar por sua mãe. Depois, dá as costas e vai embora. Confuso e acuado, o menino obedece e é recebido por uma empregada. Ele explica que veio encontrar sua mãe, Anna (Vera Fischer). O conflito se estabelece porque o casarão é, na verdade, um bordel de luxo, que mais tarde se revelará mantido pelo deputado dr. Osmar (Tarcísio Meira), força política da classe cafeicultora do estado. Além disso, Anna é sua amante fixa e a mais respeitada entre as profissionais do estabelecimento. Em verdade, o respeito advém de sua ligação direta com aquele que sustenta o negócio. Isso fica claro pela latente inveja que a posição de Anna causa nas outras meninas. De qualquer maneira, não haveria momento pior para a chegada de Hugo ao bordel. Há uma festa sendo preparada. Uma festa muito especial, cujos desdobramentos serão importantes não só para o corpo de profissionais que mantém o estabelecimento, mas para seu mantenedor mesmo.

Na segunda metade dos anos 1930, o Brasil estava em vias de viver uma convulsão política que ainda reverberava a intervenção ditatorial liderada por Getúlio Vargas e a Revolução Constitucionalista de 1932, quando São Paulo foi bombardeada e humilhada pelo Poder Executivo. Vargas seguia no Catete e reprimia com violência qualquer sinal de levante popular ou de tentativas de retomada do poder pelas oligarquias do chamado café com leite. Na trama do filme, dr. Osmar pretende oferecer uma festa em honra de outro deputado, o mineiro dr. Benício (Mauro Mendonça), procurando agradá-lo a ponto de selar uma aliança que faça frente ao estado de coisas e abra caminhos para o retorno da velha política. Mais que isso, a festa também servirá para que um presente muito especial seja oferecido a Benício: uma jovem virgem, de origem alemã, uma vez que o próprio dr. Osmar sabe da queda que seu possível aliado tem por donzelas.

A chegada de Hugo pode colocar em risco toda a estrutura do evento e minar a estabilidade do recinto, por isso Anna é prontamente intimada pela cafetina do bordel (Íris Bruzzi) a se livrar do garoto antes que seja tarde. Enquanto tenta lidar com a ira que a atitude inconsequente da mãe lhe causara e com a alegria de ter seu filho por perto, Anna acode para providenciar a Hugo um esconderijo seguro no sótão do imóvel. Há um elemento dúbio que Khouri maneja com destreza: nem bem o garoto chega ao bordel, começa a ser assediado pelas meninas que lá moram e trabalham. O que assistimos é realmente o fato consumado ou um amálgama de memória e imaginação? Retomaremos esse ponto.

Hugo ainda não tem a capacidade de compreender o que é exatamente aquele lugar em que trabalha sua mãe, mas entende que algo incomum acontece ali, sobretudo quando toma contato pela primeira vez com a tal jovem alemã, Tamara, vivida por Xuxa, uma ninfeta debochada e afrontosa, que já entendeu a natureza de sua presença no local e denuncia uma forte ambição de vir a ser como Anna. Enquanto Anna tentará manter seu filho afastado de todas as mulheres, Tamara insistirá em abordar e provocar o garoto às escondidas. Não somente ela, mas ao menos mais uma prostituta, Olga (Matilde Mastrangi), assediará ostensivamente o menino. As memórias do velho Hugo vão se costurando de maneira que Khouri nos incute dúvida sobre a veracidade de parte dessas reminiscências. Em muitos casos, parece-nos absurda a ideia de que as mulheres do bordel se preocupem tanto em seduzir um menino que ainda guarda feições infantis de um pré-adolescente. De outro lado, o *status* de Anna, como dito, desperta a inveja das colegas. A sedução, aqui, aparece como outra força política, paralela, que implica em ferir o inimigo a partir daquilo que ele mais preza.

Quanto à Anna, sua motivação maior é garantir que o dr. Osmar a presenteie com uma casa própria, ainda que simples. Também será providencial que o deputado a sustente com uma pequena pensão, suficiente para viver com seu filho, sem maiores contratempos e longe da velha que o trouxe de Santa Catarina por pura vingança. Os desejos de Anna têm fundamento. Osmar havia prometido cumpri-los assim que a aliança política entre São Paulo e Minas Gerais se concretizasse e os oligarcas retomassem o poder no país. Mas, ali, naquele contexto, sua preocupação é manter o menino preservado das verdades daquele casarão e de sua real profissão. Anna pouco pode interagir com o filho e menos ainda comentar demais. Ela sabe que seu filho está crescendo e que foi posto num ambiente às descobertas. Em certa cena, após providenciar um banho para o menino em sua luxuosa suíte, a mais cobiçada do casarão, Anna insinua que a carta de sua mãe faz menção a comportamentos vergonhosos de Hugo, ao que o menino desconversa para não expor sua evidente puberdade.

Nesse ambiente de barganhas, o sexo se apresenta como força motriz: Anna se relaciona com Osmar para alcançar sua estabilidade de uma vida comum; Osmar espera que sua aliança se consolide a partir de uma virgem dada de presente a seu adversário; Tamara sabe que será dada de presente e espera que isso a faça tão popular quanto Anna, ao mesmo tempo em que tenta ferir o desafeto seduzindo seu filho; as outras prostitutas pretendem atingir Anna também por meio de Hugo.

Toda essa dinâmica servirá para que Hugo compreenda o mundo dos adultos, a identidade de sua mãe, as perfídias do meio promíscuo em que ela se insere e, principalmente, para que perca a inocência alienante da criança e torne-se adulto. Embora embalado numa plasticidade característica de Khouri, a violência latente paira sobre um tabuleiro tão complexo como o de qualquer fita do diretor. Mais uma vez, os personagens pouco se exaltam, mas suas presenças pressupõem uma vida de eterno duelo. Isso também sobressai na dinâmica das relações entre os dois deputados e seus respectivos séquitos. Embora a cordialidade seja a tônica da grande festa da noite, tanto dr. Osmar quanto dr. Benício sabem que estão lidando com possíveis minas terrestres no trato entre si. Cabe aos assessores de ambas as partes zelar pelo bom andamento das negociatas.

A estetização da grande festa em *Amor, estranho amor* obedece a uma materialização do ritualístico e à estrita etiqueta própria dos círculos burgueses e das sociedades herméticas, justamente os agentes sociais da alternância de poder. Tal qual em *Salão Kitty*, a vulgaridade sucede a lisura.

Quando Benício recebe seu mimo, ele chega embalado numa caixa ilustrada pelas bandeiras de São Paulo e Minas Gerais. Quando a caixa se abre, Tamara está envolvida por uma fantasia de urso de pelúcia. Seu papel é sair da caixa e entreter o público com um *strip-tease* ao som de uma banda de jazz – a Traditional Jazz Band –, que não poupa vigor e ritmo para a ocasião. Khouri nos revela o nítido constrangimento que se mistura à desconfiança nas expressões dos assessores de Benício, mesmo que o político já esteja encantado pela visão da virgem. Aqui, Khouri engendra um balé fílmico que alterna planos de Tamara, Benício, Anna, Osmar, os convidados e da banda de baile para criar dualidades entre luxúria e soberba, marcadas pelos cortes rápidos de planos próximos.

"Negócios de cama funcionam melhor que conversa, às vezes", é a filosofia de dr. Osmar, posta em xeque quando a festa termina e começa a orgia. O que parecia consolidado começa a ruir quando Hugo propõe deixar as alturas da inocência em seu quarto improvisado para descer aos infernos da vida como ela é. Em suas incursões pelos túneis secretos da mansão, o menino entrevê pelo gradil dos aquecedores das alcovas como funciona a "empresa" em que a mãe trabalha. Vê, inclusive, como é o trabalho da mãe, ao flagrá-la em deleite com o dr. Osmar em sua suíte. Mais adiante, encontra um bom local para espionar o quarto onde o dr. Benício pretende servir-se de Tamara. Porém, por descuido, causa um ruído que deixa o político mineiro inquieto e certo de que está caindo numa armadilha posta por seu "inimigo aliado", Osmar. Mesmo com as insinuações de Tamara, o velho declina da noite de sexo para ruminar a suposta desdita. Mas é Tamara quem percebe o que de fato aconteceu. Ela reconhece o pequeno Hugo pelas frestas do gradil, e Khouri deixa claro, no sorriso maquiavélico da moça, que ali há uma disputa maior em curso.

Hugo volta a seu catre no sótão da mansão e tenta descansar, mas as visões eróticas das mulheres do bordel acariciando seu corpo virgem não o deixam sossegar. Também o sossego do dr. Osmar será quebrado. É dia e seus assessores irrompem na mansão, procurando o chefe. É 11 de novembro de 1937. Getúlio executou um golpe dentro do golpe. Não há mais razão para alianças oligárquicas. Tudo está perdido. Não há resistência. "Eu sabia, são todos uns covardes! Vai ser como em [19]32, na hora H ninguém se manifesta!", ressente-se Osmar.

Antes de seguir para o exílio, Anna, mesmo com a grande soma deixada por Osmar, sabe que seu futuro promissor também está perdido. Na estrutura narrativa de Khouri, houve um segundo golpe "político" dentro do prostíbulo. Afinal, Tamara finalmente seduziu Hugo, roubando-lhe a virginal inocência de criança. Além disso, com novas perspectivas para o bordel no Estado Novo, ela poderá se tornar a favorita de algum interposto do totalitarismo varguista, sucedendo Anna e impondo-se às outras meninas.

Quanto à cafetina do bordel, as coisas lhe são mais práticas. É preciso descobrir quem substituirá Osmar no novo contexto político, para garantir o esteio àquela instituição e, prontamente, iniciar as tratativas para receber os novos mantenedores. "Rei morto, rei posto", conforme o refrão popular.

Quando Tamara corrompe a cria de sua rival, dá-se a famosa cena, causadora de tanta celeuma infundada no futuro, para o filme e para seu diretor. Uma cena carregada da angústia khouriana. Descoberta pela mãe de Hugo, Tamara sente o peso da ira da genitora que quer preservar seu ninho. Agora, Hugo terá de enfrentar uma conversa franca com Anna, que lhe explica a natureza de todas as reviravoltas em seu seio familiar e por que o garoto não poderia estar ali.

Muito mais direto que Xuxa Meneghel seduzindo o pequeno Marcelo Ribeiro, é o momento de reconexão entre Anna e Hugo, em que a mulher se põe nua, como uma Vênus, para amamentar seu menino, também nu, que descobre as camadas mais profundas para além das aparências de sua mãe. Uma psicofagia mútua. Longe do estímulo sexual utilitarista, a cena reproduz uma versão particular de Khouri para a *Pietà*, de Michelangelo, tão recorrente nas artes visuais. As expressões de Anna não exprimem prazer, mas o êxtase de uma mãe trazendo seu filho para dentro de seu mundo sem empecilho nem subterfúgios. Hugo, enquanto se enrosca no corpo da mãe, parece voltar à fase uterina. Quer retornar para dentro dela e renascer. A montagem de Eder Mazzini intercala tal cena com a expressão emocionada de Hugo adulto, derramando lágrimas enquanto seu eu-menino retorna à condição de feto. Ao menos no mundo onírico do eu-adulto.

A *Pietà* de Khouri em *Amor, estranho amor*.

Inevitavelmente, Hugo terá de voltar à casa da avó, e Anna terá de esperar um pouco mais para levar a termo um projeto de família com seu pequeno. A política, os tempos e as relações de poder mudam, mas a base piramidal permanecerá a mesma.

De volta ao presente, o adulto Hugo doará a mansão ao tal grupo de gestores de um centro cultural sem sede própria. Nunca saberemos como o garoto cresceu para se tornar o dono do imóvel. Teria sua mãe reascendido no ramo por um novo revés a que não temos acesso, a ponto de comprar a propriedade? Teria o menino incutido tamanho desejo de reparação que tudo fez para ascender por si só e comprar o antigo bordel? Teria Hugo enveredado pela política para se tornar o novo dr. Osmar em algum momento? Não importa. Satisfeito por doar a casa a um propósito mais digno, Hugo também se torna um instrumento para Khouri criticar o descaso do Estado em relação ao patrimônio histórico de São Paulo, porém deslocado para o destino de sombras daquele tempo do Estado Novo.

Os donatários do imóvel comentam a falta de cuidado público para com as propriedades igualmente ancestrais e parabenizam Hugo pela generosidade. Ironicamente, pouco tempo depois, uma frota de tratores adentrou a avenida Paulista na calada da noite e demoliu vários casarões históricos que ali ainda se encontravam. Em 1996, a mansão Matarazzo foi dinamitada. Nenhuma família queria arcar com despesas de um patrimônio tombado. O terreno vale muito mais. Somente um imóvel residencial permaneceu intacto e se tornou um centro de cultura, a Casa das Rosas, antiga propriedade da família Ramos de Azevedo e cuja arquitetura lembra muito a locação escolhida por Khouri para rodar *Amor, estranho amor*. A mansão do filme sobrevive plena, na rua Bom Pastor, bairro do Ipiranga, em São Paulo.

Feitas as tratativas, o adulto Hugo vê-se novamente sozinho na casa, mas dessa vez, sentado à sua frente, num canto, está o jovem Hugo. Ambos trocam um sorriso cúmplice e apaziguador. Passado e presente reconciliam-se, enfim.

Mas, tudo que vimos ao longo da projeção refere-se às memórias do adulto Hugo ou haveria um quê de fantasia? Agora podemos nos ater à questão.

O que vimos seria uma rasura da lembrança com a intenção de reescrever o passado penoso da mãe e do filho? Essa questão foi levantada no momento em que o filme ganhou o circuito de exibição:

> As únicas sequências que exprimem a realidade de forma direta são a primeira e a última. As demais representam imagens que a casa velha e seus objetos vão provocando na mente de Hugo. Numa primeira interpretação, essas imagens podem ser tomadas como pedaços do passado. Por outro lado, podem constituir produtos de uma fantasia ou de uma lembrança fantasiada do que poderia ter sido o passado de Hugo. Podem ser apenas produtos da imaginação dele e, nesse sentido, o filme insinua uma brincadeira de metalinguagem: Khouri nos conta a história de um homem que nos conta uma história.[5]

Assim como em *Eros, o deus do amor*, Khouri nos confronta com o prisma subjetivo de seu personagem central. Hugo, em sua essência arquetípica, não difere de Marcelo Rondi. Ambos se encontram em seus anos de maturidade, ambos são confrontados com uma São Paulo de mil cabeças, ambos são bem-sucedidos e têm o sexo como força motriz de suas experiências; Marcelo deseja a filha; Hugo, a mãe. E esse desejo não é algo superficial, utilitário. Trata-se do desejo de simbiose e ascese. Portanto, memória e fantasia estão implicadas na construção da moral e das motivações dos personagens.

O público compreendeu a abordagem mais direta e linear de *Amor, estranho amor*. Com mais de um milhão de espectadores, num ano em que grandes produções hollywoodianas inundaram as salas do país, Khouri continuava sua retomada pessoal.

O filme ainda voltaria aos cinemas em 1987, ocasião em que Khouri comemorava o surpreendente sucesso de *Eu*, provando a popularidade da história, mas também se valendo da popularidade acumulada por Xuxa, agora uma estrela infantojuvenil. Isso causou grande problema.

---

5 Luciano Ramos, "A política do voyeurismo em outro estudo de Khoury" [sic]. *Folha de S.Paulo*, p. 25, 8/11/1982

III

Com o sucesso de público e de crítica, veio, também, a ressaca do moralismo e as disputas judiciais. Xuxa, que à época era uma modelo promissora, possivelmente não imaginava que, apenas dois anos depois de *Amor, estranho amor*, redirecionaria drasticamente sua imagem, tornando-se apresentadora do programa Clube da Criança, na TV Manchete. Em 1983, estrelou a aventura *Fuscão preto*, de Jeremias Moreira Filho. Porém, no ano seguinte, já passou a se concentrar no novo foco de suas aspirações profissionais. O sucesso com os "baixinhos e baixinhas" cresceu rápido e logo chamou a atenção da TV Globo, que contratou Xuxa a peso de ouro, em 1986. Nascia uma nova Maria da Graça Meneghel, irremediavelmente incompatível com uma estrela khouriana.

Quando *Amor, estranho amor* foi realizado, ninguém contava com a evolução tecnológica que ocorreria ao longo da década e popularizaria o VHS. No início dos anos 1990, Aníbal Massaini Neto viu a possibilidade de lucrar com o lançamento do filme em fita de vídeo. Por seu turno, o escritório de Xuxa Meneghel entrou com um pedido de embargo, alegando que a apresentadora assinara um contrato que não mencionava a difusão da obra em outras mídias – que sequer existiam –, dando início a um dos processos mais tortuosos e especulados dos anos seguintes.

Notícias do começo daquela década dão conta de que o escritório de Xuxa havia processado a Cinearte – novo nome da Cinedistri – e a CIC Vídeo, distribuidora de fitas, por danos morais, requerendo cerca de US$ 4 milhões a título de indenização. Os advogados da apresentadora conseguiram ganho de causa em primeira e segunda instâncias, e o filme desapareceu das prateleiras das videolocadoras. Em 1992, o corpo jurídico da Xuxa Produções passou a exigir o embargo do filme também nos cinemas, mesmo em caso de mostras e retrospectivas pontuais.

O dano não pararia por aí. Boatos fizeram circular a descabida ideia de que o filme continha cenas de pedofilia, e de que Xuxa era uma artista hipócrita, pois influenciava crianças tendo se relacionado sexualmente com um garoto de 12 anos em frente às câmeras. "Culpa da mídia sensacionalista e das figuras públicas desavisadas ou mal-intencionadas. Deturparam a realidade", afirma o próprio Marcelo Ribeiro, que viveu Hugo no filme, numa de várias conversas.

Embora Khouri não tivesse ingerência sobre a circulação do filme, já que se tratava de propriedade da Cinearte, não se furtou a opinar, num raro momento de fúria pública. "Walter Hugo Khouri cansou", comunicava Luiz Carlos Merten, e seguia:

> [...] Ele ameaça entrar na Justiça com uma ação contra Xuxa, acusando-a de "cerceamento da liberdade de expressão". Khouri acha intolerante a atitude da atriz. Define-a como "fascistoide" e faz uma provocação. "Até o vídeo e o filme do Godard, *Je vous salue, Marie*[6], terminaram liberados. Será que a Xuxa pensa que é superior a Nossa Senhora?"[7]

Passado o destempero, Khouri não foi à Justiça contra Xuxa. Foi aconselhado pelos advogados de Massaini a evitar a ação para não piorar uma situação já bem delicada. Além disso, o cineasta havia acabado de ganhar uma bolsa Vitae de Artes para roteiros e seria mais produtivo dedicar-se à escrita de *Il fuoco*, história que nunca conseguiu filmar. A obra seria a genealogia final de Marcelo, que se descobriria descendente do poeta e dramaturgo italiano Gabriele d'Annunzio e se envolveria numa trama política internacional que teria, além de São Paulo, a Itália e a Tunísia como cenários. As mais de quatrocentas páginas da saga épica de Marcelo Rondi soam como síntese de uma vida voltada à arte em meio a um deserto existencial, retribuindo sua sina com um poema em reverência a um cinema que vai de Méliès a Kubrick, ou de Hitchcock a 007. Durante a pesquisa para a história, o diretor viajou ao Oriente Médio para analisar possíveis locações. Do ponto de vista da viabilidade concreta, dedicava-se, também, à preparação de *As feras*, filme mais modesto que renderia novo imbróglio, dessa vez com seu próprio produtor.

---

6   Traduzido para o português como *Ave Maria*, *Je vous salue, Marie* (1985) é uma fábula de Jean-Luc Godard sobre a mãe de Cristo, representada no mundo contemporâneo. Maria passa a ser uma adolescente problemática, da periferia parisiense, que engravida supostamente do Espírito Santo. O filme foi proibido no Brasil. Alegava-se que o assunto feria a moral religiosa e depunha contra o decoro. Logo, tornou-se símbolo da recente Nova República na luta contra a censura, resquício dos anos de ditadura civil-militar no país.

7   Luiz Carlos Merten, "Khouri acha atitude de Xuxa fascistoide". *O Estado de São Paulo*, Caderno 2, p. 1, 18/12/1992.

IV

Como todo assunto da moda, as polêmicas e especulações em torno de *Amor, estranho amor* foram minguando e restou apenas o estigma que leigos usariam para identificar seu diretor. Nem a dita "hipocrisia" de Xuxa, nem suas belas cenas de nudez pareciam mais ter interesse público. Porém, o imaginário coletivo permanece adormecido até que atiçado.

Em fevereiro de 2021, *Amor, estranho amor* voltou subitamente à baila ao ser exibido na TV a cabo. Tão surpreendentes quanto seu ressurgimento foram as reações do público e da crítica. Mesmo a geração nascida a partir de 2000, que nem mesmo sabe quem foi Walter Hugo Khouri, despertou para a possibilidade de conhecer o passado de Xuxa, que também não foi conhecida por essa geração em seu auge, mas cuja mística sobreviveu, passada de pais para filhos.

Meses antes, entrevistamos para este livro Marcelo Ribeiro, que viveu o menino Hugo. Suas palavras denunciavam um misto de nostalgia e satisfação, bem como um pouco de ressentimento pelos descaminhos da vida pós-filme. De fato, Marcelo só voltava à mídia quando as polêmicas emergiam. Em 1991, por ocasião de uma reestreia de *Amor, estranho amor*, foi destaque de uma matéria do Caderno 2, de *O Estado de S. Paulo*, na qual reafirmava o desejo de continuar atuando. Declarou estar em processo de testes para um papel em *Perfume de gardênia* (1992), de Guilherme de Almeida Prado. Não conseguiu o papel, mas ainda voltaria a trabalhar com Khouri na equipe brasileira da produção de *Forever* (1991), última ocasião em que se envolveria com o universo das artes.

Marcelo tornou-se empresário do ramo de tecnologia. Em nossa conversa, relembrou com detalhes como se tornou pivô da polêmica:

> Eu tinha o sonho infantil de ser ator. Quando passei no teste, com mais de quinhentas crianças, para *Eros, o deus do amor*, conheci o Enzo Barone [produtor] e o Khouri. Foram muito corretos, explicando a meu pai o que era o projeto e deixando claro que se tratava de um trabalho sério, em que o respeito estava acima de qualquer coisa. A mesma coisa aconteceu com o filme seguinte. Ser o protagonista foi um presente.

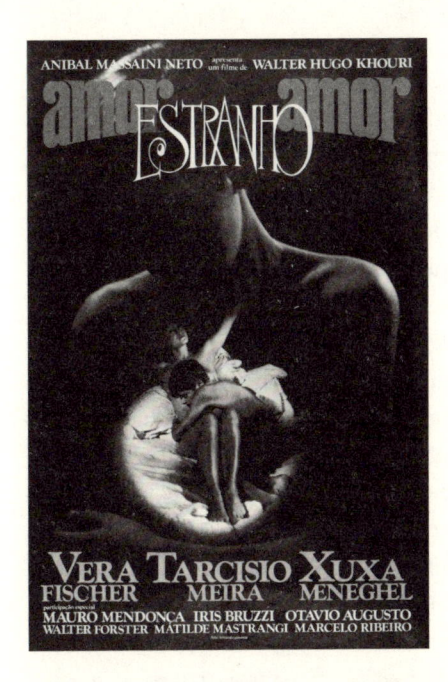

Versões dos cartazes do filme para cinemas (esq.) e para VHS (dir.).

Marcelo relatou que havia sempre alguém da produção encarregado de cuidar dele, buscando-o em sua casa, zelando por sua integridade e pela disciplina no *set* de filmagem. Quanto ao diretor, guardou lembranças especiais: "O Khouri era um erudito. Ele conhecia arte, filosofia, tudo. No *set*, todos aprendiam com ele. Não há diferença entre o erotismo do filme e o ideal estético grego. Ele filmava mulheres como quem admira uma escultura milenar num museu. Isso, ninguém entende". Marcelo se lembra, ainda, do apoio que teve das atrizes Íris Bruzzi e Vera Fischer: "Elas me ensinaram muito. Ajudaram-me a entender o personagem e a usar técnicas de interpretação sem perder a naturalidade". Sobre a cena que recria a *Pietà*, reforçou: "Khouri estava investigando questões edípicas profundas. É a reconexão do menino e sua mãe". E, habituado ao moto recorrente, Marcelo mostrou-se assertivo sobre Xuxa: "Não há a menor hipótese de apologia à pedofilia. Como eu disse, todos eram profissionais. A Xuxa era uma pessoa ótima, uma criança crescida. No *set*, ela nos fazia rir o tempo todo com piadas e trotes, às vezes eu junto. Khouri me apelidou de 'peste', mas a Xuxa era uma 'peste ao quadrado'", relembrou aos risos.

Do alto da maturidade, Marcelo avaliou seu distanciamento do meio artístico: "Comecei a trabalhar muito cedo. Quando eu tinha 14 anos, meu pai morreu e eu senti que precisava ser o apoio da minha mãe e ajudar em casa. Fiz algumas pontas e participei da produção de *Forever*. Mas, aos poucos, fui me afastando da arte e me tornei microempresário. Precisava me estabilizar".

Quando mencionamos a disputa judicial que estigmatizou o filme, sua opinião é lúcida: "Creio que ambos estavam certos, a seus modos. O Massaini viu a possibilidade de lucrar a partir de uma produção que lhe exigiu muito dinheiro. A Xuxa precisava evitar julgamentos equivocados da sua carreira. Os dois tinham suas razões". Ele especulou que um dos motivos que mais desagradaram a assessoria de Xuxa foi a mudança no pôster original. "A imagem usada nos cinemas era diferente, pode conferir. Xuxa não aparecia no cartaz. Só quando o filme foi para o VHS é que colocaram sua foto nua em destaque".

Em 2008, Marcelo Ribeiro voltou à mídia, dessa vez como protagonista. Ele havia assinado contrato com a produtora de filmes adultos Brasileirinhas para estrelar um filme pornográfico estrategicamente batizado de *Estranho amor*. O ator não teve problemas em relatar a experiência, mas a história é confusa e envolve uma autobiografia que, embora nunca lançada, despertara o interesse de pessoas envolvidas na indústria do sexo explícito. Nada arrependido, ele ressente-se apenas contra o preconceito inevitável: "Em meu trabalho, tenho muitas reuniões com clientes, e irrita-me profundamente a abordagem invasiva de alguns que querem saber como foi tocar o corpo desta ou daquela atriz. É algo que não tem cabimento. Pura falta de educação".

Em 2021, Marcelo vislumbrou a possibilidade de que a nova exibição redimisse sobretudo seu diretor: "Um privilégio. Meu maior orgulho foi estrear não com qualquer outro diretor da época, mas com o Khouri. Óbvio que não quero desmerecer ninguém. Pode haver outros diretores tão bons ou melhores, mas eu não conheço".

O tabu de *Amor, estranho amor* parece desfeito. Há tempos Xuxa Meneghel mencionava a beleza e o lirismo da obra, incentivando o seu público a assisti-la. Depois de reposicionar sua imagem, a apresentadora passou a se comunicar com uma plateia adulta e livrou-se das amarras de sua assessoria impositiva e inconveniente.

―

A parceria entre Khouri e Vera Fischer foi profícua. Em 1981 ela já havia convencido o diretor a fazer do argumento de *Amor, estranho amor* um roteiro para longa-metragem, e não um curta, como previa o plano original. O curta faria parte de um longa composto de episódios, algo muito em voga no cinema brasileiro à época, sobretudo nas comédias eróticas de produtoras da Boca, incluindo a Cinearte. Tratava-se de uma manobra dos produtores para gerar mais lucro, já que se ofereciam várias historietas vazias de sentido e recheadas de nudez, o verdadeiro combustível da plateia, majoritariamente masculina. A fórmula era uma herança – fora de moda – do cinema italiano.

O novo projeto da dupla resgataria uma velha ideia de Khouri para uma ficção científica metafísica e ecológica. Conservando as esparsas anotações desde os tempos de *A ilha*, chegava o momento em que o diretor poderia realizá-la por meio de um aporte orçamentário da Embrafilme e de sua nova parceria com o produtor Enzo Barone. Começava a nascer *Amor voraz*.

A REDUÇÃO FILOSÓFICA NO UNIVERSO KHOURIANO

Quando foi lançado comercialmente, em 1984, *Amor voraz* concretizava um projeto que Khouri havia pensado ainda antes de conceber *Noite vazia*. Os rascunhos e anotações que acumulou ao longo do tempo para *O desconhecido* expressam o desejo que tinha de realizar uma ficção científica em que a transmutação do corpo e do espírito seria mais importante que efeitos especiais.

Pensado, nos anos 1960, para ser estrelado por Norma Bengell e, depois, por Barbara Laage, Khouri ainda tentaria realizar *O desconhecido* na década de 1970, com Lílian Lemmertz no papel protagonista. Somente no decênio seguinte o diretor conseguiria levar seu projeto adiante, tendo Vera Fischer como a mulher que se recupera de uma crise nervosa em sua casa de campo quando vê surgir, em meio às águas de uma represa, um homem nu, cambaleante e fraco. Logo, entenderemos que se trata de um ser etéreo, um alienígena vindo de outra galáxia ou de outra dimensão, que precisa reciclar suas forças a partir da energia telúrica e da experiência do afeto.

Junto ao roteiro de *Amor voraz* em sua versão completa, de 1983, Khouri deixou um datiloscrito que chamou "Adendo", com anotações em que se coloca como um sofista, especulando sobre aspectos da vida no mundo de onde teria partido "o Homem", ou seja, o tal "desconhecido". Nas notas, é possível encontrar uma série de lucubrações e especulações filosóficas das quais Khouri já se ocupava nos tempos de estudante. Porém, na ocasião, com mais de 50 anos de idade, o cineasta adensava seu desejo de entender a natureza universal, usando a metáfora dos mundos desconhecidos para desvendar a ontologia de nosso próprio. Questões que se mostram tão recorrentes para nós, como crença, amor, política e a vida mesma, são colocadas nas notas muitas vezes sob a forma de perguntas retóricas, como se Khouri buscasse em si mesmo respostas postas *a priori*.

Pelo "Adendo", aqui reproduzido conforme documento nos arquivos do diretor, compreendemos mais sobre o personagem vivido por Marcelo Picchi. São dados complementares à ação, muitas vezes marcada por lacunas e pelo ponto de vista da personagem de Vera Fischer. Se na tela vemos a história de uma mulher que descobre no cosmos a resposta para seu vazio, ainda que não o preencha, nas anotações de Khouri estamos mais próximos do tal "Homem".

À época de seu lançamento, *Amor voraz* não agradou ao público. A crítica, mista, mostrou-se positiva no final. O filme teve problemas de lançamento em outras capitais, e Khouri sofreu um grande baque, dado que alimentava especial apreço pelo projeto. Uma depressão abateu-se sobre o cineasta, e ele só voltaria a filmar em 1986. Sua angústia, que transbordaria após o lançamento da obra, talvez se traduza no trecho reproduzido a seguir, que tenta sintetizar de maneira filosófica os mistérios da imanência e da transcendência. Percebemos, nesse original, a vontade obsessiva de Walter Hugo Khouri de compreender não só a natureza de seus personagens, mas, acima de tudo, de seu próprio cinema e aonde ele caminhava num momento em que uma nova crise da indústria cinematográfica nacional se avizinhava.

ADENDO

(Algumas observações e notas para eventual aproveitamento ou para servir como referência e *feedback* em geral sobre as situações e ideias do roteiro).
– Há uma ideia que deve ser transmitida da maneira mais incisiva possível: a de que o peso e a angústia do EXISTIR seriam os dados mais evidentes na vida dos habitantes do astro de onde veio o Homem. Os talvez milhões de anos de civilização à frente da Terra só fizeram aumentar essa sensação, que estaria cada vez mais aguçada pelo avanço dentro do TEMPO e da noção da proximidade do FIM de seu *habitat* cósmico. Essa angústia "camusiana" parece impossível de ser superada por eles (e deve ter óbvias conotações com a própria dificuldade de viver dos seres humanos), permanecendo ainda e sempre o sentimento do absurdo e do vazio, o problema essencial do SER. – Apesar disso, não extinguiu a vontade de Continuar, de Perpetuar, de Preservar a própria espécie.
– A ideia de que possa existir um "recomeço", num *habitat* mais suave e mais jovem, impulsiona a procurar uma fuga para a terrível situação existencial em

que estariam mergulhados. Há como que uma "depressão endêmica" em toda a espécie. A enorme extensão de tempo vivido através de centenas e centenas de milênios teria esgotado a capacidade coletiva de suportar o peso da existência com alegria e *élan* de desenvolvimento e conhecimento. Não há mais quase nada a ser "conhecido", a não ser o mistério essencial da própria vida deles e de outros no Universo.

– Gelo e frieza, uniformidade de cor e clima, tristeza e cansaço de vida, sentimentos mortos e *spleen* permanente, perda do sentido e do instinto essencial da vida. Esse seria o quadro psicológico do lugar de origem do Homem. E a esperança de outros mundos, da possibilidade de "Viagem" de volta ao começo, da reversão do Tempo.

– O amor terá provavelmente tomado outras formas, a ponto de talvez ter se transformado num problema quase inexistente e esquecido, na sua forma conflitada, contraditória e sofrida ainda presente na Terra, o que teria sido uma solução para os conflitos, mas a criação de um outro vazio. Isso seria talvez inevitável, e estaria também reservado à Terra, dentro de alguns milênios. (Tudo o que é sugerido sobre o lugar de origem do homem deve, aliás, ter um claro sentido premonitório, indicando que as coisas se encaminham para as mesmas situações).

– Colocado diante de um clima amoroso outra vez, numa espécie de "regressão", estaria o Homem vulnerável a isso? Seria afetado por sentimentos ainda latentes dentro de si? O ambiente terrestre poderia começar a atuar sobre a sua "mente", estando ele com um corpo imperfeito e praticamente "programado", com sentidos deficientes?

– No filme não pode haver, de forma alguma, qualquer clima do tipo "o amor vence tudo, é mais forte do que tudo, supera qualquer barreira..." ou coisa semelhante, que possa sugerir uma visão romantizada. A coisa toda é uma história de amor, mas em outros termos. O Homem é atingido por "alguma coisa", um sentimento que não fica claro, mas que parece perturbá-lo de certa forma, apesar de seu drama maior de sobrevivência num ambiente estranho e da ameaça permanente que sente. Não chega a se envolver em qualquer "ação" de amor, a não ser pelo olhar, mas fica evidente que algo o está ligando àquela mulher e que isso talvez seja um dado novo na sua visão de ser vivo, com parâmetros de sentimentos diferentes e evoluídos num sentido de eliminação, caminhando para a frieza progressiva, através de centenas de milênios de vida civilizada.

– Sexo e reprodução, como seriam nesse lugar?
– Seres novos seriam gerados quimicamente? Com controle total e absoluto de códigos genéticos? Reproduzidos somente no número necessário? Ou já não nasce mais ninguém, a sobrevivência dos existentes estando garantida por tempo quase indefinido, enquanto a [trecho ilegível] seres enquanto não resolvem a situação da evacuação do planeta ou uma possível degeneração advinda da extensão absurda da vida da espécie? O instinto de perpetuação estaria restrito apenas a autossobrevivência de cada um, sem a preocupação inicial da descendência e da vontade de deixar sua marca em gerações futuras?
– Como é o PRAZER?
– Há prazeres químicos em substituição aos naturais, cheios de conflitos e problemas? Houve degeneração dos instintos mais primitivos através da imensidão de tempo já vivido por essa espécie?
– Os problemas políticos existem? Provavelmente não. Apenas problemas existenciais, de vida e realização? O Planeta inteiro está sob o controle de um só Poder? Provavelmente sim. O Estado é quem controla todos os seres? Ninguém quer disputar o Poder? É um Poder coletivo, colegiado, desinteressante e sem perspectivas? A única meta coletiva é achar uma forma de evacuar o planeta e partir numa aventura de existência em outra parte do Cosmos?
– É a *ciência* que tem o Poder?
– A *arte* ainda existe nesse astro ou já se esgotaram as possibilidades de criação artística e ninguém tem mais emulação, ânsia criativa e vontade de expressão? Não estão interessados nem mesmo em expressar a própria angústia final?
– Todas as renovações, as fases, os temas e as inquietações foram exauridas pelo tempo e pelo número infindável e repetitivo de obras através de centenas de milênios?
– As obras de arte do passado foram conservadas? Talvez eras glaciais, guerras, devastações climáticas e cósmicas destruíram quase tudo através das *idades* inumeráveis que se sucederam nesse milhão de anos ou mais de civilização e criação artística?
– Eles estão procurando em todo o Cosmos um novo *habitat*. Calcularam códigos genéticos dos habitantes de diversos planetas e conhecem todos os elementos químicos e formadores de atmosferas de espaços longínquos e galáxias diferentes? Usaram sondas, receptores, satélites, naves, durante milênios. Continuam sempre procurando, num processo que pareceria infindável em termos terrenos, pois têm noção exata do FIM. Procuram principalmente des-

vendar a possível existência de galáxias onde o tempo caminharia em sentido contrário ao deles, em direção inversa, dirigindo-se para o que foi o passado deles, numa espécie de reversão que possibilitaria a volta ao princípio de seu próprio tempo (numa ideia semelhante à que foi proposta por Adrian Dobbs de reversão das partículas do Tempo?).

– Eles têm noção total de QUASE todos os mistérios de espaço-tempo-cosmos-dimensões. Sabem quase tudo. Não conseguem, porém, solucionar o mistério da própria existência e da consciência disso?

– Eles dominaram um sistema de utilizar a luz para um SER sem corpo, uma mente que pode ser dissociada de seu físico, percorrer o espaço "desmaterializado"? Enviaram muitos para diversos pontos do Cosmos, com métodos cada vez mais seguros. É a única forma, pois seria impossível evacuar um planeta inteiro em naves ou coisa semelhante. Estão fazendo isso há muitos séculos. Muitos de seus enviados já estiveram inclusive na Terra em épocas diversas e remotas? Não conseguiriam voltar? Perderam contato? Foram imperfeitamente transportados. Voltaram alguns com dados que serviram para aperfeiçoar os métodos? Muitos se perderam no próprio espaço, antes de chegar a qualquer lugar. Muitos sucumbiram na Terra e em outros planetas, vítimas dos mais diversos imprevistos?

– O corpo dele está "guardado", congelado ou quimicamente preservado, "esperando" pela volta dela?

– Logo depois que cada um deles é "enviado" pela luz, dados permanentes são também enviados eletronicamente, podendo ser "captados" por eles, num determinado raio de ações, do qual eles não podem afastar-se muito, pelo menos a princípio, enquanto eles não estiverem em condições de sobrevivência sob forma humana, o que poderá levar muitos séculos ainda. Mas eles precisam tentar, continuamente.

– Uma espécie de "carga" reestimuladora é enviada sistematicamente para eles, sempre num determinado raio de superfície, chegando a horas precisas? Eles "recebem" isso e transmitem, por sua vez, "dados" e informações obtidas, que fazem o caminho de volta pela luz? Há um *continuum* de recepção e transmissões, que leva decênios para fazer seu ciclo, mas que, a partir de certo momento, torna-se um fluxo permanente.

– A "volta" desses seres é um dos problemas fundamentais do processo, que deve funcionar nos dois sentidos. Quando um deles "vem" é sempre um voluntário, assume riscos, põe em jogo a sobrevivência de sua MENTE, pois o corpo está lá "esperando". Essa mente não pode "perder-se". Tem que estar sempre em alguma forma física para poder "reentrar" na luz. Desintegra-se, toma nova forma, desintegra-se de novo, readquire nova forma etc.

– A preparação desses voluntários seria algo como a de um astronauta, ou seja, um ser que é treinado e motivado através de grande parte de sua vida para esta missão, preparando-se de todas as formas.

– Há quanto tempo ele já estaria germinando naquele lago? Alguns anos? Muitos? Antes de ela nascer talvez? E quantos anos passou "desintegrado", vindo para a Terra? [Ilegível]

– Muitos já estiveram neste mesmo lugar antes? No tempo em que não havia civilização no local, os problemas seriam menores, talvez? Não era necessário tomar tantas preocupações com os humanos. Mas haveria feras e entes primitivos. Alguns teriam estado em civilizações antigas? Teriam sido encarados como?

– O astro de onde vem o Homem está gelando, embranquecendo e acinzentando-se, adquirindo um aspecto físico correspondente à angústia de que seus habitantes estão invadidos. O meio ambiente ainda é seguro, mas tornou-se artificial e sem encanto, controlado pelos habitantes, mas sem "húmus" e sem força dos elementos naturais, cansados e envelhecidos, completando seu ciclo de existência cósmica.

– O encurtamento da "viagem" dos que são enviados seria possível utilizando-se os buracos negros de antimatéria, ou atravessando setores em que o fator TEMPO não existe? Eles aproveitariam a forma de *doughnut* (rosca) que o Universo provavelmente tem para atravessar de um "lado" a outro, em busca de novas galáxias e planetas, sistemas etc.

– Apesar de toda a evolução no sentido científico propriamente dito, eles ainda não conseguiram desvendar o problema do infinito, do começo do Espaço e do começo do Tempo? Onde principia tudo? Onde acaba? Como começou? Ainda não sabem? Sofrem ainda o "calafrio cósmico"? Eles têm religião? Têm Deus? Deuses?

EU, O PRISIONEIRO, PARA SEMPRE

I

No início da década de 1970, Walter Hugo Khouri gozava de estabilidade material, fruto de seus sucessos comerciais, sobretudo. Somente *Noite vazia* havia arrecadado uma vultosa quantia no país, além de ser comercializado para vários países e ter recebido diversos prêmios em dinheiro. Sua esposa, Nadir, também ocupava um cargo de alto escalão no meio corporativo. Isso nos permite compreender como o cineasta pôde seguir à frente, produzindo a média de um filme por ano, de acordo com sua poética particular e sem sofrer, num primeiro momento, o baque das más bilheterias.

Entretanto, perto do final da mesma década, acendeu-se a luz amarela. Afinal, mesmo com certo conforto, os prejuízos começaram a cobrar um preço salgado. Além disso, Khouri corria o risco de ser alijado de seu trabalho, visto que os produtores precisavam de um mínimo de garantia de retorno. Assim, em 1978, era hora de se preocupar mais com os borderôs e menos com o exame da "fossa" na qual viviam seus personagens.

O mesmo Antonio Polo Galante que havia produzido *As deusas* e *O último êxtase* apareceu em hora providencial. Ele havia provado que estava certo em sua profecia ao ser demitido de *A ilha*. Tornara-se o David O. Selznick da Boca do Lixo. Seu trabalho se tornara tão indispensável à sobrevivência do cinema nacional quanto o do colega Aníbal Massaini Neto.

Em entrevistas, o próprio Khouri lembrava seus eventuais encontros com Galante quando ia à Boca: "Ô gordo, precisamos fazer um filme, hein?!", cobrava o produtor. Mas o diretor sempre estava ocupado com seus projetos em andamento. Até que, numa dessas calorosas saudações, Khouri não estava ocupado. Ao contrário, procurava ocupar-se para não deixar a depressão que o acometeu durante as filmagens de *Paixão e sombras* derrubá-lo. Ele havia prometido publicamente que, ao fim do último dia de trabalho nos estúdios, iria amontoar os equipamentos que ainda pertenciam à Vera Cruz – caixas de documentos, sobras de figurinos e o que mais estivesse na mira do poder público de São Bernardo do Campo –, convocaria a imprensa em peso e atearia fogo em tudo, na frente das câmeras e dos jornalistas, para denunciar o descaso com a produção cinematográfica nacional.

Embora, sabiamente, não tenha levado a cabo o desatino, aquela pressão e o profundo desgosto precisavam ser exorcizados, transformados em combustível. Portanto, encontrar por acaso Galante veio em boa hora.

———

Engana-se quem pensa que *O prisioneiro do sexo* é uma concessão ou incoerência no pensamento artístico de Khouri. Sim, o título do roteiro, que se chamava apenas *O prisioneiro*, foi alterado por demanda comercial do produtor. Sim, as cenas de *softcore* são muitas e algumas quase beiram a gratuidade. Mas não, não é uma pornochanchada, embora o drama e a metafísica estejam ali de forma menos acabada.

O maior mérito do filme é nos apresentar o Marcelo (Roberto Maya, pela primeira vez no papel) definitivo em seus traços psicológicos, perfil social e universo interpessoal. A partir de *O prisioneiro do sexo*, Marcelo Rondi passaria a ser o executivo elegante, cínico, cafajeste, que parece ter como projeto de vida deitar-se com todas as mulheres do mundo, sabendo que, mesmo que isso seja possível, não seria o bastante. Marcelo agora é casado com Ana (Sandra Bréa), sua segunda esposa. O casal está em crise e resolve dar uma chance ao eterno fetiche da relação aberta como possibilidade de resgatar a química entre os dois. Claro, falharão miseravelmente e colherão somente mais ataques de parte a parte e ressentimentos, tornando a relação mais tóxica. O filme poderia acabar com ambos isolados, um em cada canto de sua mansão, com olhares vagos e melancólicos, convictos de que o mundo é muito pesado para eles e sem solução; o público majoritariamente masculino ignoraria as elaborações existenciais, mas estaria satisfeito com a protagonista, além de Kate Lyra, Aldine Müller, Maria Rosa e outras.

Mas Khouri não desperdiçaria a oportunidade de fazer mais um

Tarcísio Meira e Bia Seidl em *Eu* (esq.); filipeta de divulgação do lançamento internacional do filme (dir.). Acervo Walter Hugo Khouri.

filme "seu" de fato. Em *O prisioneiro do sexo*, perto do final da história, uma personagem chega à casa de campo onde Marcelo e Ana tentavam a malfadada terapia de casal. Seu nome é Berenice (Nicole Puzzi). Filha do primeiro casamento de Marcelo, Berenice aparece sem avisar, surpreendendo seu pai em seu aniversário, trazendo-lhe muitos presentes, incluindo "um quadro de um pintor famoso", como ela mesma avisa à empregada. Nem bem a moça tem tempo de desembarcar as malas e os pacotes, a voz de Marcelo, em *off*, ressoa: "Berenice?". Ela se volta e olha para nós, espectadores. Agora somos Marcelo (como em *Eros*), admirando a beleza acetinada que luta para esconder a ambiguidade na devoção ao pai. Entre cortes rápidos que alternam diferentes idades da moça e corpos femininos nus, entendemos o que se passou na mente de Marcelo. Todas as mulheres o deixaram, mas a mulher que realmente importa acaba de chegar. E, segundo suas palavras, "para ficar mais de um mês".

A resposta do público e da crítica não poderia ter sido melhor, o que indicava que Khouri ainda conseguia manter-se relevante enquanto autor, mesmo em momentos de concessões, as quais se tornavam ornamento, e não gratuidade:

> Em meio à enxurrada de fitas nacionais cujo maior atrativo, em termos de bilheteria, eram os nus e o sexo, somente duas "estouraram" neste ano, com filas nas portas dos cinemas e permanência em cartaz por um período mais longo: *O prisioneiro do sexo*, de Walter Hugo Khouri, e *Mulher, mulher,* de Jean Garrett. Filmes de produção melhor cuidada (a começar pelas respectivas fotografias do próprio Khouri e de Carlos Reichenbach Filho, ambas de uma competência e profissionalismo raros em nosso ambiente cinematográfico), com elencos expressivos ou famosos e ambições artísticas que iam além do simples entretenimento.
>
> [...] Ademais, *O prisioneiro do sexo* consegue oferecer ao espectador a contemplação das anatomias de belíssimas atrizes sem jamais descambar para a exibição gratuita. Cada nu tem seu papel e seu lugar no contexto dramático, nada acontecendo por acaso.[1]

Outro crítico a apontar a bem-sucedida chegada de *O prisioneiro do sexo* foi o veterano Ely Azeredo, que havia muito acompanhava a carreira de Khouri em seus momentos de glória e em outros nem tão positivos:

> Depois do fracasso comercial e da má receptividade crítica que castigaram *Paixão e sombras*, Khouri experimenta com *O prisioneiro* o gosto das bilheterias positivas e da estima crítica em intensidade só comparável à de seu melhor filme, *Noite vazia*. [...] O filme, que agora estreia, repete, segundo o cineasta, "mais ou menos o que aconteceu com *Noite vazia*: causa uma espécie de choque em muitos espectadores, outros experimentam certa perplexidade, enquanto outras faixas se identificam".
>
> Mais uma vez [...] o realizador utiliza amplamente o erotismo do qual é um dos raros cultores legítimos no cinema brasileiro. "Há um preconceito inexplicado e gratuito em certos meios artísticos brasileiros contra o erotismo, quase sempre confundido com pornografia ou algo equivalente. Isso já aconteceu em quase todo o mundo em relação à literatura e a todas as artes, em face de

---

1 André Mauro, "O Erotismo no Cinema". Periódico não identificado (Acervo Walter Hugo Khouri).

Madame Bovary, *O amante de Lady Chatterley*, *Ulysses*, os livros de Henry Miller etc. Mas, no Brasil, é algo renitente."

Khouri acha que "os preconceitos são renitentes contra tudo que não obedeça a padrões preestabelecidos por certos meios de opinião sempre atuantes e quase onipotentes. Um artista no Brasil sempre é cobrado pelo que não fez, pela não obediência ou assimilação do que se quer dele e pelo que se acha que deve ser feito. Essa cobrança é também muito ativa no que se refere ao trabalho já feito. Reclama-se da semelhança ou da unidade de estilo, da parecença dos filmes e, quando ocorre uma mudança, há sempre a observação de que você não deve mudar se o seu estilo é aquele de antes. E assim por diante: ao infinito".[2]

Na esteira do sucesso de *O prisioneiro do sexo*, surge, em 1980, o já comentado *O convite ao prazer*. Além disso, toda a polêmica em torno de *Amor, estranho amor* desviou a atenção do público e da crítica para um elemento muito mais delicado e complexo no universo formativo desse Marcelo Rondi da década de 1980. Trata-se, claro, da relação abertamente incestuosa que o empresário viria a constituir com sua filha. Embora Khouri tenha começado a dar pistas desse comportamento na virada da década, ele apenas se tornaria fato consumado naquela que seria uma das maiores bilheterias do cinema nacional em 1987, *Eu*.

II

Uma superprodução de Aníbal Massaini Neto, embora realizada com orçamento modesto, *Eu* abre com um plano geral de uma praia que enche os olhos. A música de Júlio Medaglia, mais sensual que os temas intrigantes de Rogério Duprat, dá o tom dessa obra que o próprio diretor classificava como comédia. Porém, nada no universo khouriano é o que parece à primeira vista.

Da bela paisagem costeira, somos levados ao quarto de Marcelo (Tarcísio Meira). Uma Berenice criança, com 7 ou 8 anos, adentra o cômodo com

---

[2] Ely Azeredo, "Khouri lança *O prisioneiro* e defende o erotismo". *Jornal do Brasil*, Caderno B, p. 5, 6/5/1979.

Nicole Puzzi, Monique Lafond e Tarcísio Meira, em *Eu*. Acervo Walter Hugo Khouri.

sorriso no rosto e passa a massagear o dedão do pé de seu pai, que acorda surpreso e satisfeito. Somente essa insinuação fálica já seria suficiente para polêmicas. No entanto, tudo não passa de um sonho de Marcelo, que desperta na cama de sua suíte ao lado de duas prostitutas de luxo, Renata (Monique Lafond) e Lila (Nicole Puzzi).

Houve um tempo, no início dos anos 1980, em que Khouri afirmou que daria fim a seu personagem, mais um ego suplementar que propriamente um *alter ego*. O cineasta não queria retomar sua mais antiga criação. Pensava que, depois de *Eros*, não havia sentido em continuar explorando as diversas faces da angústia por meio do empresário frustrado e insatisfeito com a própria existência. Porém, depois de um período de profunda depressão, desencadeada pelo mau desempenho de *Amor voraz*, o personagem voltou a figurar nos processos de seu criador, que resolveu dobrar a aposta. E acertou na decisão.

Marcelo Rondi ressurge nesse filme com uma carapaça de melancolia pertinaz. Tem tudo o que quer, as mulheres que quer, mas o sonho com sua filha visivelmente o afeta em seus questionamentos mais profundos. Marcelo parece exaurido. Não é mais o cínico incorrigível. Chega a poupar o assédio à sua secretária quando esta lhe informa que passará as festas de fim de ano com o namorado. Com um sorriso conformado, deseja-lhe felicidades. Também está cansado e um pouco enfastiado até mesmo de suas "namoradas", Renata e Lila. Estas veem Marcelo cada uma a seu modo. Renata é a reencarnação da Cristina de *Noite vazia*; Lila tem muito de Mara, do mesmo filme. Enquanto Renata é a debochada que quer extrair do ricaço o que há de melhor numa vida de luxo, sua colega, Lila, parece buscar mais uma aprovação enquanto indivíduo do que as aparências tão caras à sua amiga. Ambas sabem que Marcelo tem sonhado com Berenice e chegam a escarnecer de seu cliente, o que desperta certa ira do homem. Sabemos que os três passarão as festas de Ano-Novo na casa de praia do empresário, um paraíso isolado o suficiente para que suas angústias possam diluir-se entre o sexo e a pujança de uma ceia para celebrar a chegada de 1987. Verdade que Marcelo quase renuncia aos planos quando, na celebração de Natal em casa de um amigo, reencontra Ada (Sônia Clara), uma antiga namorada que parece ter deixado sua marca. Porém a programação segue, porque Ada, quase cedendo a Marcelo, o vê incorrigivelmente acompanhado de suas garotas, vistas nessa festa como "vulgares excentricidades" do empresário.

Há uma recorrência narrativa khouriana quando os três já se encontram na lancha que os levará à mansão praiana. Marcelo descreve à Renata e Lila como seus antepassados cuidaram para que aquele local permanecesse isolado e fosse talhado aos caprichos dos Rondi, por décadas, longe da gente pobre e dos pescadores das praias ao redor. Temos a mesma descrição da vontade de potência dos personagens que o diretor havia exposto em *As filhas do fogo*, por exemplo, quando Diana conta a Ana como seu avô queimou toda a mata ao longo de sua propriedade na serra gaúcha para a reflorestar com sementes trazidas da Europa. É comum no universo de Walter Hugo Khouri a ação do homem contra a natureza das coisas em favor de um gozo particular.

Já na mansão, enquanto tudo parece perfeito para um feriado de luxúria escapista, e mais ainda com a chegada, a bordo de um helicóptero, de Diana (Monique Evans), uma aspirante à *socialite* histérica e um tanto vulgar, o que traz certo ar de aventura ao evento. Porém, a exemplo do que aconteceu no final de *O prisioneiro do sexo*, também Berenice (Bia Seidl) chega à mansão sem aviso prévio. Pior, trazendo junto sua amiga

Beatriz (Christiane Torloni), uma psicóloga misteriosa e pouco disponível ao clima licencioso ali instaurado. Com essa chegada repentina, podemos traçar uma continuação metafórica entre os filmes de 1979 e 1987.

A filha colocará a perder todos os planos de Marcelo, agora evidentemente desinteressado das outras mulheres e fascinado pela presença das garotas. Seu mundo se desmantela, enquanto as primeiras convidadas percebem a forma como Berenice influi sobre os humores do pai. Cada uma vai deixando a propriedade, de maneira que apenas Beatriz e Berenice permaneçam como convidadas de honra. De Beatriz, Marcelo não consegue nada, já que a moça é tão fria como ele. Está ali para curar o término de uma relação, e, embora não consiga resistir por muito tempo, Marcelo parece-lhe apenas um velho assanhado.

Quanto à Berenice, o jogo mental começa a enredá-la numa dinâmica obscura de atração paterna para além do que se presume normal. Ao fim, quando filha e pai decidem assumir relação como homem e mulher, compreendemos o que Khouri quis dizer com o termo "comédia". *Eu* é um filme que zomba da alta esfera social a partir das aparências, muito elásticas quando o dinheiro e o poder estão postos. Marcelo e Berenice surgem como casal na festa do mesmo amigo do início da história. Embora causem certo desconforto, ninguém ali tem coragem de reprovar o escândalo, presos na etiqueta dos podres de poderosos.

Em diversos contextos civilizacionais, o incesto é talvez o mais repugnante e reprovável dos atos, mesmo que haja consenso entre as partes. Não para Marcelo Rondi, que vê em Berenice a resposta para o rombo impreenchível de sua alma. Veremos, ao final de *Eu*, que ele estava errado, porque, mesmo consumada a relação com sua amada filha, o último plano do filme, enquanto Berenice aninha-se no abraço do pai, revela que o pai troca olhares maliciosos com outra convidada.

O arcabouço intelectual de Khouri passa pela psicanálise, como vimos até aqui. Afirmamos isso porque basta nos voltarmos a Freud para conhecer um pouco do que está por trás de um tema tão indigesto. Segundo ele, em seu seminal texto "Totem e tabu" (1913), a questão do incesto está na base da constituição antropológica do ser. Em suas pesquisas, Freud nos diz que, em tempos imemoriais, as comunidades ainda em formação e pobres de referências mais sólidas contavam com a presença do "pai totêmico", figura de autoridade comunitária que teria posse dos corpos de todas as mulheres do grupo, privando seu filhos homens do coito e assegurando esse gozo somente a si. Rancorosos e enciumados, os filhos matam o pai tencionando livrarem-se desse Totem proibitivo. O plano não sai como o esperado, e os filhos passam a sofrer remorso e culpa. Assim, para compensar a sombra do pai morto, criam o Tabu da relação erótica endogâmica. Isso teria originado o tabu do incesto e um totem muito mais poderoso, a figura de Deus.

Podemos especular que Marcelo é o Pai Totêmico na comunidade de luxo em que figura como protagonista, admirado, invejado e temido. Uma vez que não possui filhos homens, está livre para praticar o incesto, como nas comunidades primitivas, sem a preocupação de que seja traído e morto. Mais que isso, seus convivas se furtam ao protesto de tal condição porque não querem perder seus lugares na órbita do grande pai. Assim, as convenções da vida moderna são abolidas no atavismo dos impulsos.

Porém, há ainda outra leitura possível, com base em Carl Gustav Jung. Ao se libertar da sombra inconveniente de Freud, Jung formulou sua interpretação sobre a questão do incesto. Ao contrário de uma teoria fulcrada nas neuroses sexuais freudianas, Jung propõe que lidamos o tempo todo com a presença de um inconsciente coletivo que resulta de milênios de esforço para nos tornarmos conscientes do que somos, algo que habita em todos nós. Além disso, é o inconsciente coletivo que dita nosso lugar na sociedade e como lidamos conosco e com os outros. Estamos sempre ávidos por um movimento certeiro que nos faça harmonizar nossa consciência individual com a herança ancestralíssima do coletivo. Portanto, quanto ao incesto, para Jung seria uma tentativa de retorno do indivíduo ao nebuloso oceano imaterial integrativo com o todo. Buscar o prazer no sangue do mesmo sangue seria uma tentativa de conquistar a unidade cósmica, o trono do ser uno. Isso faz sentido em Marcelo. Desde *As amorosas,* ele proferia o desejo de viver no Egito antigo para poder casar-se com a própria irmã. A endogamia de Marcelo é a busca insana de uma superação espiritual a partir da simbiose com aquilo que lhe convida ao que é universal, maior que qualquer um de nós. Do ponto de vista externo, nesse caso a atitude do empresário passa a ser somente um exotismo daquele que pode se dar ao luxo de dispensar julgamentos morais, porque está na vanguarda material e emocional de determinado grupo. Jamais será contestado, embora criticado à boca pequena.

Essa complexa relação seria aprofundada na obra seguinte de Khouri, *Forever*, a continuação direta de *Eu*.

Há algo curioso no Marcelo interpretado por Tarcísio em *Eu*. Naquele mesmo ano de 1987, ia ao ar a novela *Roda de fogo*, pela TV Globo, na qual o ator interpretava o inescrupuloso Renato Villar, empresário que não titubeava em atropelar as emoções alheias em prol de suas vontades, mas que descobre ter uma doença incurável que pode lhe tirar a vida a qualquer momento, o que faz com que busque redimir-se de suas más ações. Marcelo Rondi de *Eu* e Renato Villar de *Roda de fogo* são muito parecidos. Quando Tarcísio Meira aceitou o papel no filme de Khouri, ainda não havia assinado com a Globo para a novela. Enquanto filmava *Eu*, iniciava os trabalhos no folhetim de Marcílio Moraes e Lauro César Muniz. Teria Marcelo contaminado Renato ou o contrário?

III

O que Eva Grimaldi tem de bela também tem de limitações como atriz. É robótica, pouco convincente e parece sempre estar recitando a deixa numa peça teatral estudantil. Certamente sua presença em *Forever* deve ter sido uma condição proposta pelo produtor internacional, o italiano Augusto Caminito, que, nos anos 1980, produzia filmes de orçamentos módicos com temas sensacionalistas, como *Rei de Nova York* (1990), do ainda alternativo Abel Ferrara.

Quando *Forever* se inicia, Marcelo Rondi está morto, pela segunda vez na mitologia do personagem, ou pela terceira, se contarmos o final idealizado originalmente para *As amorosas*. Há, nele, um evidente instinto de morte. Só assim, Marcelo consegue vislumbrar a ascese que tanto perseguiu.

O filme abre com uma Berenice lânguida, repousada sobre as pedras de Itatiaia. Ouvimos o vento que acaricia seus cabelos e roça seu olhar vago e reticente. Há um corte para nos mostrar Marcelo (Ben Gazzara) sentado na pedra que tem a forma de um trono – assim como Márcia havia posicionado seu filho Robertinho em *O corpo ardente*, e assim como vimos de forma reiterada em *Eros, o deus do amor*. São personagens distintos, mas intercambiáveis, no interior de uma mitologia muito particular, na qual os arquétipos sobrepujam os indivíduos.

De qualquer modo, no final da década de 1980, o cinema brasileiro começava a morrer lentamente, por conta de drásticas mudanças de paradigmas comerciais e artísticos. A pornografia havia tomado a produção da Boca. A Embrafilme acumulava desordem interna e já não dava conta das necessidades práticas de uma indústria que desejava ser séria. Em breve, seria extinta por Fernando Collor de Mello.

Khouri começou a trabalhar em *Forever* já em 1988, um ano após o sucesso de *Eu*, com Massaini e Caminito, almejando uma superprodução internacional, uma saída para se desvencilhar da burocracia e da estagnação interna. A produção ítalo-brasileira seria falada em inglês (outro erro de base), com as confusas inserções de cartas escritas em português, e contaria os desdobramentos da condição dos personagens centrais do filme anterior. Aqui, o tema é o parricídio, que sucede o incesto, conforme vimos em Freud.

Trata-se de um filme descaracterizado. Uma produção luxuosa sem identidade própria, porque se fia nas identidades nacionais e culturais dos dois países envolvidos, e mais ainda na língua considerada universal, verbalizada em diálogos com tantos sotaques diferentes que torna explícitas as exigências a que Khouri deve ter se submetido. Passou, com razão, batido pela audiência em 1993, menos pela qualidade que pela condição paupérrima em que o cinema brasileiro se encontrava, com filmes nacionais lançados em uma ou duas salas, com sessões em horários inviáveis e sem maior cobertura de mídia ou publicidade. Como obra autoral, fiel a um determinado projeto, o filme é extremamente coerente e denso o suficiente para se afirmar como um clássico *cult* pouco explorado. Bastaria mencionar a cena aérea dos arredores da avenida Paulista nos créditos iniciais para estarmos confortáveis com o que acaba de surgir diante de nós. É um Walter Hugo Khouri lutando à estenia para manter seu projeto, à revelia da condição infraestrutural de nosso cinema.

O ator estadunidense Ben Gazzara,
em cena de *Forever*.
Acervo Walter Hugo Khouri.

Se *Eu* era uma comédia da vida, *Forever* não se furta à comicidade embutida na tragédia humana. Na cena da missa de Sétimo Dia de Marcelo, enquanto o padre (Pedro Paulo Hatheyer) recita palavras de tolerância em honra do morto, Berenice identifica uma ex-amante do pai em cada mulher presente para honrar o defunto. Inclusive uma senhora nipônica acompanhada da filha, que pode bem ser sua meia-irmã.

Como saberemos, Berenice foi a última mulher ao lado de Marcelo quando ele sucumbiu, durante o último gozo. E isso é muito significativo na proposta khouriana, porque o Marcelo de Ben Gazzara é quase um ser sublimado. Há pouco de humanidade nessa versão do empresário. Ele se dirige aos outros, incluindo sua filha, como se olhasse das alturas de um panteão para as convenções mundanas. Por isso é tão simbólica a cena em que Marcelo e a jovem Berenice visitam a Igreja de Santa Maria della Vittoria, em Roma, e prostram-se diante da escultura de Bernini, *O êxtase de Santa Teresa* (1647-1652), que representa a beata tocada pelo anjo enquanto emana de sua face um misto de devoção e gozo.

Simbolicamente, podemos especular que Berenice é quem deve ascender de suas amarras sociais e alcançar o pai, sentado no trono de Deus. Como ensina Jung,

> [...] também o pai é um poderoso arquétipo que vive no íntimo da criança. Também o pai é, antes de tudo, o pai, uma imagem abrangente de Deus, um princípio dinâmico. No correr da vida, também esta imagem autoritária vai retrocedendo ao plano de fundo: o pai se transforma numa personalidade limitada e demasiado humana. Por outro lado, a imagem do pai vai ocupando todas as dimensões possíveis. Assim como foi lento em descobrir a natureza, o homem também só descobriu aos poucos o Estado, a lei, o dever, a responsabilidade e o espírito. Na medida em que a consciência em evolução se torna capaz de compreender, a importância da personalidade parental definha. Mas no lugar do pai surgiu a sociedade dos homens e no lugar da mãe veio a família.[3]

O desafio de Berenice em *Forever* é a sombra no arquétipo do pai, livrar-se da organização social segundo os interditos da modernidade, a saber, o incesto, e ascender ao trono junto de Marcelo. Khouri nos apresenta

---

3   Carl Gustav Jung, *Civilização em transição*. Petrópolis: Vozes, 2013, p. 47.

como ilustração desse fenômeno o embate entre Berenice e sua mãe e a morte de seu pai durante o coito. Outro desafio imposto à moça é o trato com os antecedentes amorosos desse Deus simbólico. As namoradas de Marcelo não são mais ameaças à Berenice porque ele está morto, e a causa da morte é um segredo legado somente aos dois, como cúmplices num projeto de transcendência que não comporta certa normalidade das relações cotidianas.

———

Forever começou a ser rodado no segundo semestre de 1988, mas só veio a público quatro anos mais tarde. Além da precária situação em que se encontrava a indústria de filmes no Brasil, houve também algumas rusgas entre o diretor e seus produtores. Khouri reivindicava para si o direito ao corte final da obra, ao passo que Massaini e Caminito igualmente disputavam a versão final. Khouri sempre foi contrário àquilo que chamava de "as baixarias do Massaini", referindo-se ao tom apelativo das cenas eróticas que o produtor imprimia aos filmes que financiou. Na longa entrevista concedida ao MIS paulistano, o cineasta comentou que estava para viajar à Itália no final daquele ano de 1989 para resolver de uma vez a questão da montagem. Hoje, no Acervo Walter Hugo Khouri constam algumas fitas VHS com versões alternativas de *Forever*.

Um novo capítulo da saga de caráter intimista do personagem Marcelo, do cineasta Walter Hugo Khouri, surgida há vinte anos no preto e branco *As amorosas* e que teve a última aparição em *Eu*, começou a ser rodado ontem em São Paulo. *Forever*, 23º filme de Khouri, é uma coprodução Brasil/Itália, orçada em 2 milhões e 600 mil dólares, dos quais 70% são capital italiano (financiado pela produtora Scena) e 30% nacional (Embrafilme e Cinearte). Realizado originalmente em inglês, o filme será rodado em oito semanas, montado em Roma, e até abril do ano que vem deverá entrar no circuito comercial nacional, já dublado em português.

[...] Num estúdio especialmente montado na avenida Paulista, onde se passará a maior parte da história, o diretor Walter Hugo Khouri e o elenco se reuniram na tarde de segunda-feira para apresentar o projeto à imprensa. Misterioso, Khouri não quis revelar os detalhes do enredo, limitando-se apenas a

A italiana Eva Grimaldi, em *Forever*.
Acervo Walter Hugo Khouri.

dizer que "a temática é a mesma de sempre: paixão, transcendência e conflitos existenciais".[4]

Mesmo sob o peso da condição cinematográfica brasileira, *Forever* rendeu a Khouri o prêmio de melhor diretor concedido pela Associação Paulista dos Críticos de Arte. Em 1991, Khouri recebeu o Troféu Oscarito, comenda honrosa do Festival de Cinema de Gramado, concedida a profissionais de destaque pelo conjunto da obra. Nessa ocasião, Khouri ganhou palavras de reverência do colega Júlio Bressane, cuja poética é diametralmente oposta à do diretor.

> O cinema é a música da luz. O medo: a palidez dérmica dos personagens.
> A voz como arte, a voz como cor, a voz como luz, a voz como voz.
> O cinema erótico como um gênero e uma tradição: êxtase de Gustav Machatý.
> O expressionismo, o barroco moderno, a paródia, o cinema como protagonista do cinema.
> O cinema entendido como possibilidade de uma nova divisão do tempo, de uma outra temporalidade e como expressão de processos do pensamento.
> O cinema que pensa. Coisa rara.
> Walter Hugo Khouri é o maior cineasta de sua geração e um dos maiores de seu tempo.
> De certa forma atacou no vazio. Foi para onde não se podia ir.
> Foi sempre o mesmo, mas diferente. A luta de um artista é contra ele mesmo. Este, o valor essencial da arte.
> A recriação de clichês: a mestria coincide com o conhecimento de nossos limites.
> O gosto ao método, qualquer método, qualquer ordem está ligada ao sentimento de nossos limites.
> Vemos nesta trajetória de fotogramas, antes de mais nada, uma ética do espírito: ou seja, o rigor e a pureza em primeiro plano. A pureza quer dizer discernimento. A mais alta e completa expressão da vontade humana. Rigor quer dizer: consciência da tradição. A arte é um esforço para expressar as desordens, insuficiências e descontinuidades do espírito.
> [...] O experimental nos filmes de Khouri é o estado sensível de seu cinema.

---

[4] Lina de Albuquerque, "História sem fim de Khouri". *Jornal do Brasil*, 10/8/1988.

O que é estado sensível? Um esforço desesperado para superar esta enfermidade fundamental da natureza humana: a dualidade entre ser e conhecer, entre ver e ser visto. Tremendo esforço metódico para exploração do mundo.

No seu cinema elevou-se a arte de viver a um grau de refinamento raramente alcançado entre nós, conseguiu conciliar os hábitos concentrados de um solitário com as amenidades naturais.

[...] Visto hoje em seu conjunto, o cinema de Khouri desafia a dialética. Não busca a síntese, ela não existe – mas abriga uma contradição complementar.

Não é isto ou aquilo. É isto e aquilo.[5]

---

5   Júlio Bressane, "Metamorfoses do nada". *Jornal de Brasília*, Caderno 2, 10/8/1991.

"KHOURI SOLTA AS FERAS":
RÉQUIEM

Em 31 de dezembro de 1994, a capa do Caderno 2, de *O Estado de S. Paulo*, trazia em letras garrafais a novidade "Khouri solta as suas feras". Era uma matéria assinada por Luiz Carlos Merten, dando conta de que o cineasta estava finalizando seu 25º filme, *As feras*, baseado em duas fontes diferentes. A primeira era o teatro do alemão Frank Wedekind, que escreveu *Lulu*, a saga da mulher fatal vivida no cinema, nos anos 1920, por Louise Brooks. A segunda fonte era um curta-metragem finalizado por Khouri no começo dos anos 1980 e que deveria ser parte de um longa feito de episódios, mas nunca concluído.

Em 1993, Khouri havia conseguido finalmente lançar *Forever*, projeto iniciado em 1988. Não foi exatamente um êxito de público, mas agradou a crítica por ser mais uma incursão no universo do personagem Marcelo (vivido por Ben Gazzara). Na verdade, alguns veículos anunciaram o filme como continuação de *Eu*, já que a relação amorosa do protagonista com sua filha havia sido consumada de forma explícita na produção de 1987.

O filme também revelou o talento de Ana Paula Arósio, uma adolescente e modelo promissora que logo tomaria a mídia de assalto e se tornaria uma excelente atriz.

Naquele mesmo ano, Khouri passou alguns meses na renomada Escuela Internacional de Cine y Televisión, instituição cubana fundada por Gabriel García Márquez, ministrando aulas e participando de debates com alunos e outros profissionais.

Assim como *Eu* e *Forever*, seus mais recentes filmes, *As feras* tinha como produtor Aníbal Massaini Neto, com quem Khouri havia realizado *Amor, estranho amor* e o curta-metragem arquivado. O cineasta dizia em entrevistas que a ideia do longa de episódios surgira espontaneamente, em conversa no tradicional bar Soberano, na rua do Triunfo, na Boca, e que não havia sido levada adiante porque Massaini queria um filme de segmentos anedóticos e apelativos, coisa que o seu curta não era.

Deixando o pequeno filme de lado, Khouri aproveitou, porém, mais uma ideia dele para desenvolver o que se tornaria *Amor, estranho amor*. Mesmo assim, nos anos seguintes, Massaini insistiria muitas vezes para que Khouri encontrasse uma maneira de aproveitar os pouco mais de vinte minutos terminados para os juntar a alguma ideia e transformá-los num longa-metragem.

Depois do fracasso comercial de *Amor voraz*, o bloqueio criativo deixava Walter cada vez mais incrédulo sobre o uso do filme para compor algo maior. Numa longa carta a Massaini, de junho de 1985, Khouri expressa sua preocupação sobre realizar um filme sério e de acordo com as atmosferas que faziam parte de sua poética. Não o agradava a ideia de simplesmente emendar o curta em quaisquer outras histórias, somente pela obrigação de entregar um produto. Na carta, é possível testemunhar o incômodo atravessado, muito antes do nascimento de *Eu*, além do extremo esforço para criar algo coerente com seu próprio trabalho. Na carta, estão as gêneses daqueles que seriam os últimos dois filmes de Khouri, *As feras* e *Paixão perdida*.

Transcrevo alguns trechos dessa missiva, na qual o diretor escancara suas angústias e preocupações e oferece possibilidades ao produtor. Perturbava-o, sobretudo, tratar de temas pouco ligados às suas experiências e a seu universo, especialmente o tema da homossexualidade feminina, algo que seria crucial para o resultado (adverso) de *As feras*, dez anos antes de sua efetiva realização.

São Paulo, Junho 27, 1985.

Aníbal,

Como já falamos longamente sobre esse assunto do nosso episódio, vou tentar resumir a situação e também apresentar alguns esboços de sugestões, por alto, para tentar sair do impasse.

1) Como você sabe estou tendo muita dificuldade em bolar uma solução para complementar esse episódio (que já tem cinco anos!) de forma que resulte num filme de categoria, que tenha uma profundidade própria e que represente alguma coisa, tanto para mim como para você.

Um dos meus defeitos e limitações é sofrer bloqueio sempre que tenho que lidar com fatos que não se relacionem com minhas experiências pessoais ou com assuntos que não me agradem por alguma razão especial e que não tenham algo a ver comigo de uma forma ou de outra. Esse defeito pode muitas vezes ser tomado como qualidade, e talvez seja, mas de qualquer forma limita muito o espectro de assuntos de uma cineasta.

Isso não quer dizer que eu não possa fazer filmes (ou conceber argumentos e roteiros) fora das minhas experiências ou de minhas preferências, mas isso é um processo mais difícil para mim, e com muitas chances de não funcionar e perder qualquer espontaneidade. Isso não é desculpa, apenas uma constatação.

O nosso episódio nasceu de forma muito espontânea, como você deve lembrar, apesar de abordar um assunto que não tem grande afinidade comigo, a não ser como observador dos sentimentos humanos. Foi uma coisa bolada assim, de repente, diante da possibilidade de usar Maria Schneider, que estava no Brasil e você pensou em aproveitar. A outra história cogitada, do menino japonês e sua mãe, acabou resultando em *Amor, estranho amor*.

E assim, cinco anos depois, completar e adicionar algo em cima de algo que de certa forma já é completo em si mesmo é meio difícil. Revendo mais uma vez o episódio, outro dia, confirmei a minha impressão de que ele tem uma estrutura própria e, apesar de certas limitações e alguns problemas de *timing* e elenco, bastante profundidade na abordagem do problema, de forma leve e com humor no começo e de maneira muito violenta no final. [...].

Assim, repetindo o que já falamos exaustivamente, não creio que possamos misturar esse episódio com coisas que não tenham a mesma proposição de seriedade e observação, seja em que tom for. Havíamos cogitado fazer uma espécie de continuação para ele, fragmentando-o em *flashbacks* dentro de outra estrutura, abordando o tema à luz da "repetição compulsiva" freudiana, fazendo o personagem adulto cair na mesma situação anterior e usando o ensaio da peça LULU, de Frank Wedekind como pano de fundo. Essa ideia era boa, mas de difícil execução e com o perigo óbvio de resultar artificial e premeditada, com ares de "remendo" forçado. E está muito claro que o episódio já pronto não se presta a fragmentações e que perderia a estrutura "redonda" que tem. Também o problema de achar atores semelhantes e envelhecer outros seria limitação.

Parece, portanto, que a única solução seria a de fazer outros dois episódios, com ligação entre si ou não. Tenho medo de fazer uma ligação que também acabe parecendo um artifício ou que caia no lugar-comum das recordações, mas é possível que se encontre algo que escape a isso. Não sei. Tenho minhas dúvidas.

De qualquer forma mesmo sem ligação óbvia é necessário que haja uma ligação qualquer, de assunto, de ideias dos personagens centrais, do parentesco das "primas" ou algum outro que possa dar unidade ao filme como obra em si e como visão das coisas, do amor, do mundo e dos problemas enfocados. E aí é que temos que escolher e decidir.

As alternativas são poucas:

a) Os personagens centrais são todos crianças ou adolescentes e a ação gira em torno de seus desencantos e traumas amorosos de frustradas (ou não) iniciações ou *primeiras vezes*.

b) Essas experiências seriam sempre com PRIMAS, que seriam catalisadoras do amor e da frustração (ou não) das experiências.

c) Os personagens dos novos episódios não seriam necessariamente adolescentes ou jovens, mas as situações todas girariam em torno do problema que surge com o envolvimento [...] nas relações amorosas de um homem, com as consequências tanto para *elas* como para o homem, sempre aprofundando o tema no que ele tem de mais trágico e difícil.

O que eu acho absolutamente essencial é que a abordagem de qualquer dos temas seja feita de forma profunda e com uma visão séria e intensa, que dê ao filme uma densidade que as produções em episódios raramente têm. Eu não posso (nem quero) nesta altura de minha carreira fazer algo por simples dever de ofício ou apenas para concluir um trabalho de forma convencional, que não exija de mim um forte envolvimento em todos os sentidos. Prefiro não fazer nada, não apenas neste caso como em qualquer outro que surgir. E creio que você também não quer isso. Temos que fazer um filme com peso e significação ou então é melhor não fazer.

Estamos então diante de um certo impasse, pois todas as soluções apresentam problemas e não é fácil fazer um filme de envergadura partindo de uma premissa já materialmente pré-fixada, que é o nosso episódio já pronto e mixado.

2) A solução inicial é realizar mais dois episódios com meninos envolvidos com mulheres mais velhas ou mesmo da sua idade, sendo primas ou não. Nesse sentido tive umas ideias, e a melhor me pareceu a de um menino doente que é cuidado por uma espécie de enfermeira-babá (que pode

ser uma meia-prima pobre), com 18, 20 ou 23 anos, bonita e atraente, apesar do comportamento aparentemente recatado mascarar muito a sua sensualidade e a sua graça quase perversa e também sua obsessão por climas morbidamente erotizados.
– O lugar é uma grande casa, ou fazenda, ou uma praia. O quarto do menino, onde ela também dorme, deve ser bem grande, as salas amplas e jardins ou beira-mar extensos e meio desertos. A família: pai, mãe, prima, criados, professora séria etc.
– A moça, encarregada de cuidar do menino no seu tratamento, fazendo curativos, trocando de roupa, dando banho etc., cria um mundo fantasioso em que histórias e contos (de aventura, de fadas, de terror) são transmitidos ao menino sob uma versão irônica e erotizada ao máximo, com um clima altamente sensual e repleto de perversões também. Além disso, com cáustica crítica mais ou menos social e ridicularizadora da classe do menino e sua família. Também uma forte tendência a criar situações de terror e de fantasia mórbida (sempre com conotações de erotismo, desejo, taras etc.), [...] um universo perturbador e quase violento que a imaginação da moça constrói, cada vez com maior convicção.
– As histórias sempre incluem relações sexuais as mais diversas e sempre dão oportunidade a que a moça simule gestualmente essas cenas de forma muito perturbadora para o menino, que vê como que diante de um só ator representando todos os papéis. As cenas acabam incluindo uma manipulação corporal do menino (que deve estar imobilizado sempre, ou por uma perna engessada ou por qualquer problema diferente), que se excita cada vez mais, gradualmente, na proporção em que as histórias adquirem contextos os mais absurdos e violentos, em todos os sentidos.
– Há também da parte dela uma exibição discreta, mas provocante de seu próprio corpo diante do menino, sempre deixando uma insatisfação na sua parcialidade e no seu evidente clima de provocação. Os dois parecem tirar grande excitação desse jogo.
– Como dormem no mesmo quarto, as noites do menino são inquietas e sufocantes. Acorda frequentemente, com pesadelos muito ligados às narrações dela. Faz com que ela se levante para o confortar. Chora e tenta induzi-la a carinhos maternais-sexuais. Consegue ser beijado, a princípio suavemente e depois com algo quase passional. (Talvez seja mesmo manipulado para sensações mais fortes, sem saber exatamente o que é isso.)

– Algumas vezes saem, para a praia ou passeios, juntos com a família. (A época pode ser remota ou próxima-passada ou atual.) O pai, que dificilmente vai vê-lo no quarto (viaja muito), e a mãe (que vai sempre e é muito solícita, mas não desconfia de nada do que se passa nesse aposento) vão junto, e os irmãos também. O pai e a mãe parecem ter uma relação muito casual e distante.
– Num grande piquenique no campo ou na praia, com a família e amigos, o pai parece pela primeira vez notar a presença da jovem enfermeira, que nesse dia está especialmente arrumada e com sua atração "para fora". O menino observa-a encantado o tempo todo, num fascínio que nunca é interrompido, e nesse dia ela parece a ele uma jovem romântica e pura, pastoral e cândida, o que o enternece ainda mais e o deixa em estado de aguda paixão.
– Mas não escapa a ele o rodeio que o pai faz em torno da moça, o que ele não compreende bem, mas que o deixa perturbado e num estado latente de ciúme.

[...] Aflige-se insuportavelmente e simula uma crise de dor, gritando desesperadamente pela moça (e não pela mãe), a fim de interromper a conversa.

A vida desse menino fica entre o tormento e a felicidade dependendo da moça e da sua vontade, das suas brincadeiras ou de seu mau humor, de seus jogos de ficção-erótico-narrativa e das visões que ela permite de seu corpo, parcimoniosas e calculadas.

Essa angústia evolui paralelamente ao desenvolvimento de uma aproximação da moça com o pai até o desfecho final, dentro do próprio quarto, quando o menino é obrigado a ser testemunha de um relacionamento amoroso da jovem. E, chorando, ouve não só os sussurros e gemidos, mas também as proposições fabulescas da moça, que propõe ao pai fazerem "isso e aquilo", à semelhança das coisas já narradas ao menino com base nas histórias conhecidas adaptadas à sua "maneira". Quer "brincar" disso ou daquilo e entrega-se prazerosamente a uma relação total. O menino tudo ouve, apesar das coisas serem murmuradas e a ação comedida para não perturbar o sono em que eles acreditam o menino estar mergulhado. Em verdade ele chora em silêncio, também não querendo perturbar a cena que é o clímax de seu sofrimento. [...]

P.S.: – (Quanto às histórias que a moça conta, elas seriam sempre de conhecimento geral, contos universais, com situação tipo Romeu e Julieta, Bela Adormecida, Abelardo e Heloísa, Robinson Crusoé, até mesmo Chapeuzinho Vermelho eventualmente, a fábula tipo Lobo e o Cordeiro, Cigarra e Formiga, ou lendas como Eros e Psiquê etc. São histórias defasadas em relação à idade do menino, mas são contadas por ela por darem oportunidade a versões pervertidas e sacanas. É claro que só usaremos duas ou três histórias, o suficiente para mostrar o clima da moça. [...]

– Pensei também se não seria mais fácil fazer um filme novo, que custasse pouco [...] e que desse menos trabalho. Algo no estilo KAMMERSPIEL, fechado e denso, com poucos locais e bons atores e atrizes, e que fosse suficientemente estimulante e profundo para poder interessar às pessoas nesta época em que nada está interessando a ninguém.

– Talvez encontrássemos um assunto dentro da minha linha que nos motivasse a ambos. Não sei. É apenas uma ideia.

AS FERAS OU AS PRIMAS?

O curta-metragem de 1980 conta a história de Paulinho, um adolescente que chega a São Paulo vindo do interior para passar alguns dias na casa dos tios. Ele nutre um carinho especial por sua prima mais velha, vivida por Lúcia Veríssimo. Ao chegar à casa, descobre que seus tios viajaram com a família, deixando apenas a prima com sua amiga, na verdade sua namorada, vivida por Monique Lafond. Logo, o rapazote descobre que está sobrando por ali. Suas constantes tentativas de espionar a prima e seu desalento por perceber que a moça não se importa com sua presença lá – na verdade, quer, inclusive, que ele volte para o interior por estar atrapalhando as duas – terminam por colocá-lo numa situação embaraçosa, quando a namorada de sua prima o flagra no quarto das duas e lhe dá uma surra de bengala, ridicularizando-o por ser "mais um homenzinho sujo, como todos".

Conforme indicam os originais do roteiro do curta, a história teria contado com algumas ideias de Luciano Ramos, crítico de cinema e amigo de Khouri e Massaini, mas o resultado, por não corresponder ao tipo de filme que o produtor da Cinedistri pretendia lançar, foi arquivado.

Embora no trecho da carta reproduzida anteriormente Khouri estivesse reticente em juntar essa história com os planos de filmar a obra de Wedekind, em 1994 a ideia acabou saindo do papel. O curta serviria, enfim, para dar contexto à história de Paulo (Nuno Leal Maia), um psicólogo ocupado com aulas, pesquisas e viagens para congressos, namorado de Ana (Cláudia Liz), mais jovem que ele, uma mulher linda e independente que acabava de aceitar um convite para viver Lulu no teatro. Obcecado por Ana, Paulo é constantemente assombrado por memórias da adolescência, quando se apaixonara por sua prima, mas havia sofrido uma enorme humilhação pela namorada da moça, deixando-o com um trauma perpétuo quanto às suas relações com as mulheres.

A ideia parecia mesmo promissora e potente, bem ao estilo do que Khouri vinha elaborando desde *Eros*, com maior ou menor repercussão, mas definitivamente distinto e ainda relevante ao cinema nacional, que dava os primeiros passos em direção à Retomada.

Walter Hugo Khouri retira um livro da estante. Está na sala de sua cobertura, no centro de São Paulo. Abre o volume e mostra a data: 1955. Há quase 40 anos ele sonhava com a adaptação dos textos de Frank Wedekind que compõem o ciclo de Lulu: *O espírito da terra* e *A caixa de Pandora*. Em seu 25º filme, ele finalmente atinge o objetivo. *As feras* não é *Lulu*-95, mas traz embutida a história da célebre história mundana que inspirou Georg. W. Pabst. [...] Aos 65 anos, o cineasta está eufórico: "É bom voltar a filmar". Em outubro do ano passado, ele lançou *Forever*, cuja produção remonta a 1988. Antes que o leitor pense que *As feras* está saindo muito rápido, Khouri esclarece: o projeto vinha sendo pensado desde os anos [19]50 e passou por um filme curto que ele fez nos anos [19]80 [...]. *As feras* traz Nuno Leal Maia [...]. Ele namora Ana, que é a Lulu numa montagem de Wedekind. No filme, aparece no final da peça, Jack, o Estripador. Jack é Luiz Maçãs, um ator que Khouri também está lançando no cinema. "Ele é fantástico, meio Laird Cregar, meio Orson Welles", define o diretor. Cláudia Liz faz coro: "É um ator de grande presença física, domina a cena". [...] *As feras* é um filme sobre as difíceis relações entre homens e mulheres. Khouri recorre a uma *boutade*. Diz que o filme é uma mistura de Ibsen com Strindberg. Ibsen, o dramaturgo feminista de *Casa de bonecas*. Strindberg, um misógino que desconfia das mulheres. Da síntese dos dois, nasce *As feras*. [...] Produção caprichada, rodada em estúdio. Fotografia de Antonio Meliande, que o cineasta compara ao lendário mestre alemão Karl Freund, música de Ruriá Duprat e Rupert Khouri [sic]. A montagem será feita digitalmente. Com cerca de 100 minutos, *As feras* deverá estrear em maio, ou mais tarde em junho, no circuito da Paris [Filmes]. [Khouri] é um autor, um dos mais coerentes em atividade no Brasil. Seus detratores dizem que Khouri está sempre fazendo o mesmo filme. [...] Ele se acostumou de ser chamado de estrangeiro em seu país. Tem ideias claras de como deve ser o cinema nacional. "Não podemos entrar na loucura de competir com os americanos", diz. Hollywood domina o mercado. Sobra uma fatia, "um naco", como ele diz. Esse naco deve ser ocupado pelo cinema de autor brasileiro.[1]

Enciumado e sentindo-se preterido pela decisão de Ana, Paulo passa a frequentar os ensaios da namorada, nos quais descobre um universo tomado pela presença e pela força femininas, algo que o acua. Pior, desco-

---

1   Luiz Carlos Merten, "Walter Hugo Khouri solta as feras na tela". *O Estado de São Paulo*, p. D1, 31/12/1994.

bre que a diretora da peça é sobrinha de sua prima, que amou no passado. Ao mesmo tempo, conhecemos Wilson, vivido por Luiz Maçãs, que interpretará, na peça, Jack, o Estripador. O rapaz, carismático e cínico, oculta uma espécie de repulsa por mulheres, que esconde por trás de um pretenso "cinismo sofisticado". Em verdade, Wilson tem uma história parecida com a de Paulo, pois perdera sua esposa para outra garota. No final, tanto Paulo como Wilson serão enxotados daquele universo fechado dos ensaios. O primeiro por se resignar diante da independência e resistência da namorada, restando a ele voltar para casa e esperar pela volta de seu amor. Uma *Odisseia* às avessas. Wilson não conseguirá refrear seu asco por mulheres e agredirá Ana durante uma cena, o que fará com que todas as mulheres do recinto o expulsem com bastante humilhação.

Luiz Maçãs, que cometeu suicídio em 1996, antes que pudesse ver o resultado de *As feras*, é, de longe, o melhor elemento do filme. Seu personagem é o mais rico, e sua interpretação pode até fazer com que espectadores lhe tenham simpatia, apesar de seu caráter duvidoso. De resto, *As feras* tem um problema de base. Aliás, dois.

Primeiro, o longa teve de nascer a fórceps em função da demanda de Massaini por uma conclusão ao episódio do curta-metragem engavetado. Depois, quando o filme entrou de fato em produção, Khouri não conseguiu trazer de volta Monique Lafond e Lúcia Veríssimo para os papéis da prima de Paulo e sua namorada.

Isso fez com que toda a estrutura da história fosse alterada. A trama resultou confusa e pouco verossímil, com um Paulo que – sendo um psicólogo renomado, *habitué* de congressos internacionais – age como se ainda estivesse na casa dos tios quando adolescente. Mas o que poderia ser uma abordagem interessante de seu trauma, a fim de justificar seu comportamento infantilizado, soa irregular. A montagem de Luiz Elias tem sobressaltos de planos inseridos na hora errada, com arroubos musicais que lembram comerciais de TV. As cenas eróticas entre o casal protagonista são concebidas muito mais à moda de *O convite ao prazer*, o que as tornam anacrônicas, apesar de esteticamente impecáveis.

Ninguém parece estar confortável em seu personagem, e há cenas apelativas que parecem não fazer parte do mesmo filme. Como mencionamos, desde o roteiro do curta *As primas*, com colaboração de Luciano Ramos, Khouri passou a especular possíveis soluções enquanto incorporava ao tema seu desejo de mais de quarenta anos de filmar sua versão de *A caixa de Pandora*, de Wedekind. Depois, quando ambas as ideias pareciam se encaixar, o dramaturgo Lauro César Muniz também se juntou ao time e parece ter acrescentado passagens ao filme, de modo a suavizar a ausência de Veríssimo e Lafond. Com tantas mãos sobre o mesmo roteiro e com tantas ideias para Khouri administrar – num momento em que sua saúde começava a emitir sinais de alerta –, é impossível dizer de onde surgem certos diálogos enfadonhos e, por vezes, ofensivos, com termos e insultos preconceituosos, muito longe do que o cineasta tinha realizado até ali. Se a fotografia de Antonio Meliande deixara o curta de 1980 tão plástico, o mesmo não se pode dizer de Antonio Moreiras e de seu tratamento apenas protocolar da imagem na porção do filme passado na atualidade.

A música de *As feras* é uma colagem de temas clássicos e jazzísticos usados em outros filmes de Khouri nos anos 1970 e 1980, ao passo que os comentários musicais originais são irritantes acordes de teclado.

Como se problemas não faltassem, à época das filmagens de *As feras* Khouri e Massaini desentenderam-se gravemente devido ao controle sobre o corte final do filme e, presume-se, por um imbróglio envolvendo a refilmagem de *O cangaceiro*, propriedade ainda da Vera Cruz, da qual Khouri e seu irmão continuavam proprietários. Com isso, *As feras* só viu as telas do cinema, de forma discreta, em 2001, quando Khouri já estava bastante doente. As poucas críticas publicadas na época preferiam investir na celeuma entre produtor e diretor e na dúvida sobre a relevância de Khouri no início do novo século, época de consolidação da Retomada do cinema nacional.

> Houve um tempo em que os filmes de Walter Hugo Khouri lotavam o cinema Marabá, no centro de São Paulo [...]. Eram tempos áureos da Boca do Lixo e Khouri, um pouco pressionado pelos produtores, mas também porque sempre foi sensível à beleza feminina, enchia seus filmes de mulheres seminuas. Algumas delas eram atrizes do mais fino currículo no cinema brasileiro, pois Khouri, mesmo quando fazia essas "concessões", não perdia a aura de Michelangelo Antonioni do Brasil. Khouri está de volta ao Marabá. E com um projeto antigo, de quase 50 anos [...]. O Marabá é uma das duas salas nas quais estreia *As feras*. A outra é o Shopping Jardim Sul. Um cinema bem popular e outro encravado no Morumbi, na área mais chique de São Paulo. [...] A questão é

saber se *As feras* tem fôlego para dialogar com plateias tão extremas. Mulheres bonitas não faltam [...]. O filme foi concluído em 1995. Faz tempo que Maçãs morreu. Faz tempo que *As feras* esperava pelo seu lançamento. Os admiradores do autor esperavam apenas que fosse um lançamento mais adequado, senão em salas melhores – não há por que ser discriminatório –, pelo menos com mais divulgação. O que atrasou a estreia de *As feras* foi uma disputa entre o diretor e o produtor Aníbal Massaini Neto. Khouri, como diretor-autor, defendia seu direito ao corte final da produção. O produtor não concordava com isso. Khouri acusava Massaini de querer colocar no filme "as baixarias dele". Isso foi só o começo da polêmica. [...] *As feras* trata de instinto, cultura repressora, sexo. Confirma a dimensão filosófica do cinema do diretor [...].[2]

A parte do acervo de Khouri que compila material referente a *As feras* é pequena. Além do roteiro de *As primas* e de um tratamento da história completa, há uma série de catálogos de agências de modelo, o que indica que, de fato, Khouri pretendia encontrar uma novata para transformar em estrela, como já havia feito tantas vezes em sua carreira. Há também os painéis e ampliações de fotos de Cláudia Liz caracterizada de Lulu, que ilustram o cenário do filme, além de poucos documentos e recortes de jornais. É bastante difícil mapear a trajetória de *As feras* pelo conjunto de material arquivado. Parece que o próprio Khouri não estava efetivamente envolvido pela ideia de fazer aquele filme, e o conjunto de adversidades ajudou a minar as ricas possibilidades que se notam nos comentários e ideias de seu diretor.

Agora, vamos ao outro lado da questão, porque *As feras* também encerra elementos notáveis em sua construção, que devem ser evidenciados.

A partir do momento em que conhecemos o personagem Wilson, o "Jack" da peça, o enredo pensado por Khouri para amarrar *As primas* ao longa ganha contornos sutis da psicologia khouriana de transferências e percepções tortuosas. Wilson conta a Paulo sua tragicômica saga com sua namorada.

---

2   Luiz Carlos Merten, "Walter Hugo Khouri finalmente solta suas feras". *O Estado de São Paulo*, p. D3, 31/8/2001.

A modelo e atriz Cláudia Liz, uma das "feras" soltas por Khouri em seu filme.
Acervo Walter Hugo Khouri.

A relação entre os dois é perfeita, até que sua garota conhece outra mulher, passando a viver um triângulo amoroso. Wilson deixa clara sua posição confortável ao lado de duas belas mulheres, com o benefício do antitédio matrimonial. Mas tudo cai por terra quando a namorada de "Jack" decide continuar a relação somente com a outra garota. O rapaz humilha-se, despe-se de seu orgulho e aceita o papel de "serviçal" na relação, confortando-se com a condição de obedecer às duas moças e participar do ato sexual somente quando for conveniente a elas. Claro, isso começa a sair de controle, como normalmente acontece nas relações cujas adaptações se dão pelo ímpeto. Finalmente, Wilson torna-se um brinquedo descartável para as moças e é defenestrado da relação. Irado, tenta agredir a ex-namorada, mas ela é amparada pela outra mulher, assim como a prima de Paulo foi amparada por sua namorada, Sylvie (Monique Lafond), após esta agredi-lo com a bengala e expulsá-lo da alcova onde homens não são bem-vindos.

Na adolescência de Paulo e na vida adulta de Wilson, ambas as garotas se isolam num canto do quarto, reproduzindo a mesma *Pietà* que Khouri já havia emulado em *Amor, estranho amor*. É um ato recorrente o uso dessa imagem sacra e dúbia, na qual o diretor procura o outro lado, o erotismo que há no pecado e que se espraia para, digamos, "ditames morais". Para além disso, as "rimas" diegéticas entre Paulo e Wilson colocam-nos num plano quase paralelo em que o trauma de um está na experiência do outro. Paulo ensimesmou-se diante da má experiência com o sexo oposto. Wilson tornou-se um cínico autodestrutivo convicto. Paulo voltou-se para a caverna, Wilson se tornou o Mefisto que está para além da fantasia que ele usa na festa em que sua namorada conhece a outra mulher.

Aliás, Khouri valeu-se das características físicas de Luiz Maçãs para fazer dele um Mefisto idêntico ao personagem encarnado por Klaus Maria Brandauer no filme de István Szabó, *Mephisto* (1981), história de um ator de teatro que "se vende" ao nazismo, na aurora do regime. Um paralelo curioso: no filme de Szabó, o dilema daquele ator é sustentar sua posição apolítica e compactuar com a ideia de arte do Reich, sob o risco de se tornar maldito à sua classe de artistas, ou abrir mão das promessas sedutoras do novo regime e continuar a luta de cada dia pelo reconhecimento, aturando pessoas, lugares e situações dos quais tem aversão. O mesmo pacto fáustico que coloca Wilson entre renunciar ao orgulho e submeter-se aos caprichos neuróticos das moças ou aceitar a transitoriedade das relações e seguir adiante. Essa ideia do arco psicológico de Wilson também aparece na mesma carta a Massaini, sob outra forma, mas com as características apresentadas em *As feras*.

Voltando a Paulo, quanto mais angustiado ele se torna em relação àquele ambiente de feras indomáveis que lhe está "roubando" a namorada, mais Khouri investe num clima sugerido de destruição do exterior para aplacar os escombros interiores. Desde a primeira cena do filme, e repetindo um interessante modelo já usado em *Paixão e sombras*, os cenários da peça em que Ana atuará surgem como entidade magnânima. A disposição das janelas dos cenários, dos pontos de iluminação e do ponto de visão fora do palco sugerem olhos grandes e onipresentes que a tudo observam e julgam. Quando Paulo atinge o ponto de ruptura, não é contra as mulheres ou contra a sua mulher que ele irá investir seu instinto de violência, mas contra o cenário. Este torna-se bode expiatório do ódio pelas aparências que teve de engolir desde que se descobriu para a vida, na alcova maldita de sua prima.

O cenário é a concretização de nossas encenações cotidianas. É contra a estrutura inanimada que seu ódio será descarregado, como forma de canalizar a revolta contra o artificialismo de todas as coisas. E Khouri remete, sutilmente, ao clímax de *Cidadão Kane* (1941), quando Orson Welles, encarnando o magnata da imprensa Charles Foster Kane, descobre que sua amante o deixou para sempre e extravasa sua ira e sua tristeza destruindo o quarto dela.

É uma cena conhecida por sua potência e pelas soluções técnicas, sobretudo do plano-sequência, que a torna naturalista e muito mais tensa. O mesmo ocorre com Paulo quando investe contra o cenário. Mesmo que, por sintoma de um filme mal resolvido, a destruição do cenário pareça gratuita e deselegante, pois, nesse caso, Paulo nunca foi convidado a fazer parte daquele mundo. Sua insegurança levou-o a se meter no universo de sua namorada, não como em *Cidadão Kane*, em que o casal está integrado no mesmo universo, erguido pela trajetória de Charles e, de alguma forma, também parte dele. O cenário da peça *Lulu*, em *As feras*, é um templo profanado por Paulo, um invasor e usurpador de sonhos. O ganho moral é mínimo, senão nulo, já que, após o acesso de fúria, ele ainda terá de ver a diretora da peça amparar Ana, como Sylvie amparou sua prima no passado, diante de um garoto rejeitado. Agora, o mesmo homem rejeitado terá de testemunhar mais uma *Pietà* erotizada pelos desejos das duas moças, não havendo redenção em seu ato feérico que, mesmo diverso da reação do menino assustado, não oferece um desfecho distinto.

Passados os contratempos e enquanto o impasse com Massaini corria na Justiça, Khouri experimentava cada vez mais problemas de saúde, tendo sofrido um infarto e recuperando-se do luto pela morte do irmão, William. Por volta de 1997, foi abordado por um grupo jovem de produtores, fãs do seu trabalho e dispostos a investir num próximo filme, se quisesse voltar a filmar. Nasceu, assim, mais uma trama passada no universo de Marcelo Rondi.

PAIXÃO PERDIDA, OU A VIDA DE UMA PEDRA

Paixão perdida é tão difícil de estudar nas origens quanto *As feras*. O material reunido por Khouri é ainda menor. Além de fotos cotidianas dos bastidores, há uma ou duas cópias do roteiro (que não diferem quase em nada do que se vê na tela), documentos fiscais e poucos recortes de jornais pós-lançamento. Uma coisa, no entanto, era clara naquele momento: Khouri não estava bem de saúde e não parecia melhorar, ao contrário. Talvez por isso, *Paixão perdida* seja uma espécie de despedida involuntária, lírica, melancólica. Para muitos, o filme é ruim e em nada lembra a maestria de seu diretor.

A verdade é que *Paixão perdida* é um filme que dá protagonismo à ternura e à beleza e deixa o lado obscuro e obsessivo dos personagens em segundo plano, e às vezes, em terceiro. Sua trilha sonora, de Ruriá Duprat e Wilfred Khouri, é limpa, e a melodia é bela, sendo o tema de abertura emocionante já desde o primeiro acorde.

Na trama, Khouri retoma a ideia da prima-enfermeira, sugerida na carta a Massaini, em 1985. Mas, em *Paixão perdida*, a enfermeira Anna (Mylla Christie) não é uma mulher perversa, que joga com os sentimentos e sensações de um garoto. Ao contrário, ela é uma terna e alegre cuidadora, que, embora não tenha muita experiência, fará de tudo para entreter e estimular seu pequeno paciente, Marcelinho (Fausto Carmona, numa impressionante interpretação), filho de Marcelo Rondi (Antônio Fagundes), que passou por um trauma ao sofrer um acidente de carro junto com a mãe, Anna Rondi (Maitê Proença), e viu-a morrer a seu lado. Desde então, passa os dias numa cadeira de rodas, catatônico, alheio a tudo e obcecado por uma pedra que repousa no jardim da mansão onde mora, como se quisesse transformar-se na própria.

Khouri havia pensado em Vera Fischer para o papel da mãe de Marcelinho, mas teve de abrir mão da atriz por problemas de força maior.

Ainda que apareça pouco, Maitê é uma presença marcante, sobretudo pelo apuro que o diretor ainda conservava no trato visual de suas atrizes. O elenco aparenta estar mais coeso dessa vez, embora a mão de Khouri se mostrasse pesada na condução de seus personagens. Definitivamente, não havia conseguido assimilar o naturalismo da geração pós-Retomada.

Anna passa a ser cobiçada pelo pai do menino, mas Marcelo, aqui, parece mais apaziguado e centrado. Chega a mostrar um cuidado ao se aproximar de Anna, incomum nas outras encarnações do personagem. Diríamos até que o cavalheirismo não era sequer pensável na psicologia de Marcelo.

Ele não tem paciência para Rute (Paula Burlamaqui), a namorada histérica. Berenice (Andréa Dietrich) ressurge como sua filha mais velha e, às vezes, conselheira, em uma relação completamente diversa do que havíamos visto nas últimas incursões do personagem. Marcelo é muito zeloso com seu filho, embora não esconda uma grande frustração e conformismo com a condição vegetativa dele. Sabe que seu filho homem não poderá dar sequência ao seu legado. Nem financeiro, nem pessoal.

A aproximação entre Anna e Marcelo causa ruído nos sentimentos de Marcelinho, que vinha dando sinais de melhora, mas retrocede e se encerra novamente no corpo débil quando testemunha, sem querer, seu pai seduzindo sua enfermeira e primeiro objeto de desejo carnal em seu quarto, enquanto creem que ele dorme. O *close* nos olhos de Marcelinho atônito em sua cama é interrompido por um corte brusco para a pedra do jardim. O menino está novamente lá, olhando fixamente o grande mineral, enquanto ouve (e ouvimos) Matilde (Zezeh Barbosa), a empregada, instruir uma nova enfermeira. Presumimos que Anna tornou-se sua madrasta. O final aberto dessa história sugere o martírio de ver consumada a perda de sua paixão para seu próprio pai.

> Para *Paixão perdida*, Khouri baseou-se em trecho de um monólogo de Shakespeare, aquele em que o angustiado Hamlet discute quais sonhos poderão vir do sono da morte. Khouri está particularmente satisfeito com o resultado, mas admite que se trata de um filme difícil. "Meus amigos dizem que eu tenho peito", explica. "É um filme contra a corrente, de ação totalmente interior, um filme de climas", define. Nele, Khouri retorna o personagem Marcelo [...], quase sempre definido como *alter ego* do diretor, mas [Renato] Pucci vai contra

a definição. "Marcelo não é o porta-voz de Khouri", o que pretende demonstrar. Marcelo representa o homem como ser desejante. Possui uma vontade incontrolável. Em *Paixão perdida*, destrói o próprio filho, Marcelinho, que vai vivenciar o sono da morte de que tratava Shakespeare.[1]

[...] Khouri nunca foi o que se possa chamar de um diretor de ação. Mas nunca houve tão pouca ação, ou nenhuma ação, em seus filmes como em *Paixão perdida*. Fazia sentido, pois ele, em seu 25º filme, quis contar a história de um menino que sonha virar pedra. Um filme completamente zen – demais até, *Paixão perdida* não conseguiu encontrar seu público. Ficou na categoria de "chato", que como se sabe, não é exatamente um critério de avaliação estética.[2]

Depois de *Paixão perdida*, cada vez mais debilitado, Khouri se aposentaria a contragosto. Seu último trabalho, com todos os problemas de execução, é uma despedida digna – mesmo que involuntária e forçada. Trata-se de um filme honesto, pessoal, contemplativo, profundo na temática da suspensão dos desejos, da supressão da existência e da tragédia edípica.

Virar pedra... descansar eternamente num jardim. Eis a resposta de Khouri, aos 69 anos de idade, à poluição sonora, visual e moral de sua São Paulo, tão revirada e examinada, tratada com a mesma dubiedade com que a metrópole-monstro trata seus filhos e enteados. Ainda assim, o cansado Marcelo Rondi tem seu último momento de ânsia pelo corpo feminino. Talvez fosse hora de ele também descansar, enquanto lida com o fato de que seu filho nunca poderá perpetuar sua linhagem angustiada, megalômana e licenciosa. Dessa vez, porém, finalmente ao lado de um amor, sua Anna definitiva.

Como na filosofia zen, tantas vezes associada ao filme, tudo volta ao seu lugar de origem.

Em 2001, Khouri ganhou uma retrospectiva completa de sua obra no Cen-

---

[1] "São Paulo reverencia talento de Walter Hugo Khouri". *O Estado de S. Paulo*, p. D1, 21/10/1998.
[2] L. C. Merten, op. cit., 31/8/2001.

Khouri acerta a expressão de Maitê Proença, em *Paixão perdida*. Acervo Walter Hugo Khouri.

tro Cultural Banco do Brasil de São Paulo, mas suas aparições públicas iam se tornando cada vez mais escassas. Na década anterior, o cineasta havia enfrentado alguns infartos, um profundo luto pela perda do irmão, dificuldades operacionais com seus filmes, disputas judiciais com seu produtor e também alguns lapsos de memória. Circunstâncias difíceis para alguém que havia passado cinquenta anos completamente imerso no ofício de uma arte cada vez mais autoral.

Na madrugada de certa sexta-feira, Khouri acordou sobressaltado, dominado por profundo mal-estar. Nadir, sua esposa, amparou-o, perguntando se ele desejava que chamasse o médico da família. O cineasta hesitou, mas disse que precisava apenas se sentar na poltrona da sala. Sua esposa auxiliava-o a caminhar em direção ao cômodo, quando Khouri desfaleceu e caiu de joelhos. Em seguida, perdeu a consciência. O socorro foi chamado, mas já não havia muito a fazer.

Walter Hugo Khouri faleceu em 27 de junho de 2003. Foi velado na Cinemateca Brasileira.

―

No obituário, publicado no Caderno 2 do dia seguinte, Luiz Carlos Merten registrou: "O mais paulistano dos cineastas [...] morreu na madrugada de ontem em sua casa na região central de São Paulo. Tinha 74 anos".

Além do legado inconteste cristalizado em seus filmes, Khouri deixou alguns roteiros inéditos. Além do já mencionado épico *Il fuoco*, havia ainda *Estranha obsessão* e *A febre*, os três escritos nos anos 1990. Os dois últimos versam, novamente, sobre personagens minimalistas, em espaços claustrofóbicos, remoendo suas dúvidas e encarando a inexorável chegada da morte. Em *Estranha obsessão*, a trama fictícia que o diretor planejava realizar em *Paixão perdida* com sua atriz favorita torna-se real. O roteiro acompanha uma misteriosa mulher em busca de uma casa para alugar. Ao se deparar com uma residência muito antiga e vazia, não consegue se deter e entra. Ali, reviverá antigos traumas que lhe provocam repulsa, mas não o suficiente para a tirar daquele interior. Todos esses inéditos denotam que o cineasta, embora debilitado, recusava-se a parar por decisão própria.

Tais documentos certamente podem render belas análises, que com o instrumental adequado revelarão novos aspectos de sua poética tão instigante. Isso faz parte, porém, de outra história. De outras revisitações. De novas revisões.

Amor Estranho Amor

...HER	Anna
...MEIRA	Dr. Osmar
...ENEGHEL	Tamara
...MENDONÇA	Dr. Benicio
...IZZI	Laura
...AUGUSTO	Dr. Itamar
...R FORSTER	Hugo (adulto)
...DE MASTRANGI	Olga
...ELO RIBEIRO	Hugo (criança)
...E CASEMART	Therese
...MIZIARA	Dr. Viana
...O PAULO HATHEYER	Dr. Dallacqua
...O ARCO E FLEXA	Dr. Prado
...ENS EWALD FILHO	Augusto
...RA HUSMANN	Avô
...RCO RICCIARDI	Armando
...SÉ LUCAS	Segurança
...TA DE CÁSSIA	Ritinha
...NDA VANESSA	Odete
...LIS CARDOSO	Elza
...SANDRA GRAFFI	Jandira
MARCIA FRAGA	Aurora
VICENTE VERGAL	Guarda-costas
KATIA SPENCER	Leonor
CARMEM ANGELICA	Helena
RAILDA NONATO	Maria
ROSANGELA GOMES	Regina
EDSON CRUZ	Guarda-costas
CLEIDE SINGER	Costureira
SUELY OLIVEIRA	Dirce
ROSEMARY	Costureira
TRADITIONAL JAZZ BAND	Conjunto

Argum...
Diretor de Foto...
Edição e Montagem..... CECILIA
Diretora de Arte....
Música, Composição e Regência..... ROGERIO DUPRAT
Coordenação Musical..... OSMAR ZAN / TRADITIONAL JAZZ B
Participação Musical..... RUPERT KHOURI
Operador de Câmera.... PIO ZAMUNER
Fotografia de 2ª Unidade..... JORGE SAMPAIO
Diretor de Produção..... DEBORAH ZILBER
Assistentes de Produção..... CLAUDIO PAULO
Secretario de Produção..... RUBENS DE SOUZ / WANDERLEY KLE
Pré Montagem..... GIULA KOLOSVA
Assistente de Câmera..... HERON D'ÁVILA
Assistente de Direção..... MIRELA ZUNIN / HERCULES BAR
Continuidade..... JOSEFINA DE C
Foto Still..... WALTER D'PA
Maquiagem..... JOSÉ PEREIRA
Cabelereiro..... REINALDO C
Cenotécnico..... WALDOMIR
Adereços..... LUIZ ANTON
Eletricista Chefe..... WILSON DA
Eletricistas..... JOSÉ CARL / JOSÉ DIAS / ANTONIO

Assistente de Campo..... A
Laboratório de Som..... A / E S
Técnico de Dublagem..... O
Técnico de Som/Mixagem.....
Efeitos Sonoros.....
Sistema Sonoro.....
Laboratório de Imagem.....
Consultor de Cores.....
Cor.....
Planejamento e Realização.....
Equipamentos.....
Produtores Associados.....

Coordenação Ger de Produção.....
Titulagem.....
Cartazes.....

Folheto.....

Divulgação.....

Distribuição.....

Ano de Pr
Certificad
Certificad
Federal.....
Impropr

FILMOGRAFIA DE WALTER HUGO KHOURI

O GIGANTE DE PEDRA (1953)
DURAÇÃO: 100 min.
COMPANHIA PRODUTORA: Cast Cinematográfico Brasileiro Ltda.
PRODUÇÃO: Emilio Cantini e Fernando Negreiros de Carvalho
DIREÇÃO: Walter Hugo Khouri
ARGUMENTO: Hilda Muniz Oliveira
ROTEIRO: Orlando Souza Maia e Walter Hugo Khouri
MÚSICA: Conrado Bernard
DIREÇÃO DE FOTOGRAFIA: Danielo Alegri, Rafael Fabbi, Miroslav Javůrek, Américo Pini e Maximo Sperandeo
DIREÇÃO DE ARTE: Luiz Andreatini
MONTAGEM: Walter Hugo Khouri
ELENCO: Fernando Pereira, Irene Kramer, Paulo Monte, Sylvia Orthof, Dalya Marcondes, Emilio Cantini, Arnaud de Castro, Emílio Queiroz, Heros Gomes, Pedro Ribeiro e Walter Toledo.

Numa grande pedreira, um triângulo amoroso se estabelece entre dois empregados e a filha de um dos operários veteranos do local. As relações vão se enredando de tal forma que se tornam inevitáveis as intrigas e tragédias pessoais.

Prêmio Saci, 1955, de Melhor Montagem. / Prêmio Governador do Estado, 1955, de Melhor Montagem.

ESTRANHO ENCONTRO (1957)
DURAÇÃO: 92 min.
COMPANHIA PRODUTORA: Cinematográfica Brasil Filmes Ltda.
PRODUÇÃO: Abílio Pereira de Almeida
DIREÇÃO: Walter Hugo Khouri
ARGUMENTO E ROTEIRO: Walter Hugo Khouri
MÚSICA: Gabriel Migliori
DIREÇÃO DE FOTOGRAFIA: Rudolf Icsey
DIREÇÃO DE ARTE: Pierino Massenzi
MONTAGEM: Lúcio Braun
ELENCO: Mário Sérgio, Andréa Bayard, Lola Brah, Sérgio Hingst e Luigi Picchi.

Marcos (Mário Sérgio) é um *playboy* que mantém um relacionamento de interesses com a rica Vanda (Lola Brah). Com o aparecimento repentino da jovem Júlia (Andréa Bayard), o rapaz é tomado de uma paixão cega, o que irá colocar suas relações em xeque, especialmente com a presença do caseiro Rui (Sérgio Hingst) e a chegada do marido da moça, Hugo (Luigi Picchi).

Prêmios A Tribuna do Paraná, 1958, de Melhor Filme; Melhor Diretor; Melhor Ator para Luigi Picchi; e Melhor Atriz para Andréa Bayard. / Prêmios Associação Brasileira de Cronistas Cinematográficos, 1958, de Melhor Diretor; Melhor Ator Coadjuvante para Sérgio Hingst; e Melhor Atriz Coadjuvante para Lola Brah. / Prêmios Saci, 1958, de Melhor Produtor para Abílio Pereira de Almeida; Melhor Diretor; Melhor Ator Coadjuvante para Sérgio Hingst; Melhor Atriz Coadjuvante para Lola Brah; e Melhor Compositor para Gabriel Migliori. / Prêmios Governador do Estado de São Paulo, 1958, de Melhor Diretor; Melhor Argumento; Melhor Roteiro; Melhor Ator Coadjuvante para Sérgio Hingst; Melhor Atriz Coadjuvante para Lola Brah. / Prêmios Cidade de São Paulo, 1958, de Melhor Diretor; Melhor Atriz para Lola Brah; Melhor Ator Coadjuvante para Sérgio Hingst; Melhor Montagem; e Melhor Trilha Musical.

FRONTEIRAS DO INFERNO (1959)

DURAÇÃO: 97 min.
COMPANHIAS PRODUTORAS: Distribuidora de Filmes Sino Ltda. e Pinnacle Productions Inc. (Nova York, EUA)
PRODUÇÃO: Konstantin Tkaczenko e Michel Lebedka
DIREÇÃO: Walter Hugo Khouri
ARGUMENTO E ROTEIRO: Walter Hugo Khouri
MÚSICA: Enrico Simonetti
DIREÇÃO DE FOTOGRAFIA: Konstantin Tkaczenko
DIREÇÃO DE ARTE: Pierino Massenzi e Walter Hugo Khouri
MONTAGEM: Lúcio Braun e Jaime Coimbra
ELENCO: Hélio Souto, Aurora Duarte, Luigi Picchi, Victor Merinov, José Mauro de Vasconcelos, Sérgio Varnovski, José Vedovato, José Julio, Stanislau Gravriluk e Pedrão. Com participações especiais de Lyris Castellani, Ruth de Souza, Lola Brah e Bárbara Fazio.

Na fronteira entre o Brasil e a Bolívia, garimpeiros são mantidos em regime de semiescravidão por um poderoso grileiro. Quando um dos mais antigos trabalhadores encontra uma pedra preciosa e tenta fugir do local, é perseguido até a morte. A pedra cai nas mãos de um garimpeiro inexperiente, que também tentará fugir e salvar a filha do homem mais velho.

Prêmio da Associação Brasileira de Cronistas Cinematográficos, 1959, de Melhor Ator para Luigi Picchi. / Prêmio Saci, 1959, de Melhor Atriz Coadjuvante para Ruth de Souza. / Prêmio Governador do Estado de São Paulo, 1959, de Melhor Diretor; Melhor Argumento; Melhor Roteiro; e Melhor Ator para Luigi Picchi. / Prêmio Festival de Curitiba, 1959, de Melhor Diretor. / Prêmio Cidade de São Paulo, 1959, de Melhor Argumento.

NA GARGANTA DO DIABO (1960)

DURAÇÃO: 90 min.
COMPANHIA PRODUTORA: Cinebrás Produtora Cinematográfica Ltda.
PRODUÇÃO: Carlos Szili e Tibor Szucs
DIREÇÃO: Walter Hugo Khouri
ARGUMENTO E ROTEIRO: Walter Hugo Khouri
MÚSICA: Gabriel Migliori
DIREÇÃO DE FOTOGRAFIA: Rudolf Icsey
DIREÇÃO DE ARTE: Pierino Massenzi
MONTAGEM: Mauro Alice e Walter Hugo Khouri
ELENCO: Luigi Picchi, Odete Lara, Edla van Steen, Sérgio Hingst, André Dobroy, Fernando Baleroni, José Mauro de Vasconcelos, Carlos Miranda, Jean Lafont, Rogério Jorge Filho, Jordano Martinelli, José Galán e José Lino Grünewald. Com participação especial de Milton Ribeiro.

Durante a Guerra do Paraguai, um truculento grupo de desertores do Exército chega a uma residência decrépita, onde um velho vive com suas duas filhas, jovens e atraentes. A presença daqueles homens, que se comportam como animais e querem saquear as poucas posses da família, traz o conflito existencial e a defesa da sobrevivência numa terra de ninguém.

Prêmio da Associação Brasileira de Cronistas Cinematográficos RJ, 1960, de Melhor Atriz para Edla van Steen; Melhor Fotografia; Melhor Direção de Arte; e Melhor Trilha Musical. / Prêmio Saci, 1960, de Melhor Diretor e Melhor Argumento; Melhor Ator Coadjuvante para Sérgio Hingst; Melhor Direção de Arte; Melhor Trilha Musical. / Prêmio Governador do Estado, 1960, de Melhor Atriz para Edla van Steen; Melhor Ator Coadjuvante para José Mauro de Vasconcelos; Melhor Argumento; Melhor Direção de Arte; e Melhor Composição Musical. / Festival de Curitiba, 1960, Melhor Atriz para Edla van Steen; e Melhor Diretor. / Prêmio Cidade de São Paulo, 1960, de Melhor Diretor; Melhor Ator para Luigi Picchi; Melhor Composição Musical; e Menção Honrosa para George Pfister (operador de câmera). / Destaque no Festival de Poços de Caldas, 1959. / Troféu Cinelândia, 1960, de Revelação para Edla van Steen. / Prêmio El Payador (Festival de Mar del Plata), 1960, de Melhor Argumento. / Menção Especial para Edla van Steen no Festival de Santa Margherita Ligure, 1960.

A ILHA (1963)

DURAÇÃO: 113 min.
COMPANHIAS PRODUTORAS: Kamera Filmes Ltda. e Companhia Cinematográfica Vera Cruz Ltda.
PRODUÇÃO: Walter Hugo Khouri
DIREÇÃO: Walter Hugo Khouri
ARGUMENTO E ROTEIRO: Walter Hugo Khouri
MÚSICA: Rogério Duprat
DIREÇÃO DE FOTOGRAFIA: Rudolf Icsey e George Pfister
DIREÇÃO DE ARTE: Pierino Massenzi
MONTAGEM: Máximo Barro
ELENCO: Luigi Picchi, Eva Wilma, Lyris Castellani, José Mauro de Vasconcelos, Mário Benvenutti, Ruy Affonso, Maurício Nabuco, Elizabeth Hartmann, Laura Verney e Francisco Negrão.

Milionário inescrupuloso, Conrado (Luigi Picchi) convida seus amigos e suas namoradas para uma caça a um suposto tesouro escondido há séculos numa ilha deserta no litoral de São Paulo. Quando o iate do grupo perde a âncora, e todos, incluindo o misterioso piloto da embarcação, ficam presos na ilha, começam a aflorar a ganância, o desprezo e a fragilidade de relações de puro interesse.

Prêmio Saci, 1963, de Melhor Ator para Francisco Negrão; Melhor Atriz Coadjuvante para Lyris Castellani; Melhor Trilha Musical; e Melhor Montagem. / Prêmio Governador do Estado de São Paulo, 1963, de Melhor Produtor; Melhor Direção; Melhor Argumento e Melhor Roteiro; Melhor Atriz para Eva Wilma; Melhor Ator Coadjuvante para Francisco Negrão; Melhor Atriz Coadjuvante para Lyris Castellani; Melhor Fotografia; e Melhor Trilha Musical. / Prêmio Cidade de São Paulo, 1963, de Melhor Direção e Melhor Argumento; Melhor Ator para José Mauro de Vasconcelos; Melhor Ator Coadjuvante para Francisco Negrão; e Melhor Trilha Musical. / Festival de Cinema de Curitiba, 1964, de Melhor Filme; e Melhor Ator para Luigi Picchi.

NOITE VAZIA (1964)

DURAÇÃO: 91 min.
COMPANHIAS PRODUTORAS: Kamera Filmes Ltda. e Companhia Cinematográfica Vera Cruz Ltda.
PRODUÇÃO: Nelson Gaspari e Walter Hugo Khouri
DIREÇÃO: Walter Hugo Khouri
ARGUMENTO E ROTEIRO: Walter Hugo Khouri
MÚSICA: Rogério Duprat
DIREÇÃO DE FOTOGRAFIA: Rudolf Icsey
DIREÇÃO DE ARTE: Pierino Massenzi
MONTAGEM: Mauro Alice
ELENCO: Odete Lara, Mário Benvenutti, Norma Bengell, Gabriele Tinti, Lisa Negri, Marisa Woodward, Rubens Jardim, Célia Watanabe, Wilfred Khouri, David Cardoso, Anita Kennedy, Ricardo Rivas, Júlia Kovach, Laura Maria e The Rebels.

Luiz (Mário Benvenutti) e Nelson (Gabriele Tinti) são amigos unidos por um desejo de aventuras sexuais na noite de uma São Paulo fria e indiferente. Luiz, um milionário, precisa do amigo para se sentir superior. Nelson, um proletário de classe média, sente-se esgotado das incursões frustradas. Quando ambos encontram as prostitutas de luxo Mara (Norma Bengell) e Cristina (Odete Lara), o que poderia ser uma noite de prazer torna-se um inferno existencial e relacional.

Prêmio Saci, 1964, de Melhor Filme; Melhor Direção e Melhor Argumento; Melhor Ator para Mário Benvenutti; Melhor Atriz para Odete Lara; Melhor Atriz Coadjuvante para Marisa Woodward. / Prêmio Governador do Estado de São Paulo, 1964, de Melhor Produtor; Melhor Direção; Melhor Roteiro; Melhor Ator para Mário Benvenutti; Melhor Atriz para Norma Bengell; Melhor Fotografia; e Melhor Trilha Musical. / Prêmio Cidade de São Paulo, 1964, de Melhor Filme.

O CORPO ARDENTE (1966)

DURAÇÃO: 82 min.
COMPANHIAS PRODUTORAS: Kamera Filmes Ltda., Columbia Pictures e Companhia Cinematográfica Vera Cruz Ltda.
PRODUÇÃO: William Khouri e Walter Hugo Khouri
DIREÇÃO: Walter Hugo Khouri
ARGUMENTO E ROTEIRO: Walter Hugo Khouri
MÚSICA: Rogério Duprat (com excertos de Giuseppe Torelli)
DIREÇÃO DE FOTOGRAFIA: Rudolf Icsey
DIREÇÃO DE ARTE: Pierino Massenzi
FIGURINOS: Clodovil
MONTAGEM: Mauro Alice
ELENCO: Barbara Laage, Pedro Paulo Hatheyer, Lílian Lemmertz, Wilfred Khouri, Mário Benvenutti, Sérgio Hingst, Marisa Woodward, Sonia Clara, Dina Sfat, Célia Watanabe, Lineu Dias, Francisco de Souza, David Cardoso, Rubens Jardim, Miguel di Pietro, Celso Akira, Zulema Rida, Dorothy Mellen e Garoto Trio.

Márcia (Barbara Laage) é rica e popular, uma *socialite* bem casada e com filho (Wilfred Khouri). Seus amigos formam a nata da elite tradicional paulistana. No entanto, Márcia não é feliz. Mantém um caso extraconjugal, sabe que o marido (Pedro Paulo Hatheyer) também a trai e já não consegue ver sentido na vida que leva. Quando resolve se retirar para um período de meditação no campo, toma contato com outras realidades e tenta se desintoxicar de uma existência superficial.

Prêmio Governador do Estado de São Paulo, 1967, de Melhor Direção; Melhor Fotografia; Melhor Coadjuvante para Lílian Lemmertz; e Melhor Ator Coadjuvante para Sérgio Hingst.

AS CARIOCAS (1966)

DURAÇÃO: 101 min. (total) e 25 min. (episódio de Khouri)
COMPANHIAS PRODUTORAS: Wallfilme e A.A.F. Produções Cinematográficas
PRODUÇÃO: Fernando de Barros
DIREÇÃO: Fernando de Barros, Walter Hugo Khouri e Roberto Santos
ARGUMENTO: Stanislaw Ponte Preta (Sérgio Porto; episódios 1 e 3) e Walter Hugo Khouri (episódio 2)
ROTEIRO: Fernando de Barros (episódio 1), Walter Hugo Khouri (episódio 2) e Roberto Santos (episódio 3)
MÚSICA: Rogério Duprat, Damiano Cozzella e Gilberto Gil
DIREÇÃO DE FOTOGRAFIA: Ricardo Aronovich
DIREÇÃO DE ARTE: Romeu Camargo, Fernando de Barros e Isabel Amaral
MONTAGEM: Máximo Barro, Maria Guadalupe e Sylvio Renoldi
ELENCO (EPISÓDIO 2): Jacqueline Myrna, Sérgio Hingst, Mário Benvenutti, Francisco de Souza, Ramires Orlando, José Amaral e Vera Valdez.

Júlia (Jacqueline Myrna) é uma jovem atraente que não estuda nem trabalha. Sua rotina consiste em ir à praia e receber amantes em seu apartamento. Mas Júlia não é apenas uma moça fútil, que renova continuamente o bronzeado sob o sol carioca. Ela tem um noivo doente, que vive numa pensão de subúrbio e sonha com a recuperação e com o casamento.

Prêmio Saci, 1966, de Melhor Produtor para Fernando de Barros. / Prêmio Cidade de São Paulo, 1966, de Melhor Atriz para Íris Bruzzi; Melhor Ator Coadjuvante para Sérgio Hingst; Melhor Atriz Coadjuvante para Dina Sfat; Melhor Roteiro para Fernando de Barros e Roberto Santos. / Festival de Cinema de Cabo Frio, 1966, de Melhor Filme; Melhor Direção para Roberto Santos; Melhor Atriz para Íris Bruzzi. / Prêmio Governador do Estado de São Paulo, 1967, de Melhor Coadjuvante para Lílian Lemmertz; e Melhor Coadjuvante para Sérgio Hingst.

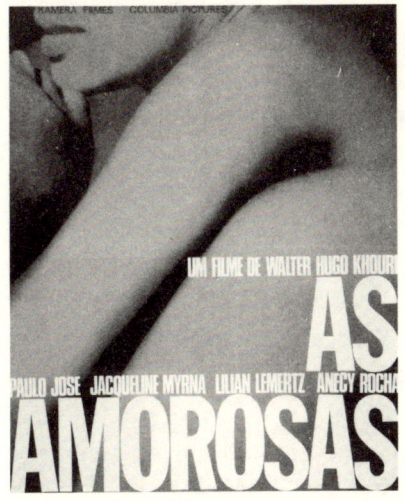

AS AMOROSAS (1968)

DURAÇÃO: 104 min.
COMPANHIAS PRODUTORAS: Kamera Filmes Ltda. e Columbia Pictures
PRODUÇÃO: William Khouri e Walter Hugo Khouri
DIREÇÃO: Walter Hugo Khouri
ARGUMENTO E ROTEIRO: Walter Hugo Khouri
MÚSICA: Rogério Duprat, executada por Os Mutantes
DIREÇÃO DE FOTOGRAFIA: Pio Zamuner
DIREÇÃO DE ARTE: Romeo Landrini
MONTAGEM: Maria Guadalupe Landini
ELENCO: Paulo José, Anecy Rocha, Lílian Lemmertz, Jacqueline Myrna, Stênio Garcia, Newton Prado, Inês Knaut, Ana Maria Scavazza, Clarisse Abujamra, Sandra Colaferri, Ingrid Holt, Glaucia Maria, Abrahão Farc, Miguel di Pietro, Mário Fanucchi, Flávio Porto, Francisco Curcio, Afonso Ortega Filho, Antonio Peticov, Sergio da Matta, Alberto Sestini, Valentino Guzzo, Antonio Henrique Ferreira, Oscar Gilly, Ceibas Aurélio e Os Mutantes.

Marcelo (Paulo José) é um jovem estudante na casa dos 20 anos, apático e arrogante, que destoa de seus iguais por pensar que toda a utopia juvenil dos anos 1960 não faz o menor sentido. Buscando algo transcendente, Marcelo se envolve com duas mulheres (Jacqueline Myrna e Anecy Rocha) muito diferentes entre si e tenta transitar entre as frustrações cotidianas e as cobranças de sua irmã, Lena (Lílian Lemmertz), única pessoa pela qual nutre algum carinho e respeito.

O PALÁCIO DOS ANJOS (1970)

DURAÇÃO: 114 min.
COMPANHIAS PRODUTORAS: Companhia Cinematográfica Vera Cruz, Metro-Goldwyn-Mayer do Brasil e Les Films Number One (França)
PRODUÇÃO: William Khouri, Walter Hugo Khouri, Pierre Kalfon e Georges Chappedelaine
DIREÇÃO: Walter Hugo Khouri
ARGUMENTO E ROTEIRO: Walter Hugo Khouri
MÚSICA: Rogério Duprat (com excertos de Wolfgang Amadeus Mozart) e participação de Lanny Gordin e Renato Mazzola
DIREÇÃO DE FOTOGRAFIA: Peter Overbeck
DIREÇÃO DE ARTE: Flávio Phebo
MONTAGEM: Mauro Alice
ELENCO: Geneviève Grad, Adriana Prieto, Rossana Ghessa, Luc Merenda, Norma Bengell, Joana Fomm, John Herbert, Alberto Ruschel, Sérgio Hingst, Pedro Paulo Hatheyer, Zózimo Bulbul, Hugo Landi, Elsa Berti, Miriam Mayo, Rosa Padilha, Mário Maizzo e Eugenia Grecco.

Três belas jovens paulistanas (Geneviève Grad, Adriana Prieto e Rossana Ghessa), funcionárias de um banco, estão cansadas do baixo salário e dos assédios de seu chefe (Luc Merenda) e dos clientes da instituição financeira. Decididas a mudarem de vida, lançam-se à prostituição de luxo. O que poderia ser a promessa de uma vida de luxúria e fausto começa a se tornar palco de diferenças, disputas e decepções.

Prêmio Governador do Estado de São Paulo, 1970, de Melhor Produtor; Melhor Diretor; Melhor Argumento; e Melhor Roteiro.

AS DEUSAS (1972)

DURAÇÃO: 97 min.
COMPANHIA PRODUTORA: Servicine – Serviços Gerais de Cinema Ltda.
PRODUÇÃO: Antonio Polo Galante e Alfredo Palácios
DIREÇÃO: Walter Hugo Khouri
ARGUMENTO E ROTEIRO: Walter Hugo Khouri
MÚSICA: Rogério Duprat (com excertos de Wolfgang Amadeus Mozart)
DIREÇÃO DE FOTOGRAFIA: Rudolf Icsey
DIREÇÃO DE ARTE: Hugo Ronchi (pseudônimo de Walter Hugo Khouri)
MONTAGEM: Sylvio Renoldi e Inácio Araújo
ELENCO: Mário Benvenutti, Lílian Lemmertz e Kate Hansen.

Após sofrer uma estafa emocional, Ângela (Lílian Lemmertz) é levada por seu marido, Paulo (Mário Benvenutti), para um retiro na casa de campo de sua psiquiatra, Ana (Kate Hansen). Quando a doutora chega ao local para dar suporte à sua paciente, a relação entre os três se adensa e provoca um intenso mergulho na psicologia de seus afetos.

Troféu Carlitos (Prêmio APCA), 1972, de Melhor Edição. / Prêmio Air France de Cinema, 1972, Prêmio Especial para Kate Hansen. / Prêmio Coruja de Ouro (Instituto Nacional de Cinema), 1972, de Melhor Direção; e Melhor Fotografia.

O ÚLTIMO ÊXTASE (1973)

DURAÇÃO: 81 min.
COMPANHIAS PRODUTORAS: Servicine - Serviços Gerais de Cinema Ltda., Embrafilme e W.H.K. Cinema.
PRODUÇÃO: Antonio Polo Galante e Alfredo Palácios
DIREÇÃO: Walter Hugo Khouri
ARGUMENTO E ROTEIRO: Walter Hugo Khouri
MÚSICA: Rogério Duprat
DIREÇÃO DE FOTOGRAFIA: Antonio Meliande
DIREÇÃO DE ARTE: Não creditada
MONTAGEM: Sylvio Renoldi
ELENCO: Wilfred Khouri, Ewerton de Castro, Dorothée-Marie Bouvier, Ângela Valério, Lílian Lemmertz e Luigi Picchi.

Marcelo (Wilfred Khouri), jovem saindo da adolescência, é melancólico e nostálgico. Ele reúne um casal de amigos e sua namorada para um acampamento na floresta, onde deseja se reconectar com bons momentos de sua infância. A chegada de um casal mais velho e sofisticado causará ruído nos planos do rapaz, confrontando-o com a inexorável perda da inocência.

Prêmio Festival de Cinema de Santos, 1973, de Melhor Filme; Melhor Fotografia; e Troféu Pelé de Ouro. / Prêmio Governador do Estado de São Paulo, 1973, de Melhor Diretor; Melhor Argumento; e Melhor Roteiro.

O ANJO DA NOITE (1974)
DURAÇÃO: 84 min.
COMPANHIA PRODUTORA: L.M. Produções Cinematográficas Ltda.
PRODUÇÃO: Luiz de Miranda Corrêa e Geraldo Brocchi
DIREÇÃO: Walter Hugo Khouri
ARGUMENTO: Fernando César Ferreira e Hugo Conrado (pseudônimo de Walter Hugo Khouri)
ROTEIRO: Walter Hugo Khouri
MÚSICA: Rogério Duprat (com excertos de Franz Schubert)
DIREÇÃO DE FOTOGRAFIA: Antonio Meliande
DIREÇÃO DE ARTE: Luiz de Miranda Corrêa
MONTAGEM: Mauro Alice
ELENCO: Selma Egrei, Eliezer Gomes, Lílian Lemmertz, Fernando Amaral, Pedro Coelho, Miro Reis, Rejane Saliamis, Isabel Montes, Valdevino de Souza e Mehmet Uğur.

A *babysitter* Ana (Selma Egrei) é contratada para cuidar dos filhos de um rico casal que terá de se ausentar pelo final de semana de sua mansão em Petrópolis. O capataz da casa (Eliezer Gomes) a alerta sobre os mistérios daquela casa e do ambiente bucólico que a envolve. Ana pensa que a estada no local pode lhe servir para descansar e estudar, porém, de fato, a energia do local passa a assombrar e influenciar os estranhos comportamentos de todos ali.

Prêmio Festival de Gramado, 1974, de Melhor Direção; Melhor Ator para Eliezer Gomes; e Melhor Fotografia. / Prêmio Coruja de Ouro (Instituto Nacional de Cinema), 1974, de Melhor Montagem. / Prêmio Adicional de Qualidade (Instituto Nacional de Cinema), 1974. / Prêmio APCA, 1974, de Melhor Filme; e Melhor Música. / Prêmio e Diploma dos Diários Associados para os Melhores do Cinema em São Paulo, 1974, e Melhor Atriz Coadjuvante para Selma Egrei e Lílian Lemmertz. / Mostra Internacional do Filme Fantástico e de Terror, 1974, Sitges, Espanha, Prêmio Especial do Júri.

O DESEJO (1975)

DURAÇÃO: 99 min.
COMPANHIAS PRODUTORAS: W.H.K. Cinema Ltda. e Embrafilme
PRODUÇÃO: Walter Hugo Khouri
DIREÇÃO: Walter Hugo Khouri
ARGUMENTO E ROTEIRO: Walter Hugo Khouri
MÚSICA: Rogério Duprat (com excertos de Johannes Brahms)
DIREÇÃO DE FOTOGRAFIA: Antonio Meliande
DIREÇÃO DE ARTE: Lenita Perroy
MONTAGEM: Maurício Wilke
ELENCO: Lílian Lemmertz, Selma Egrei, Fernando Amaral, Kate Hansen, Sérgio Hingst, Lucilla Vicchino, Valéria Costa, Carlos Ciampolini e Agar Amaral Lopes.

Eleonora (Lílian Lemmertz) é a viúva de Marcelo (Fernando Amaral) e ainda não conseguiu superar a morte repentina do marido. Quando recebe em sua casa uma velha amiga, Ana (Selma Egrei), suas memórias recontadas à moça fazem-na mergulhar de volta na neurótica e tóxica relação com Marcelo, trazendo à tona segredos trágicos sobre si e sobre o falecido.

Prêmio Adicional de Qualidade (Instituto Nacional de Cinema), 1975; Prêmio Coruja de Ouro (Instituto Nacional de Cinema), 1975, de Melhor Atriz para Lílian Lemmertz. / Troféu Gralha de Prata (Festival de Cinema de Lajes), 1975, de Melhor Direção; Melhor Fotografia; e Melhor Montagem.

PAIXÃO E SOMBRAS (1977)

DURAÇÃO: 98 min.
COMPANHIAS PRODUTORAS: Companhia Cinematográfica Vera Cruz, W.H.K. Cinema Ltda. e Embrafilme
PRODUÇÃO: Walter Hugo Khouri
DIREÇÃO: Walter Hugo Khouri
ARGUMENTO E ROTEIRO: Walter Hugo Khouri
MÚSICA: Rogério Duprat (com excertos de Giuseppe Torelli e John Coltrane)
DIREÇÃO DE FOTOGRAFIA: Antonio Meliande
DIREÇÃO DE ARTE: José de Anchieta
MONTAGEM: Maurício Wilke e Sérgio Toledo Segall
ELENCO: Lílian Lemmertz, Fernando Amaral, Monique Lafond, Carlos Bucka, Salma Buzzar, Angela Matos, Nelson Morrison, Aldine Müller, Mii Saki, Lázaro Santos e Liza Vieira.

O cineasta Marcelo (Fernando Amaral) enfrenta um impasse e um bloqueio criativo que o impede de terminar seu novo filme sem sua estrela principal, a atriz Lena (Lílian Lemmertz). Entre angústias e lembranças, Marcelo vê se desfazerem todas as suas convicções sobre a arte com a iminente notícia de que o estúdio em que passou boa parte da carreira será transformado num supermercado.

Prêmio Governador do Estado de São Paulo, 1977, de Melhor Direção; Melhor Argumento; e Melhor Roteiro.

AS FILHAS DO FOGO (1978)

DURAÇÃO: 93 min.
COMPANHIAS PRODUTORAS: Lynxfilm e Editora Três
PRODUÇÃO: César Mêmolo Jr.
DIREÇÃO: Walter Hugo Khouri
ARGUMENTO E ROTEIRO: Walter Hugo Khouri
MÚSICA: Rogério Duprat (com excertos de Wolfgang Amadeus Mozart)
DIREÇÃO DE FOTOGRAFIA: Geraldo Gabriel
DIREÇÃO DE ARTE: Marcos Weinstock
MONTAGEM: João Ramiro Mello
ELENCO: Paola Morra, Karin Rodrigues, Rosina Malbouisson, Maria Rosa, Serafim Gonzalez, Selma Egrei, Mara Hüsemann, Helmut Hosse, Karin Haas e Rudolf Machalowski.

Quando Ana (Rosina Malbouisson) viaja a Gramado (RS) para visitar sua mimada e problemática namorada, Diana (Paola Morra), estranhos fenômenos paranormais começam a interferir na relação entre as duas e entre os empregados e vizinhos da misteriosa mansão colonial.

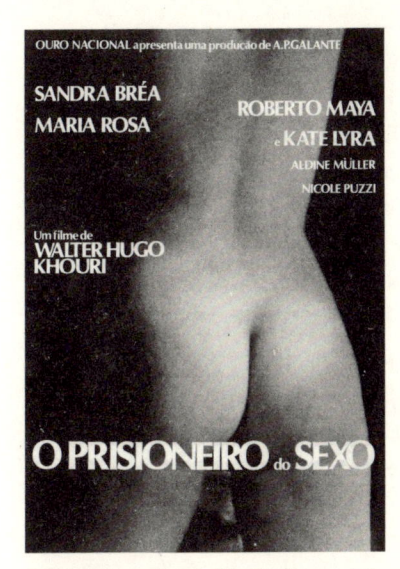

O PRISIONEIRO DO SEXO (1978)

DURAÇÃO: 90 min.
COMPANHIAS PRODUTORAS: Produções Cinematográficas Galante Ltda. e Ouro Nacional Distribuidora de Filmes
PRODUÇÃO: Antonio Polo Galante
DIREÇÃO: Walter Hugo Khouri
ARGUMENTO E ROTEIRO: Walter Hugo Khouri
MÚSICA: Rogério Duprat (com excertos de Franz Schubert)
DIREÇÃO DE FOTOGRAFIA: Antonio Meliande
DIREÇÃO DE ARTE: Jaime Roviralta e Loly Roviralta
MONTAGEM: Jair Garcia Duarte
ELENCO: Sandra Bréa, Roberto Maya, Maria Rosa, Kate Lyra, Aldine Müller, Nicole Puzzi, Mara Hüsemann, Marisa Leite de Barros, Novani Novakoski, Sueli Aoki, Mii Saki, Bárbara Thiré, Renato Master, Genézio de Carvalho e Jorge Freire de Carvalho.

Marcelo (Roberto Maya) e sua atual esposa, Ana (Sandra Bréa), vivem uma crise de marasmo na relação conjugal. Com a proposta do marido para que abram o casamento a novas experiências, o que poderia ser a salvação de uma vida a dois se torna o pivô do desmantelamento definitivo. Não sem sermos, antes, apresentados à Berenice (Nicole Puzzi), filha de Marcelo e verdadeira obsessão de seu pai.

O CONVITE AO PRAZER (1980)

DURAÇÃO: 111 min.
COMPANHIA PRODUTORA: Produções Cinematográficas Galante Ltda.
PRODUÇÃO: Antonio Polo Galante
DIREÇÃO: Walter Hugo Khouri
ARGUMENTO E ROTEIRO: Walter Hugo Khouri
MÚSICA: Rogério Duprat
DIREÇÃO DE FOTOGRAFIA: Antonio Meliande
DIREÇÃO DE ARTE: Campello Neto
MONTAGEM: Gilberto Wagner Correa
ELENCO: Sandra Bréa, Roberto Maya, Helena Ramos, Serafim Gonzalez, Kate Lyra, Aldine Müller, Rossana Ghessa, Nicole Puzzi, Patrícia Scalvi, Linda Gay, Mara Hüsemann, Alvamar Taddei, Rita de Cássia, Shirley Steck, Argentina Lambertini, José Gonzales, Tamuska, Edy Lemonie, Christiana Fehrman e Mariana Dornic.

O dentista Luciano (Serafim Gonzalez), embora casado, mantém casos fortuitos usando seu consultório como *garçonnière*. Numa noite, ao ser surpreendido pelo milionário amigo de infância Marcelo (Roberto Maya), que está à procura de um reparo provisório no dente, Luciano é convidado a conhecer uma verdadeira *garçonnière* de luxo que o amigo mantém para suas próprias aventuras. A aproximação entre os dois irá disparar uma série de transtornos emocionais e pessoais, que envolverá inclusive suas esposas (Sandra Bréa e Helena Ramos).

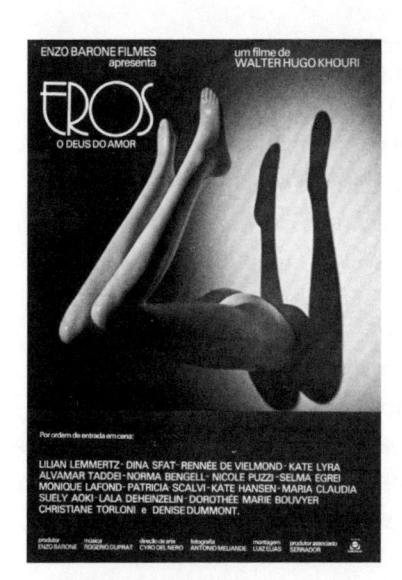

EROS, O DEUS DO AMOR (1981)

DURAÇÃO: 115 min.
COMPANHIA PRODUTORA: Enzo Barone Filmes
PRODUÇÃO: Enzo Barone
DIREÇÃO: Walter Hugo Khouri
ARGUMENTO E ROTEIRO: Walter Hugo Khouri
MÚSICA: Rogério Duprat
DIREÇÃO DE FOTOGRAFIA: Antonio Meliande
DIREÇÃO DE ARTE: Cyro del Nero
MONTAGEM: Luiz Elias
ELENCO: Roberto Maya, Norma Bengell, Lílian Lemmertz, Marcelo Ribeiro, Dina Sfat, Renée de Vielmond, Kate Lyra, Alvamar Taddei, Nicole Puzzi, Selma Egrei, Monique Lafond, Patrícia Scalvi, Kate Hansen, Maria Cláudia, Sueli Aoki, Lala Deheinzelin, Dorothée-Marie Bouvier, Christiane Torloni, Denise Dumont, Serafim Gonzalez, Ken Kaneko, José Lucas, Fábio Villalonga, Roberto Lessa, Fábio Ipólito, Oswaldo Zanetti, Akemi Aoki, Edélcio Rodrigues, Nelito Gonçalves, Jorge Achôa, José Toledo, Luiz Antonio Sissini, Pedro Mauro, Sylas Mattos, Alfio Rischialini e a Traditional Jazz Band.

O mesmo Marcelo dos dois filmes anteriores (Roberto Maya), rico e inquieto, egoísta e frio, repassa sua vida desde a infância, quando descobriu a atração pelas mulheres, até o presente, em minúcias. Com uma câmera subjetiva, o filme nos coloca na pele de Marcelo, e experimentamos todos os descaminhos de suas erráticas relações e de suas obsessões.

Prêmio APCA, 1982, de Melhor Filme; Melhor Diretor; e Melhor Atriz para Dina Sfat, Renée de Vielmond e Norma Bengell.

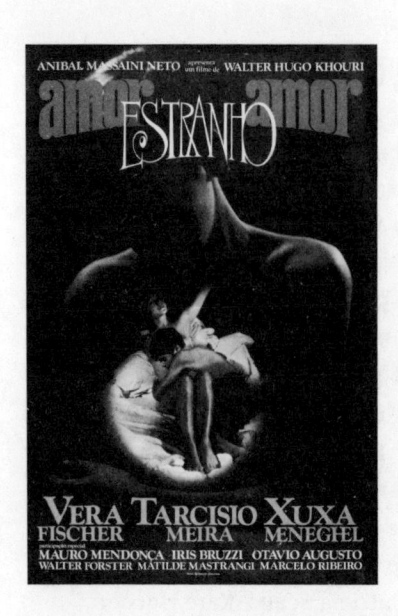

AMOR, ESTRANHO AMOR (1982)

DURAÇÃO: 100 min.
COMPANHIA PRODUTORA: Cinearte Produções Cinematográficas
PRODUÇÃO: Aníbal Massaini Neto
DIREÇÃO: Walter Hugo Khouri
ARGUMENTO E ROTEIRO: Walter Hugo Khouri
MÚSICA: Rogério Duprat
DIREÇÃO DE FOTOGRAFIA: Antonio Meliande
DIREÇÃO DE ARTE: Cecília Vicente de Azevedo
MONTAGEM: Eder Mazzini
ELENCO: Vera Fischer, Tarcísio Meira, Marcelo Ribeiro, Xuxa Meneghel, Íris Bruzzi, Otávio Augusto, Mauro Mendonça, Walter Forster, Matilde Mastrangi, Renée Casemart, José Miziara, Pedro Paulo Hatheyer, Jairo Arco e Flexa, Rubens Ewald Filho, Mara Hüsemann, Marcos Ricciardi, José Lucas, Rita de Cássia, Linda Vanessa, Elys Cardoso, Sandra Graffi, Marcia Fraga, Vicente Vergal, Katia Spencer, Carmen Angélica, Railda Nonato, Rosangela Gomes, Edson Cruz, Cleide Singer, Suely Oliveira, Rosemary, Alair Norton, Oswaldo Zanetti, Madame Adelube, Jean Zaidner e a Traditional Jazz Band.

Em São Paulo, num casarão antigo e decrépito, o comendador Hugo (Walter Forster) relembra os dias de sua adolescência passados no local, à época um prostíbulo de luxo que servia a classe política do país, onde sua mãe, Ana (Vera Fischer), era a prostituta mais respeitada e mantida pessoalmente pelo deputado Osmar (Tarcísio Meira), dono do imóvel. Na mesma noite (10 de novembro de 1937) em que Hugo descobre o ofício das moças da mansão e a condição de sua mãe, um golpe de Estado está em curso no país.

Prêmio 15º Festival de Brasília do Cinema Brasileiro, 1982, de Melhor Atriz para Vera Fischer. / Prêmio Air France de Cinema, 1982, de Melhor Atriz para Vera Fischer; Melhor Atriz Revelação Mirim para Xuxa Meneghel.

AMOR VORAZ (1984)

DURAÇÃO: 114 min.
COMPANHIA PRODUTORA: Cinema Centro do Brasil
PRODUÇÃO: Enzo Barone
DIREÇÃO: Walter Hugo Khoury
ARGUMENTO E ROTEIRO: Walter Hugo Khoury
MÚSICA: Rogério Duprat
DIREÇÃO DE FOTOGRAFIA: Antonio Meliande
DIREÇÃO DE ARTE: Cyro del Nero
MONTAGEM: Eder Mazzini
ELENCO: Vera Fischer, Lucinha Lins, Marcelo Picchi, Marcia Rodrigues, Bianca Byington, Cornélia Herr, Beth Martinez, Marcelo Viviani, Ricardo Negreiros e Leonor de Almeida.

Ana (Vera Fischer) recupera-se de uma estafa emocional numa casa de campo de sua família. Ao tomar contato com um homem nu (Marcelo Picchi) que surge nas ruínas de uma velha usina próxima à casa, Ana acredita que o forasteiro é um extraterrestre que se comunica por telepatia e está na Terra para se recarregar da energia telúrica que seu planeta perdeu. Seria, de fato, um fenômeno alienígena, ou uma histeria compartilhada com as hospedeiras de Ana, todas com suas próprias questões existenciais?

Prêmio APCA, 1985, de Melhor Montagem.

EU (1987)

DURAÇÃO: 123 min.
COMPANHIAS PRODUTORAS: Cinedistri Produção e Distribuição Ltda., Cinearte Produções Cinematográficas e Embrafilme
PRODUÇÃO: Aníbal Massaini Neto
DIREÇÃO: Walter Hugo Khouri
ARGUMENTO E ROTEIRO: Walter Hugo Khouri
MÚSICA: Júlio Medaglia
DIREÇÃO DE FOTOGRAFIA: Antonio Meliande
DIREÇÃO DE ARTE: José Duarte Aguiar
MONTAGEM: Luiz Elias
ELENCO: Tarcísio Meira, Monique Lafond, Nicole Puzzi, Bia Seidl, Christiane Torloni, Monique Evans, Walter Forster, Sônia Clara, Moacyr Deriquém, Luciana Clark, Angela Mattos, Patrícia Simas, Carina Palatnik, Peter Dickson, Guilherme Galvão, Lídia Bizzocchi, Analy Alvarez e a Traditional Jazz Band.

Marcelo Rondi (Tarcísio Meira), ainda que prepotente e egoísta homem de negócios, está mais velho e já não tem mais paciência para eventos sociais frívolos. Seu plano para os feriados de final de ano é se isolar em sua mansão de praia com suas duas namoradas de luxo (Monique Lafond e Nicole Puzzi) e mais as amigas que quiserem convidar. Com a chegada inesperada da filha de Marcelo, Berenice (Bia Seidl), acompanhada de uma amiga, psicóloga, chamada Beatriz (Christiane Torloni), enfim veremos Marcelo abalado emocionalmente, o que mudará para sempre a relação com sua filha.

FOREVER (1991)

DURAÇÃO: 90 min.
COMPANHIAS PRODUTORAS: Cinearte Produções Cinematográficas e Scena Film Productions SRL Società (Itália)
PRODUÇÃO: Aníbal Massaini Neto e Augusto Caminito
DIREÇÃO: Walter Hugo Khouri
ARGUMENTO: Walter Hugo Khouri
ROTEIRO: Walter Hugo Khouri, Augusto Caminito, Lauro César Muniz e Anthony Foutz
MÚSICA: Carlo Rustichelli e Paolo Rustichelli
DIREÇÃO DE FOTOGRAFIA: Antonio Meliande e Tonino Nardi
DIREÇÃO DE ARTE: José Duarte Aguiar
MONTAGEM: Eder Mazzini e Gino Bartolini
ELENCO: Ben Gazzara, Eva Grimaldi, Ana Paula Arósio, Vera Fischer, Gioia Scola, Cecil Thiré, Janet Ågren, Corinne Cléry, Erika Fujiara, John Herbert, Cláudio Curi, Pedro Paulo Hatheyer, Maurício Ferrazza, Renato Master, Rieko Maejima, José Carlos Prandini, Carlos Koppa, Hércules Barbosa e a Traditional Jazz Band.

Marcelo Rondi (Ben Gazzara) está morto. Dado o seu prestígio social e o mistério em torno do evento, a polícia passa a investigar mulheres envolvidas com o magnata em busca de pistas sobre o que parece ser um crime passional. Sua filha, Berenice (Eva Grimaldi), perturbada pela perda e inundada de ambíguas memórias do pai, pode ser a única resposta para o problema.

AS FERAS (1995)

DURAÇÃO: 107 min.
COMPANHIA PRODUTORA: Cinearte Produções Cinematográficas
PRODUÇÃO: Aníbal Massaini Neto
DIREÇÃO: Walter Hugo Khouri
ARGUMENTO E ROTEIRO: Walter Hugo Khouri e Lauro César Muniz
MÚSICA: Amilson Godoy
DIREÇÃO DE FOTOGRAFIA: Antonio Meliande e Antonio Moreiras
DIREÇÃO DE ARTE: Luís Fernando Pereira e Marineida Massaini
MONTAGEM: Luiz Elias
ELENCO: Nuno Leal Maia, Cláudia Liz, Lúcia Veríssimo, Monique Lafond, Luiz Maçãs, Branca de Camargo, Betty Prado, Paulo Cézar de Martino, Jacqueline Cordeiro, Vanusa Spindler, Áurea Campos, Rosimari Bosenbecker, Melissa Mel, Luciana Prado, Mel Nunes, Marly Moreira e Cassia Mello.

Embora um psicólogo veterano e professor, Paulo (Nuno Leal Maia) tem o mais frágil dos egos. Quando sua namorada e ex-aluna, Ana (Cláudia Liz), recebe um convite para viver Lulu na peça *A caixa de Pandora*, Paulo verá seu mundo desmoronar entre amargas lembranças de uma adolescência humilhada e as duras verdades sobre seu presente inseguro.

PAIXÃO PERDIDA (1998)

DURAÇÃO: 91 min.
COMPANHIAS PRODUTORAS: Videcom, RioFilme e TV Cultura
PRODUÇÃO: Sérgio Martinelli, Alberto Baumstein, Renato Sacerdote, Fábio Baumstein, Roberta A. de Souza e Valéria D. Marret
DIREÇÃO: Walter Hugo Khouri
ARGUMENTO E ROTEIRO: Walter Hugo Khouri
MÚSICA: Wilfred Khouri e Ruriá Duprat
DIREÇÃO DE FOTOGRAFIA: Antonio Luís Mendes
DIREÇÃO DE ARTE: Silvia Costa e Cristina Heimpel
MONTAGEM: Eder Mazzini
ELENCO: Antônio Fagundes, Mylla Christie, Zezeh Barbosa, Fausto Carmona, Maitê Proença, Paula Burlamaqui, Andréa Dietrich, David Leroy, Paolino Raffanti, Daniele Lacreta e Fabiana Serroni.

Marcelo Rondi (Antônio Fagundes) ressurge aqui como um bem-sucedido empresário, já bem mais acomodado e discreto que antes. Ele é um pai que sofre pela perda da esposa e pela patologia que seu filho, Marcelinho (Fausto Carmona), desenvolveu desde a morte da mãe. O menino passa os dias catatônico numa cadeira de rodas, feito uma pedra. Com a chegada da enfermeira Ana (Mylla Christie), o que pode ser a salvação do menino se torna uma amarga experiência quando Marcelo se encanta pela moça.

KAMERA FILMES LTDA.
Cinedistri Ltda.

"A ILHA"

Legendas em castelhano.

CONTAGEM A PARTIR DO PRIMEIRO FOTOGRAMA DE IMAGEM !

1 -	LA ISLA	27 a	34	pés
2 -	Elenco	41,7 a	55	"
3 -	Argumento y guión	73,14 a	80	"
4 -	Fotografia	82,5 a	87,8	
5 -	Escenografia - Montaje	90 a	96	
6 -	Musica	129,6 a	134	
7 -	Producción - Dirección	136,10 a	143	
7A-	Legendas	144 a	150	
8 -	Buen dia, Simón. Habla.	179,4 a	181,4	
8A-	El tanque y dos reservas Zeca.	181,8 a	183,7	
9 -	¿ Lo trajiste ?	184,9 a	185,12	
10 -	Cinco mil. El resto, el sábado.	186,9 a	188,15	
11.-	Así no vale, la cuenta está subiendo mucho.	189 a	194,5	
12 -	Tu patrón está "podrido" de rico	195 a	199	
13 -	¿Es posible que no tenga dinero para pagar la nafta?	200,13 a	205,13	
		206,7 a	210,12	

REFERÊNCIAS BIBLIOGRÁFICAS

AGEL, Henri. *Estética do cinema*. São Paulo: Cultrix, 1983.
ALMEIDA, Guilherme de. *Cinematographos: Antologia da crítica cinematográfica*. São Paulo: Editora Unesp, 2016.
ARGAN, Giulio Carlo. *Arte moderna: Do iluminismo aos movimentos modernos*. São Paulo: Companhia das Letras, 2001.
AUGUSTO, Sérgio. *Este mundo é um pandeiro: A chanchada de Getúlio a JK*. São Paulo: Companhia das Letras, 1989.
AUMONT, Jacques. *O olho interminável: Cinema e pintura*. São Paulo: Cosac Naify, 2007.
BAZIN, André. *O Cinema: Ensaios*. São Paulo: Brasiliense, 1991.
BERNARDET, Jean-Claude. *Historiografia clássica do cinema brasileiro*. São Paulo: Annablume, 2003.
BERNARDET, Jean-Claude. *Brasil em tempo de cinema: Ensaio sobre o cinema brasileiro de 1958 a 1966*. São Paulo: Companhia das Letras, 2007.
BERNARDET, Jean-Claude. *Cinema Brasileiro: Proposta para uma história*. São Paulo: Companhia das Letras, 2009.
BOURRIAUD, Nicolas. *Estética relacional*. São Paulo: Martins Fontes, 2009.
CAMARGOS, Marcia. *Belle Époque na garoa: São Paulo entre a tradição e a modernidade*. São Paulo: Fundação Energia e Saneamento, 2013.
CAMUS, Albert. *O mito de Sísifo*. Rio de Janeiro: Record, 2018.
CANTON, Katia. *Corpo, identidade e erotismo*. São Paulo: Martins Fontes, 2013.
CARRIÈRE, Jean-Claude. *A linguagem secreta do cinema*. Rio de Janeiro: Nova Fronteira, 2015.
CAVALCANTI, Alberto. *Filme e realidade*. Rio de Janeiro: Casa do Estudante do Brasil, 1953.
CHARNEY, Leon & SCHWARZ, Vanessa R. *Cinema e a invenção da vida moderna*. São Paulo, Cosac Naify, 2010.
CIORAN, Emil. *Breviário de decomposição*. Rio de Janeiro: Rocco, 1989.
CORREIA, Donny (org.). *Retrospectiva Walter Hugo Khouri*. São Paulo: Cinemateca Brasileira, 2023.
EISENSTEIN, Sergei. *A forma do filme*. Rio de Janeiro: Zahar, 2002.
EISENSTEIN, Sergei. *O sentido do filme*. Rio de Janeiro: Zahar, 2002.
EISNER, Lotte. *A tela demoníaca: As influências de Max Reinhardt e do Expressionismo*. São Paulo: Paz e Terra, 2007.
ELIOT, T.S. "A Terra Devastada", in *Poesia*. Rio de Janeiro: Nova Fronteira, 2000.

FREUD, Sigmund. *O mal-estar na civilização e outros textos*. São Paulo: Companhia das Letras, 2010.
FREUD, Sigmund. *Totem e tabu e outros textos*. São Paulo: Companhia das Letras, 2012.
GOMES, Paulo Emílio Sales. *Cinema: Trajetória no subdesenvolvimento*. São Paulo: Paz e Terra, 1996.
GONÇALVES, Marcos Augusto. *1922: A semana que não terminou*. São Paulo: Companhia das Letras, 2012.
GRÜNEWALD, José Lino. *A ideia do cinema*. Rio de Janeiro: Civilização Brasileira, 1969.
HAN, Byung-Chul. *Sociedade do cansaço*. Petrópolis: Vozes, 2015.
HEGEL, G.W.F. *Fenomenologia do Espírito*. Petrópolis: Vozes, 2014.
JUNG, C.G. *Civilização em transição*. Petrópolis: Vozes, 2013.
JUNG, C.G. *O homem e seus símbolos*. Rio de Janeiro: HarperCollins, 2020.
KANDINSKY, Wassily. *Do espiritual na arte*. São Paulo: Martins Fontes, 1996.
KANT, Immanuel. *Metafísica dos costumes*. São Paulo: Edipro, 2003.
KIERKEGAARD, Søren. *O conceito de angústia*. Petrópolis/Bragança Paulista: Vozes/Editora Universitária São Francisco, 2013.
KINIK, Anthony. *Dynamic of the Metropolis, the City Films and the Spaces of Modernity*. Tese de doutoramento, Department of Cinema, McGill University, 2008.
KRACAUER, Siegfried. *From Caligari to Hitler: A Psychological History of German Film*. Nova Jersey: Princeton University Press, 1947.
LESSING, Gotthold Ephraim. *Laocoonte: Ou sobre as fronteiras da pintura e da poesia*. São Paulo: Iluminuras, 2000.
MERLEAU-PONTY, Maurice. *Fenomenologia da percepção*. São Paulo: Martins Fontes, 1999.
MERLEAU-PONTY, Maurice. *A natureza*. São Paulo: Martins Fontes, 2006.
METZ, Christian. *A significação no cinema*. São Paulo: Perspectiva, 1972.
MUTTER, Rosalind. *Fra Angelico: Art and Religion in the Renaissance*. Kent: Crescent Moon Publishing, 2016.
NAGIB, Lúcia. *O cinema da retomada: depoimentos de 90 cineastas dos anos 90*. São Paulo: Editora 34, 2002.
PIPER, Rudolf. *Filmusical brasileiro e chanchada*. São Paulo: Global, 1977.
PUCCI JR., Renato. *O equilíbrio das estrelas: Filosofia e imagem no cinema de Walter Hugo Khouri*. São Paulo: Annablume/Fapesp, 2001.
RAMOS, Fernão Pessoa & SCHWARZMAN, Sheila (orgs.). *Nova história do cinema brasileiro*. 2 vls. São Paulo: Edições Sesc, 2018.
RANGEL, Daniel (org.). *Klaxon em revista*. São Paulo: Cosac Naify, 2013.
REICH, Wilhelm. *Psicologia de massas do fascismo*. São Paulo: Martins Fontes, 1982.
ROCHA, Glauber. *Roteiros do Terceyro Mundo*. Rio de Janeiro: Alhambra/Embrafilme, 1985.
ROCHA, Glauber. *Revisão crítica do cinema brasileiro*. São Paulo: Cosac Naify, 2003.
SCHMIED, Wieland. *Edward Hopper: Portraits of America*. Londres: Prestel, 2011.

SIMMEL, Georg. "A metrópole e a vida mental", in O. G. Velho (org.), *O fenômeno urbano*. Rio de Janeiro: Zahar Editores, 1973.

SINGH JR., Oséas. *Adeus cinema: A vida e a obra de Anselmo Duarte, ator e cineasta mais premiado do cinema brasileiro*. São Paulo: Massao Ohno Editor, 1993.

TARKOVSKI, Andrei. *Esculpir o tempo*. São Paulo: Martins Fontes, 2002.

UNAMUNO, Miguel de. *Do sentimento trágico da vida*. São Paulo: Martins Fontes, 1996.

VERTOV, Dziga. *Cine-olho: Manifestos, projetos e outros escritos*. São Paulo: Editora 34, 2023.

VIANY, Alex. *Introdução ao cinema brasileiro*. Rio de Janeiro: Revan, 2009.

XAVIER, Ismail. *A experiência do cinema*. Rio de Janeiro: Graal, 1983.

XAVIER, Ismail. *O discurso cinematográfico: a opacidade e a transparência*. São Paulo: Paz e Terra, 2008.

apaixonado pelo seu trabalho, capaz de criar qualquer atmosfera
o que é mais importante, participar dela. É capaz de trabalhar
luz ou com nenhuma luz, como aconteceu frequentemente neste fil
dentes. Para mim é o grande iluminador da nova geração.

A música deste filme é mais uma vez de Rogerio Duprat,
1961, sua estreia no cinema. Música sutil, moderna, essencial,
ser a música no cinema, produzida com um mínimo de instrumentos
musicais. Trabalhamos numa colaboração estreita, procurando um
O tema principal do filme, porém, é a sonata em mi-menor, opus 3
Brahms, que é uma peça "abissal", bem de acordo com o tom do fi

A cenografia do filme é de Lenita Perroy e tem uma especi
mente na segunda parte do filme, onde o "espaço" e os elementos
definitivamente para a criação de uma atmosfera insólita e quase
um mínimo de elementos, objetos e plantas que entram diretamente

A montagem foi confiada a um elemento novo e extremamente
que já colaborara comigo na trilha sonora de "O Anjo da Noite".

P – Como vê o ambiente cinematográfico no Brasil atualmente?

– Mal. Não só o ambiente cinematográfico como a ~~ambiental~~ atmo
Sente-se claramente um marasmo, uma falta de inquietação e de
poderá tornar-se assustadora. As causas devem ser muitas, ob
além das motivações materiais evidentes e às restrições também
também uma auto-sufocação, um cansaço geral, um desinteresse,
pois, apesar das limitações acima citadas e que todos sabem qu
tinua a ser a arte mais estimulante e inesgotável, maravilhosa
onde tudo é possível. Acredito que quando se tem uma verdade
sí nenhuma restrição, seja de que ordem for pode ou deve paral
Não importa que as coisas caiam no vazio ou que não haja reper
Ou mesmo que a obra não possa circular. XXXXXXXXXXXXXXXX

SOBRE O AUTOR

DONNY CORREIA é poeta, cineasta, escritor e pesquisador; mestre e doutor em Estética e História da Arte pela Universidade de São Paulo (USP), com pós-doutorado em videoarte brasileira pelo Museu de Arte Contemporânea da USP. É membro da Associação Brasileira dos Críticos de Cinema e da Associação Brasileira dos Críticos de Arte. Autor de cinco coletâneas de poemas, entre as quais *Balletmanco* ([e] editorial, 2009), *Corpocárcere* (Patuá, 2013) e *Touro Medusa* (Desconcertos, 2022). Como pesquisador em arte e cinema, organizou a antologia *Cinematographos: antologia da crítica cinematográfica*, de Guilherme de Almeida (Editora Unesp, 2016), e reuniu críticas e ensaios autorais em *Cinefilia crônica: comentários sobre o filme de invenção* (Desconcertos, 2019). Entre 2017 e 2024, publicou artigos sobre arte, literatura e cinema em periódicos como *Folha de S.Paulo*, *O Estado de S. Paulo*, revista *Cult*, e, em Portugal, *ArteCapital* e *Cinema Sé7ima Arte*. Como cineasta, realizou, entre outros, *Braineraser* (2008), *Totem* (2009, selecionado para a 34ª Mostra Internacional de Cinema de São Paulo), e *Era o tempo sofrendo de amnésia* (2025, em colaboração com Rafael Bagnara). Atuou por quinze anos na curadoria de ações culturais dos museus Casa das Rosas e Casa Guilherme de Almeida. É professor dos departamentos de Cinema e de Artes Visuais do Centro Universitário Belas Artes, em São Paulo, e criador do canal *Uma teia de ideias*, no YouTube, no qual discute arte, filosofia e psicanálise.

KAMERA FILMES / COLUMBIA PICTURES

apresentam

AS AMOROSAS

Um filme de WALTER HUGO KHOURI

estrelando: PAULO JOSÉ

JACQUELINE MYRI

LILIAN LEMMERTZ

ANECY ROCHA

e STENIO GARCIA, NEWTON PRADO, Inês Knaut, Ana Maria Sca
Flávio Pôrto, Abrão Farc, Miguel di Pietro, Francisco Cu
Mario Fanucchi, Ingrid Holt, Gláucia Maria.

Diretor de fotografia .... PIO ZAMUNER
Montagem .... MARIA GUADAL
Musica .... ROGERIO DUPR
Assistente de Direção .... MARIA ELENA
Cameraman .... RUPERT KHOUR
Diretor de Produção .... ARTHUR CONCE
Som .... RCA - RAUL N
                                        ANTONI

PRODUTOR EXECUTIVO .... WILLIAM KHOU
PRODUZIDO, ESCRITO E DIRIGIDO POR .... WALTER
                                          KHOURI

CRÉDITOS DAS IMAGENS

P. 2-3 Em sentido horário, da esquerda para a direita: Walter Hugo Khouri opera a câmera em filmagem no final dos anos 1970. Foto de autoria desconhecida. Acervo WHK. / O ator Mário Benvenutti, o diretor de fotografia Rudolf Icsey e o cineasta em filmagens de *As deusas* (1972). Foto de autoria desconhecida. Acervo WHK. / O diretor nas locações de *O último êxtase* (1973), nas cercanias da cidade de São Paulo. Foto de autoria desconhecida. Acervo WHK. / Khouri orienta o elenco no set de *Forever* (1991). Foto de autoria desconhecida. Acervo WHK.

P. 4 Material publicitário com lista de créditos e dados técnicos de *Na garganta do diabo* (1960). Acervo WHK.

P. 6 Minutagem dos créditos iniciais e primeiros diálogos de *A ilha* (1963). Acervo WHK.

P. 8 Primeira página de lista de diálogos em francês de *O corpo ardente* (1966). Acervo WHK.

P. 12 Lista de diálogos em inglês de *Eros, o deus do amor* (1981), para fins de legendagem. Acervo WHK.

P. 18-9 Em sentido horário, da esquerda para a direita: Walter Hugo Khouri (na câmera) e equipe de filmagem de *A ilha* (1963). Acervo WHK. / Sandra Bréa, Walter Hugo Khouri, Helena Ramos e Roberto Maya no set de *O convite ao prazer* (1980). Acervo WHK. / O diretor opera a câmera em filmagens nos anos 1980. Acervo WHK. / Gabriele Tinti, Walter Khouri e Mário Benvenutti em locações de *Noite vazia* (1964), em São Paulo. Acervo WHK.

P. 20 Listagem de cenas para *O gigante de pedra* (1951). Acervo WHK.

P. 30 Ordem do dia para filmagem de *O gigante de pedra* (1951). Acervo WHK.

P. 36-7 Em sentido horário, da esquerda para a direita: Andréa Bayard em cena de *Estranho encontro* (1957). / Odete Lara e Edla van Steen em *Na garganta do diabo (*1960) / Lola Brah em *Fronteiras do inferno* (1959). / Lyris Castellani e Luigi Picchi em cena de *A Ilha* (1963). Acervo WHK.

P. 38 Página de rosto do roteiro de *A ilha* (1963). Acervo WHK.

P. 52-3 Cartaz do filme *A ilha* (1963) na fachada do cine Ipiranga, na sua quarta semana de exibição. Foto de autoria desconhecida. Acervo WHK.

P. 56-7 Norma Bengell em *Noite vazia*. Jacqueline Myrna em episódio de *As cariocas* (1966) dirigido por Khouri. Barbara Laage e Wilfred Khouri em locações nas Agulhas Negras, em Itatiaia (*O corpo ardente*, 1966). Paulo José e Anecy Rocha em locações na Universidade de São Paulo para *As amorosas* (1968). Acervo WHK.

P. 58 Página de diálogos em inglês para fins de legendagem de *Noite vazia* (1964). Acervo WHK.

P. 84-5 Norma Bengell e Odete Lara em *Noite vazia*. Foto de Walter Hugo Khouri. Acervo WHK.

P. 92-3 Barbara Laage e Wilfred Khouri em *O corpo ardente*. Acervo WHK.

P. 112-3 Paulo José e Jacqueline Myrna nas sequências finais de *As amorosas*.

P. 120-1 Geneviève Grad (de peruca), Rossana Ghessa / Luc Merenda e Geneviève Grad / e novamente Geneviève Grad em *O palácio dos anjos* (1970). Acervo WHK.

P. 142-3 Em sentido horário, da esquerda para a direita: Fernando Amaral e Selma Egrei em *O anjo da noite* (1974). / Kate Hansen e Lílian Lemmertz em *As deusas* (1972). / Kate Hansen e Lílian Lemmertz em *O desejo* (1975). / Wilfred Khouri e Ângela Valério em locações de *O último êxtase*. Acervo WHK.

P. 144 Anotações para o roteiro de *O desejo* (1975). Acervo WHK.

P. 202-3 Aldine Müller e Liza Vieira em *Paixão e sombras* (1977) / Tarcísio Meira e Nicole Puzzi em cena de *Eu* (1987). Acervo WHK. / Serafim Gonzalez em cena de *O convite ao prazer* (1980). Acervo WHK. / Dina Sfat em cena de *Eros, o deus do amor* (1981). Acervo WHK.

P. 204 Página de rosto do roteiro de *As feras* (1995). Acervo WHK.

P. 316 Material publicitário para *Amor, estranho amor* (1982). Acervo WHK.

P. 342 Lista de legendas de créditos em castelhano para cópia de *A ilha* (1963). Acervo WHK.

P. 346 Datiloscrito de Walter Hugo Khouri em resposta a jornalista por ocasião do lançamento de *O desejo* (1975). Acervo WHK.

P. 348 Primeiro página do roteiro de *As amorosas* (1968). Acervo WHK.

© Cosac, 2025
© Donny Correia, 2025

Todos os direitos reservados. Nenhuma parte deste livro poderá ser reproduzida ou transmitida de qualquer forma ou por quaisquer meios, eletrônicos ou mecânicos, incluindo fotocópia, gravação ou qualquer sistema de armazenamento e recuperação de informações, sem permissão por escrito do editor.

Nesta edição respeitou-se o novo Acordo Ortográfico da Língua Portuguesa.
1ª edição, 2025.

Todos os esforços foram feitos para reconhecer os direitos morais, autorais e de imagem deste livro. Os editores agradecem qualquer informação relativa à autoria, titularidade e/ou outros dados que estejam incompletos nesta edição e se comprometem a incluí-los em reimpressões futuras.

Edição: Alvaro Machado
Preparação de texto: Edson Cruz
Revisão: Bruno Rodrigues, Simone Oliveira
Projeto gráfico e diagramação: Flávia Castanheira
Tratamento de imagens: Sérgio Afonso/Omnis Design
Produção gráfica: Acássia Correia Silva
Impressão: Ipsis

CAPA: Walter Hugo Khouri dirige Norma Bengell no set de *Noite vazia* (1964). Fotografia de autoria desconhecida. Acervo Walter Hugo Khouri.
QUARTA CAPA: Contato fotográfico de registro das filmagens de *Paixão e sombras* (1977), nos estúdios da Companhia Cinematográfica Vera Cruz.

APOIO

cinemateca brasileira

sociedade amigos da cinemateca
organização social

COSAC RANGEL EDIÇÕES LTDA.
ALAMEDA CAMPINAS 463 / 33 JARDIM PAULISTA 01404–902 SÃO PAULO SP
CONTATO@COSACEDICOES.COM.BR / COSACEDICOES.COM.BR

Dados Internacionais de Catalogação na Publicação (CIP)
(Câmara Brasileira do Livro, SP, Brasil)

Correia, Donny
O cinema de Walter Hugo Khouri / Donny Correia.
São Paulo: Cosac, 2025.
352 p., 141 ilust.

ISBN 978-65-5590-018-7

1. Cineastas – Biografia 2. Cinema – História
3. Khouri, Walter Hugo, 1929-2003 I. Título.

25-261532   CDD-791.43092

Índices para catálogo sistemático:
1. Cineastas: Biografia 791.43092
Eliete Marques da Silva – Bibliotecária – CRB-8/9380

Este livro foi impresso em junho de 2025
na Gráfica Ipsis, no papel Pólen Bold 90 g/m².
As fontes utilizadas na composição do texto
são a Arnhem e a Trade Gothic.